LISA RENEE JONES

Zodius

Gegen den Sturm

Über dieses Buch:
Sterling Jeter ist ein GTECH-Soldat mit außergewöhnlichen Kräften, der im Rahmen eines geheimen Forschungsprojekts der US-Armee erschaffen wurde. Nachdem der GTECH Adam Rain dem Wahnsinn verfiel, hat sich Sterling den Renegades angeschlossen, die Adam bis aufs Blut bekämpfen. Nun hat dieser die Designerdroge Ice in Umlauf gebracht, mit der er alle Menschen versklaven will. Kein Süchtiger hat bisher den Entzug von der gefährlichen Droge überlebt. Die Renegades müssen so schnell wie möglich ein Gegenmittel finden. Dazu benötigt Sterling die Hilfe der Wissenschaftlerin Rebecca Burns – die Frau, in die er schon in der Highschool verliebt war. Doch als Sterling sie in ihrem Haus aufsucht, werden sie von Adams Männern überfallen und geraten in Gefangenschaft. Um Rebecca zur Kooperation zu zwingen, macht Adam sie abhängig von der tödlichen Droge – mit unerwarteten Folgen, denn die Substanz verleiht Rebecca furchteinflößende Kräfte. Sterling muss alles daran setzen, ein Gegenmittel zu finden, um die Frau, die er liebt, vor dem sicheren Tod zu retten.

Über die Autorin:
Lisa Renee Jones hat bereits zahlreiche Liebesromane veröffentlicht, darunter Romantic Fantasy, Romantic Thrill und erotische Geschichten. Weitere Informationen unter:
www.lisareneejones.com

Die Romane von Lisa Renee Jones bei LYX:
Zodius – Ein Sturm zieht auf
Zodius – Gegen den Sturm

Deep Secrets:
1. Deep Secrets – Berührung *(erscheint Oktober 2013)*
2. Deep Secrets – Enthüllung *(erscheint Dezember 2013)*
3. Deep Secrets – Hingabe *(erscheint März 2014)*

LISA RENEE JONES

ZODIUS

GEGEN DEN STURM

Roman

Ins Deutsche übertragen
von Michaela Link

LYX
EGMONT

Die Originalausgabe erschien 2011 unter dem Titel
The Storm that is Sterling bei Sourcebooks, Inc.

Deutschsprachige Erstausgabe August 2013 bei LYX
verlegt durch EGMONT Verlagsgesellschaften mbH,
Gertrudenstraße 30–36, 50667 Köln

1. Auflage
Redaktion: Catherine Beck
Satz: Greiner & Reichel, Köln
Printed in Germany (670421)
ISBN 978-3-8025-8843-3

www.egmont-lyx.de

Für Diego – für alles und noch mehr

Prolog

Rebecca Burns saß hinter einem abgewetzten Holztisch in der Bibliothek von Killeen, Texas, als er lässig vorbeigeschlendert kam und sämtliche Nervenenden ihres Körpers augenblicklich in Alarmbereitschaft versetzte. »Er« war Sterling Jeter, der scharfe blonde Traumtyp, der ein Jahr vor ihr den Abschluss gemacht hatte. Und sosehr sie sich auch bemühte, ihre Aufmerksamkeit auf Bobby Johnson zu konzentrieren, den Quarterback aus dem zweiten Highschooljahr, dem sie für seinen Zulassungstest an der Universität Nachhilfe gab, scheiterte sie doch jämmerlich. Wie von einem Magneten angezogen, hob sie den Blick und folgte Sterlings sexy wiegendem, lockerem Gang, der ihn – wie so häufig in den letzten drei Wochen – zu den Computerterminals führte.

Sterling zog sich hinter einem der Schreibtische einen Stuhl hervor, und sie richtete den Blick schnell wieder auf Bobby, der sich immer noch durch sein Arbeitsblatt kämpfte. Außerstande, der Versuchung zu widerstehen, wandte sie sich wieder Sterling zu, nur um festzustellen, dass er sie jetzt direkt ansah. Er grinste und zwinkerte ihr zu, dann hielt er einen Snickers-Riegel hoch. Sie errötete, als sie begriff, dass er ihn für sie mitgebracht hatte, nachdem sie ihm erst am Nachmittag zuvor gestanden hatte, dass sie dem köstlichen Erdnussgeschmack dieser Dinger hoffnungslos verfallen war.

»Ich kapier einfach nicht, was ich auf dem Footballfeld mit Algebra anfangen soll«, brummte Bobby. Widerstrebend riss Becca den Blick von Sterling los und wandte sich wieder

Bobby zu, der mit seinen einen Meter fünfundachtzig, den braunen Haaren und Augen und seinem schulbekannten Sexprotz-Image weder der Hellste war noch vor enzyklopädischem Wissen übersprudelte.

»Entweder du schaffst die für die Universität von Texas erforderliche Punktzahl«, hielt sie ihm vor, »oder du musst den Ball an jemanden abgeben, der sich auch für andere Dinge freispielen kann.«

Er schob das Papier weg und fuhr sich mit der Hand durchs Haar. »Das ist doch Quatsch. Ich will kein tolles, von der NASA finanziertes Stipendium wie du, also sehe ich auch nicht ein, warum ich genauso ein langweiliger Bücherwurm werden soll wie du.«

Die wohlvertraute Stichelei ließ sie zusammenzucken, und sie fragte sich, warum es ihr so nahe ging – warum sie sich immer wieder wünschte, lieber die Cheerleaderin oder Ballkönigin zu sein. Nicht, dass sie eine von diesen hirnlosen blonden Schönheiten sein wollte. Ihre Mutter war Lehrerin und sowohl hübsch als auch klug. Verflixt, Becca war froh darüber, das dunkelbraune Haar und das Köpfchen ihrer Mutter zu haben, und sie war stolz auf ihr NASA-Stipendium. Ihre Eltern waren stolz auf sie, und nur das zählte.

Entschlossen, seine Bemerkung einfach zu übergehen, schob sie ihm das Blatt wieder hin. »Versuchen wir's noch einmal.«

»Nein, damit bin ich fertig«, entschied er. »Ich werde mit meinem Trainer reden. Er muss mich vom Zulassungstest abmelden.«

»Dich vom Test abmelden?«, fragte sie. »Das kann nicht dein Ernst sein.«

Er stand auf. »Mein heiligster Footballer-Ernst.« Und mit dieser klugen Bemerkung machte er sich auf den Weg zur Tür.

Becca warf ihren Bleistift hin und seufzte. *Bitte, mach, dass der Sommer vorbeigeht.* Sie konnte es gar nicht erwarten, nach Houston und ins College zu kommen.

Der Stuhl vor ihr bewegte sich, und der Snickers-Riegel schob sich in ihr Gesichtsfeld. »Du siehst ganz so aus, als würdest du das hier dringend brauchen.«

Sterling nahm ihr gegenüber Platz. Seine blaugrünen Augen bildeten einen grellen Kontrast zu den abstehenden blonden Haaren. In genau diesem Moment beschloss sie, dass ihr Ziel für diesen Sommer darin bestand, vor ihrer Abreise nach Houston wenigstens ein einziges Mal mit den Fingern durch dieses Haar zu fahren. Und ihn zu küssen. Sie wollte ihn unbedingt küssen.

»Der kluge und zuverlässige Mann bringt einer Burns Schokolade, wenn sie ungehalten ist. Die Jungs schwören darauf, dass das eine bessere Überlebensstrategie darstellt als alles, was sie in der Grundausbildung gelernt haben.« Sowohl ihr Vater als auch ihr Bruder waren Berufssoldaten, wie es auch ihr Großvater gewesen war. Sie griff nach dem Schokoriegel. »Danke, Sterling.«

Er schnappte sich das Arbeitsblatt, das Bobby liegen gelassen hatte, und begann sich mit einer solchen Leichtigkeit einer Algebra-Aufgabe zu widmen, dass sie annahm, dass er einfach nur drauflos kritzelte. Sie plauderten weiter, während sie auf ihren nächsten Nachhilfeschüler wartete, und in ihr festigte sich die Überzeugung, dass er überhaupt das Allerbeste ihrer sommerlichen Wartezeit aufs College war. Er kümmerte sich um seine Großmutter und verdiente für sie beide etwas Geld, indem er Computer programmierte. In ihren Augen ließ ihn das ungeheuer nett erscheinen.

Als es fast Zeit für das Erscheinen ihres nächsten Schülers war, ließ er von dem Arbeitsblatt ab und blickte sie an. »Ich sollte jetzt gehen.«

»Okay.« Verdammt, sie wollte eigentlich nicht, dass er ging.

Er ging nicht. Er blieb sitzen und starrte sie an. Irgendetwas lag in der Luft – sie wusste nicht, was –, aber es ließ ihren Magen flattern.

»Willst du Freitagabend ins Kino gehen oder sonst was unternehmen?«

Sie lächelte sofort; ihr war klar, dass sie sich eigentlich ein wenig zieren müsste – schließlich war Sterling älter und viel erfahrener –, aber sie wusste nicht, wie sie das am besten anstellen sollte. Sich mit Jungs zu verabreden gehörte nicht gerade zu ihren Stärken.

»Ja«, sagte sie. »Ich würde gern ins Kino gehen.«

Seine Lippen verzogen sich zu einem Lächeln. »Und zwar mit mir, nicht wahr?«

Sie lachte. »Ja, mit dir.«

Sobald sie sich für Freitagabend um sieben in der Bibliothek als Treffpunkt verabredet hatten, kehrte Sterling zu seinen Computern zurück. Sie warf einen Blick auf die Rechenaufgaben, mit denen er sich beschäftigt hatte, und musste gleich noch einmal lächeln. Er hatte alle Aufgaben richtig gelöst. Gut aussehend *und* klug. Sie könnte sich glatt in ihren scharfen Cowboy verlieben.

Mit einem Lächeln auf den Lippen ließ Sterling seinen zerbeulten schwarzen Ford F150 in die Zufahrt zu dem nicht minder demolierten Wohnwagen brettern, den er sein Zuhause nannte, und würgte den Motor ab.

Er lehnte sich im Sitz zurück und zog das Bündel Bargeld aus der Tasche. Zehntausend Dollar und eine Verabredung mit Becca für morgen Abend. Er würde sie küssen, um festzustellen, wie Sonnenschein mit Honig schmeckte, denn daran erinnerte sie ihn. Oh ja! Das Leben war schön.

»Yeah«, flüsterte er und blickte wieder auf das Geld. Welcher Neunzehnjährige hatten so viel Knete? Sein neuer Job gefiel ihm. Einen Computer hacken, Bares einstecken. Er schnaubte verächtlich. »Und da behaupten sie, dass die Datenbanken der Regierung nicht gehackt werden können.« Er, der dreckige Wohnwagen-Penner, hatte bewiesen, dass sie sich irrten. So hatten die anderen in der Schule ihn genannt, als seine Großmutter wegen Trunkenheit in der Öffentlichkeit verhaftet worden war: Wohnwagen-Penner, Sonderling. »Leckt mich«, murmelte er an all diese Stimmen der Vergangenheit gewandt. »Ihr könnt mich alle mal.«

Sobald Sterling das Geld durchgezählt hatte, bis die Zehntausend voll waren, griff er sich einen Hunderter für sein Date mit Becca und stopfte den Rest zurück in die Tasche. Dann schnappte er sich den Blumenstrauß vom Sitz. Den Snickers-Riegel wollte er erst für sich selbst liegen lassen, besann sich dann aber doch eines Besseren. Immerhin hatte es bei Becca mit den Süßigkeiten funktioniert. Und jetzt würde er alles brauchen, was er an schmeichelnder Süßigkeit aufbieten konnte, um seine Großmutter zu überreden, sich in die schicke Entzugsklinik in Temple, Texas, zu begeben, in der er einen Platz für sie reserviert hatte. Die Klinik lag sogar ganz in der Nähe, nur dreißig Kilometer weit weg, und er hoffte, dass ihm das helfen würde, sie zu überzeugen. Sie würde ihn verfluchen und wahrscheinlich schlagen. Darin war sie gut, aber es tat nicht mehr weh. Seit Jahren nicht mehr.

Er wusste, dass sie sich nicht selbst helfen konnte. Er hatte genug über Alkoholismus gelesen, um zu verstehen, dass sie krank war. Doch trotzdem hatte sie ihn großgezogen. Verdammt, er war wahrscheinlich selbst schuld an alledem. Er war der Grund, warum seine Mutter gestorben war – der Auslöser, der seine Großmutter auf die schiefe Bahn gebracht hatte.

Er stieg aus dem Pick-up und legte pfeifend die paar Schritte zu dem Wohnwagen zurück. Aber sobald er ihn betrat, verstummte sein Pfeifen. Oma saß auf dem Sofa, in demselben verknitterten blauen Kleid, mit dem sie ins Bett gegangen war, eine große Flasche Wodka in der Hand. Zwei Männer in Anzügen saßen neben ihr.

»Sieh mal, was diese Männer mir mitgebracht haben«, sagte sie grinsend und hielt ihre Beute hoch.

»Wir wissen, dass du dich mit Hingabe um deine Großmutter kümmerst«, sagte einer der Männer, dessen kurz geschorenes Haar eng an seinem Schädel anlag.

»Ganz ähnlich hat sich auch dein Vater um seine Familie gekümmert«, ergänzte der andere Mann, der wie ein Klon des ersten wirkte. Sie mussten Soldaten oder Staatsbedienstete sein.

Verdammte Scheiße!

»Die Ähnlichkeit zwischen euch beiden ist wirklich erstaunlich«, befand der erste Mann und griff nach einem Bild von Sterlings Vater, auf dem er vor einem Hubschrauber stand. Weil er kein normaler Soldat gewesen war, hatte er sein blondes Haar länger getragen, als es eigentlich hätte sein dürfen. Er hatte einer Sondereinheit angehört, die überall auf dem Globus verdeckt eingesetzt worden war. Und seine Tätigkeit hatte ihn umgebracht, als Sterling kaum aus den Windeln heraus war. Der Mann stellte das Foto wieder auf den Couchtisch zurück.

Oma schnappte sich das Bild und murmelte: »Sie sind einander wie aus dem Gesicht geschnitten.« Dann hob sie den Blick und mit ihm die Stimme. »Aber Sterling hat keinen Schimmer, wer sein Daddy eigentlich war. Der Mann war nie hier. Und seine Mama auch nicht.« Sie nahm einen Schluck. »Sie sind gestorben. Nicht wahr, Ster… ling?«

Der Offizier konzentrierte sich auf Sterling. »Wir glauben, dass du ihm sehr ähnlich bist. Zum Beispiel habt ihr beide ein Interesse an offiziellen Regierungsgeschäften gezeigt.«

Sterlings Eingeweide verkrampften sich. Er war aufgeflogen. Ganz gründlich aufgeflogen, und er würde ins Gefängnis müssen. »Ich weiß nicht, wovon Sie reden.« Er würde nichts zugeben. Er würde sich nicht kampflos geschlagen geben. Er musste sich um seine Großmutter kümmern.

»Weißt du«, sagte der zweite Mann, »wenn man seinem Land dient, kann einem eine Menge verziehen werden. Unter gewissen Umständen empfiehlt es sich, zur Army zu gehen.«

Der erste Mann nahm Oma das Foto ab. »Ich bin Hauptmann Sherman, mein Junge.« Er nickte in Richtung des zweiten Mannes. »Das ist Oberleutnant Jenson. Wir haben mit deinem Vater gedient.«

Dank sei Gott im Himmel. Sie waren nicht vom FBI. »Was wollen Sie von mir?«

Der Hauptmann antwortete: »Dein Vater war Teil einer Sondereinheit, in der gewisse ›Fähigkeiten‹ – sagen wir: Computerkenntnisse – nützlich sein können.« Er legte Oma den Arm um die Schultern. »Als Gegenleistung für den Dienst in dieser Einheit sorgen wir dafür, dass man sich gut um deine Familie kümmert. Es wird Zeit, dass du in die Army eintrittst, Junge. Gib alles, was du kannst, wie es auch dein Vater getan hat.«

Oma nahm einen Zug aus der Flasche, und plötzlich wurde Sterling bewusst, dass er immer noch die Blumen in der Hand hielt – diese verdammten Blumen, die sein Problem ebenso wenig lösen würden wie das Bündel Geldscheine in seiner Tasche.

»Und wenn ich Nein sage?«, fragte er.

»Ich kann mich gar nicht erinnern, dich gefragt zu haben«, antwortete der erste Mann.

»Ich bin kein Soldat«, betonte Sterling. Er war nur ein Junge in einer Wohnwagensiedlung, der wusste, wie man einen Computer hackte.

»Du bist deines Vaters Sohn«, gab der Mann zurück. »Merk dir, was ich dir sage, Junge. Wenn ich mit dir fertig bin, bist du ein Soldat.«

Sterling blickte seine Großmutter an und sah, wie sie aus der Flasche trank, sah ihre Augen, die blaugrün waren wie die seinen – das einzige Vertraute, was geblieben war. Er sah den Anflug von Verachtung, der in den Tiefen dieser Augen lauerte – die Schuldzuweisung am Tod seiner Mutter, die auch der Schnaps niemals ganz zu ertränken vermochte. In diesem Moment begriff Sterling, dass es das Beste war, was er für sie tun konnte – sie allein zu lassen und ihr eine Chance auf Heilung zu geben. So weit wie möglich von ihr wegzugehen und dort auch zu bleiben.

Er blickte zu dem Mann rechts von ihr und fixierte ihn mit einem auffordernden Blick. »Es wird sich auch wirklich jemand um sie kümmern?«

»Ich gebe dir mein Wort.«

»Hören Sie«, fuhr er fort. »Ich kenne Sie überhaupt nicht. Ich möchte das schriftlich haben.«

Ein Hauch von Respekt legte sich über die Züge des Mannes. »Womit du nur recht hast.«

»Ich vermute beinahe, dass Sie nicht noch bis übermorgen warten könnten, um mich zu verpflichten und wegzubringen?«

Zur Antwort musterten sie ihn mit ausdruckslosen Gesichtern.

»Nein? Das habe ich mir gedacht.«

Sein Rendezvous mit Becca war offiziell abgesagt.

1

14 Jahre später

Sterling verschmolz mit der Dunkelheit in einer der finsteren Gassen von Las Vegas. Er war einem der schwer aufzuspürenden, ja praktisch unauffindbaren *Ice*-Dealern, die überall in der Stadt dieses neueste »Laster« verbreiteten, dicht auf den Fersen. Kein Wunder, dachte Sterling – wer mit Alien-DNA versetzte, streng geheime Area-51-Militärtechnologie verhökerte, würde wohl unweigerlich vorsichtiger sein als der durchschnittliche kleine Drogendealer. *Ice* war eine dieser üblen Nummern, die sich der Anführer der Zodius-Bewegung ausgedacht hatte. Die Zodius waren Rebellen, hervorgegangen aus einer Gruppe der im Rahmen des Zodius-Projekts der Regierung geschaffenen GTECH-Supersoldaten, und ihr schäbiger Mistkerl von Anführer, Adam Rain, hatte vor, die Stadt in die *Ice*-Abhängigkeit zu zwingen und seine »perfekte Rasse« zu züchten. Die nächste Evolutionsstufe der Menschheit.

»Nicht mit mir«, murmelte Sterling. Er lebte, wie alle GTECHs, die zu den Renegades unter der Führung von Adams Bruder Caleb übergelaufen waren, allein dafür, die Zodius-Bewegung zur Hölle zu schicken – und würde mit dem Warenlager anfangen, in dem das *Ice* aufbewahrt wurde.

Der Dealer blieb vor seinem Kunden stehen; zwei stämmige Kerle folgten ihm auf dem Fuß und flankierten ihn jetzt wie Bodyguards. Das war die Gelegenheit, auf die Sterling gewartet hatte.

»Wo ist das Geld, Charles?«, fragte der Dealer scharf.

»Ich kann es erst morgen bringen«, antwortete Charles und drückte zähneklappernd die Arme an seinen Körper. »Aber ich werde dir das Geld beschaffen. Ich brauche nur einen Hit. Ich flehe dich an, David. Bitte. Gib mir einen Hit.« Er keuchte, ein lautes, schmatzendes Geräusch; es klang wie der mühsam zum Leben aufgewärmte Tod. Angesichts der Tatsache, dass in nur einem Monat bereits sechs Clanner am Entzug von *Ice* gestorben waren, ihre Organe allesamt förmlich zu Dörrpflaumen verschrumpelt, war sich Sterling nur zu sicher, dass der Bursche seinen Hit wirklich verdammt dringend brauchte.

Dem Dealer schien das egal zu sein. »Kein Geld, kein *Ice*.«

»Morgen«, versprach Charles mit zitternder Stimme. »Morgen werde ich bezahlt. Ich gebe dir das Doppelte. Bitte, Mann. Bitte. Ich brauche … diesen Hit.«

»Willst du etwa das hier?«, höhnte der Dealer und zog eine kleine Ampulle mit *Ice* aus der Tasche. Der klare, flüssige Inhalt glitt eiskalt die Kehle der Abhängigen hinunter und verlieh ihnen einen vorübergehenden Schub übermenschlicher Kraft und Schnelligkeit. *Ice*, so viel wusste das Wissenschaftlerteam der Renegades mit Bestimmtheit, war eine synthetische Version des ursprünglichen GTECH-Serums, dem einige bisher nicht identifizierbare Komponenten hinzugefügt worden waren. Und um eine sichere Entzugsmethode zu entwickeln, hatte es sich als entscheidend erwiesen herauszufinden, was das genau für Komponenten waren.

»Ja! Bitte, David!«, rief Charles verzweifelt. »Bitte! Ich brauche unbedingt einen Hit.«

David steckte die *Ice*-Ampulle ein, und Charles griff nach seinem Arm. David schleuderte ihn mit einer Mühelosigkeit durch das Gässchen, die erkennen ließ, dass er die übermenschliche Stärke seiner eigenen *Ice*-Abhängigkeit spürte.

Sterling fluchte, drückte auf das Mikro an seinem Ohr und setzte sich mit seinem Team in Verbindung. »Heißes *Ice* unterwegs und ich hinterher.«

»Warte auf Verstärkung!«, befahl Caleb.

»Keine Zeit.«

»Sterl…«

Mitten in der wütenden Antwort schaltete Sterling das Mikrofon aus und tat das eine, von dem er wusste, dass es die Clanner nicht konnten. Er ließ eine Windbö aufkommen und verschwand in ihr. Binnen eines Sekundenbruchteils tauchte er am Ende der Gasse wieder auf und trat dann vor den Dealer hin, sodass ihm der Fluchtweg abgeschnitten wurde.

»Hi, Leute.« Er schenkte den Bodyguards keine Beachtung. »Ich hole mir jetzt die *Ice*-Ampulle, die du da in deiner Tasche hast. Dann kannst du dich schleichen und für den Rest deiner Tage Urlaub machen. Mach am besten, was alle pensionierten Drogendealer tun. Spiel an den Casinotischen. Oder schau dir *SpongeBob* an. Verpiss dich nur von meinen Straßen.«

David lachte schnatternd. »Deine Straßen? Diese Straßen gehören Adam Rain, wie du bald merken wirst.« Er unterzog Sterlings schwarzen Tarnanzug einer kurzen Musterung und richtete das Wort an den Mann zu seiner Rechten. »Scheint, als hätten wir einen Möchtegernsoldaten vor uns, der zu viel *Ice* geschluckt hat. Hält sich für einen Übermenschen oder so. Denkt, er kann uns rumschubsen.«

»Siehst du«, befand Sterling gedehnt, »und in diesem Punkt irrst du dich. Ich habe meine Party bei der Army bereits abgefeiert. Ich bin, was man einen freien Söldner nennt. Wir Renegades schreiben unsere eigenen Gesetze. Die von der guten, biegsamen Sorte, die es mir erlauben, dir derart eins zu verpassen, dass du hier die Straße entlangrollst, und dann das Ganze einfach zum Spaß gleich noch mal zu machen.«

David unternahm einen wenig erfolgreichen Versuch, seinen Begleitern ein verstohlenes Handzeichen zu geben, und die drei Männer stürzten sich auf Sterling. *Könnt ihr haben.* Er hätte windwalken und verschwinden können, aber wo bliebe da der Spaß? Also wich er nicht von der Stelle, trat einem der Angreifer in die Brust und ließ einem anderen die Faust aufs Kinn krachen. Die beiden Bodyguards – oder was die zugedröhnten Mistkerle waren – gingen erneut auf Sterling los, bevor er sich Charles und David vornehmen konnte. Keiner der beiden wirkte so beeindruckt von seinem Angriff, wie er es eigentlich hätte sein sollen.

Sterling versetzte einem der Männer einen Fausthieb, der diesen zurücktaumeln ließ. Dann ging er in die Offensive, griff nach dem anderen Mann und verpasste auch ihm einen Schlag. Zuvor gelang es dem Typen allerdings noch, Sterling die Mütze vom Kopf zu reißen und dabei ein Büschel kurzer blonder Stachelhaare mitzunehmen.

»Jetzt kämpfst du wie ein Mädchen«, murmelte Sterling gereizt.

Beide Männer waren schon wieder dabei aufzustehen, als er seine Aufmerksamkeit David zuwandte, der die Gasse hinabrannte und Charles flach ausgestreckt auf der Straße zurückließ.

Sterling windwalkte und trat vor David wieder in Erscheinung.

»Wie bist du ...«

Sterling packte David, hob ihn hoch und drückte ihn gegen die Wand. Die Füße des Dealers baumelten über dem Asphalt.

»Gib mir das *Ice*.«

»Wo bist du hergekommen, Mann?«

»Siehst du, das machen die Drogen mit dir«, erwiderte Sterling, wühlte in Davids Taschen und zog die Ampulle hervor. »Man bekommt Halluzinationen.« Er hielt David weiter fest und drehte sich in Erwartung der beiden Bodyguards um, aber sie hatten das Weite gesucht.

Damit blieben nur noch Sterling, Charles und David in der Gasse zurück, und Charles lag auf dem Boden, Schaum vorm Mund. Mit aller Kraft, die ihm das *Ice* verlieh, ließ David einen gewaltigen Boxhieb hart gegen Sterlings Kinn krachen.

Sterling grinste. »Schönes Gefühl«, sagte er. Ungefähr im selben Moment kam eine leichte Brise auf, und Caleb erschien an seiner Seite.

Caleb warf einen kurzen Blick auf Charles und schlug auf sein Headset. »Besorg mir einen Krankenwagen und eine Militäreskorte.«

Jede Behörde und alle Krankenhäuser in der Stadt waren angehalten, einer militärischen Hotline über alle mit *Ice* zusammenhängenden Aktivitäten Bericht zu erstatten, und diese Informationen gingen direkt an Sterling, da die Renegades ihn mit dem Kommando über die Innenstadt betraut hatten.

Dann löste Caleb Sterling ab und nahm sich David vor. Calebs Vermögen, menschliche Gefühle, Wahrheiten und Lügen zu erspüren, würde sich gleich wieder einmal als nützlich erweisen können. Aber zuerst warf er Sterling einen vielsagenden Blick zu. »Du weißt nicht, was ›warten‹ bedeutet, stimmt's?«

Sterling grinste. »Du würdest mich nicht mögen, wenn ich das wüsste.«

Caleb zuckte zusammen und stieß einen Grunzlaut aus. Der Dealer hatte sein Knie gut platziert in Calebs Schritt gejagt. »Das war wirklich unnötig«, presste Caleb mit erstickter Stimme hervor und drückte dem Gefangenen den Arm auf den Hals. »Also sei brav, und ich lass dich vielleicht am Leben. Ich will wissen, wo sich das *Ice*-Warenlager befindet.«

»Das weiß ich nicht«, antwortete der Dealer. »Denkst du wirklich, ich wüsste das?«

»Na schön«, sagte Caleb, der ihm zu glauben schien. »Wer ist dein Lieferant?«

Sterling hatte sich neben Charles gekniet, dessen Haut bläulich verfärbt war. Der Mann lag im Sterben. Verdammter Mist. Er brauchte die Ampulle mit *Ice*, die Sterling eigentlich einem Team von Wissenschaftlern hatte mitbringen wollen. Sie benötigten dringend Proben von der Droge.

Das gebellte Lachen des Dealers hallte durch die Gasse. »Adam Rain. Mein Lieferant ist Adam Rain.«

»Ja?«, fragte Caleb. »Wie sieht dieser Adam Rain denn aus?«

»Lass mich los, und ich sage es dir.«

Caleb knurrte frustriert und warf Sterling über die Schulter einen Blick zu. »Reine Zeitverschwendung. Liefer ihn der Army aus, und lass sie die Sache erledigen.«

Der Dealer wand und krümmte sich erfolglos in Calebs festem Griff. »Ich kann euch sagen, was ihr wissen müsst! Nur lass mich los.«

»Adam Rain ist mein Zwillingsbruder, du Idiot«, murmelte Caleb und hob den Mann an seinem Hemd hoch, sodass seine Füße über dem Boden baumelten. Dann warf er ihn in einen in der Nähe stehenden Müllcontainer. Ohne auf die Proteste des Mannes zu achten, ließ er den Deckel zukrachen und sicherte ihn mit seinen von der Army ausgegebenen Kunststoffhandschellen.

In der Ferne ertönten Sirenen. Caleb kniete sich neben Charles, zog eine Spritze aus seiner Tasche und nahm ihm noch schnell eine Blutprobe ab, bevor sie Gesellschaft bekamen. Caleb und Sterling wechselten einen stummen Blick. Beiden war klar, dass sie in einer schwierigen Lage waren. Bisher wussten sie noch nicht viel über *Ice*. Womöglich war es nicht immer gleich beschaffen – das eine Präparat tötete vielleicht, und ein anderes tat es nicht. Alle entsprechenden Theorien waren gleichermaßen gut, und man durfte sie nicht ignorieren, wenn man keine Antworten hatte. Mit anderen Worten: Sie wussten nicht, ob sie diesen Mann töten oder ihm das Leben retten würden.

Mit einem tiefen Seufzer sagte Caleb: »Bald kommt der Tag, an dem ich Adam für all das bezahlen lassen werde.« Er rieb sich das Kinn. »Gib ihm das *Ice*, aber heb ein paar Tropfen für das Labor auf.«

Es war eine gute Entscheidung. Sterling kippte dem Sterbenden das *Ice* in die Kehle und steckte den verbliebenen Inhalt der Ampulle genau in dem Moment in die Tasche, als die Army eintraf. Caleb entschuldigte sich, um einen Anruf entgegenzunehmen, und Sterling bahnte sich einen Weg durch das tobende Chaos, das das Dienstpersonal sogleich ausgelöst hatte.

Caleb kehrte zurück. Er bedeutete Sterling, ihm außer Hörweite zu folgen; sein Blick war sehr ernst. »Die kurze Liste von sechs Wissenschaftlern, von denen sich unser Team erhofft hat, dass sie vielleicht in der Lage sein könnten, ein Medikament für den Entzug zu entwickeln, ist auf eine Person zusammengeschrumpft. Die anderen fünf waren spurlos verschwunden, als unsere Teams vor Ort eintrafen. Wir müssen davon ausgehen, dass Adam vor uns da war.«

»Was ist mit Nummer sechs?«

»Wir haben geglaubt, Adam hätte sich diese Frau geschnappt«, antwortete Caleb. »Aber es hat sich herausgestellt, dass sie während der letzten paar Monate in Deutschland war. Wir haben sie erst wieder auf den Schirm bekommen, als sie einen Flug zurück in die Staaten gebucht hat. Ich will, dass du vor Ort bist, wenn sie eintrifft.«

Sterling rieb sich das Kinn. »Mensch, Caleb, du weißt, ich mache alles und wann immer du willst, aber wir brauchen mich hier. Ich kenne diese Straßen besser als irgendwer sonst, und daher bin ich unsere beste Chance, dieses Warenlager zu finden.«

»Sie stammt aus Killeen«, sagte Caleb. »Genau wie du.«

»Mindestens zehn von unseren Männern haben auf der Militärbasis Fort Hood bei Killeen gedient, und sie sind allesamt verdammt gute Soldaten. Bestimmt kann einer von denen das übernehmen.«

»Keiner der anderen ist in drei von vieren seiner Highschooljahre auf dieselbe Schule gegangen wie sie. Diese Verbindung kannst du einsetzen, um ihr Vertrauen zu gewinnen. Wir brauchen die Hilfe dieser Frau, Sterling.«

Sterling erstarrte, und Warnglocken schrillten in seinem Kopf. Dieselbe Highschool, zur selben Zeit? Das war ein wahres Monster von einem Zufall, und Sterling glaubte nicht an Zufälle. Der rasch mit Caleb gewechselte Blick verriet ihm wie gewöhnlich, dass sie der gleichen Ansicht waren. Auch Caleb glaubte nicht an Zufälle.

»Und wie heißt die Frau?«, fragte Sterling, auch wenn er tief im Inneren die Antwort unerklärlicherweise bereits kannte.

»Rebecca Burns.«

Vierundzwanzig Stunden später
Houston, Texas

Drei Monate Versteckspiel waren lange genug. Bereit, mit allem fertig zu werden, was die Zukunft bringen mochte, brachte Becca ihren blauen Volvo auf der Zufahrt zu ihrem Haus zum Stehen. Es lag meilenweit abgelegen inmitten von grasbewachsenen Hügeln und Trauerweiden. Sie stammte aus einer Familie von Kämpfern – von Soldaten und kernigen Frauen, die sich nicht unterkriegen ließen. Sie konnte sich geradezu bildhaft vorstellen, wie ihr Vater und ihr Bruder aus ihren Gräbern gekrochen kamen, um sie so lange zu schütteln, bis sie Vernunft annahm.

Gegen den heftigen Widerstand der Böen, die einen Mitternachtssturm ankündigten, schaffte sie es irgendwie, ihre Autotür zu schließen. Ihr schwarzes Baumwollkleid flatterte ihr um die Knie, und der Wind ließ ihr das lange, offene Haar um die Schultern fliegen. Es war fast zehn Uhr, und sie hatte einen anstrengenden Reisetag hinter sich – daher würde ihr Gepäck bis zum Morgen warten müssen. In sehnsüchtiger Erwartung machte sie sich auf den Weg zum Haus. Der hoch am Himmel stehende Mond lugte hinter der Wolkendecke hervor und tauchte den Pfad, dessen Steineinfassung sie vor einem Jahr selbst verlegt hatte, in schwaches Licht. Ein Lächeln legte sich auf ihre Lippen, als das zweigeschossige Haus in Sicht kam, und das Gefühl, dass sie hierhergehörte, hier am besten aufgehoben war, erfüllte sie. Dies war ihr Revier.

Ihr Lächeln hielt nicht lange. Als sie die Treppe zur Veranda erreichte, ließen die Bewegungsmelder ein sanftes Licht aufflackern – früher, als es eigentlich der Fall hätte sein dürfen. Becca schlug das Herz bis zum Hals, und sie wäre am liebsten geflohen, als in diesem Moment ein Mann aus dem Schatten trat. Mit seinem dichten blonden Haar schien der Fremde in Jeans und T-Shirt die Veranda ganz in Beschlag zu nehmen und förmlich alle Luft um Becca herum aufzubrauchen.

Während sie sich hätte umdrehen, wegrennen und nach dem Handy in ihrer Handtasche hätte greifen sollen, um Hilfe zu rufen, blieb sie unwillkürlich stehen und starrte ihn an. Und das nicht nur, weil er absolut umwerfend aussah – hochgewachsen, breitschultrig und mit scharf konturierten Zügen, als sei er einer Wunschfantasie entsprungen –, sondern auch, weil dieser Mann etwas Vertrautes hatte, etwas, das eine ferne Erinnerung an eine jugendliche Schwärmerei weckte. Es war eine Erinnerung, die ein warmes, magischen Flimmern durch ihre Glieder sandte.

»Hallo Becca«, sagte der sexy Fremde in einem tiefen Bariton, so rau wie Sandpapier.

Die erstaunlich vertraute Stimme ließ Becca ungläubig blinzeln, und aus einer schwachen Bewusstseinsregung wurde echtes Wiedererkennen. Das konnte doch nicht sein – *er* konnte doch nicht hier sein – oder doch? »Sterling?«

»Es ist lange her«, sagte er leise.

»Ich … ich kann nicht glauben, dass du hier bist.« Aber das war er. Sterling Jeter stand auf ihrer Türschwelle. Er war eine ältere, sogar noch attraktivere Version des Jungen, den sie einst gekannt hatte – jetzt war er ein Mann, sein Gesicht klarer konturiert, der Körper plastischer ausgeformt. Aber es bestand keinerlei Zweifel daran, dass er es war. »Wie kommst du hierher? Wie ist das überhaupt möglich?«

»Ich würde es dir lieber drinnen erklären, wenn du mich hereinbitten könntest.«

Eine neue Windbö fuhr über sie hinweg, hob ihr Haar empor und dann ihren Rock. Becca schnappte nach Luft und griff nach ihrem Rocksaum, um ihn wieder hinunterzuziehen, bevor Sterling einen Blick auf ihre Unterwäsche werfen konnte.

Während Becca nach ihrer Beinahe-Entblößung um Fassung rang, erwartete sie, ein Zeichen von Erheiterung auf Sterlings Gesicht zu bemerken. Doch als sie sah, wie er den Blick suchend über den Garten gleiten ließ, als halte er nach einer unbekannten Bedrohung Ausschau, verfinsterte sich ihre Miene.

»Wir sollten jetzt wirklich reingehen«, betonte er und schaute ihr ins Gesicht, und obwohl er sich nicht bewegt hatte, wirkte er plötzlich angespannt und strahlte Unruhe aus.

Unbehagen durchzuckte Becca, ihre Sinne kribbelten vor gespannter Wachheit und verrieten ihr, dass etwas hinter ihr war, sie beobachtete, ihr nachstellte. Nur mit knapper Not konnte sie sich bezähmen, nicht die Treppe hinauf und auf Sterling zuzurennen. Stattdessen zögerte sie und zwang sich zu bleiben, wo sie war. Ganz gleich, wie sexy und vertraut Sterling sein mochte, sie hatte seit ihren Highschooltagen nichts mehr von ihm gehört oder gesehen.

Trotz des Gefühls, dass sie irgendjemanden im Rücken hatte, der sie beobachtete, und dem Verlangen, schnellstmöglich in Deckung zu gehen, behielt die Vorsicht die Oberhand. »Du hast mir immer noch nicht verraten, warum du hier bist und wie du mich überhaupt gefunden hast.«

»Bitte mich in dein Haus, Becca«, erwiderte er. Seine Stimme war ebenso leise wie angespannt, und der Tonfall grenzte an einen Befehl.

Becca öffnete den Mund und hielt dann inne, als ihr ein Regentropfen auf die Stirn klatschte. Mehr Ermutigung brauchte sie nicht, um sich ihren Instinkten zu überlassen. Sie lief die Treppe hinauf und auf Sterling zu.

2

Seine verschärften GTECH-Sinne schlugen schreiend Alarm, während Sterling Becca ins Haus folgte und sein Team unsichtbar um die Grundstücksgrenze herum versteckt zurückließ. Hinter sich schloss er die Tür und war erleichtert über diese zusätzliche Schutzwand zwischen ihnen und den Zodius, die mit Sicherheit in der Nähe waren.

Becca drehte sich zu ihm um und war so nah, dass ihm ihr zarter Blumenduft in die Nase drang und sein Blut erwärmte. Nah genug, die unendlichen Verheißungen von bernsteinfarbenem Sonnenschein mit Honig in ihrem Blick zu sehen. Sie war jetzt eine Frau, schön, selbstbewusst, mit Kurven an den richtigen Stellen und einem absolut umwerfenden Mund, der in ihm den Wunsch weckte, den Kuss einzufordern, den er nie zu ergattern vermocht hatte.

Sie starrten einander an, und die Spannung ließ die Luft zwischen ihnen knistern. Da gab es eine unverkennbare, überraschend spürbare Anziehung zwischen ihnen, und doch war sie vermengt mit etwas Gefährlicherem, Dunklerem, das ihm nahelegte, dass sie ihn wahrscheinlich ohrfeigen würde, falls er sie jetzt einfach küsste. Und er würde diese Ohrfeige sogar verdienen, denn schließlich hatte er sie vor so langer Zeit sitzenlassen. Er würde sie sogar willkommen heißen, wenn sie die Vergangenheit aus dem Weg zu schaffen versprach.

Aber da lag noch mehr zwischen ihnen in der Luft – Unsicherheit, Misstrauen. Sie war angespannt und argwöhnisch, was umgekehrt nur seinen eigenen Argwohn ihr gegenüber verstärkte. Der Zufall ihrer Beteiligung an etwas, das ihm so nahe war, gab ihm allen Anlass zur Vorsicht – sie konnte ihre Monate in Deutschland genauso gut gemeinsam mit Adam Rain verbracht haben. Trotzdem wanderte sein Blick erneut über ihre vollen Lippen, und sein Blut geriet noch mehr in Wallung.

Er stellte sich ihrem misstrauischen Blick und sah ihr in die Augen. »Du solltest abschließen«, riet er ihr. Am liebsten hätte er es selbst getan, doch hatte er Angst, sie noch mehr gegen sich aufzubringen, wenn es so aussah, als wollte er sie gefangen halten.

Sie legte ihre Handtasche auf den schmalen Mahagonitisch an der Wand. »Schlösser würden meine Flucht behindern, falls du dich als verrückter Stalker entpuppen solltest.«

Nur gut, dass er die Tür nicht selbst abgeschlossen hatte, dachte er amüsiert. Seine Lippen kräuselten sich angesichts dieser skurrilen Anklage, auch wenn er wusste, dass sie nur halb scherzhaft gemeint war. »Seit wann wartet ein verrückter Stalker auf eine Einladung hereinzukommen?«

Sie verschränkte die Arme vor der Brust. »Ich habe gehört, dass Stalker oft ziemlich geduldig und berechnend sind.«

»Ich habe keine vierzehn Jahre lang Geduld, und so lange ist es her, dass wir uns das letzte Mal begegnet sind.« Vor allem nicht, wenn es um sie ging. Vielmehr war er sich verdammt sicher, dass er der Versuchung nachgeben und Becca küssen würde, sollte er auch nur noch eine Minute länger mit ihr in diesem winzigen Flur stehen. »Können wir uns irgendwo hinsetzen und reden?«

Sie musterte ihn noch mehrere Sekunden lang und schätzte ihn mit ihrem intelligenten Blick ab. Dann wies sie den Flur hinunter. »Hier entlang.«

Sterling ließ die Schlösser zuschnappen und folgte ihr in eine blitzblanke, ganz weiße rechteckige Küche, die vor Perfektion glänzte – so wie man es im Haus eines Soldaten erwarten würde. Aber schließlich war sie auch als Soldatentochter groß geworden, und so überraschte ihn das nicht.

Sie strich sich das vom Wind zerzauste seidige Haar aus dem Gesicht und deutete auf den Tisch, um Sterling einen Platz anzubieten, ohne zu erkennen zu geben, dass sie sich auch setzen wollte. Er runzelte die Stirn. »Du willst dich nicht zu mir setzen?«

»Nicht bis ich weiß, warum du hier bist und wie du hergekommen bist«, sagte sie und lehnte sich gegen eine Arbeitsfläche. »Und ehrlich gesagt ist es mir lieber, wenn du sitzt und ich stehe. Es gibt mir das Gefühl, rechtzeitig wegrennen zu können, falls dieses Wiedersehen einen schlechten Verlauf für mich nimmt.«

Sterling lachte leise, griff sich einen Holzstuhl vom Tisch, setzte sich rittlings darauf und legte die Arme auf die Rückenlehne. »Jetzt zufrieden?«

Sie musterte ihn einen Moment, dann antwortete sie: »Nein. Nein, ich bin nicht zufrieden. Ich komme mir vor wie in einem unheimlichen Film. Und ich kann mir keinen einzigen Grund vorstellen, wieso der Typ, der mich vor vierzehn Jahren versetzt hat, einfach so aus heiterem Himmel vor meiner Tür stehen sollte. Woher hast du überhaupt gewusst, wo du mich finden kannst?«

Verdammt, da war er auch schon: der Grund, warum er es verdiente, geohrfeigt zu werden. »An jenem Abend …«

Sie hob abwehrend eine Hand. »Ich will es nicht wissen.«

»Ich möchte …«

»Lass es bitte«, sagte sie und schüttelte den Kopf. »Es ist peinlich. Es ist vorbei. Und außerdem macht mich allein schon der Gedanke daran, wie ich stundenlang in dieser Bibliothek gesessen und auf dich gewartet habe, geradezu lächerlich wütend auf dich.« Abermals verschränkte sie die Arme vor der Brust. »Vielleicht solltest du mir also einfach sagen, warum du hier bist.«

Verdammt. Er hätte am liebsten erst das mit der Vergangenheit geklärt, und normalerweise wäre er jetzt auch hartnäckig beim Thema geblieben. Aber dieser kribbelnde Instinkt, der ihm sagte, dass irgendetwas nicht stimmte, ließ ihn einfach nicht los. »Wir brauchen deine Hilfe, Becca.«

»Wir – und wer ist das?«

»Wir – das ist mein Einsatzkommando.«

»Du bist zur Army gegangen?«

Er nickte. »Vor vierzehn Jahren.«

Sie blinzelte und schien zu begreifen, dass diese Zeitangabe sie genau zu seinem versäumten Date zurückführte, sagte aber nichts dazu. »Warum um alles in der Welt sollte ein Einsatzkommando meine Hilfe brauchen?«

»Momentan kursiert in der Bevölkerung eine Straßendroge, die stark süchtig macht. Und wenn ich sage, dass sie süchtig macht, dann meine ich: Wer diese Droge einmal genommen hat, kann nicht mehr damit aufhören, ohne zu sterben. Wenn wir keine Methode finden, den Menschen diese Droge gefahrlos abzugewöhnen, werden wir es mit einem Massensterben zu tun bekommen. Und wir hoffen, dass du uns dabei helfen kannst.«

»Oh Gott«, stöhnte sie und wurde blass. »Ich will ja helfen. Wirklich. Ich möchte helfen, aber ich bin Astrobiologin, Sterling. Ich weiß nicht das Geringste über Drogen von der Straße.«

Sterling. Verdammt, er wollte sie seinen Namen noch einmal sagen hören – und das hieß, ihm ging es hier persönlich um so viel, dass seine Urteilskraft vermutlich getrübt war. Aber der Teufel sollte ihn holen, wenn er sie jemand anderem überließ. »Wir haben es hier mit keiner typischen Straßendroge zu tun«, fuhr er fort. »Die Droge ist ein Produkt der Militärtechnologie, und damit meine ich eine Technologie, die auf etwas beruht, das *nicht von dieser Welt* ist.«

Der Ausdruck absoluten Entsetzens auf ihrem Gesicht widerlegte seinen Verdacht, sie könnte bereits von *Ice* gewusst haben. Sie setzte sich neben ihn, und die räumliche Schranke zwischen ihnen war vergessen. »Bitte, sag mir, dass ich das falsch verstanden habe und dass du keinen außerirdischen Organismus meinst. Denn ein außerirdischer Organismus könnte in unserer Umwelt verheerende, unberechenbare Folgen haben. Vielleicht nicht auf der Stelle, aber im Laufe der Zeit. Es ist genau das, wovor wir uns bei der NASA fürchten – um es zu verhindern, arbeiten wir uns von früh bis spät ab.«

Er rutschte mit seinem Stuhl ein paar Zentimeter herum, sodass er ihr direkt gegenübersaß. »Ich weiß nicht, ob man es einen Organismus nennen kann. Andererseits kann man das vielleicht schon. Wir wissen bisher nicht, womit wir es genau zu tun haben. Die Laborberichte weisen eine unbekannte Komponente auf. *Was* wir wissen, ist, dass die Army vor fast drei Jahren ein Serum entwickelt hat – aus einer DNA-Probe, die in den fünfziger Jahren einem … sagen wir einmal einzigartigen Luftfahrzeug entnommen wurde – und einen Versuch mit diesem Serum durchführte. Man erzählte einer Gruppe von zweihundert Soldaten, dass sie gegen einen chemischen Wirkstoff geimpft würden, den der Feind in seinen Besitz gebracht habe. Diese Männer wurden zu dem, was wir jetzt als die GTECH-Supersoldaten kennen. Nicht lange nach Abschluss der Injektionsreihe wurde die DNA, aus der man das Serum entwickelt hatte, vernichtet und mit ihr die Möglichkeit, es neu herzustellen. Unsere Wissenschaftler glauben, dass diese Straßendroge eine synthetische Nachbildung des Serums ist.«

Sie schloss die Augen. »Er hat es also wirklich durchgezogen.«

Sterling erstarrte. »Er? *Wer?* Was meinst du, Becca?«

Sie sog angespannt die Luft ein und stieß den Atem wieder aus. »Vor einigen Jahren ist ein General Powell an mich herangetreten mit der Bitte, ihm bei etwas zu helfen, das er das Impfprogramm ›Projekt Zodius‹ nannte.«

»Powell war verantwortlich dafür, unter Vorspiegelung falscher Tatsachen Soldaten für Area 51 zu rekrutieren«, bestätigte Sterling. »Dann ließ er ihnen die DNA injizieren.« Und als Nächstes hatte er versucht, seine Schöpfungen mit Foltergeräten zu kontrollieren, die ihr Immunsystem zerstörten, aber diesen Teil ließ er weg. »Er ist also an dich herangetreten – und was dann?«

»Ich wollte unbedingt helfen, das Leben unserer Soldaten zu retten«, sagte sie, und die Anspannung in ihrer Stimme ließ ihn vermuten, dass sie an ihren Vater und ihren Bruder dachte, die beide erst vor wenigen Jahren im Kampf ums Leben gekommen waren. Ihm kam Caleb in den Sinn, und er fragte sich, was schlimmer war: Ein geliebtes Familienmitglied im Krieg zu verlieren oder einen Krieg gegen das einzige verbliebene Familienmitglied zu führen, wie Caleb es jetzt tun musste.

»Es hat mich auch fasziniert«, fuhr sie fort. »Die Wissenschaftlerin in mir jubilierte über die Gelegenheit, das Unbekannte zu erforschen.«

»Aber du hast Nein gesagt.«

»Das musste ich. Powell wollte diesen Impfstoff binnen weniger Monate fertig haben. Ich wusste, dass er sich auf gefährlichem Boden bewegte, seine Forschung mit dem unbekannten Erreger zu überstürzt vorantrieb, und damit wollte ich nichts zu tun haben. Tatsächlich bin ich sogar zu meinen Vorgesetzten gegangen und habe darum gebeten, dass sie sich einschalten, um ihn aufzuhalten.«

»Und was ist passiert?«

»Man hat mir klipp und klar gesagt, dass ich mich da raushalten solle. Sie haben mir zu verstehen gegeben, dass es gefährlich wäre, irgendwelche Maßnahmen gegen Powell zu ergreifen – und das Ganze mit einem deutlich drohenden Unterton. Ich war entsetzt.« Nach kurzem Schweigen fuhr sie fort: »Sind sie tot? Die Männer, denen er DNA injizieren ließ?«

»Es ist nichts geschehen, was du hättest verhindern können. Powell war zu mächtig. Niemand hätte ihn aufhalten können.«

»Sind sie gestorben?«, fragte sie erneut. »Bitte, Sterling, ich muss es wissen.«

»Nein«, antwortete er. »Sie sind nicht gestorben.«

»Gott sei Dank.« Ihre Schultern entspannten sich ein klein wenig, aber schon einen kurzen Moment später verengten sich ihre Augen zu Schlitzen, und sie fixierte ihn mit ihrem Blick. »Was verschweigst du mir?«

Sterling zögerte, obwohl ihm klar war, dass sie die Wahrheit wissen musste, um effektiv an einem Mittel gegen *Ice* arbeiten zu können. »Wenn ich dir das erst einmal mitgeteilt habe, Becca, kann ich es nicht mehr rückgängig machen. Diese Drohung, dich nicht in Powells Angelegenheiten einzumischen, war nichts im Vergleich zu dem, worüber wir jetzt reden. Für diese Art Geheimnis werden Menschen umgebracht.«

»Du gehörst zu einem Sonderkommando, was bedeutet, dass du mich überprüft hast, bevor du hierhergekommen bist.« In ihrer Stimme lag etwas Schneidendes, als sei es ihr unangenehm, es auszusprechen. »Du musst ja wissen, dass ich keine Verpflichtungen eingehen kann, die absehbar von längerer Dauer sein werden.«

Er nahm einen tiefen Atemzug, der ihm scharf und schmerzhaft in die Lunge schnitt wie eine Klinge. Nun war es heraus. Der angebliche Grund für ihren Aufenthalt in Deutschland, dem er keinen Glauben geschenkt hatte – eine experimentelle, nicht invasive Behandlung einer seltenen, schnell voranschreitenden Form von Lungenkrebs, an der besonders Nichtraucher erkrankten. Er sah die Wahrheit in ihren Augen – ihren Tod, ihre Angst. Trauer, Zorn und eine Woge nicht zu verleugnender Beschützerinstinkte setzten sich dort fest, wo zuvor seine Atemluft gewesen war, und tosten dann mit der Wucht einer Atombombe durch sein Inneres. Aber sie sah nicht krank aus. Ihr waren die Haare nicht ausgefallen. Nein, die Geschichte vom Krebs war nur vorgeschoben – sie arbeitete für Adam. Es war die Qual ihrer Schuldgefühle, ihrer Reue, die an ihr nagte. Das musste es sein. Er könnte sie aus dieser Welt der Finsternis herausziehen, aber er könnte sie nicht wieder aus dem Grab herausziehen. Doch ihre Augen, ihre wunderschönen bernsteinfarbenen Augen, verrieten eine Wahrheit, von der er wollte, dass sie eine Lüge war.

Bevor er sich zügeln konnte, war er aufgesprungen, nahm sie in die Arme und fuhr ihr mit den Fingern durchs Haar.

»Das werde ich nicht zulassen«, schwor er, zog ihren Mund an seinen, öffnete ihre Lippen und schmeckte sie mit einem langsamen Spiel seiner Zunge. Im selben Moment zerbarsten die Terrassentür und das Küchenfenster über der Spüle.

3

Das ferne Echo zersplitternden Fensterglases hallte rings ums Haus durch die Luft, als Sterling Becca zu Boden riss und ihren Körper mit dem seinen schützte. Der hautenge Area-51-Körperpanzer, den er unter seiner Kleidung trug, bot ihnen beiden Schutz vor Verletzungen. Sekunden verrannen in Zeitlupe, während sich um sie herum unheilverkündendes Schweigen ausbreitete. Rauch stieg auf und hüllte sie in giftigen Qualm, der Becca zum Verlassen des Hauses zwingen sollte. Nun, schön und gut – Adam konnte Sterling an seinem texanischen Arsch lecken. Der Einzige, der heute Abend mit Becca von hier weggehen würde, war er. Wie um Sterlings festen Vorsatz zu verhöhnen, schoss eine zweite Rauchbombe durch die Terrassentür und explodierte, gefolgt von einer dritten.

»Ich könnte hier drinnen jede Sekunde Hilfe gebrauchen, Damion«, murmelte Sterling in sein unsichtbares Mikrofon, während er sich wieder aufrappelte. Er zog Becca mit sich hoch und fluchte innerlich, da sein zweiter Mann immer noch nicht geantwortet hatte.

»Was geht hier vor?« Keuchend schnappte sie nach Luft, die geballte Faust an die Brust gedrückt, Panik in den Augen. »Oh Gott. Ich kann nicht … atmen. Wir müssen hier raus.« Sie warf einen unruhigen Blick in Richtung Terrassentür, und im nächsten Moment war sie auch schon losgerannt.

Sterling stürzte ihr nach, umklammerte ihr Handgelenk und zerrte sie zu sich zurück. »Immer mit der Ruhe, Süße, du rennst dem Feind direkt in die Arme.«

»Lass mich los«, zischte sie und versuchte, ihn von sich zu stoßen, während sie zugleich nach Luft rang und Rauch aushustete. »Du verstehst nicht. Meine … ich …«

»Du hast Atemprobleme«, sagte er, zog ihren Rücken an seine Brust und legte die Arme um sie, bevor sie die Flucht ergreifen konnte. »Ich weiß es, und das wissen auch die Typen, die diese Rauchbomben ins Haus geworfen haben.« Er sprach leise, die Lippen an ihr Ohr gedrückt. »Dieselben Typen, die dich lieber töten wollen als zuzulassen, dass du uns hilfst, ein Gegenmittel zu entwickeln.«

»Mich töten?«, keuchte sie und versuchte, ihn über die Schulter hinweg anzusehen. »Sie wollen mich töten?«

»Ja. Dich töten.« Es war von entscheidender Wichtigkeit, dass sie das Ausmaß der Gefahr begriff und auf ihn hörte. Dass sie ihm vertraute, auch wenn er ihr noch keinen Grund dazu gegeben hatte. Er drehte sie zu sich um, seine Hände auf ihren Armen. »Ich werde dich sicher hier rausbringen. Ich verspreche es dir. Aber du musst genau das tun, was ich sage und genau dann, wenn ich es sage.«

Sie nickte ernst. »Ja. Okay. Ich bin normalerweise nicht so … Ich hätte nicht in Panik geraten und wegrennen sollen. Sag mir, was ich tun muss.«

Tapfer und schön. Genau sein Typ Frau. Sterling riss ein Handtuch von der Ablage, ließ Wasser darauf laufen und reichte es ihr. »Halt dein Gesicht damit bedeckt.«

Ihre Hand in seiner, zog er Becca lautlos hinter sich her und ging in Richtung Flur, aber nicht weiter zur Vordertür, wo man sie erwarten würde. Er bog um die Ecke, und, heilige Mutter Gottes, selbst er konnte so gut wie nichts sehen. Erstickender Rauch erfüllte jeden verdammten Zentimeter des Hauses und verwandelte den Flur in eine einzige große weißgraue Wolke.

Becca hustete und keuchte, wodurch sie vernehmlich ihren

momentanen Aufenthaltsort kundtat. Aber wichtiger war noch, dass sie damit deutlich machte, wie dringend sie frische Luft benötigte.

Er zog sie an der Wand in die Hocke, um in die Luft unter dem Rauch zu gelangen, nur um festzustellen, dass es kein »unter dem Rauch« gab. Da war nur noch mehr Rauch. »Alles in Ordnung?«

»Ich lebe«, antwortete sie. »Das ist alles, was zählt.«

In der Tat, und es reichte auch, um Sterling wieder aktiv werden zu lassen. Er führte sie zum Treppenhaus, wo er stehen blieb und an das Mikrofon an seinem Ohr klopfte. »Damion, verdammt noch mal. Wo bist du?«

Nichts. Kein einziges verfluchtes Wort.

Er begann die Treppe hinaufzusteigen, aber Becca stolperte und wäre beinahe gestürzt. Sterling schlang schnell die Arme um sie – nur um zu spüren, wie sie in seiner Umklammerung erschlaffte.

»Becca. Becca.« Sein Herz hämmerte in seiner Brust, und sein Blut war vor Angst gefroren. »Wage es ja nicht, mir wegzusterben.«

Er setzte sich auf die Stufen, hielt Becca dicht an sich gedrückt, presste seine Lippen auf die ihren, betete um ihren warmen Atem und fand einen schwachen Lufthauch. *Ja, danke, Gott.*

Damions Stimme ertönte in seinem Kopfhörer – verflucht, endlich meldete er sich! »Wo bist du?«

»Im Treppenhaus, und es ist höchste Zeit, verdammt. Ich muss schnellstens hier raus. Becca ist ohnmächtig geworden und in Lebensgefahr. Ich brauche Sauerstoff, und zwar sofort.«

»Erster Stock. Das Zimmer links. Wir treffen uns am Fenster.«

Noch bevor Damion mit seiner Anweisung fertig war, hatte Sterling Becca bereits hochgehoben und rannte mit ihr die Treppe hinauf. Rauch pumpte durch seine Lunge wie Motorenöl, aber er verlangsamte sein Tempo nicht. Er würde überleben, sich wieder erholen. Er musste Becca hier rausbringen, oder sie würde es nicht schaffen.

Die Sicht oben an der Treppe ging gegen null, und Sterling hielt sich nicht damit auf, darüber nachzudenken, was ihn womöglich erwartete. Er wandte sich nach links und trat die nächste Tür auf, um einen glücklicherweise rauchfreien Raum vorzufinden … und Damion, der sich durchs Fenster hereinbeugte.

»Die Zodius haben sich verzogen«, sagte er, winkte Sterling heran und öffnete die Arme, um Becca zu übernehmen. »Sie ziehen sich zurück oder formieren sich neu.«

Oder sie warten mit ihrem nächsten Angriff, bis Becca aus dem Haus kommt, dachte Sterling und zögerte, Becca an Damion zu übergeben. Ein warnendes Kribbeln durchzog ihn, und eine Sekunde später fuhr Damion herum, als spürte er es ebenfalls. Kampfgeräusche folgten – Ächzen, Schläge, etwas donnerte gegen die Wand. Dann ein Brüllen, das sich entfernte. Stille trat ein. Damion und sein Angreifer waren vom Dach gestürzt.

Sterling warf einen Blick auf Beccas bleiches, fast lebloses Gesicht und wusste, schon bevor er sich dicht über ihren Mund beugte, dass sie nicht mehr atmete. Er schob die schmerzhaft durch die Brust rasenden Gefühle beiseite und zwang den ausgebildeten Soldaten in sich zu einer Reaktion. Schnell trug er sie neben das Bett und legte sie auf den Boden, wo man sie vom Fenster aus nicht sehen konnte. Die beiden Pistolen unter seinem Hosenbein warf er aufs Bett, schussbereit und in Reichweite.

Und er war längst nicht mehr das, was man einen gläubigen Menschen nannte, aber, verflucht noch mal, er betete tatsächlich, als er sich jetzt über sie beugte und seine Lippen auf ihre presste, während er abwechselnd Atem in sie hineinblies und auf ihre Brust drückte. »Komm schon, Mädchen. Komm schon.« Sie atmete immer noch nicht. »Scheiße!«

In einem fernen Winkel seines Bewusstseins hörte er das Geräusch von Bewegungen am Fenster, aber er konnte nicht darüber nachdenken, ob es vielleicht der Feind war, konnte keine Sekunde verstreichen lassen; nicht jene Sekunde, die vielleicht bedeutete, dass Becca nie wieder atmen würde. Atmen, drücken, atmen, drücken. Dann keuchte sie, ihre Lider zuckten und schlossen sich wieder, und er strich ihr das dunkle Haar aus den Augen. Sie stemmte sich auf die Hände hoch und blickte sich orientierungslos um. »Sterling …?«

Erleichterung flutete über ihn hinweg, als er seinen Namen aus ihrem Mund hörte, den Beweis, dass sie lebte und bei Bewusstsein war. Seine Instinkte meldeten sich zurück, und er griff nach seinen Waffen.

»Wage nicht mal, daran zu denken«, kam das Knurren von oben.

Sterling fuhr herum, ging in die Hocke und starrte in den Lauf einer Waffe in der Hand von Tad Benson, der muskelbepackten Bulldogge, Adam Rains zweitem Mann. Er hatte ihn während ihres gemeinsamen Dienstes in Area 51 gut kennengelernt. Hatte ihn nicht gemocht und mochte ihn jetzt noch weniger. »Es ist nicht gut, mit Waffen zu spielen«, bemerkte Sterling trocken. »Man könnte selbst getroffen werden.«

»Wacker gesprochen vom Mann ohne Waffe«, gab Tad zurück. »Nimm die Frau und trag sie zum Fenster. Gib sie dort meinem Mann. Dann wirst du mit mir zu einer kleinen Nachbesprechung nach Zodius City zurückkehren.«

Übersetzung: Er würde gefoltert, bis er Geheimnisse der Renegades preisgab. *Darauf könnt ihr lange warten.*

Ihre Blicke trafen sich und ließen einander nicht los. Sie wussten beide, dass genug Wind durch das Schlafzimmerfenster strich, um Sterling die Flucht zu ermöglichen. Sie wussten aber auch, dass das Windwalken für Menschen potenziell tödlich war, was bedeutete, dass es ein Risiko war, wenn er Becca mitnahm, vor allem in ihrem gegenwärtigen Zustand. Ruckartig richtete Tad eine seiner Waffen auf Becca.

Er schien Sterlings Gedanken lesen zu können. »Nur damit du Bescheid weißt: Ich habe Befehl, die Frau zurückzubringen, tot oder lebendig. Adam hätte sie lieber lebendig, aber mir ist beides recht.«

»Es geht doch nichts über einen Mann, der weiß, wie er seinem Boss einen Gefallen tun kann«, höhnte Sterling und versuchte, Tads Aufmerksamkeit weiter auf sich gerichtet zu halten und von Becca abzulenken.

Es funktionierte besser als erwartet. Tad knurrte und schoss ihm ohne Vorwarnung in den Arm.

Sterlings Panzer bot keinen Schutz gegen die Green Hornets, die Kugeln aus Area 51. Sie zerfetzten den Stoff, dann sein Fleisch und die Knochen.

»Sterling!«, keuchte Becca, und er spürte, wie sie sich hinter ihm bewegte, sich enger an seinen Rücken presste.

»Alles in Ordnung«, sagte er. Er spürte, wie sie die Hand über die Wunde legte, um den Fluss des Bluts aufzuhalten, das klebrig und warm seinen Ärmel hinabsickerte. Stechender Schmerz durchschoss Sterlings Körper und fuhr ihm bis in die Zähne, aber er würde Tad nicht die Genugtuung geben, es sich anmerken zu lassen – und auch keinen Grund, sich wieder Becca zuzuwenden. »Du solltest wirklich an deiner Selbstbeherrschung arbeiten, Tad.«

»Sie kommt jetzt zum Fenster, oder ich schieße noch ein paar Kugeln in deine Brust und geb dir den Rest.«

»Ich gehe«, sagte Becca schnell und machte den Versuch aufzustehen.

Sterling hielt sie am Arm fest. »Ich werde sie tragen. Sie ist zu schwach, um zu laufen.«

Ohne Tad aus den Augen zu lassen, stand Sterling auf. Hinter ihm erhob sich Becca automatisch mit ihm. Die Zeit schien stillzustehen, während er Becca ansah und ihr stumm mitteilte, dass sie sich auf das, was nun kommen würde, vorbereiten solle. Begreifen stahl sich in ihren Blick, eine Kampfbereitschaft, die ihren körperlichen Beeinträchtigungen spottete. Und zu seinem Erstaunen schnellte ihr Blick kurz zum Bett, zu seinen Waffen. Überraschung! Wer hätte das gedacht: Seine kleine Becca war eine richtige Kämpferin.

Er bückte sich, um sie hochzuheben, und positionierte sich so, dass Tad sie nicht sehen konnte. Im selben Moment packte sie eine der Waffe. Die zweite Waffe ließ Sterling unbeachtet liegen, außerstande, gleichzeitig Becca zu halten und die Waffe an sich zu bringen. Er machte einen Satz Richtung Tür, und Becca fuhr in seinen Armen herum und begann auf Tad zu schießen. Offensichtlich war sie im Umgang mit Schusswaffen ausgebildet.

Tad feuerte ebenfalls, und eine Green Hornet, gefolgt von einer zweiten, durchdrang Sterlings linkes Schulterblatt. Die Projektile zerrissen Knochen und Muskeln. Aber das Gewicht von Becca in seinen Armen und der schiere Heldenmut dieser Frau, die seine Waffe wieder und wieder abfeuerte, hielten ihn aufrecht, während er durch den Rauch und zwischen den Möbeln hindurch die Treppe hinunterlief.

Eine weitere Kugel durchdrang seine Rüstung, bohrte sich in seinen Rücken. Der heftige Aufprall, das Knirschen von Kugel auf Fleisch, ließen Sterling aufstöhnen, aber irgendwie rannte er weiter.

Er trat die Vordertür auf und stürmte auf die Veranda hinaus, wo Damion war und die Hände nach Becca ausstreckte. Sterling drückte sie ihm in die Arme; zugleich kämpfte er gegen ein Bauchgrimmen an, das ihm sagte, dass es ein Fehler war. Aber er war jetzt nicht mehr in der körperlichen Verfassung, sie zu beschützen, und das wusste er. Unter Aufwand der letzten Energie, die noch in ihm war, fuhr er herum, um sich Tad zu stellen und Damion damit eine Chance zur Flucht zu geben. Er war gewappnet für seinen Abgang, doch die Sekunden verrannen ohne eine Spur von Tad.

Ein unangenehmes Gefühl zog seinen Magen zusammen, und Sterling fuhr herum, um nach Becca zu sehen. Schmieriges Blut klebte vorne und hinten an seinem Hemd und tropfte auf seine Beine. Farbige Punkte tanzten vor seinen Augen, und er klammerte sich an den Türrahmen, um nicht hinzufallen, während er zu verarbeiten versuchte, was er sah. Damion hielt Becca nun nicht mehr in den Armen. Tad hielt sie. Damion war auch nicht verletzt, kämpfte nicht oder bemühte sich, Becca zu retten. Er war vielmehr nirgends zu finden. Also hatte Damion sie Tad ausgehändigt. Das war die einzige Erklärung.

»Nein!« Der Schrei explodierte aus Sterlings Lunge, erfüllt von wildem Zorn, der ihn nach dem Wind greifen ließ – aber er war zu schwach, um ihn zu kontrollieren.

Er stürmte über die Veranda auf Becca zu, doch sobald seine Füße die Treppe berührten, zerriss eine Kugel sein Knie. Weitere bunte Punkte überfluteten sein Gesichtsfeld, und er streckte die Hand nach dem Geländer aus, griff aber ins Leere. Noch während er fiel, wollte er sein Handy herausholen. Caleb … er musste … es Caleb sagen … Damion war ein *Verräter.*

Dieser Gedanke hallte in seinem Bewusstsein wider … hallte durch die Dunkelheit.

Er rutschte die Treppenstufen hinab, kaum fähig zu begreifen, was geschehen war. Sterling hatte Becca gefunden und sie ein zweites Mal verloren … hatte sie im Stich gelassen – sie enttäuscht und versagt.

4

»Sterling!«, schrie Becca, während sie sich gegen den Griff des Mannes wehrte, der sie vom Haus wegtrug – jenes Mannes, der im Schlafzimmer auf Sterling geschossen hatte. Sie drehte und wand sich verzweifelt.

Ihr Blick wanderte über die bullige Schulter ihres Peinigers hinüber zu Sterling, und sein Anblick brachte einen Moment der Hoffnung. »Sterling!«

Er sah sie. Sie war sich sicher. Aber dann stolperte er. Er fiel. Becca schrie auf, begriff, dass er erneut getroffen worden war, und sah, wie eine Gruppe Soldaten auf ihn zustürmte. Sie betete, dass es seine Männer waren, dass sie ihn retten würden. Um ihretwillen hatte er diese Kugeln in Kauf genommen. Eigentlich sollte sie sterben, nicht er – und sie kämpften mit dem Tod.

Diese Ungerechtigkeit und die Angst um Sterling schnitten ihr ins Fleisch, und das Adrenalin ließ sie wieder aktiv werden. Sie kämpfte gegen den großen, stämmigen Mann, der sie festhielt – mit Zähnen, Nägeln, Fäusten. Sie kämpfte um ihr Leben, kämpfte darum, zu Sterling zurückzukommen. Gott, er würde sterben. Sie wusste es einfach. Sie musste Hilfe holen.

»Verfluchtes Biest«, murmelte der Mann, der sie festhielt, dann warf er sie auf die Ladefläche eines Lastwagens, der hinter ihrem Haus aufgetaucht war. Sie flog über harten Stahl und schlug keuchend gegen die Wand. Der Aufprall ließ ihre Knochen scheppern. Irgendwie rappelte sie sich in eine sitzende Position hoch – gerade rechtzeitig, um zu sehen, wie ihr Sterlings blutender, gebrochener Körper über die Ladefläche entgegengeworfen wurde. Er zog eine Blutspur hinter sich her. So viel Blut … zu viel Blut.

Sie kroch zu ihm hinüber, nur um zu merken, dass der große Mann nun über ihr stand, als habe er sich mit Lichtgeschwindigkeit bewegt. Er packte ihr Haar, griff sich ein großes Büschel und riss ihren Kopf zurück.

Dann holte er eine Ampulle mit einer durchsichtigen Flüssigkeit hervor. »Schluck das.«

»Nein!« Sie versuchte, den Kopf zu schütteln, und er zog weiter an ihrem Haar. »Nein!«

Eine Waffe erschien in seiner Hand, und er richtete sie auf Sterlings Kopf. »Eine Kugel ins Gehirn wird er nicht überleben. Du hast die Wahl. Soll er leben oder sterben?«

Er meinte es ernst. Sie sah es in seinen Augen. Er hasste Sterling und wollte ihn töten, falls ihm das nicht schon gelungen war. Auf dem Stahlboden hatte sich eine große Lache mit Sterlings Blut gebildet – zu groß, als dass er überleben konnte. Zu viele Kugeln steckten in seinem Fleisch, aber sie konnte – wollte – ihn nicht aufgeben.

»Gut, ich nehme es.« Sie streckte die Hand aus und erntete ein hämisches Lächeln. Der Mann legte seine Waffe weg und reichte ihr die Ampulle, aber der unbarmherzige Griff um ihr Haar wurde noch fester.

Becca ließ die kühle Flüssigkeit ihre Kehle hinablaufen und hustete, als ein eisiges Gefühl sie regelrecht schüttelte. Es brannte in ihrer Kehle, aber mehr wie Feuer als wie Eis – *Ice*. In der nächsten Sekunde brannte es auch in ihren Lungen.

Der Mann hockte sich neben sie, drückte seinen gewaltigen Körper dicht an sie heran und hielt seine Lippen an ihr Ohr. »Ich heiße Tad, und ich bin der Mann, der gerade deinen Krebs geheilt hat und zu deinem Drogendealer geworden ist. Das macht mich zu deinem neuen Sugar Daddy.« Er hielt eine weitere Ampulle *Ice* in die Höhe. »Wenn du zu zittern anfängst und einen weiteren Hit brauchst, werden wir darüber reden, welche Bezahlung wir als Gegenleistung erwarten. Und nur damit du Bescheid weißt und nicht etwa auf die Idee kommst, uns untreu zu werden: Falls du nur eine einzige Dosis deines neuen Heilmittels auslässt, wirst du an den Entzugserscheinungen sterben. Mit anderen Worten, du gehörst uns.« Er machte eine Bewegung auf Sterling zu. »Nicht ihm. Keinem von seinesgleichen.«

Seinesgleichen. Becca hatte keine Ahnung, was das bedeuten sollte. Er ließ sie los, stand auf und starrte mit einem dunklen, wollüstigen Blick auf sie herab, der dem *Ice* in ihren Adern eine geradezu arktische Kälte verlieh. Als er sich endlich abwandte, nahm sie nur noch eine verschwommene Bewegung wahr, dann krachten die Stahltüren zu und sperrten sie ein. Auf sie hatte das die gleiche erstickende Wirkung, als sei ihr eigener Sargdeckel über ihr zugeschlagen. Nur ein kleines Licht flackerte oben an der Decke.

Sie grub die Finger in Sterlings Hemd und spürte sein nasses, dickflüssiges Blut auf der Haut. Angst und Wut überschlugen sich in ihr, explodierten in einem wilden Brüllen aus ihr heraus. »Wer seid ihr?«

Die einzige Antwort war das Geräusch ihres schweren Atems. Es füllte den Lastwagenanhänger aus, prallte von den Wänden ab und zu ihr zurück. Ihr Körper kribbelte, ihre Lungen dehnten sich, und sie spürte, wie die Luft sie ohne einen Anflug von Schmerz oder Unbehagen füllte, durch sie hindurchströmte. Aber sie empfand keine Hoffnung, keine Freude. Die Heilung war eine trügerische, von Drogen herbeigeführte Fassade, und sie war von einem Albtraum umgeben.

»Wach auf«, flüsterte sie und presste die Hände auf Sterlings Körper, auf sein Gesicht, und das verfluchte Blut klebte an ihren Händen. »Wach auf! Verdammt, Sterling, wach auf!« Sie brach über ihm zusammen, drückte ihr Ohr an seine Brust und suchte verzweifelt nach einem Herzschlag. Als sie ihn fand, stieß sie einen Seufzer der Erleichterung aus. Langsam entspannte sie sich an seiner Seite, und sein leiser, rhythmischer Herzschlag beruhigte sie, selbst als sich der Lastwagen nun in Bewegung setzte. Es war das Letzte, an das sie sich erinnerte, bevor sie das Bewusstsein verlor.

Sterling erwachte abrupt, aber er bewegte sich nicht, atmete nicht einmal. Seine Ausbildung und seine Instinkte sorgten dafür, dass seine Lider sicher geschlossen blieben und er sich zunächst einmal auf die Wahrnehmung des harten, unnachgiebigen Betons unter sich konzentrierte. Verstohlen atmete er ein und fühlte mit seinen verschärften GTECH-Sinnen um sich – um auf einen vertrauten Duft zu stoßen, von dem er gehofft hatte, ihn nie wieder riechen zu müssen: Area 51, jetzt Adams Zodius City.

Sein Hemd war verklebt, aber sein GTECH-Immunsystem hatte funktioniert – bemerkenswert, wenn man bedachte, wie viele Green Hornets in ihn hineingeschossen worden waren. Seine Wunden schienen fast verheilt. Zwei Dinge schloss er daraus: Sein Körper hatte, um zu heilen, mindestens zwölf Stunden Schlaf gebraucht. Vielleicht sogar das Doppelte. Und damit das geschehen konnte, hatte irgendjemand die Green Hornets aus seinen Wunden gepult und ihm eine Injektion Vitamin C verpasst, um den für GTECHs typischen chronischen Mangel auszugleichen, der sich während des Heilungsprozesses noch bedeutend verschlimmerte.

Er atmete tiefer ein, und ein anderer Duft drang in seine Nase, lieblicher, süßer. »Becca.« Ruckartig richtete er sich auf, den Rücken gegen die Betonwand gedrückt, und fand sich allein in einer Art Glaskäfig mit Blick auf ein Labor, in dem mehrere Weißkittel arbeiteten.

Er ließ den Kopf gegen die Wand fallen, presste die Augen fest zusammen und wollte durch bloße Willenskraft erzwingen, dass sie noch lebte – er würde sie finden und schleunigst mit ihr von hier verschwinden.

Ein in der Ecke hängender Bildschirm erwachte flimmernd zum Leben, und Sterling richtete den Blick darauf, nur um beim Anblick von Tad, der über Beccas schlaffem Körper kniete, unwillkürlich aufzuspringen – Tad, der unmissverständlich eine Ampulle *Ice* in der Hand hatte und sie Becca gerade in die Kehle schüttete. Jetzt drehte er sich zum Monitor um und lächelte, während er zugleich Becca durchs Haar strich.

»Du Mistkerl!«, brüllte Sterling. Jeder Nerv in seinem Körper stand in Flammen, aus jeder Pore kochte sein Zorn. »Ich werde dich umbringen. Ich werde dich umbringen und es genießen.«

Tad kam näher an die Kamera heran. »Du kannst dir sicherlich vorstellen, was ich alles so mit ihr vorhabe.« Der Bildschirm wurde schwarz, und die Türen hinter Sterling glitten auf.

Er wirbelte herum, bereit, sich auf den Besucher zu stürzen, und sah sich zwei Wölfen gegenüber, die ihn angriffslustig anknurrten. *Adams Wölfe.* Seine Macht über diese Raubtiere war bekannt, und genauso bekannt war, dass er sie zu Bestrafungs- und Unterhaltungszwecken einsetzte. *Stell dich Adam entgegen, schau ihn auch nur falsch an, und du endest in einem Kolosseum im Stil des Alten Rom unter Area 51.* Dort kämpfte man dann unter den Augen Tausender Zodius-Bürger gegen die Wölfe. Und wo Wölfe waren, da war … Adam.

Bekleidet mit einem Wüstentarnanzug betrat Adam den Raum und ließ die Glaswand hinter sich offen. Fast einen Meter neunzig groß, mit muskulösem Körper und hellbraunem

Haar, war er der böse Doppelgänger seines Bruders, als hätte das GTECH-Serum sie irgendwie in Gut und Böse aufgeteilt.

»Du willst mich umbringen«, sagte Adam und musterte Sterling mit einem Lächeln auf den Lippen.

»Und ob ich das will, verdammt«, knirschte Sterling mit zusammengebissenen Zähnen.

»Du willst mich wegen dieser Frau umbringen.«

»Es gibt viele Gründe, dich umzubringen«, erwiderte Sterling vorsichtig, überzeugt, dass dieses Gespräch rasch einen üblen Verlauf nehmen würde. »Möchtest du, dass ich dir die Gründe aufzähle, oder soll ich dir lieber von den vielen Methoden erzählen, die ich mir fürs Umbringen überlegt habe?«

Adam brüllte vor Lachen. »Du hast den Mumm, hier in meinem Käfig, in meiner Welt zu stehen und es zu wagen, mich zu bedrohen. Du gefällst mir, Sterling.« Er lehnte sich gegen die Wand, und die Wölfe ließen sich zu seinen Füßen nieder. »Wichtiger noch – meinem Bruder gefällst du auch. Er mag dich und wird dich nicht tot sehen wollen, wenn wir uns schließlich versöhnen, um gemeinsam zu herrschen.«

»Er wird eher sterben, als sich dir anzuschließen.«

»Früher oder später wird er aufhören, gegen die Wahrheit anzukämpfen: dass ich in ihm bin, so wie er in mir ist«, sagte Adam und neigte den Kopf, um Sterling ins Auge zu fassen. »Wusstest du, dass deine kleine Rebecca Burns ihre erste Dosis *Ice* nur deshalb genommen hat, weil Tad dir eine Waffe an den Kopf hielt? Die Ironie besteht darin, dass das *Ice* ihren Krebs kuriert. Noch ein paar weitere Dosen, und sie sollte so gut wie neu sein.«

Sterling überlief es kälter als *Ice*, seine Gefühle ein einziges Chaos widersprüchlicher Regungen. Der Krebs wurde geheilt, aber Rebecca war süchtig nach *Ice*. Und genau wie beim ursprünglichen Serum gelang es niemandem, die Zusammensetzung von *Ice* herauszufinden, um es nachbauen zu können. Das machte Adam so lange zu Beccas einziger Überlebensmöglichkeit, bis ein Mittel gegen die Abhängigkeit gefunden war.

»Natürlich«, fuhr Adam fort, »besteht das Risiko, dass sie am Entzug stirbt, sollte sie das *Ice* absetzen, ganz zu schweigen von dem Risiko, dass dann ihr Krebs zurückkehren könnte. Ich bin mir sicher, du siehst das ganz genauso. Sie sollte da keine Risiken eingehen.«

»Du bist ein Bastard, Adam.«

»Aber ich bin der Bastard, der sich als ihr Held entpuppt.«

Zorn ballte sich in ihm zusammen, und Sterling machte einen Satz vorwärts. Die Wölfe knurrten und versperrten ihm den Weg.

»Du willst sie haben«, sagte Adam. »Gut. Ich werde sie dir geben. Ich werde Tad und all die anderen Männer von ihr fernhalten. Kann ich machen. So gern meine Frau sie für die Fruchtbarkeitstests haben würde, ich werde es ihr nicht erlauben.« Er machte eine Pause und ließ seine Worte in dem Schweigen nachhallen.

Sterlings Finger verkrampften sich, und seine Gedanken schlugen genau den vorgegebenen Weg ein. Er dachte an die Sexlager, wo die Frauen von Soldat zu Soldat weitergereicht wurden in der Hoffnung, dass einer von ihnen das seltene Lebensband fand, das ihn ergänzte und ihm erlaubte, Nachkommen zu zeugen.

»Du kannst sie vor einem solchen Schicksal retten«, offerierte Adam mit einem verschlagenen Blick. »Sie wird dir und nur dir allein gehören, und du brauchst nicht einmal die Geheimnisse meines Bruders zu verraten, um sie zu bekommen.«

Klar doch. Und Präsident der Vereinigten Staaten würde Sterling natürlich auch noch werden. Adam wollte ihn manipulieren, spielte sein Spiel, um zu bekommen, was er wollte. »Komm zur Sache, Adam.«

»Tote *Ice*-Süchtige nutzen mir nichts. Und auch keine Junkies, die an nichts anderes mehr denken können als an ihren nächsten Hit. Ich will sie süchtig, aber klar im Kopf und unter meinem Kommando. Becca wird meinen Absichten besser dienen können, wenn sie es aus freiem Willen tut. Du musst dafür sorgen, dass dem so ist. Solange du zusichern kannst, dass sie kooperiert, fasst sie keiner außer dir an.«

5

Zwei Stunden waren seit Sterlings Begegnung mit Adam vergangen. Gleich danach hatte man ihn in einer luxuriösen Offiziersunterkunft eingeschlossen, die er und Becca sich teilen sollten. Die ganze Zeit hatte er damit zugebracht, auf und ab zu gehen – immer mit dem peinigenden Gefühl im Leib, es in seiner eigenen Haut nicht mehr aushalten zu können. Wieder und wieder drängten sich ihm quälende Bilder auf: Bilder von Tad, der Becca berührte, Bilder von ihr, wie sie um *Ice* bettelte, willig, alles zu tun, um es zu bekommen.

Aber ich bin der Bastard, der sich als ihr Held entpuppt, hatte Adam gesagt. Beccas Held. Adam hatte Becca vor ihrem Krebs gerettet und ihr zugleich einen Grund geliefert, ihm treu zur Seite zu stehen. Sterling hatte bisher nichts anderes getan, als sie bei ihrem ersten Date zu versetzen und dann ihre Entführung zuzulassen. Sie würde ihm ebenso wenig vertrauen, wie er ihr vertrauen konnte. Er fuhr sich mit der Hand über seine fast zwei Tage alten Bartstoppeln und schaute auf die Uhr der elektronischen Anzeigetafel, um zu erfahren, dass es jetzt genau Mittag war und nur fünf Minuten verstrichen waren, seit er das letzte Mal auf die Uhr gesehen hatte.

»Verfluchte Scheiße«, murmelte er und ließ den Blick durch den Raum schweifen. Ein Ledersofa, eine komplett eingerichtete Küche und der Eingang zu einem Schlafzimmer mit breitem Doppelbett: Das war seine neue Gefängniszelle. Man könnte meinen, er sei hier einfach ein gern gesehener Gast, wären da nicht die Schlösser an den Türen. Eigentlich sollte er

Wolfsfraß im Kolosseum sein und dort zerfleischt werden, um dann wieder zu heilen und von Neuem zerfleischt zu werden, so lange, bis er die Geheimnisse der Renegades preisgab. Also, warum war er dann nicht dort? Wofür glaubte Adam, Beccas Hilfe zu brauchen, wo er doch schon ihre *Ice*-Sucht hatte? Es sei denn … Adam benutzte Becca, um an *ihn* heranzukommen. Er hatte nicht die Zeit, über die vielen Möglichkeiten nachzugrübeln, wie man Becca gegen ihn einsetzen könnte, da wurde auch schon die Tür aufgerissen und Becca hereingestoßen.

Tad füllte den gesamten Türrahmen hinter ihr aus. »Kümmere dich gut um sie«, sagte er. »Oder ich werde es mit Freuden für dich tun.« Er stieß ein bellendes Lachen aus und zog die Tür zu. Ein rotes Licht leuchtete am Türgriff auf, als er den elektronischen Schließmechanismus aktivierte.

Wenn er gedacht hatte, sie würde sofort auf ihn zukommen, froh, ihn zu sehen, so wurde er eines Besseren belehrt. Sie lehnte sich gegen die Tür, ließ mehrere Meter Platz zwischen ihnen und sagte anklagend: »Du bist auch einer von ihnen.«

Sie trug noch immer dasselbe schwarze Kleid; auf der einen Seite war es zerrissen, auf der anderen prangte ein klebriger Blutfleck – *sein Blut.* Das dunkle, seidige Haar hing ihr unordentlich und zerzaust in das bleiche Gesicht, auf dem keine Spur von Make-up mehr zu sehen war. Und sie war schön, absolut umwerfend schön. Becca hatte etwas an sich, das den Mann in ihm schon damals angesprochen hatte, als er noch gar nicht ganz zum Mann herangereift war.

»Nein, ich bin keiner von ihnen, Becca«, versprach er.

Mit einem Kopfschütteln bekundete sie, dass sie seiner Antwort keinen Glauben schenkte. »Du warst dabei zu verbluten. Sie haben mindestens ein halbes Dutzend Mal auf dich geschossen.« Ihr Stimme überschlug sich vor Zorn und wurde zu einem Schrei: »Du solltest jetzt tot sein!«

Okay, *das* hatte er nicht kommen sehen. Sie war sauer, dass er noch lebte? »Tut mir leid, dich zu enttäuschen, Süße, aber ich bin nicht tot, und ich beabsichtige auch nicht, in absehbarer Zeit zu sterben.«

»So darfst du das nicht sagen«, wehrte sie ab. »Nicht so, als hätte ich etwas falsch gemacht. Ich habe um dich geweint. Ich … habe diese verdammte Droge für dich genommen.«

Schlagartig begriff er, verstand den Grund, warum Adam seine Hilfe brauchte. Entweder war Becca eine verdammt gute Schauspielerin, oder sie war nicht nur unglücklich, jetzt *Ice*-abhängig zu sein, sondern glaubte sogar, dass er Teil eines raffinierten Plans gewesen sei, sie zur Einnahme der Droge zu bewegen.

»Ich bin einer der zweihundert Männer, die Powell in Area 51 injizieren ließ, bevor Adam Rain sein Machthunger zu Kopf gestiegen ist und er die Area übernommen hat. Das macht mich zu einem GTECH, und, ja, meine Wunden heilen schnell, das ist eine meiner Fähigkeiten. Aber ich bin keiner von Adams Männern, und ich werde auch nie einer sein.«

Sie musterte ihn einen Moment lang eindringlich, aber ihr Körper entspannte sich etwas und löste sich ein wenig von der Tür. »Also arbeitest du für die Army?«

»Für die Renegades«, korrigierte er. »Eine private Sondereinsatztruppe, die sich sowohl aus GTECHs als auch aus menschlichen Zivilisten zusammensetzt.«

»*Menschliche* Zivilisten?«, wiederholte sie fragend.

»Die meisten GTECHs betrachten sich nicht als menschlich.«

»Und was denkst du?«

»Ich sehe das nicht so.«

Sie schien das erst verdauen und akzeptieren zu müssen, bevor sie zum nächsten Punkt überging. »Sie wollen, dass ich ihnen bei der Droge helfe«, erklärte sie. »Genau wie du es wolltest.«

Ihm entging die in ihrer Bemerkung liegende leise Anklage keineswegs. »Aus unterschiedlichen Gründen, aber mit demselben Ziel«, sagte er und begriff allmählich, welche Gelegenheit sich ihnen hier womöglich eröffnete. Die Quelle der DNA war hier vor Ort, wo er sie zerstören konnte, falls es Becca gelang, ein Mittel gegen die Droge zu entwickeln. »Damit die Menschen nicht sterben.«

»Sie haben mir die Droge gegeben.«

Vorsichtig bewegte er sich einige Zentimeter näher an sie heran, ermutigt, da sie nichts dagegen unternahm. »Sie hat deinen Krebs geheilt.«

»Sie hat mich zu einer Süchtigen gemacht und zu einer Sklavin dieses Mannes, die alles tun muss, was er von mir verlangt. Das ist keine Heilung.«

»Wir werden ein Gegenmittel finden.«

»Mehr als ein Gegenmittel«, antwortete sie heftig. »Ich werde eine Art Impfstoff entwickeln, der verhindert, dass *Ice* überhaupt wirken kann. Ich werde dafür sorgen, dass dieser Mann nicht noch mehr Menschen in Sklaven verwandelt, die ihm auf Gedeih und Verderb ausgeliefert sind. Und wenn es das Letzte ist, was ich auf Erden tue, so wahr mir Gott helfe.«

Ungeachtet seiner Zustimmung erstarrte Sterling bei ihren Worten. Sie wurden beobachtet und belauscht, ihre Worte wurden mitgeschnitten, und ihre Äußerung hatte das Zeug, sie beide das Leben zu kosten oder in die Sexlager zu bringen.

Sie hatte sich in Rage geredet. »Und dann vernichte ich …«

Sterling reagierte, bevor sie ihren Satz beenden konnte, und tat, was Adam von ihm erwarten würde – aber er tat es für sich selbst und aus eigenen Beweggründen. Mit einem Schritt war er bei ihr, zog sie in die Arme und gab ihr einen Kuss, um sie zum

Schweigen zu bringen. Nein, das stimmte nicht, er gab ihr einen Kuss, weil er es *musste*, weil jede Faser seines Seins sie spüren, sie auf eine Weise in Besitz nehmen musste, die er gar nicht erst zu analysieren versuchte. Seine Zunge teilte ihre Lippen und strich über ihre Zähne, um tiefer einzutauchen. Becca stöhnte und verschmolz mit ihm, schlang ihm die Arme um den Hals und stellte sich auf die Zehenspitzen, um ihn zu schmecken.

»Sterling«, flüsterte sie.

Eine Besitzgier, wie er sie nie zuvor verspürt hatte, loderte in ihm auf. Sollte irgendwer versuchen, sie anzurühren – Adam, Tad oder sonst jemand an diesem verdammungswürdigen Ort, dann würde er ihn töten. Sie gehörte ihm, und er musste sie beschützen, musste sie retten … sie war sein.

Sie hatte Krebs gehabt. Sie hatte keinen Krebs mehr. Sie war jetzt Adams Sklavin, vom *Ice* am Leben gehalten. Das Ganze war eine Achterbahnfahrt der Gefühle, und obwohl Becca wusste, dass sie Sterling widerstehen sollte, wusste, dass sie ihm nicht blindlings ihr Vertrauen schenken durfte, konnte sie sich nicht dazu durchringen, auf Distanz zu gehen. Sie war sich sicher gewesen, dass er tot war, doch nun lebte er, und sie musste ihn spüren, musste sich davon überzeugen, dass er echt war.

Nur so konnte sie vielleicht dem Albtraum des vergangenen Tages und ihrer letzten Lebensmonate entfliehen. Und es tat gut, so gut, ihn zu küssen, es war die Flucht, nach der sie sich monatelang gesehnt hatte, noch bevor er unvermittelt vor ihrer Tür stand. Und sie vertraute ihm tatsächlich … auf irgendeiner Ebene tief in ihrem Innern vertraute sie Sterling.

Darum hatte sie ihn in ihr Haus gelassen, deshalb verlor sie sich jetzt in der puren, blinden Seligkeit seiner Lippen, seiner Zunge, der wonnigen Wärme seines kraftvollen Körpers, der sich nun an sie drückte. Da war kein Krebs, keine Drogenabhängigkeit, kein Monster mit hochfliegenden Weltherrschaftsplänen, kein Tad. Da gab es nur diese zeitlosen Augenblicke mit Sterling, seine Hand, die über ihre Taille und ihre Hüften strich. Becca stöhnte, als er ihren Hintern umfasste und sie hochhob. Ohne den Kuss zu unterbrechen, schlang sie die Beine um seine Taille und die Arme um seinen Hals.

Sie konnte sich kaum mehr daran erinnern, wie er sie getragen hatte, mit ihr weggegangen war und warum sie sich nun auf dem Waschbecken im Badezimmer sitzend wiederfand. Waschbecken? Irgendwie eine merkwürdige Wahl, aber Sterlings Lippen, die ihr über das Kinn, ihren Hals glitten, machten sie ganz wild.

»Kameras und Aufnahmegeräte«, flüsterte er.

Sie schnappte nach Luft und verkrampfte sich angesichts der Vorstellung, doch sogleich war sein Mund wieder auf ihrem. Seine Zunge streichelte ihre Zunge in einer langen Liebkosung, dann ließ er seine Hand ihr Haar hinabgleiten, trat von ihr weg, riss den Duschvorhang zurück und stellte das Wasser an.

Das Fehlen seiner Berührung ließ plötzlich Kälte in ihr aufsteigen, und die Erinnerung an das *Ice*, wie es ihre Kehle hinabglitt, wurde sehr lebhaft und unmittelbar. Anspannung krampfte ihre Brust zusammen und breitete sich in ihrem Körper aus; ihre Finger pressten sich um die Kanten des Waschtischs unter ihr. Sie war süchtig nach *Ice*, einer Droge, die weiß Gott welche Nebenwirkungen haben mochte, vielleicht sogar dann, wenn die Süchtigen einen sicheren Entzug machen könnten.

Sterling kam wieder zu ihr und stützte sich mit einer Hand auf dem Waschtisch neben ihr ab. Mit der anderen strich er ihr über die Wange und zog sie sanft zu sich hin. »Wir kommen hier raus«, versicherte er. »Gesund und munter, beide.« Er neigte den Kopf dicht an ihr Ohr. »Sie müssen glauben, dass wir hier drin etwas anderes tun als reden.« Er hob die Hand und schaltete das Licht aus.

»Was tust du da?«, fragte Becca. Der Schreck über die plötzliche Finsternis war ihr ebenso in die Glieder gefahren wie die Vorstellung, dass seine Küsse nichts als Tarnung gewesen sein könnten.

»Sollen sie sich ruhig die wildesten Dinge vorstellen«, erklärte er. »Und ich kann dich förmlich denken hören, Becca. Nein, ich habe dich nicht nur zur Tarnung geküsst. Ich wollte dich küssen, seit ich dir vor vierzehn Jahren in dieser Bibliothek begegnet bin. Und jetzt, da ich dich geküsst habe …«, seine Finger strichen über ihre Lippen, »… will ich mehr.« Er ließ seine kräftigen, sinnlichen Finger ihren Rücken hinaufgleiten; beruhigte sie, erregte sie, unterstrich und verstärkte die Leidenschaft seiner Worte. »Ich will das Rendezvous, das wir nie hatten, und ich will dich davon überzeugen, dass ich es verdiene, mit dir zu schlafen. Aber nicht hier, nicht in diesem Höllenloch, wo du nicht hingehörst.« Seine Lippen berührten sanft die ihren. »Also, was sagst du? Wollen wir Adam vernichten und von hier verschwinden?«

»Sterling«, flüsterte sie, und die absolute Unmöglichkeit, dass seine Worte je wahr würden, ließ eine Flut von widerstrebenden Gefühlen in ihrer Brust aufwallen. Sie waren gefangen, und das *Ice* hatte Becca in seinen Klauen.

Erneut berührten seine Lippen die ihren. »Du solltest wissen … es macht mich total wild, wenn du meinen Namen sagst.«

Hitze überflutete sie, ihr Innerstes zog sich vor Verlangen zusammen, und sie presste ihre Hand auf seine Brust, spürte das Rasen seines Herzschlags. Sie wollte ihn so sehr, dass sie beinahe vergaß, dass sie *Ice* zum Überleben brauchte.

»Wir werden uns jeden Tag *Ice* aus dem Labor holen und es horten.« Wieder schien er ihre Gedanken zu lesen. »Und sobald wir genug haben und du entweder ein Gegenmittel gefunden hast oder glaubst, genug zu haben, um eins herzustellen, gibst du mir Bescheid, und ich bringe uns hier raus.«

Ein Hoffnungsschimmer glomm in ihr auf; Hoffnung, dass sie tatsächlich würden entfliehen können, dass sie die Stadt, vielleicht die Welt vor einer *Ice*-Sucht würden retten können. Dass sie womöglich wirklich geheilt war, dass sie frei sein und eine Chance auf Leben haben würde und Sterling vielleicht ein Teil ihres neuen Lebens sein konnte.

Aber Hoffnung war etwas, das sie verzehrt hatte; Hoffnung war etwas, das sie unzählige Male erst beflügelt und dann fallen gelassen und zerstört hatte. Hoffnung war das Einzige, was ihr immer noch Angst machen, was sie immer noch zerstören konnte. Sie wollte nicht hoffen. Sie wollte nicht, dass Sterling ihr eine trügerische Fassade vorhielt. Sie wollte ihn anschreien, wollte ihm sagen, dass Hoffnung allein keine Probleme löst. Aber plötzlich schloss sich sein Mund über ihrem, fegte den Gedanken davon und ließ sie ganz eins werden mit diesem Moment. Es war ein fordernder, leidenschaftlicher, hungriger, verschlingender Kuss, der genau das tat, was sie brauchte – er legte einen Zauber über sie, ließ sie die Hoffnung, ließ sie die Angst vergessen. Da war nur noch Verlangen und ein harter, heißer männlicher Körper, der sich an ihren presste.

Etwas entflammte in ihr, schürte eine wilde, drängende, brennende Gier nach diesem Mann, die nichts ähnelte, was sie je zuvor empfunden hatte. Becca klammerte sich an ihn, berührte ihn, drückte die Hände unter sein T-Shirt – da war seine straffe Haut, da war das Spiel seiner Muskeln unter ihren Handflächen. Und sie konnte nicht genug von ihm bekommen.

»Sterling«, hauchte sie und presste sich mit dem Becken an ihn, bis sie den harten Puls seiner Erregung zwischen den Beinen spüren konnte.

Er knurrte, als er seinen Namen hörte, legte die Hand um ihren Hintern und schmiegte sie noch enger an sich. »Du bringst mich um. Nicht hier, habe ich gesagt, nicht jetzt.«

»Wir wissen nicht mal, ob es ein Morgen geben wird.« Sie drückte seine Hand auf ihrer Taille und drängte sie zu ihrer Brust. »Ich will nicht warten.«

Er legte seine Stirn an ihre. »Meine Willenskraft hat Grenzen.«

»Ich will, dass du überhaupt keine Willenskraft mehr hast.«

Er fuhr mit den Fingern durch ihr Haar und ließ seine Lippen über ihre Lippen gleiten. »Ich wollte, dass es unter anderen Bedingungen geschieht.«

Sie öffnete die Lippen und presste sie auf seine, kühner, als sie es sonst je gewesen war, und ließ ihre Zunge in seinen Mund gleiten. Ein leises Stöhnen drang aus seiner Kehle; er drängte seine Lippen enger an die ihren und schmeckte sie tief und inbrünstig.

»Ich will dich so nicht nehmen«, flüsterte er.

»Und ich werde dir nicht verzeihen, wenn du es nicht tust«, gab sie zurück. Es kam ihr vor, als hätte sie nichts mehr zu verlieren, wenn sie kühn war. Nichts außer dem Vergnügen und der Gelegenheit, für einen Moment allem zu entkommen – der Chance, mit diesem Mann zusammen zu sein, den sie so sehr wollte. Sie ließ ihre Hand seine Hose hinabgleiten und erspürte die festen Konturen seiner Erektion.

Er bedeckte ihre Hand mit seiner Hand, ließ sie für einen Moment dort ruhen und küsste sie auf den Mund. »Einigen wir uns auf einen Kompromiss«, raunte er dicht an ihrem Ohr und knabberte am Ohrläppchen.

»Und worin soll der bestehen?«, fragte sie atemlos. Es lief ihr abwechselnd heiß und kalt über die Haut, als er ihr nun die Bluse von der Schulter zog und die zarte Haut dort küsste.

»Taten sagen mehr als Worte. Ich will es dir zeigen.« Er bewegte sich durch die Dunkelheit, und, gütiger Gott, jetzt war er auf dem Boden und schob ihr den Rock langsam die Schenkel hoch, während er sich an ihrem Bein emporküsste.

»Sterling«, flüsterte sie.

Er küsste die Seide ihres Slips. »Gefällt es dir, wie ich Kompromisse schließe?«

Sie schluckte, und alle Wärme floss in ihren Unterleib. »Ja.«

»Prima«, sagte er, dann zog er ihr den Slip herunter. Ihre Finger umklammerten die Kante des Waschbeckens. Seine große, kräftige Hand wanderte wieder an ihren Beinen empor, und seine Lippen folgten einem ihrer Schenkel aufwärts … langsam – zu langsam.

»Sterling«, sagte sie drängend. Sie brauchte seinen Mund an ihrer empfindlichsten Stelle.

Er lachte, leise und sexy, erfüllt von der neckischen Verschmitztheit eines Mannes, der seine Macht genoss. Er leckte ihren Kitzler, und sie schob ihm die Hüften entgegen. Ein Schmerz durchzog ihre Brustwarzen, als hätten auch sie seine Zunge gespürt. Die nächsten Momente waren ein verschwommener Rausch des Verlangens, der sich zu glückseligen Minuten dehnte. Seine Finger schlüpften in die glitschige, nasse Hitze ihres Körpers, seine Zunge schnellte über ihren Kitzler und drang ein, wo seine Finger eben gewesen waren, wo sie nun wieder waren – ahmte den eigentlichen Akt mit einer Geschicklichkeit nach, die sie nur umso mehr darauf brennen ließ, ihn in sich zu spüren.

Als nun seine Finger sie von innen liebkosten, er an ihrer geschwollenen Klitoris saugte, stand sie kurz davor zu explodieren und über die Lust hinaus in einen Abgrund vollkommener Wonne zu stürzen. »Oh … ich … oh …« Sie schnappte nach Luft, dann wurde sie ganz starr. Eine Welle der Lust ergoss sich durch ihren Körper und schüttelte sie, bis es nichts anderes mehr gab, nichts als die intensive Explosion der Sinne. Seine Finger und seine Zunge streichelten, leckten und liebkosten sie mit einer langsam abklingenden Heftigkeit, die sie nach Luft schnappen und so intensiv erröten ließ, dass sie schon glaubte, er könnte es vielleicht selbst in der Dunkelheit sehen.

Als er endlich aufstand und seine Finger wieder in ihr Haar grub, raunte er: »Beim nächsten Mal muss das Licht an sein, damit ich jede Sekunde deiner Lust sehen kann.«

Neuer Hunger erwachte in ihr, so wild, dass es sie geradezu erschreckte. »Ich brauche dich, Sterling. In mir. Jetzt.«

Plötzlich erstarrte er. Die Atmosphäre im Raum war voller Spannung, als gefielen ihm ihre kühnen Worte nicht. Unsicherheit durchzuckte sie für einen Moment, dann sagte er: »Geh jetzt unter die Dusche.« Er knipste das Licht an und begann sich auszuziehen.

»Was? Ich verstehe nicht …«

Er beugte sich vor und küsste sie. »Es ist gerade jemand durch die Vordertür hereingekommen. Steig unter die Dusche und bleib dort, bis ich dir sage, dass du herauskommen kannst.«

Er zog sein Hemd aus, und der Anblick des blonden Haars auf seiner breiten Brust ließ sie nach Luft schnappen. Dann lehnte er sich an die Wand und griff nach seinen Stiefeln. Aus irgendeinem Grund konnte sie sich nicht dazu überwinden, vom Waschschrank herunterzusteigen und sich einfach die Kleider vom Leib zu reißen. Irgendwie war es im Dunkeln und mit Leidenschaft leichter gewesen.

Er hob sie hoch und stellte sie auf den Boden. »In die Dusche. Sofort.«

Richtig. Die Dusche. Sie bückte sich, um ihre flachen Sandalen aufzumachen, und seine Hose glitt zu Boden. Gütiger Gott, er trug keine Unterwäsche. Und er hatte einen Hintern, wie geschaffen, um erwachsene Frauen zum Weinen zu bringen.

Es klopfte an die Tür. »Aufmachen.«

Entsetzen kroch Becca das Rückgrat hinunter. Tads Stimme. Sterling schlang sich ein Handtuch um die Hüften und warf ihr mit einem stillen Befehl in den Augen einen Blick über die Schulter zu.

Sie öffnete den Reißverschluss ihres Kleids und ließ es zu Boden fallen, dann stieg sie, immer noch in BH und Slip, in die Dusche und zog den Duschvorhang vor, aber nicht ohne zuvor noch einen Blick auf Sterling zu werfen und sich der Glut in seinen Augen zu vergewissern. Die Badezimmertür wurde geöffnet und wieder geschlossen. Becca lehnte sich an die Wand der Dusche, und ihre Leidenschaft verwandelte sich rasch in Angst, als sie hörte, wie draußen die Männer ihre Stimmen erhoben und ein schroffer Wortwechsel einsetzte.

Die Badezimmertür wurde wieder geöffnet, und Becca hielt den Atem an. Tad stand in der Tür. Sie spürte die Bedrohung, die er für sie bedeutete, auch wenn sie darauf vertraute, dass Sterling sich bereithielt, um sie zu schützen. Die Zeit stand still, während sie darauf wartete, was nun passieren würde. Schließlich bewegte sich etwas, und die Tür wurde geschlossen. Erleichtert stieß Becca den Atem aus, machte sich jedoch Sorgen um Sterling. Sie sprang aus der Dusche, schnappte sich ein Handtuch, hüllte sich darin ein und presste ein Ohr an die Tür.

Sterling hielt den Blick fest auf die Handfeuerwaffe in Tads Gürtel gerichtet, bereit, ihn umzubringen, falls er auch nur einen einzigen Schritt ins Badezimmer tat. Es überraschte nicht, dass Tad unbedingt hineinwollte. Die Lichter waren aus gewesen, ihr Gespräch gedämpft, und so hatte sich Adam unbedingt vergewissern wollen, dass Sterling nichts im Schilde führte.

Schließlich drehte sich Tad wieder zu Sterling um, aber das war kein Grund zur Entwarnung. Es war nicht der richtige Zeitpunkt, um Tad zu töten, das wusste er, aber etwas Urtümliches tief in seinem Innern ließ ihn wünschen, es wäre anders.

»Die Lichter bleiben an«, betonte Tad. »Immer.«

»Wenn du glaubst, dass ich dir eine perverse Peepshow liefere, kannst du es vergessen.«

»Dann lass ihn lieber gleich in der Hose«, erwiderte Tad, griff in seine Tasche und zog eine Ampulle *Ice* hervor. »Bring sie hier raus. Ich muss ihr ihre Dosis verabreichen.«

»Adam und ich haben eine Abmachung«, gab Sterling zurück. »Sie gehört mir. *Ich* gebe ihr die Dosis.«

Tad starrte ihn mit harten Bulldoggenaugen an. »Du machst mich echt stinkig, Sterling Jeter. Du solltest mich besser nicht stinkig machen.«

»Ich stehe unter Adams Schutz«, entgegnete Sterling. »Also solltest du *mich* nicht stinkig machen.«

Tad drehte sich um, und Sterling begleitete ihn zur Tür, um sich davon zu überzeugen, dass er den Raum auch wirklich verließ. Dieser Mann war dabei, ein Problem für sie zu werden, und genau darauf legte er es auch an. Schnell ging Sterling zum Badezimmer zurück und trat ein. Becca saß in ein Handtuch gehüllt auf dem Rand der Badewanne, ihr Haar war trocken.

»Was hast du damit gemeint, dass du eine Abmachung mit Adam hast?«

Sterling legte das *Ice* auf den Waschtisch, kniete sich vor sie hin und streckte die Hand nach ihr aus, aber sie drehte sich weg. Er senkte die Stimme. »Ich habe Adam gesagt, dass ich dafür sorgen würde, dass du ihm hilfst. Das musste ich ihm sagen.«

Ihre Unterlippe zitterte. »Und was bekommst du als Gegenleistung?«

»Dich«, antwortete er. »Ich bekomme dich, Becca. Und die Zusicherung, dass weder Tad noch irgendeiner der anderen Männer dir zu nahe kommen wird.« Seine Augen wurden schmal, und er bemerkte, dass ihre Hand ebenfalls zitterte. »Du frierst. Ich hol dir noch ein Handtuch.«

Sie griff nach seiner Hand. »Ich friere nicht.« Sie zögerte. »Es hat gerade angefangen. Ich … ich glaube, ich bin auf Entzug.«

»Unter Adams Schutz, ach du große Scheiße«, murmelte Tad. Er saß vor einem Überwachungsmonitor und beobachtete, wie Becca den Wohnbereich verließ. Seine Zähne rieben wie Stahl auf Stahl.

Sterling stellte ein Problem dar, das beseitigt werden musste. Sterling stand Caleb nahe, daher wollte ihn Adam dazu bringen, dass er zu den Zodius überlief, denn dann konnte er ihm helfen, Caleb ebenfalls auf Adams Seite zu ziehen. Und wenn Sterling weiterhin dieser Frau immer näher kommen durfte, deren bloßes Überleben jetzt dauerhaft von den Zodius abhängig war, würde womöglich genau das passieren. Was bedeutete, dass Tad an Macht und Einfluss verlor, und das würde er nicht zulassen. Es war an der Zeit, die Frau gegen Sterling aufzubringen.

6

Fünf Minuten nach Einnahme der Dosis *Ice*, die Tad für sie dagelassen hatte, hatte Beccas Zittern aufgehört. Jetzt, eine Stunde später, saß sie an ihrem silbernen Küchentisch und studierte Forschungsmaterial, das man ihr vor ihrem Eintreffen offensichtlich extra bereitgelegt hatte. Der Raum war sogar mit Toilettenartikeln, Make-up und Kleidung ausgestattet – darunter auch das T-Shirt und die schwarze Jeans, die sie jetzt trug. Anscheinend sollte diese Fassade von Komfort eine Belohnung dafür darstellen, dass sie Adam bereitwillig half, das gewünschte Serum zu entwickeln – als könnten diese Annehmlichkeiten die abgeschlossene Vordertür vergessen machen, die ihnen unentwegt förmlich entgegenschrie, dass sie Gefangene waren.

»Du musst essen«, sagte Sterling, als er aus der Küche zurückkam, um sich ihr gegenüberzusetzen. Er warf einen missbilligenden Blick auf ihr bestenfalls angenagtes Sandwich.

Becca blinzelte ihn an und fragte sich, wie um alles in der Welt es gekommen war, dass sie wieder ins Leben des jeweils anderen zurückgekehrt waren. Er hatte sich geduscht und rasiert und trug jetzt ein braunes Army-T-Shirt und einen braunen Tarnanzug, der seinen Augen irgendwie ein noch strahlenderes Grün verlieh. Und für einen kurzen Moment fühlte sie sich wieder in jene Bibliothek in Texas zurückversetzt und saß ihm in einem beiläufigen Gespräch gegenüber, während sie sich fragte, wie es wohl wäre, ihn zu küssen. Nur, dass aus dem Fantasiekuss ihrer Vorstellung inzwischen die Erinnerung an seinen perfekten nackten Körper geworden war, den sie viel zu kurz hatte bewundern dürfen.

Er blickte sie an und zog die Brauen empor. Das Funkeln in seinen Augen sagte ihr, dass ihr Gesichtsausdruck mehr verraten hatte, als ihr lieb war, und so räusperte sie sich verlegen. »Der Stress hat wohl keinerlei Auswirkungen auf deinen Appetit, wie ich sehe«, bemerkte sie, den Blick auf seinen nun schon zweiten großen Stapel Sandwichs gerichtet. »Und dann der viele Orangensaft.«

Mit einem Zug leerte er sein Glas zur Hälfte. »GTECHs haben chronischen Vitamin-C-Mangel und einen schnellen Stoffwechsel, der ständig jede Menge Nachschub verlangt.«

Er hatte ihr über seinem ersten Sandwichstapel von der Superschnelligkeit und der Superstärke der GTECHs erzählt, aber das meiste davon hatte sie bereits gewusst – außer dass, wer *Ice* nahm, solche Fähigkeiten in begrenztem Ausmaß angeblich ebenfalls entwickelte.

»Interessant. *Ice*-Abhängige haben nach dem, was ich gelesen habe, weder einen schnellen Stoffwechsel, noch leiden sie unter Vitamin-C-Mangel. Alles, was ich bisher gespürt habe, ist eine vergrößerte Lungenkapazität und dieses schreckliche Zittern, wenn der Entzug anfängt.«

Er musterte sie eingehend. »Sonst wirklich nichts? Bist du dir sicher?«

»Ich habe jedenfalls nichts bemerkt«, antwortete sie und war selbst überrascht, dass sie lächelte. Das war etwas, das ihr von früher in Erinnerung geblieben war: Mit der Art, wie er Dinge sagte oder tat, brachte Sterling sie dazu, lockerer zu werden. »Wenn du mich auf die Palme bringst, werde ich meine Superstärke vielleicht ja an dir ausprobieren.«

Er ließ seine Augenbrauen zucken. »Das dürfte lustig werden.«

Ja, das würde es, aber erst ohne die Superstärke, die Stadt Zodius und ihre *Ice*-Sucht. Sie schüttelte den Gedanken ab, während sich ihre Stimmung verdüsterte, und klappte die Akte zu. »Das Material, das die mir hingelegt haben, ist bestenfalls allgemeiner Natur. Auf dieser Datenbasis werde ich niemals finden, was wir brauchen.«

Abrupt öffnete sich die Tür zu ihrem Apartment.

»Bleib, wo du bist«, befahl Sterling. Er war bereits aufgesprungen, um sich den beiden Soldaten in Wüstentarnanzügen entgegenzustellen, die ihr Quartier betreten hatten.

»Wir sollen die Frau zum Labor führen.«

»In Ordnung«, sagte Sterling und fügte, ohne mit der Wimper zu zucken, hinzu: »Dann lasst uns ins Labor gehen.«

»Nicht Sie«, stellte einer der Soldaten richtig und machte eine ruckartige Kopfbewegung zu Becca. »Nur sie.«

Becca bewegte sich nicht, aber ihr schlug das Herz in der Brust, als wollte es explodieren. Ohne Sterling würde sie sich Tad ganz allein stellen müssen, und ungeachtet ihrer früheren Behauptung, dass sie nichts mehr fürchtete als falsche Hoffnungen, machte dieser Mann ihr Angst.

»Wohin sie geht, gehe auch ich«, beharrte Sterling. »Das ist nicht verhandelbar.«

Beide Soldaten bewegten die Hände zu den Waffen in ihren Hüfthalftern. »Wir haben Anweisungen«, sagte einer von ihnen. »Nur sie kommt mit.«

Becca musste nur einen Blick auf Sterlings Gesicht werfen, um zu wissen, dass er gleich etwas Verrücktes tun würde, das ihn das Leben kosten könnte. Sie stand auf, und dabei musste sie irgendwie mit der Hand gegen das Glas Orangensaft gestoßen sein, denn es fiel vom Tisch und zerbrach. »Ich komme mit.« Sie sah Sterling an. »Ich werde schon zurechtkommen. Ich brauche ein Labor, um meine Arbeit machen zu können.«

»Vergiss es«, gab er zurück.

Becca stand jetzt vor ihm und legte ihm die Hand auf die Brust. »Ich muss das tun. Das schaff ich schon.«

Die beiden Soldaten traten hinter sie und richteten ihre Waffen auf Sterling. »Sie wird das unversehrt schaffen, aber Sie vielleicht nicht«, befand der eine.

»Ich gehe jetzt«, sagte sie leise und wandte sich zur Tür.

Sterling zog sie zurück und küsste sie. Dann ließ er sie mit einem gequälten Blick los.

Becca saß an einem hohen Tisch hinter den Betonwänden des Zodius-Labors und starrte auf den Objektträger unter dem Mikroskop, um etwas zu untersuchen, das sich als die DNA von Adams sechs Monate altem Sohn entpuppt hatte. Doch diese sechs Monate entsprachen bereits zwölf Jahren. Er wuchs und alterte mit einer Geschwindigkeit von zwei Jahren pro Monat. Und die DNA dieses Jungen lieferte die Droge, die sie zweimal am Tag konsumierte.

Ein Aktenordner klatschte vor ihr auf den Tisch, heißer Atem traf ihren Nacken. »Mach ihn auf.«

Tad. Sie kannte seine Stimme, erinnerte sich nur allzu lebhaft an sie, wie an einen schlimmen Traum. Sie klappte den Ordner auf. Darin befand sich ein Foto, das Sterling zusammen mit einem anderen Mann zeigte, zwei Wölfe zu ihren Füßen. Sie blätterte durch einige weitere Fotos, die alle ähnlich waren, aber offensichtlich an verschiedenen Orten aufgenommen worden waren.

Tad drehte sie zu sich um und stützte seine Hände links und rechts neben ihr auf den Tisch, sein riesiger Körper dem ihren zu nah. »Der, mit dem er da zu sehen ist, ist Adam«, erklärte er. »Er ist einer von uns. Er will die Nummer zwei nach Adam werden, und um sich diese Position unter den Nagel zu reißen, hat er versprochen, dich zu ficken, bis du dich Adam unterwirfst.«

In Beccas Magen bildete sich ein Knoten. »Sie lügen. Warum sollten Sie mir das verraten, wenn es doch genau das ist, was Adam will?«

»Weil ich Adams Nummer zwei bin«, antwortete er. »Und er hat vor, mich zu ersetzen. Ich werde ihn umbringen, bevor er die Gelegenheit dazu hat. Also schlage ich vor, du machst klar, dass du zu mir gehörst und mir schön die Treue hältst, oder ich werde dafür sorgen, dass du in eines der Sexlager geworfen wirst.« Er stieß sich vom Tisch ab und verschwand im hinteren Büro.

Becca hatte keine Ahnung, was ein »Sexlager« war, aber innerlich schrie sie auf. *Neinneinneinnein!* Sterling war kein Zodius. Er war keiner von ihnen. Unmöglich! Diese Bilder mussten Sterling mit Adams Bruder Caleb zeigen. Ihr Blick wanderte im Labor umher, auf der Suche nach einem Ausweg. Sie musste hier raus. Ein Wasserglas auf ihrem Tisch zerbarst. Dann ein Objektträger.

Milton Wright, der einzige Wissenschaftler unter den sechs Anwesenden, der ebenfalls kein GTECH war, eilte an ihren Tisch und begann die Glasscherben aufzulesen. Er war ein Mann in den Dreißigern, der als Wissenschaftler für das Militär gearbeitet hatte, und auch er war gekidnappt und gezwungen worden, Adam zu helfen.

»Das war eigenartig«, murmelte er, während er die Scherben in den Müll warf. »Das Glas ist einfach zersplittert. Ich habe überhaupt nicht gesehen, dass Sie es berührt hätten.«

Sie nickte und erinnerte sich an das Glas mit Orangensaft, das vor einigen Stunden auf ganz ähnliche Weise zersprungen war, aber Tads Besuch hatte sie zu sehr aufgewühlt, um dem große Beachtung zu schenken. »Was ist ein Sexlager?«

Er schaute von seiner Arbeit auf, trat dann neben sie und setzte sich an den Tisch neben ihrem. »Adams Sohn, Dorian, ist sehr stark und mächtig. Ich meine, auf unheimliche Weise mächtig. Sie wollen noch mehr, die so sind wie er, was bedeutet, dass sie die wenigen, seltenen Frauen finden müssen, die ein Lebensband mit einem der Männer eingehen und dadurch selbst zur GTECH werden können. Es ist wie eine körperliche Heirat. Sie haben Sex. Sie schließen ein Lebensband. Sie haben schauerliche Nachkommen, wie Dorian.«

Becca wurde schlecht. »Woher wissen sie, dass sie ein Lebensband eingehen? Werden sie einfach schwanger, oder was?«

»Direkt nach dem Sex taucht ein seltsames Tattoo im Nacken der Frau auf. Wie ich gehört habe, tut es weh, als schneide es ihnen jemand ins Fleisch. Dann machen sie einen Blutaustausch, und die Frau wird zur GTECH.«

»Blutaustausch?«, fragte sie. Eine erschreckende Vorstellung.

»Sie schneiden sich in die Handflächen und pressen sie aneinander. Das ist für die Frau auch mit Vorteilen verbunden. Sie wird mit Haut und Haar GTECH, mit allen Eigenschaften – ewige Jugend und Immunität gegen sämtliche menschliche Krankheiten. Natürlich hat sie im Gegenzug dauernd einen wirklich üblen Zodius-Soldaten am Hals, und wenn er sich umbringen lässt, zum Beispiel, indem er Adam wütend macht …« Er hob abwehrend die Hand. »Ich weiß, man kann es kaum glauben, aber so etwas kommt vor … nun, dann tritt sie zusammen mit ihm ab. Wenn er stirbt, stirbt also auch sie.«

Das Ganze wollte noch immer nicht so recht in ihren Kopf hinein. »Okay, warten Sie, ich habe das Gefühl, hier in einer verkehrten Welt zu leben, und brauche eine Sekunde. Wollen Sie mir tatsächlich erzählen, dass sie die Frauen praktisch von einem Soldaten zum anderen weiterreichen, bis einer von ihnen mit einer ein Lebensband bildet und dieses seltsame Symbol auftaucht?«

»Darauf läuft es im Wesentlichen hinaus.«

»Das ist barbarisch«, versetzte sie. »Es ist einfach nur …« Becca hielt inne und sah, wie er sich über die Stirn wischte. Er sah nicht gut aus. Schweißperlen hatten sich auf seiner Oberlippe und der Stirn gebildet, der Laborkittel klebte an seinen Kleidern. Sie rollte ihren Hocker an seinen Tisch. »Alles in Ordnung mit Ihnen, Milton?«

Er lehnte sich auf dem Laborhocker zurück und rieb sich die Oberschenkel. »Sie haben mir heute Morgen meine Dosis nicht gegeben.«

»Was?« Besorgt wandte sie sich ihm zu, um ihn eingehender zu betrachten. »Sind Sie sich sicher, dass sie nicht einfach gedacht haben, jemand hätte Ihnen das *Ice* bereits …«

»Nein, Becca«, unterbrach er sie bestimmt. »Die wissen, was sie tun. Und natürlich haben sie Ihnen Ihre Dosis gegeben. Ich habe versagt, nicht die Antworten gefunden, nach denen sie suchen. Sie sind jetzt die Neue, auf die sie ihre Hoffnungen setzen. Sie brauchen mich nicht mehr. Einer rein, einer raus.«

Sie fuhr zurück, erschrocken über die Unerbittlichkeit seiner Worte.

Er rieb sich das Kinn. »Es tut mir leid. Ich bin nicht ganz bei mir. Es fühlt sich an, als hätte ich Säure geschluckt … als fräße sie mich bei lebendigem Leib auf.«

Ihr Blick wurde sofort weicher, und sie berührte seine Hand. Sie war schweißnass, und doch zitterte er, als friere er. Sie warf einen raschen Blick zu den anderen Wissenschaftlern hinüber und spielte mit dem Gedanken, sich zu beschweren, aber die Männer bedachten sie nur mit einem bösartigen Lächeln. Miltons Leiden schien sie sichtlich zu erheitern.

Ein Summen ertönte, und die elektronisch gesicherten Stahltüren direkt vor ihrem Tisch – der einzige Ein- oder Ausgang des Labors – glitten auf. Ein hochgewachsener Mann im grünen Army-Tarnanzug mit zwei Wölfen an seiner Seite trat ein. Der Mann strahlte Macht aus. Becca hätte sich am liebsten übergeben. Dies war Adam Rain, und er und seine beiden Lieblingswölfe waren zusammen mit Sterling auf den Fotos zu sehen gewesen.

An seiner Seite befand sich sein Sohn Dorian, der einen ganz ähnlichen Tarnanzug trug. Mit seinen sechs Monaten sah er doch ganz und gar wie ein Zwölfjähriger aus. »Wie nett von Ihnen, sich uns anzuschließen, Frau Burns«, sagte Adam und deutete auf Dorian. »Ich darf Sie mit meinem Sohn bekannt machen, der Sie von Ihrem Krebs geheilt hat.«

Der Junge ließ seinen Blick auf Becca ruhen, und die schwarzen Augen bohrten sich mit solcher Dunkelheit und Tiefe in ihre, dass es ihr vorkam, als würde sie in diese Augen hineingesaugt.

»Welche guten Neuigkeiten haben Sie für mich, Milton?«

Adams Frage riss sie aus der eigentümlichen Gewalt, die die Augen des Jungen über sie hatten, und sie richtete den Blick auf Milton, der wirkte, als würde er gleich an seiner eigenen Zunge ersticken.

Becca eilte ihm flugs zu Hilfe. »Da nicht jeder *Ice*-Süchtige im Entzug stirbt, wären etwaige Vorerkrankungen oder mögliche Unregelmäßigkeiten bei der Dosierung ein erfolgversprechender Ansatz, um mit der Suche nach der Todesursache anzufangen.«

»Lesen Sie doch die Akten, Frau Burns«, blaffte Adam. »Es gab keine Vorerkrankungen und keinerlei Abweichungen zwischen der einen Ampulle mit *Ice* und der nächsten.«

»Es ist nur nichts bekannt, was …«

»Keine Vorerkrankungen und keinerlei Abweichungen zwischen der einen Ampulle und der nächsten«, wiederholte Adam. »Dass Sie es versäumt haben, sich besser in Kenntnis zu setzen, enttäuscht mich.«

Er richtete seinen Blick auf Dorian. »Zeig der Dame, was mit Leuten passiert, die mich enttäuschen.«

Die Lippen des Jungen wölbten sich nach oben, und seine dunklen Augen nahmen einen erregten Ausdruck an, als sei er mit einem Spielzeug belohnt worden – und als sei Becca dieses Spielzeug. Er hob die Hände, und die Wölfe stürzten ihr entgegen. Sie schrie; sie hatte keine Ahnung gehabt, dass der Junge die Wölfe ebenfalls kontrollieren konnte. Hastig sprang sie auf und wich gegen den Betonpfeiler hinter ihr zurück. Die Wölfe drängten sich so dicht an sie heran, dass ihr Atem den Saum ihres Laborkittels flattern ließ. Sie war gefangen.

Dorian lachte. »Ich glaube fast, sie hat Angst, Vater.«

In der irregeleiteten Hoffnung, er könne ihr zu Hilfe eilen, wanderte Beccas Blick zu Milton. Sein Kopf lag auf dem Tisch, er zitterte.

Mit einem Mut, den sie nicht in ihrem Inneren spürte, richtete sich Becca kerzengerade auf und hob den Kopf. »Ich werde tun, was Sie wollen. Aber, bitte, ich brauche Miltons Hilfe. Lassen Sie ihn nicht leiden.«

»Darf ich Ihrem Bedürfnis, sich an die Hilfe dieses menschlichen Wissenschaftlers zu klammern, entnehmen, dass mein wissenschaftliches Team Ihnen missfallen hat?«

»Nein«, antwortete sie schnell, voller Angst, dass eine Beleidigung seiner Männer ihnen beiden den Tod bringen könnte. »Sie sind in Ordnung. Wirklich großartig. Sehr hilfreich.«

»Dann ist es ja gut«, antwortete er. »Es wäre besser, Sie würden sich auf das große Ganze konzentrieren und nicht auf ein paar nutzlose Menschen.«

»Ich bin ein Mensch«, erwiderte sie leise.

»Sie sind eine Frau«, gab er zurück. »Sie werden bald erfahren, wie nützlich das hier ist.«

Die Sexlager. Vor ihrem geistigen Auge zogen die Fotos von Sterling mit Adam und den Wölfen vorbei, als Beweis, dass sie an diesem schrecklichen Ort keine Verbündeten hatte. Adrenalin und widersprüchliche Gefühle peitschten durch ihren Körper, aber irgendwie schaffte sie es, Fassung zu bewahren. Milton würde sterben. »Bitte«, beharrte Becca. »Ich brauche Miltons Erfahrung und Wissen.«

Adam sah seinen Sohn an. »Gib ihm sein Medikament.«

»Ganz, wie du willst, Vater«, sagte Dorian und näherte sich Milton.

Sein bösartiger Blick erfüllte Becca mit tiefem Grauen. Das beklemmende Gefühl, dass hier etwas nicht stimmte, machte sich in ihrem Magen breit. Dorian packte Milton am Schopf, riss seinen Kopf zurück und schob ihm eine Tablette in den Mund.

Oh Gott. Panik durchzuckte Becca. »Das war kein *Ice*! Was hast du ihm gegeben?«

Dorian richtete seine Aufmerksamkeit auf Becca, und eine abgebrühte Herzlosigkeit, die seinen jungen Jahren hohnsprach, grub sich in seine klar konturierten Gesichtszüge, als er nun Miltons Kopf mit dem Gesicht voran auf die Tischplatte hämmerte.

Als Becca das harte Krachen von Schädelknochen auf Holz hörte, rebellierte ihr Magen.

»Gute Dame«, ergriff Dorian das Wort und legte den Kopf schräg, als sei sie ein besonderes Exemplar irgendeiner Spezies, das es zu beurteilen galt, »ich habe ihm gegeben, was Sie wünschten. Er muss nun nicht mehr leiden. Das sollte doch ganz in Ihrem Sinne sein.«

Milton zuckte krampfartig zusammen und fiel vom Stuhl.

»Was hat das zu bedeuten?«, schrie sie und machte einen Schritt vorwärts, nur um ein warnendes Knurren der Wölfe zu provozieren, das ihr bedeutete, sich nicht von der Stelle zu rühren. »Was soll das heißen, dass er nicht mehr leiden muss?« Sie richtete einen flehenden Blick auf Adam. »Adam, bitte! Bitte, helfen Sie ihm. Ich mache alles, was Sie wollen.«

»Sie werden so oder so machen, was ich will«, antwortete er. »Aber ohne ihn. Er ist tot. Und es gibt außer Ihnen unter meinem wissenschaftlichen Personal hier auch andere, die über so viel Fachkenntnis verfügen wie Sie. Aber Sie sind eine Frau, und ich will Sie nicht tot, sondern nur entsprechend motiviert sehen. Und als Motivationsschub habe ich die folgende Mitteilung für Sie: Jedes Mal, wenn Sie mich enttäuschen, werde ich einen dieser Menschen töten. Und Sie haben schon angefangen, mich zu enttäuschen. Bedenken Sie: Miltons Blut klebt an *Ihren* Händen, Becca.«

Becca schnappte verzweifelt nach Luft, und diesmal hatte es nichts mit dem Krebs zu tun. Das konnte nicht sein. Sie kniff die Augen fest zusammen und sagte sich, dass sie bald aufwachen würde. Das Ganze war nur ein schlimmer Albtraum, nichts als eine Nebenwirkung ihrer Behandlung in Deutschland. Es waren lediglich ein paar Minuten im Schlaf verstrichen, nicht Stunden in Gefangenschaft.

Plötzlich war Adam dicht vor ihr – die Wölfe hatten ihm Platz gemacht. Becca keuchte auf, entsetzt über seine Nähe. Er berührte sie nicht, doch sie hätte fast schwören können, dass sie seine Hände um ihre Kehle spürte. Sie versuchte, sich nicht zu bewegen, aber er starrte sie an, und das tiefe Böse in seinen schwindelerregenden schwarzen Augen ergoss sich in sie wie Säure und fraß sie bei lebendigem Leib.

»Ich schlage vor, Sie machen sich an die Arbeit«, sagte Adam mit leiser, giftiger Stimme. »Bevor ich mich entscheide, einen weiteren Menschen zu töten, einfach nur, weil … nun ja, es ist unterhaltsam. Vor allem wenn ich mit ansehen kann, wie Sie sich um ihn sorgen.« Er machte eine dramatische Pause, dann fügte er hinzu: »Habe ich mich klar ausgedrückt?«

Sie nickte. »Ja«, flüsterte sie, aber das Wort war kaum hörbar, ihre Stimme verloren in der bitteren Wut, die seine Nähe in ihr aufsteigen ließ.

Einige Sekunden lang musterte er sie, die Züge steinern und eindringlich. »Dann tun Sie es auch«, sagte er schließlich. »Ich lasse Milton hier liegen, um Sie daran zu erinnern, welche Folgen es hat, mich zu verstimmen.«

Er drehte ihr den Rücken zu, und seine Wölfe folgten ihm auf dem Fuß. Nachdem er Becca noch einen höhnischen Blick zugeworfen hatte, schloss sich Dorian seinem Vater an. Der Junge war durch und durch böse. Schon böse geboren. Und mit jedem Tag, der verstrich, wurde er böser.

Gerade als Becca zu der Überzeugung gelangt war, dass dieser Tag nicht mehr schlimmer werden konnte – die Türen wollten sich gerade schließen –, trat Tad Bensen ein.

»Gute Neuigkeiten, Becca. Süße, Liebling, Honigschnäuzchen. Wir haben nun ein wenig Zeit ganz für uns. Ich soll auf dich aufpassen.« Er lächelte und zwinkerte ihr zu. Dann ging er zu Milton und stieß ihn zur Seite, als wäre er nichts als Abfall, der ihm im Weg war. »Ihr habt gehört, was Adam gesagt hat«, rief er den Übrigen zu. »Machen wir uns an die Arbeit!«

Zorn, Schmerz und Angst prallten mit solcher Wucht in Becca aufeinander, dass sie glaubte, zusammenbrechen zu müssen. Und irgendetwas geschah mit dieser Kraft – die Luft knisterte vor Energie. Glas zersprang an verschiedenen Stellen im Labor. Es war, als seien ihre Gefühle elektrisch geladene Wellen, die durch die Luft pulsten. Alles drehte sich in ihrem Kopf, und ihre Brust schnürte sich zu. Wie aus weiter Ferne hörte sie Tad brüllen. Und dann lag er auf dem Boden, genau wie die anderen Wissenschaftler. Sie waren umgekippt wie Steine und hart auf den Beton geklatscht.

Beccas Augen weiteten sich. Ihr Herz setzte einen Schlag aus und begann dann rasend zu hämmern. Was war gerade passiert? Sie drückte die geballte Faust an ihr Herz und befahl ihm, mit dem wilden Gehämmer aufzuhören, aber ihre Hand war unsicher und zittrig. Sie zwang sich, tief durchzuatmen und langsam bis zehn zu zählen. Das Schwindelgefühl ließ nach, und sie konnte sich wieder auf den Raum vor ihr konzentrieren.

Dann – und erst dann – begann sie sich Vorwürfe zu machen, so lange stillgestanden zu haben. Sie rannte zu Milton hinüber, rollte ihn herum und schrak vor seinen leeren, offenen Augen zurück, selbst als sie nach einem Puls suchte, von dem sie wusste, dass sie ihn nicht finden würde.

Ihr Magen krampfte sich zusammen, und sie streckte die Hand aus, um Milton die Augen zu schließen. Noch mehr Glas im Raum zerbarst, als sie seinem toten Körper zuflüsterte: »Es tut mir leid, dass ich dich nicht gerettet habe.« Aber sie weinte nicht – die Wut über diese Grausamkeit fraß sie nur bei lebendigem Leib auf.

Sie richtete sich auf und wandte sich den im Raum verstreuten Wissenschaftlern zu. Gegenstände begannen im Raum zu schweben. Ein Stuhl machte einen Sprung und drehte sich um. Becca konnte spüren, dass die Energie von ihr ausging – eine Macht, die ihr das verdammte *Ice* verlieh. Und sie wusste, dass sie selbst der Grund dafür war, dass diese Männer am Boden lagen.

Becca starrte ihre Körper an und dann die verschlossenen Türen. Ausweiskarten. Sie hatten Ausweiskarten, um die Tür zu öffnen. Tad würde wohl über die höchste Sicherheitsfreigabe verfügen, vermutete sie. Ohne sich Zeit zum Nachdenken zu geben, stürmte sie vor und beugte sich über Tad. Als sie nach seinem Handgelenk griff und einen Puls fand, schreckte sie angewidert zurück. Er war nicht tot – sie wusste nicht, ob sie erleichtert oder enttäuscht sein sollte. Sie hatte keine Ahnung, was mit den Männern nicht stimmte, wollte aber auf keinen Fall hierbleiben, bis sie wieder aufwachten.

Sie knipste die Ausweiskarte von Tads Hemd und eilte zur Tür. Dann blieb sie stehen, machte kehrt und riss ihm die Waffe aus dem Halfter.

Sie musste daran zurückdenken, wie ihr Bruder sie trotz all ihrer Einwände dazu genötigt hatte, den Umgang mit Waffen zu erlernen. »Danke, Kevin«, murmelte sie. Er hatte darauf bestanden, dass sie sich die entsprechenden Kenntnisse aneignete, damit sie geschützt war, wenn er sich irgendwo im Krieg befand. Und so hatte sie schießen gelernt.

Noch ein Gedanke durchfuhr sie. Geld. Konnte sie hoffen, dass Tad welches bei sich hatte? Sie schauderte vor der Vorstellung zurück, ihn zu berühren, doch dann griff sie trotzdem in seine Tasche. Nichts. Sie sprang über ihn hinweg und probierte es mit der anderen Tasche. Volltreffer! Eine Geldscheinklammer mit einer respektablen Menge an Barem.

Eine Sekunde später war sie am Ausgang und zog die Sicherheitskarte durch die entsprechende Vorrichtung. Ein Licht sprang auf Grün um, aber die Tür öffnete sich nicht. Willkürlich tippte sie auf der Tastatur daneben herum. Nichts. Sie versuchte es noch einmal. Plötzlich schoss Wasser aus der Feuerlöschanlage, und die Türen öffneten sich. Da stand Becca im Sprühnebel und hatte keine Ahnung, was sie als Nächstes tun sollte. Sie wusste nicht, wie sie hier herauskommen sollte, wusste nicht, wie sie zu Sterling gelangen konnte, ja, nicht einmal, ob sie ihm vertrauen durfte, wenn sie es wirklich irgendwie zu ihm schaffte. Oder ob sie überhaupt irgendjemandem vertrauen konnte. Weiter unten im Flur hörte sie gedämpfte Stimmen. Zu spät. Sie rannte in die entgegengesetzte Richtung davon.

7

Auf keinen Fall würde Sterling zulassen, dass Becca mit dem, was da in Zodius City vorging, allein fertigwerden musste. Als der Feueralarm losging und Wasser auf ihn herabregnete, tat er endlich, was er seit Stunden hatte tun wollen: Er zerschlug das elektronische Steuerfeld an der Tür und entriegelte sie, dann begab er sich durch den verlassenen Flur zum Labor. Er wusste genau, wohin er gehen musste. Schließlich hatte dieser Bereich von Zodius City schon existiert, als hier noch Area 51 und somit seine Arbeitsstelle gewesen war, und außerdem hatte er die Lagepläne genau studiert, die ihnen Michael beschafft hatte, während er verdeckt als Adams Stellvertreter operiert hatte.

Eine Treppe weiter unten blieb er einen Moment an einer Tür stehen. Dann öffnete er sie, nur um festzustellen, dass sie von irgendetwas blockiert wurde. Verdammt. Hinter der Tür lag ein Zodius-Soldat, mit dem Gesicht nach unten. Was war hier passiert, und wo war Becca gewesen, als es geschah? Sterling wirbelte zurück und warf sich mit voller Wucht gegen die Tür. Die Wasserpfütze an ihrer Schwelle sorgte für zusätzlichen Widerstand. Es gelang ihm, die Tür weit genug aufzudrücken, damit er einen Blick in den leeren Korridor werfen konnte, bevor er durch den Türspalt hindurchglitt. Er bückte sich, nahm dem Soldaten seine Waffen ab und strich sich das nasse Haar aus der Stirn, während das Wasser unerbittlich weiter über sein Gesicht rann.

Er fiel in Laufschritt, sprang über zwei weitere mit dem Gesicht nach unten liegende Zodius-Soldaten hinweg und bog um die Ecke. Die Labortür stand offen. Sein Inneres krampfte sich zusammen, als er hindurchtrat, und er wagte nicht zu atmen, bis er sich davon überzeugt hatte, dass keiner der sechs Körper im Labor Becca war. Angst um sie machte sich in ihm breit und schnürte ihm die Kehle zu.

Sein Blick fiel auf den Computer neben der Tür, um ihn eine Pfütze aus Wasser. Ohne große Hoffnungen steuerte er auf den Rechner zu, legte seine Waffen ab und betätigte ein paar Tasten. Gegen alle Wahrscheinlichkeit erwachte der Bildschirm zum Leben, und Sterling konnte seine Zauberkünste spielen lassen. Es dauerte keine Minute, da hatte er die Überwachungskameras im Blick, mehrere Fenster gleichzeitig geöffnet und sich vergewissert, dass, was auch geschehen war, auf diesen Bereich der Stadt begrenzt blieb. In einem weiter entfernten Flur sammelten sich Soldaten, und Sterling zweifelte nicht daran, dass es hier nur deshalb nicht ebenfalls von ihnen wimmelte, weil das, was immer den Alarm ausgelöst und alle außer ihm und Becca flachgelegt hatte, auch den Überwachungskameras verborgen geblieben war.

Er schaltete sich durch einige weitere Kameras und hätte vor Erleichterung am liebsten laut aufgeschrien. Becca lebte und war unterwegs. Er tippte einen Code ein, um die Überwachungskameras auszuschalten, dann griff er sich seine Waffen. Seine anschließende Durchsuchung des Labors nach *Ice* blieb ohne Erfolg. Fluchend lief er Becca hinterher und schwor sich, in der Stadt einen Dealer und das *Ice* zu finden, das Becca brauchte.

Becca war in einem unterirdischen Belüftungstunnel unterwegs, von dem Sterling wusste, dass er zu einem verlassenen Areal in der Nähe eines Highways führte. Offensichtlich war sie nicht auf den Kopf gefallen und hatte diesen Weg durch eigene Überlegung gefunden. Oder sie war ein kalkuliertes Risiko eingegangen.

Er zog die Stahltür zum Tunnel auf und kletterte hinein, dann schloss er die Tür sorgfältig hinter sich. Er wagte es nicht, nach ihr zu rufen, aus Angst, von den anderen gehört zu werden. Doch je weiter er kam, ohne auf eine Spur von Becca zu stoßen, desto größer wurde seine Sorge. Als er das Tunnelende erreichte, blickte er sich draußen um, nur um festzustellen, dass Becca nirgends zu sehen war. Er hatte sie erneut verloren, und ihr lief die Zeit davon. Er wusste nicht, ob sie *Ice*-Nachschub bei sich hatte, und er hatte kein Serum.

Sobald die Feuerlöschberieselung ausgeschaltet und die Aufnahmen der Überwachungskameras analysiert worden waren, betrat Adam mit Dorian an seiner Seite das Labor. Beim Anblick seines bewusstlos auf dem Boden liegenden zweiten Mannes verzog er angewidert das Gesicht. Dieses nichtsnutzige Stück Scheiße. Die Hälfte der anderen Männer, die sich, dank Rebecca Burns, ein Nickerchen hatten gönnen dürfen, war bereits wieder wach, aber Tad lag noch immer schlafend in einer Pfütze. Adam versetzte ihm einen Tritt.

»Steh auf, du Idiot. Steh sofort auf!«

Tad setzte sich ruckartig auf, einen benommenen Ausdruck im Gesicht. »Verdammte Scheiße, was zum Henker ist passiert?« Er sprang auf und blickte sich um, sah einige der Wissenschaftler noch auf dem Boden liegen, genau wie auch er eben noch gelegen hatte. »Wo ist …«

»Sag du es mir!«, herrschte ihn Adam wütend an. »Sie und Sterling sind verschwunden. Wie konnte es gehen, dass deine Gefangene euch alle flach auf die Ärsche gelegt hat, ohne einen Finger zu rühren? Und jetzt ist sie verschwunden, und die Kameras sind ausgeschaltet. Wie kann so etwas passieren, wenn mein zweiter Mann hier vor Ort ist? Außerdem, du Idiot, sie hat deine Ausweiskarte genommen, um aus dem Labor zu kommen.« Adam gab Dorian ein Zeichen und deutete dann auf die noch schlafenden Männer. »Weck sie alle.«

Dorian begann sogleich, die Männer mit der Wucht eines wütenden Elefanten zu treten. Trotz seines Ärgers wirkte das Schauspiel unwillkürlich erheiternd auf Adam.

Die Türen zum Labor wurden geöffnet, und der führende Wissenschaftler des *Ice*-Programms kam in den Raum geeilt, den Laborkittel säuberlich zugeknöpft, die Brille auf der Nasenspitze. Adam hatte Wunder erwartet, als er General Powell diesen brillanten chinesischen Wissenschaftler vor der Nase weggeschnappt hatte. Was er bekommen hatte, war *Ice* in all seiner rasch schwindenden Herrlichkeit. Nun ging ihm Chin auf die Nerven, und er würde Adams Gastfreundschaft bald überstrapaziert haben, wenn er nicht aufpasste.

»Ich bin gerade damit fertig geworden, mir das Material der Überwachungskameras anzusehen«, begann Dr. Chin. »Die Frau hat Gegenstände im Labor durch die Luft schweben und die Männer ohnmächtig werden lassen. Es ist wirklich bemerkenswert; so etwas haben wir bisher noch nicht beobachtet.«

Adam knirschte mit den Zähnen und konnte dem Drang, dem Mann das Genick zu brechen, nur mit Mühe widerstehen. »Noch eine weitere Nebenwirkung von *Ice*, über die wir hätten Bescheid wissen sollen.«

Chin schob sich die Brille auf die Nase. »Tausende Menschen haben *Ice* genommen, und keiner hat auch nur annähernd ähnliche Fähigkeiten entwickelt, wie sie diese Frau gezeigt hat. Vielleicht liegt es an einer Wechselwirkung des *Ice* mit den Medikamenten ihrer vorausgegangenen Krebstherapie. Ich brauche die Frau und ihre Krankenakten aus dem deutschen Krankenhaus, um mich vergewissern zu können.«

Er hob eine Hand. »Ich will nichts versprechen, aber sollte sich meine Theorie als richtig erweisen, könnten wir das *Ice* mit diesen Behandlungsmethoden kombinieren und dadurch die Fähigkeiten der Frau in unseren Männern nachbilden. Aber wir müssen sie schnell aufspüren, bevor der *Ice*-Entzug sie umbringt. Die Kameraaufnahmen haben festgehalten, dass sie einen kleinen Vorrat mitgenommen hat, aber das reicht ihr nicht länger als bestenfalls einige Tage.«

Für Adam kam es nicht infrage, dass irgendjemand jene Art Macht besaß, über die diese Frau verfügte; es sei denn, er selbst. Und nur er. Er richtete den Blick auf Tad. »Finde sie und bring sie um. Bring Chin ihren Leichnam, damit er ihn untersuchen kann.«

»Ich brauche sie lebend«, wandte Chin ein.

»Und ich will sie tot«, sagte Adam. »Sofort, bevor sie als Waffe gegen uns eingesetzt werden kann – also bevor Sterling es schafft, sie nach Sunrise City zu bringen und sie unter den Schutz meines Bruders zu stellen.«

Er warf den tropfnassen Wissenschaftlern einen finsteren Blick zu. »Ihr habt mich alle enttäuscht, und das hat seinen Preis.« Dann richtete er seine Aufmerksamkeit auf Tad. »Töte sie, und dir ist verziehen. Vermassel die Sache … und du wirst Schlimmeres zu erleiden haben als sie alle zusammen.«

Als Becca den Highway erreicht hatte, zog sie ihre Jacke aus und verbarg die Waffe darunter. Mit rudernden Händen rannte sie vor einen herankommenden Lastwagen und betete, dass der Fahrer anhielt. Ihr Herz raste, während er näher und näher kam. Als der Sattelschlepper nur Zentimeter vor ihr mit quietschenden Reifen anhielt, entschlüpfte ihr ein gewaltiger Seufzer.

Zitternd rannte sie zur Beifahrertür. Als die Tür aufsprang, erwischte sie ihre Jacke – und fegte die *Ice*-Ampullen darin zu Boden. Nein! Oh nein! Sie bückte sich und versuchte zu retten, was zu retten war, aber sie waren zerbrochen. Sie hatte verloren, was sie hätte am Leben halten können.

»Kommen Sie jetzt rein, junge Frau?«, fragte der Lastwagenfahrer.

»Ja«, antwortete sie. Ihr blieb nichts anderes übrig. Sie konnte nicht zurück; sie konnte nur nach vorn und beten, dass sie irgendwo auf der Straße einen Vorrat an *Ice* fand. So oder so war die Wahrscheinlichkeit hoch, dass sie sterben würde, aber sie wollte verflucht sein, wenn sie den Löffel abgab, bevor sie Adam daran hindern konnte, noch weiteren Menschen Leid anzutun.

Sie kletterte in den Laster und begann irgendwas von einem verrückten Freund zu faseln, der sie am Straßenrand hatte stehen lassen, während sie tatsächlich nur noch daran denken konnte, dass sie ihren ganzen *Ice*-Vorrat verloren hatte. *Das Ice ist weg.* Sterling war weg. Er hatte sie verraten, rief sie sich ins Gedächtnis. Er war nicht das, was er zu sein schien. Er war nie ihr Freund gewesen, niemals ihr Geliebter, und Gott sei dafür gedankt.

Aber als sich ihr Blick auf die Straße richtete und sie sich weiter und weiter von ihm entfernte, ertappte sie sich dabei, dass sie sich jeden Moment mit ihm noch einmal ins Gedächtnis rief und nach seinen wahren Absichten fragte. Ganz gleich, wie gut sie es auch vor sich selbst zu rechtfertigen wusste und wie überzeugend sie sich einredete, dass sie ihre einzige Chance genutzt hatte, Zodius City lebend zu verlassen und die Welt vor Adam zu warnen – es tat weh, ohne Sterling zu gehen.

8

Nachdem er das wüstenhafte Gelände von Area 51 gut drei Stunden lang erfolglos nach Becca abgesucht hatte, windwalkte Sterling zu den Bergen von Nevada, wo sich das unterirdische Hauptquartier der Renegades befand. Er betrat Sunrise City und hatte Mord im Sinn – Mord an Damion, um genau zu sein. Er stürmte durch die Anlage, und nach einigen kurzen Nachfragen begab er sich direkt zu seiner Zielperson in die Einsatzzentrale der Renegades.

Er trat die Tür auf und fand Damion zwischen Caleb und Michael am Konferenztisch. Außerdem waren noch vier weitere hochrangige Renegades im Raum. Ein Blick in Sterlings Richtung reichte, und alle im Raum schienen seine Botschaft verstanden zu haben. Niemand wagte es, irgendwelche Willkommensgrüße anzustimmen, und Caleb gab den Übrigen ein Zeichen zu gehen. Alle standen auf und beeilten sich, dem Folge zu leisten – alle außer Michael. Michael betrachtete sich als Calebs persönlichen Bodyguard, womit Sterling kein Problem hatte. Er und Michael hatten ihre persönlichen Zwistigkeiten, aber in ihrem tiefsten Inneren waren sie Freunde. Michael und Caleb waren so ungefähr die beiden Einzigen, denen er im Moment vertrauen würde, wenn sein Leben davon abhinge. Vor nicht allzu langer Zeit hätte auch noch Damions Name mit auf dieser kurzen Liste gestanden.

Sterling trat aus der Tür, um die vier anderen Männer passieren zu lassen, und wartete auf Damion. Als er sich näherte, schoss das Adrenalin durch Sterlings Glieder. Sobald Damion in Reichweite war, packte er ihn und schleuderte ihn auf den Konferenztisch.

Als Damion schlitternd zwischen ihm und Caleb zu liegen kam, zog Michael seine dunklen Augenbrauen in die Höhe. »Schlecht gelaunt, Sterling?«

»Schlechte Laune trifft es noch nicht einmal ansatzweise«, grollte Sterling und kam auf den Tisch zugeschritten.

»Mann, was soll der Scheiß?«, fragte Damion und versuchte sich hochzurappeln.

Sterling sprang auf den Tisch, war im Nu über Damion und packte ihn erneut am Hemd. Von seinem Zorn und der Angst um Becca befeuert, hatte er Damion einen Sekundenbruchteil später auch schon gegen die Wand geschleudert.

»Du falscher amerikanischer Supermann, der sich ja immer so schön an die Regeln hält, du verräterisches Stück Scheiße mit deinem sauberen GI-Helden-Haarschnitt und deiner stählernen Moral«, knirschte Sterling. »Du hast sie im Stich gelassen. Du hast *mich* im Stich gelassen.«

»Wovon zum Teufel redest du, verdammt?«, herrschte ihn Damion an.

»Tu nicht so, als wüsstest du das nicht«, entgegnete Sterling warnend. »Denn das bringt mich nur noch mehr auf die Palme, und das solltest du im Moment tunlichst vermeiden.«

»Verdammt«, sagte Caleb und riss die beiden mit Michaels Hilfe auseinander. »Worum geht es eigentlich?«

»Damion hat Rebecca Burns an Tad Benson ausgeliefert. Darum geht es, zum Teufel.«

Damion funkelte Sterling wütend an. »*Du* hast ihm diese Frau gegeben, nicht ich.«

Sterling stürzte sich auf Damion. »Du verlogener Drecksack.«

Michael fluchte und stieß Sterling zum Tisch hinüber. Dann

stellte er sich breit zwischen Sterling und Damion. »Hol erst mal tief Luft, Mann. Gehen wir der Sache auf den Grund.«

»Er ist ein Zodius«, schäumte Sterling und spuckte jedes Wort förmlich aus. »Und du kennst mich gut genug, um zu wissen, dass ich eine solche Anschuldigung nicht vorbringen würde, wenn ich mir nicht todsicher wäre.«

Michael kniff die Augen zu schmalen Schlitzen zusammen, dann trat er einen Schritt zur Seite, um mit Caleb Blicke zu wechseln – allerdings nicht, ohne Sterling sicherheitshalber am Hemd gepackt zu halten. Der Mistkerl. Sterling würde auch Michael eine Abreibung verpassen, wenn er ihn nicht losließ.

»Das ist doch Irrsinn«, murrte Damion an Caleb gerichtet, der ihm eine Hand fest auf die Schulter gelegt hatte und ihn so festhielt. »Er ist durchgedreht. Er war verletzt und im Delirium, und ich werde auf keinen Fall die Schuld für seine dummen, waghalsigen Fehler auf mich nehmen, die diese Frau umgebracht haben.« Wütend blickte er Sterling an. »Hör einfach auf, unbedingt beweisen zu wollen, dass du genauso GTECH bist wie wir Übrigen, bevor du *noch jemanden* umbringst.«

Die Anspielung auf seine begrenzten Fähigkeiten im Windwalken und einige andere Mängel, von deren Existenz nur eine Handvoll Leute wussten, ließ Sterling vor Wut platzen. Er machte einen Satz nach vorn und schaffte es gerade noch, eine Gerade auf Damions Kinn zu landen, bevor Michael und Caleb ihn wieder unter Kontrolle bekamen.

Michael drückte Sterling gegen den Tisch und sah über die Schulter zu Damion. »Warum bist du da hin, Mann? Im Ernst, warum? Wie ist das abgelaufen?« Dann richtete er seine Aufmerksamkeit wieder auf Sterling. »Vergiss den Scheiß, den er gerade gesagt hat.« In seinem Blick lag Verständnis. Sie beide wussten, wie es war, ein Ausgestoßener zu sein. Während es bei Sterling die eine oder andere Beeinträchtigung gab, besaß Michael ein paar zusätzliche Fähigkeiten, die anderen eine Scheißangst einjagten. »Ihr seid beide aufgebracht und sagt Dinge, die ihr nicht so meint.«

»Oh ja, ich bin aufgebracht«, unterstrich Sterling. »Ich habe niemals ein anderes Leben als mein eigenes aufs Spiel gesetzt, und ich habe verdammt noch mal bestimmt einen ganzen Stall Menschenleben mehr gerettet als er.«

»Mannomann, Sterling«, sagte Damion. »Warum holen wir nicht auch noch unsere Schwänze raus und messen, wer den längsten hat?«

Sterling hielt den Blick starr auf Michael gerichtet. »Vielleicht solltest du ihn mal daran erinnern, dass ich ebenso gut darin bin, Leben zu nehmen, wie sie zu retten.«

»Ich habe gesagt, wir treffen uns am Fenster im ersten Stock!«, brüllte Damion hinter ihnen. »Warum zum Teufel bist du durch die Hintertür raus? Und warum verdammt hast du sie dem Zodius kampflos überlassen?«

»Oh, das ist ja wirklich köstlich«, sagte Sterling mit einem bitteren Lachen, während Michael, der noch immer zwischen ihnen gestanden hatte, einen Schritt zur Seite machte. »Du warst am Fenster. Glaubst du, ich würde mich nicht daran erinnern? Und wir wissen beide, dass du auf der hinteren Veranda warst und dass ich dort Becca dir anvertraut habe.«

»Du bist durch die Hintertür gekommen, bevor ich es überhaupt zum Fenster geschafft hatte.«

Wut ballte sich in Sterling zusammen, doch nun ruhiger und kalkulierter. »Deine Lügen werden dich bald schnurstracks ins Grab bringen, Damion.«

»Ich arbeite nicht für Adam«, beharrte Damion nachdrücklich und reckte das Kinn in Richtung Michael. »Du warst bis vor ein paar Monaten unser Undercover-Mann in Zodius. Müsstest du dann nicht wissen, wenn ich für Adam arbeiten würde?«

»In ein paar Monaten kann eine Menge passieren«, stellte Michael fest.

Damion ließ einen frustrierten Seufzer hören. »Ich arbeite nicht für Adam!«

»Warum erfahren wir das alles erst jetzt, Damion?«, verlangte Caleb zu wissen.

»Weil sich die Sache erledigt hatte«, antwortete Damion. »Ich musste davon ausgehen, dass Sterling tot war, und ich hatte nicht vor, Anklage gegen einen Toten zu erheben, den wir alle als Freund betrachtet haben.«

Caleb fixierte ihn einen Moment lang, dann ließ er Damion los, sah Michael an und deutete auf die Tür. »Geh mit Damion raus und lasst Sterling und mich allein.«

Michael warf Sterling einen warnenden Blick zu und ließ ihn dann los. Sterling stand da wie ein Fels und ließ Damion nicht aus den Augen. »Sie ist nicht tot. Aber ich kann dir eins versprechen: Wenn ihr irgendetwas zustößt, bring ich dich um.«

Mehrere angespannte Sekunden verstrichen, dann stieß sich Damion von der Wand ab und ging ohne ein weiteres Wort hinaus. Weder Sterling noch Caleb sprachen, bis die Tür zur Einsatzzentrale hinter Michael zugefallen war.

»Er lügt nicht«, sagte Caleb leise.

»Verdammt, und ob er das tut«, antwortete Sterling. »Ich habe sie ihm gegeben, und einen Augenblick später hatte Adams Mann sie. Mir ist scheißegal, was deine verdammten Spiderman-Sinne dir eingeben.«

»Ich weiß, dass du davon überzeugt bist«, erwiderte Caleb. »Ich weiß, dass du nicht lügst; und ich würde meine ›Spiderman-Sinne‹ gar nicht brauchen, um das zu wissen, denn ich kenne dich. Aber ich kann dir mitteilen, dass ihr ohne jeden Zweifel beide glaubt, zu hundert Prozent die Wahrheit zu sagen.« Er zögerte einen Moment, dann setzte er hinzu: »Ich habe gedacht, du seist tot.«

Sterling fuhr sich mit der Hand durchs Haar und setzte sich auf die Tischkante. »Nun ja, ich sollte eigentlich tot sein, und sie wird es sein, wenn ich sie nicht finde, und zwar schnell.« Er gab einen kurzen Bericht über die vergangenen Tage, kam dabei auch auf Beccas *Ice*-Sucht zu sprechen und schloss mit den Details ihrer Flucht. »Ich habe keine Ahnung, was in diesem ganzen Bereich von Zodius City geschehen ist, aber Becca und ich waren die Einzigen, die bei Bewusstsein geblieben sind.«

»Waren die Männer tot?«, fragte Caleb von der Wand herüber, an die er sich gelehnt hatte.

»Keine Ahnung, ich hatte keine Zeit, es herauszufinden. Und es kann kein Gift gewesen sein, sonst hätte es auch Becca und mich erwischt.«

Sie unterhielten sich noch ein paar Minuten, und obwohl diese Nachbesprechung notwendig war, packte Sterling wieder einmal das Gefühl, es in seiner eigenen Haut nicht mehr auszuhalten. Er musste hier raus. Er musste Becca finden.

»Sie ist dir persönlich wichtig?«, hakte Caleb nach und sah ihn dabei eindringlich an.

»Ja«, bestätigte er. »Sie ist mir persönlich wichtig.« Es gab keinen Grund, die Wahrheit, die er selbst nicht ganz begriff, zu verleugnen. Nicht nur, dass Caleb seine Gefühle ohnehin spüren würde, er war auch so etwas wie der Bruder, den Sterling nie gehabt hatte. Und Becca bedeutete ihm mehr, als ihm seit sehr langer Zeit überhaupt irgendetwas bedeutet hatte.

Caleb stieß sich von der Wand ab. »Wir werden sie finden«, versprach er.

Aber würden sie sie auch finden, bevor es zu spät war?

Sterling verließ Sunrise City abends gegen zehn, früh für Vegas, vor allem an einem Freitagabend, und er hatte vor, jede Sekunde zu nutzen, um Becca zu finden. Nach einigen Telefonaten sowohl mit seinem Team auf der Straße als auch mit verschiedenen sonstigen Kontakten kam er zu dem Ergebnis, dass sich die *Ice*-Szene in den Untergrund verlagert hatte, wo die Droge über eine Art privates Clubsystem vertrieben wurde.

Wenn die Worte »privat« und »Geld« ins Spiel kamen, wusste Sterling – oder vielmehr der stadtbekannte Agent und Spürhund in ihm, der alles machte, solange nur der Preis stimmte –, wohin er sich wenden musste. Und so verließ Sterling um halb elf den Aufzug des *Magnolia*-Casinos, eines der umsatzstärksten Häuser auf dem Las Vegas Strip, und folgte einem weichen roten Teppich, der ihm den Weg wies. Im Wissen, dass er erwartet wurde, betrat er die Zentrale des Sicherheitsdienstes, wo man durch die vordere Fensterscheibe einen Blick auf das Casino hatte. Computermonitore reihten sich an den Wänden und hingen von der Decke.

In der Mitte des Raums stand Marcus Lyons, der Chef des Sicherheitsdienstes, der für drei der größten Casinounternehmen auf dem Strip zuständig war. Er hatte dunkles Haar, war hochgewachsen und athletisch und trug den gleichen schwarzen Anzug wie sein Personal, aber darüber hinaus noch eine blutrote Krawatte, die in etwa sagte: Schaut mich an, ich sehe verdammt noch mal aus wie George Clooney. Aber soweit es Sterling betraf, konnte sich der Typ ausstaffieren, wie er wollte. Marcus Lyons hatte in der Stadt die besten Beziehungen, und das war alles, was zählte. Und für Sterling wäre er der King, wenn er ihn zu Becca zu führen vermochte. Mit einer Kopfbewegung deutete Marcus auf das Büro im hinteren Teil des Raums, und Sterling folgte ihm. Dass er die Tür hinter sich schloss, verstand sich von selbst.

»Was gibt es so Dringendes?«, fragte Marcus und drehte sich zu ihm um.

»Ich habe einen Kunden, der einen großen Vorrat *Ice* will«, antwortete Sterling. »Er ist bereit, bestens dafür zu zahlen. Und erzähl mir nicht, du wüsstest nicht, was das ist. Hier geht es um zu viel Geld, um irgendwelche Spielchen zu spielen. Er will, was er will, und er will es heute Abend.«

Marcus musterte ihn eine ganze Weile. »Falls ich dir die gewünschte Information gebe und du einen Kontakt herstellen kannst, will ich mein Stückchen vom Kuchen.«

»*Falls* ich einen Kontakt herstellen kann?«

»Ich weiß einen Ort, und das ist alles«, antwortete Marcus. »Aber um an die Information heranzukommen, habe ich gehörigen Druck ausüben müssen.« Er zog die Mundwinkel leicht in die Höhe und fügte hinzu: »Ich bin gern auf Gelegenheiten wie diese vorbereitet. Falls du dich an besagten Ort begibst, könnte sich vielleicht eine Möglichkeit eröffnen, vielleicht aber auch nicht. Wie auch immer – ich habe einen Mann dort in der Nähe. Einen, der ein wenig aufpasst. Ich bekomme es in jedem Fall mit, wenn du einen Kontakt herstellst, also erwarte ich, bezahlt zu werden.«

»Ich habe immer bezahlt und mich für gute Informationen nie lumpen lassen«, betonte Sterling. Breitbeinig stand er da, die Arme vor der Brust verschränkt. Die Renegades verfügten über satte finanzielle Reserven, die zum Teil von Renegades wie Michael und Damion stammten, die als Kinder reicher Eltern geboren worden waren. »Warum sollte sich das jetzt ändern?«

»Wie hoch ist dein Anteil an dem Geschäft?«, fragte Marcus, und ein gespannter Ausdruck trat in seine blauen Augen.

Sterling zögerte absichtlich, spielte das Verhandlungsspiel, das von ihm erwartet wurde. Keine leichte Aufgabe, wo er doch

Marcus viel lieber so lange schütteln wollte, bis er mit allem herausrückte, was er wissen wollte. »Fünfzig Riesen.«

Marcus zog die Stirn kraus. »Dann nehme ich dreißig.«

Sterling stieß ein verächtliches Lachen aus und fixierte Marcus mit einem Blick, als sei sein Gegenüber völlig durchgedreht. »Und der wahre Betrag wäre dann …«

»Wir wissen beide, dass du mir nicht deinen vollen Anteil genannt hast«, konterte Marcus. »Du hast die Zahl nach unten geschraubt. Ich will dreißig Mille, oder du bekommst gar nichts von mir.«

Sterling stieß einen Pfiff aus und zog seine Show weiter durch. »Das ist happig, geldgieriger Drecksack.«

»Nicht wenn es darum geht, dermaßen heiße Ware wie *Ice* zu horten, die dazu noch fast unmöglich aufzufinden ist«, gab Marcus zurück. »Du gehst also entweder auf mein Angebot ein«, er verschränkte die Arme, »oder lässt es bleiben.«

»Ich will wissen, was das für ein Ort ist. Sofort. Heute Abend.«

»Erst einmal bekomme ich jetzt einen Vorschuss«, setzte Marcus dagegen. »Oder das Geschäft ist geplatzt.«

Sterling schlenderte gemächlich zum Schreibtisch und setzte sich auf die Kante. Er griff in seine Tasche, zog ein mit einer Klammer zusammengehaltenes Bündel Bargeld heraus und warf es auf den Tisch. »Das sind zehn. Das sollte wohl genug sein, um dir eine dieser schnieken Maniküren zu besorgen, die du so sehr magst.«

Marcus lachte und entspannte sich sichtlich. »Ich weiß nicht, wer von uns beiden das größere Arschloch ist. Du? Oder ich?«

»Mir gefällt die Vorstellung, dass jeder von uns mit seiner ganz persönlichen Ausführung von Arschloch-Sein auftrumpfen kann«, sagte Sterling trocken. »Du repräsentierst mehr den Von-oben-herab-Anzugträger-und-dann-hau-ich-dir-deinen-Geldbeutel-in-die-Eier-Arschloch-Typ. Ich bin eher das Schmutzige-Hintergassen-Straßenkämpfer-Arschloch.« Er stieß sich vom Schreibtisch ab. »Also, wo muss ich hin?«

»Wann bekomme ich das restliche Geld?«

»Wenn ich das *Ice* bekomme.«

Marcus dachte einen Moment lang nach. »Wehe, du ziehst mich über den Tisch, Sterling.«

»Ganz meinerseits, Arschloch«, erwiderte er abfällig. »Du hast meine zehn Riesen.«

Marcus überlegte noch einmal kurz, dann sagte er: »*Nebula*.« Das *Nebula* war die jüngste Bereicherung der Clubszene und an einen Casinokomplex der Konkurrenz angeschlossen. Marcus warf einen kurzen prüfenden Blick auf Sterlings Kleidung – Jeans und T-Shirt. »Es würde sich vielleicht empfehlen, dort in der Menge nicht aufzufallen. Der Laden ist keiner von den üblichen angesagten Vegas-Schuppen. Dort sind eher Leder und Ketten angesagt als Jeans.«

Trocken versetzte Sterling: »Und da dachte ich, du würdest mich vielleicht begleiten.« Er zuckte die Achseln. »Schade.« Die Spannung zwischen ihnen verflog. Trotz des spöttischen Wortwechsels mochten sie einander beinahe. Sie hatten zu viele derartige Geschäfte miteinander durchgezogen, um den Wert des anderen nicht anzuerkennen. »Bis später, Marcus.«

»Bring uns beiden etwas Geld mit, Sterling.«

Sterling winkte und verließ den Raum. Seinetwegen konnte es losgehen.

Zum Teufel mit dieser Umzieherei, nur damit er in eine gruftimäßige Drogenbar passte. Um halb zwölf saß Sterling in der hintersten Ecke des verqualmten dreistöckigen *Nebula* im Empire Tower Casino. Zur Tarnung hielt er ein kaum angetrunkenes Bier in der Hand, und in Gedanken war er bei jenem

Augenblick, in dem er Becca Damion anvertraut hatte. Es war Damion gewesen, davon war er überzeugt.

Lässig setzte er erneut sein Bier an und hielt den Blick auf das andere Ende der Bar gerichtet, wo sich zwei Punks – der eine mit Irokesenschnitt, der andere mit Igelfrisur – mit einer Frau unterhielten. Einer der Punks versperrte ihm teilweise die Sicht. Er erhaschte einen Blick auf langes schwarzes Haar und stellte mit einem dumpfen Knall das Bier ab, wartete auf einen besseren Sichtwinkel und hoffte idiotischerweise aus ganzer Seele, dass es Becca wäre. Dabei machte er sich nur selbst verrückt. In dem Club wimmelte es von schwarzen Grufti-Frisuren.

»He, Süßer«, ertönte eine schnurrende Frauenstimme. Eine Schönheit mit rabenschwarzem Haar drängte sich an seinen Stuhl heran und schmiegte ihren üppigen Busen an seinen Arm. Eine Dealerin … so das Gerücht, das an der Bar die Runde machte. Die *Ice*-Dealerinnen waren heiße Bräute, die einen erst prüfend musterten und dann entschieden, wem sie die Droge anboten. Anscheinend nahmen sie auch selbst Kostproben von ihrer Ware, denn diese hier hatte Clanner-Augen. Sie waren nicht direkt schwarz, aber doch fast; die Pupillen geweitet, der dunkle Rand um die Augäpfel breiter. Er fragte sich, ob auch Beccas Augen nach einigen weiteren Hits so aussehen würden … ob sie es bereits taten. *Falls sie überhaupt noch lebt.*

Er zwang sich zu einem Lächeln und rief sich ins Gedächtnis, dass jede Dosis *Ice*, die er bekommen konnte, für Becca und für ihr wissenschaftliches Team von großer Wichtigkeit war. »Für dich immer noch Süßer-Goldjunge- Honigschnäuzchen, mein Schatz.«

»Also«, sagte sie und schlang ihren Arm um seinen. »Möchtest du's heiß zu deinem *Ice*?«

»Kommt drauf an«, antwortete er gedehnt, ließ den Blick

in Richtung Bar wandern und versuchte, die mysteriöse Frau wiederzufinden, aber die Sicht war ihm noch immer versperrt. Widerstrebend richtete er seine Aufmerksamkeit wieder auf die *Ice*-Mieze. »Wie wär's erst mal mit einer Runde coolem *Ice*-Geplauder?«

»Was krieg ich dafür, wenn ich mich darauf einlasse?«, fragte sie und streichelte seinen Arm.

Er warf einen weiteren schnellen Blick auf die geheimnisvolle Frau, gerade rechtzeitig, um sie im Profil zu sehen. Becca. Es *war* Becca. Er stand auf.

Die Frau klammerte sich an ihn und versperrte ihm die Sicht. »Wo gehst du hin?«

»Bier läuft bei mir einfach direkt durch, Baby«, antwortete er und wand sich aus ihrem Griff, nur um feststellen zu müssen, dass Becca verschwunden war. *Verdammt.*

Er stürmte zur Bar und sprang dem Barkeeper förmlich ins Gesicht. »Die spröde kleine schwarzhaarige Prinzessin, die hier gestanden hat … wo ist sie hingegangen und mit wem?«

»Ich bin kein Babysitter«, erklärte der Mann.

Sterling griff über die Theke und riss ihn am Kragen zu sich heran. Die Augen des Mannes waren geweitet und voller Panik. »Sie ist zur Hintertür raus, mit zwei Stammgästen.«

Verdammt! Sterling ließ den Mann los und zwängte sich durch die Menge in den seitlichen Flur, der an den Toiletten vorbeiführte. Er stürmte durch die stählerne Ausgangstür in einen rückwärtigen Anlieferungsbereich für das Hotel. Rechts von ihm eine Laderampe. Eine gedämpfte Stimme drang an sein Ohr, schnitt durch den Lärm des Industrieventilators im Inneren des Lagerhauses.

Er glitt unter den offenen Aufgang zur Laderampe und ließ den Blick über das nur schwach erleuchtete Lagerhaus schweifen, sah jedoch nichts. Ein schneller heimlicher GTECH-

Sprung, und er stand auf der drei Meter hohen Rampe. Zu seiner Linken erstreckten sich übereinandergestapelte Paletten in säuberlichen Reihen, die mindestens so lang wie hoch waren. Der Betonboden dazwischen war blitzblank.

Langsam und vorsichtig schob sich Sterling an mehreren der Palettenstapel zu seiner Linken vorbei, bis hin zur letzten Reihe, wo er erstarrte. Ihn durchzog eine Kälte, die frostiger war, als es jede *Ice*-Dosis hätte bewirken können. Zwei Männer hatten Becca in eine Ecke gedrängt.

»Das Prinzip von Leistung und Gegenleistung, Baby«, sagte einer der beiden zu Becca. »Zieh deine Bluse hoch und zeig mir, was du hast. Du gibst mir ein Stück von dir, und ich geb dir *Ice*.«

Sterling handelte sofort. Der Einzige, der Becca berühren durfte, war er.

9

Sterling brauchte keine fünf Sekunden, um hinter Beccas Angreifern zu sein. Er packte beide Männer am Hemd und schleuderte sie in einen Stapel Paletten.

»Gott sei Dank, Becca«, sagte er und hielt sie fest, bereit, sie zu umarmen, um sich zu beweisen, dass sie echt war.

»Fass mich nicht an«, zischte sie so unerwartet aggressiv, dass er sie beinahe losgelassen hätte. »Ich weiß, dass du einer von ihnen bist. Ich habe Beweise gesehen. Du verdammtes Arschloch, ich weiß Bescheid.«

»Wovon redest du?«

»Ich habe Fotos gesehen …« Ihre Lippen zitterten. »Von dir und Adam. Tad hat sie mir gezeigt.«

Er hoffte inständig, dass Tad auf dem Fußboden jenes Labors verreckt war. »Caleb und Adam sind nicht einfach nur Zwillinge, sondern …«

»Er hatte Wölfe bei sich! Du hattest Wölfe bei dir. Es war Adam. Du mit Adam.«

Das Klicken einer gespannten Waffe hallte unter den hohen, offenen Decken entlang. Becca atmete stoßartig ein, und Sterling entging nicht, wie schwer ihr das fiel.

»Runter auf den Boden, Mann, oder ich schieße«, befahl der Typ mit dem Irokesenschnitt und zielte mit einer Smith & Wesson auf Sterling.

Sterling hatte große Lust, dem Jungen gar keine Beachtung zu schenken, aber er brauchte das *Ice*, das der Kerl bei sich hatte – für Becca und zu Studienzwecken.

»Bin gleich wieder da«, sagte er zu Becca, drehte sich um und streckte die Hände nach den Seiten weg. »Was immer dein Problem ist – sieh zu, dass du gut zielst.«

Das schmale Gesicht des Irokesenschnitt-Typs schwoll vor Wut an, er drückte ab. Die Kugel traf Sterling in der Brust und prallte wie ein Gummiball von seinem Körperpanzer ab.

»Hat Spaß gemacht«, sagte Sterling sarkastisch. »Aber wir haben leider keine Zeit, es zu wiederholen.« Wie der Blitz war er bei den Clannern, griff sich die Waffe und richtete sie gegen Irokesenschnitt. »Andererseits, vielleicht sollte ich mal selbst schießen. Prinzip von Leistung und Gegenleistung und dieser ganze Scheiß. Habe ich nicht recht, Arschloch?«

»Hör mal, Mann«, sagte der andere Punk. »Er hat es nicht so gemeint. Lass uns einfach gehen.«

Irokesenschnitt hob geschlagen die Hände. »Ja, Mann. War nur ein Scherz.«

Sterling runzelte die Stirn. »Sehe ich etwa belustigt aus?« Er wedelte mit dem Finger. »Rückt euer *Ice* raus – und das ist kein Scherz.«

»Wir haben kein …«, fing Irokesenschnitt an.

Sterling feuerte auf den Boden, ließ zwei Schüsse verdammt nah an ihren Füßen knallen und warf, während die Männer verschreckt zurückzuckten, rasch einen prüfenden Blick zu Becca hinüber. Sie lehnte an der Wand und beobachtete das Geschehen mit geweiteten Augen. In Sicherheit. Das war alles, was zählte.

Sterlings Lippen verzogen sich zu einem höhnischen Lächeln. »Die nächsten zwei Kugeln werden nicht mehr in den Boden schlagen. Denkt nur an all die kleinen Knochen in euren Füßen, wie sie von der Kugel zerschmettert werden.« Er schüttelte den Kopf. »Autsch. Das tut schon weh, wenn ich nur daran denke. Selbst wenn man high und auf *Ice* ist – das schmerzt wie die Hölle. Sobald wir mit den Füßen fertig sind, werden wir uns weiter nach oben durcharbeiten.« Er richtete die Waffe auf Irokesenschnitts Knie. Dann auf seine Oberschenkel. Dann ließ er sie auf seinen Schritt zielen. »Ungefähr auf halbem Weg wird es dann richtig spaßig. Ob ihn das *Ice* nachwachsen lassen wird, wenn ich ihn wegschieße? Wollen wir es herausfinden?«

»Okay!«, rief Irokesenschnitt. Er zitterte jetzt schlimmer als Becca, wühlte in seinen Taschen und förderte vier Ampullen zutage.

»Komm schon«, sagte Sterling, die Waffe immer noch auf Irokesenschnitts Schritt gerichtet. »Das kann nicht alles sein, was ihr habt. Ich bin wirklich nicht scharf drauf, euch zwei splitternackt zu sehen, aber wenn ich euch zum Ausziehen zwingen muss, um an das restliche *Ice* heranzukommen – dann muss es eben sein.«

Der andere Punk überreichte ihm eine weitere Ampulle. Er war offensichtlich ebenfalls zur Ansicht gelangt, sich lieber nicht von Smith & Wesson in seinem intimen Privatbereich besuchen zu lassen.

»Gut«, sagte Sterling leutselig. Er steckte das *Ice* ein. Doc Kelly, die medizinische Stabschefin der Renegades, würde sich wegen fünf Ampullen *Ice* vor Aufregung in die Hosen pinkeln oder ihm vielleicht vor Freude um den Hals fallen. Er zielte mit der Waffe ruckartig auf den Schritt des anderen Mannes und erhielt zur Antwort ein kehliges Grunzen. »Und jetzt gebt mir eure Ausweise. Dann kann ich euch aufspüren, solltet ihr auch nur ein Wort über die ganze Sache hier verlieren, und an euch meine Zielsicherheit üben.« Er wedelte mit der Waffe. Es dauerte ganze sechzig Sekunden, bis sie gehorchten. Sterling winkte sie weg. »Verzieht euch.«

Das ließen sich die beiden Clanner nicht zweimal sagen und

sausten davon. Sterling schob sich die Waffe wieder unter den Gürtel, verstaute das *Ice* sicher in den Taschen und drehte sich zu Becca um, die in der Ecke kauerte.

»Bleib mir vom Leib!«, brüllte sie, die Hand auf den Magen gepresst.

Sie hatte Angst vor ihm, echte Angst. Und sie war bleich wie frischer Winterschnee, das dunkle Haar hing ihr zerzaust ins Gesicht.

»Becca, Süße. Ich bin es. Sterling. Du kennst mich. Du weißt, dass du mir vertrauen kannst.«

Mit klappernden Zähnen schlang sie die Arme um sich. »Ich habe die Fotos gesehen, Sterling.«

»Alle GTECHs waren in Area 51 stationiert, bevor Adam das Kommando übernahm. Ich war in derselben Einheit wie Caleb und Adam.« Er nahm eine Ampulle aus der Tasche. Er war sich des Risikos bewusst, dass es bedeutete, ihr *Ice* zu geben, das ihr Team nicht zuerst untersucht hatte. Die Befürchtung, dass nicht der Entzug, sondern verunreinigtes *Ice* die Leute umbrachte, war zwar bloße Spekulation, aber im Moment war es, als würde ihm jemand ein Messer im Bauch umdrehen, wenn er sich diese Möglichkeit vor Augen führte. »Du brauchst eine Dosis.«

»Woher weiß ich, dass kein Gift darin ist, um mich umzubringen? So habt ihr auch Milton getötet, oder? Woher weiß ich, dass das kein abgekartetes Spiel ist?«

»Ich kenne diesen Milton nicht einmal, Becca. Bitte, Liebes. Du musst das *Ice* einnehmen, und dann treffen wir uns mit Caleb. Er kann bezeugen, dass ich zusammen mit Adam gedient habe.«

»Ich werde überhaupt nirgendwo mit dir hingehen«, rief sie und versuchte, an ihm vorbeizuhuschen.

Sterling schlang die Arme um sie und zog sie dicht an sich,

ohne die Absicht, sie wieder loszulassen. Er hatte sie rasch gefunden; fast schon, als sei es ihm bestimmt gewesen. Als sei es ihm bestimmt, sie zu beschützen, sie zu retten – und er würde es verdammt noch mal tun.

»Lass mich los!«, forderte sie, schubste ihn aber nur schwach. Sie war entschlossen, ihre Restenergie für einen Fluchtversuch zu nutzen.

Er drehte sie in seinen Armen um, wie er es in ihrer Küche getan hatte, sodass ihr Rücken an seiner Brust lehnte.

»Zum Teufel mit dir, Sterling.« Sie senkte die Stimme zu einem Flüstern. »Warum kannst du mich nicht einfach gehen lassen?«

»Ich würde dir niemals wehtun«, sagte er leise und wiederholte es, während sie sich immer noch in seinen Armen wand. »Ich würde dir niemals wehtun, Becca.«

Sekunden verstrichen, sie hielt nun still, flüsterte aber: »Lass mich los, Sterling.«

Sterling öffnete den Mund zu einer Antwort, als ihn ein Kribbeln warnte und ein Windstoß durch das Lagerhaus fegte. Er packte Becca am Handgelenk und schloss ihre Finger um die Ampulle. Im nächsten Augenblick hatte er schon eine Waffe in jeder Hand und wirbelte herum, um sie vor der Gefahr zu schützen.

Im selben Moment materialisierte sich in Sekundenschnelle mindestens ein halbes Dutzend Zodius-Soldaten. Sterling nahm sie kurz in Augenschein und wusste, dass er geliefert war.

»Wir nehmen die Frau mit«, sagte einer der Soldaten und bestätigte damit, was Sterling befürchtet hatte. Sie waren wegen Becca hier; hinter ihr waren sie her, nicht hinter ihm.

Doch bevor Sterling über seinen nächsten Schritt entscheiden konnte, fielen die Soldaten wie abgesägte Bäume zu Boden. Sie klatschten einfach mit einem harten Aufprall um.

»Was zum …?« Er richtete seine Waffen von einem reglosen Soldaten zum anderen, und dann nach oben, um die Paletten nach Anzeichen für einen weiteren Angriff abzusuchen. Gleichzeitig stieß er gegen das Bein des Zodius, der ihm am nächsten lag. Nichts. Total schlaff. Er tastete nach einem Puls und fand ihn. Sie waren bewusstlos.

Er wandte sich zu Becca um, ein Auge immer noch auf die Zodius gerichtet. Sie stand an der Wand und presste die Hände gegen den Beton, ihre Augen blickten ihm anklagend entgegen.

»Warum bist du immer noch auf den Beinen, und sie nicht?«, herrschte sie ihn von hinten an.

»Warum sind wir immer noch auf den Beinen, und sie nicht?«, fragte er zurück.

»Du … oh Gott, nein.« Sie krümmte sich zusammen und hielt sich den Bauch.

Sterling lief schnell zu ihr, bückte sich und nahm sie in die Arme. Er hob ihren Kopf an, damit sie ihn ansah. Bevor sie noch mehr Gesellschaft bekamen, musste er sie hier rausbringen. Aber zuerst musste er ihr das *Ice* einflößen. »Ich habe dich nicht hinters Licht geführt.«

Sie blinzelte ihn an. »Ich weiß nicht, was ich glauben soll.«

Seine Hand schloss sich um ihre, die immer noch das *Ice* umklammert hielt. »Glaub an mich.« Er nahm ihr die Ampulle aus den Fingern und öffnete den Verschluss, dann hielt er sie ihr an den Mund. »Trink.«

Sie zögerte, aber dann hob sich ihre Hand zu seiner, und sie half ihm, die Ampulle schräg zu halten, damit sie den Inhalt schlucken konnte.

Als ihr die Flüssigkeit die Kehle hinabrann, keuchte sie, dann krümmte sie sich wieder zusammen. »Bitte, Gott, mach, dass es schnell wirkt.«

Sterling legte seine Arme um sie und hob sie hoch, und sie

kuschelte sich an seine Brust und schloss die Augen. Sie wehrte sich nicht ... fragte nicht, wohin sie gingen ... hatte keine Kraft mehr. Sterling durchlief es eiskalt, und das kam nicht von der Droge. Es war das nackte Entsetzen angesichts der Möglichkeit, dass er sie wohlmöglich zu spät gefunden hatte.

Er ging auf die Tür zu, spürte, wie sie in seinen Armen zitterte, und zum ersten Mal seit sehr langer Zeit zitterte er ebenfalls.

Nicht wenige Nachtschwärmer drehten sich zu Sterling um, während er Becca auf den schwach beleuchteten, dicht bevölkerten Parkplatz hinter dem Club trug, der direkt an das Haupthotel angrenzte. Als Reaktion auf ihre unausgesprochen in der Luft hängenden Fragen richtete er scherzhaft das Wort an die Umstehenden. »Ich hatte ihr eigentlich gesagt, dass Sex am Strand schöner ist, als Sex on the Beach zu trinken.«

Gelächter schloss sich an, und eine männliche Stimme bemerkte: »Halten Sie sie an der kurzen Leine, Mann. So mache ich es mit meiner Alten.« Man hörte den Mann aufstöhnen, dann grummelte er: »Autsch. He, schlag mich nicht, Alte.« Augenscheinlich hatte er die fragliche Alte doch nicht so gut an der Leine. In jedem Fall aber hatte er für eine Ablenkung gesorgt, die es Sterling erlaubte, unbehelligt weiterzugehen.

Er blieb neben »Carrie« stehen, dem schwarzen Ford Mustang, den er sich heimlich aus der privaten Garage des Hauptquartiers der Renegades in der Innenstadt geschnappt hatte. Das Muscle-Car war Michaels ganzer Stolz und kam für ihn direkt nach seinem Lebensband, Cassandra. Was der Grund dafür war, warum sich Sterling Carrie kurz geborgt hatte – weil es Michael auf die Palme bringen würde.

Nun gut, sollte es ruhig zum Streit kommen. Ihm war gerade nach einer Auseinandersetzung. Nach seinem Gespräch mit Caleb hatte er Michael aufgesucht und alles getan, um ihn dazu zu überreden, mit Caleb zu sprechen, damit sie sich um Damion kümmerten, bevor er auch noch anderen etwas zuleide tun konnte. Doch Michael hatte ihm zu verstehen gegeben, dass er auf Calebs Fähigkeit vertraue, Damion zu durchschauen. *Sorry, du Mistkerl, das tu ich ja auch – mit dieser einen Ausnahme.*

Sterling funkelte den Wagen finster an. »Ganzer Stolz, das ich nicht lache«, murrte er. Widerspenstige Strähnen von Beccas Haar umspielten weich sein Gesicht. Sie so zu halten, sie so hilflos zu sehen, ließ seinen Zorn nur noch stärker aufwallen. Michael hätte sich um Damion kümmern sollen, statt einfach abzuwarten und sich herauszuhalten. Wäre Damion nicht gewesen, wäre Becca jetzt nicht halb tot.

Behutsam ließ er sie auf den warmen Ledersitz gleiten. Ihre Lider flatterten und hoben sich, während sie ihm einen flehenden Blick schenkte. »Kalt«, murmelte sie und schlang die Arme um sich.

Draußen herrschten annähernd vierzig Grad. Sterling schnappte sich die Lederjacke, die Michael manchmal trug, um seine Waffen darunter zu verstecken, und deckte Becca damit zu. Sofort zog sie sie fest um sich. Ihre Zähne klapperten, die Augen waren geschlossen.

»Halt durch, Prinzessin«, flüsterte er und strich ihr mit den Fingerknöcheln über die Wange.

Sie rollte näher an den Fahrersitz heran und zog unter der Lederjacke die Beine an. Er schloss die Tür und ging um den Wagen herum. Als er auf der Fahrerseite einstieg, hatte er sein Handy bereits in der Hand. Er drückte auf die Kurzwahl für Kelly Peterson, die als oberste Wissenschaftlerin und Ärztin am *Ice*-Projekt arbeitete.

»Scheiße!«, brüllte er und schlug auf das Lenkrad, als nur ihre Mailbox ansprang. Er startete den Motor und bog vom Parkplatz auf die Straße ein.

Dann wählte er Calebs Nummer. Der ging gleich beim ersten Läuten ran. »Ich habe Becca. Ich habe sie gefunden, als sie versuchte, zwei Abhängigen *Ice* abzukaufen. Und bevor du fragst … ja, ich habe Proben der Droge. Fünf Ampullen konnte ich ihnen abjagen.«

»Ich wollte eigentlich fragen, wie es ihr geht.«

Eine Straßenlaterne erhellte den Wagen, und Sterling warf ihr einen Blick zu. Mit wachsender Sorge bemerkte er die bläuliche Verfärbung von Beccas Lippen. »Schlecht. Ich habe ihr eine Dosis gegeben, aber es scheint nicht zu wirken.«

Caleb stieß einen leisen Fluch aus. »Bleib dran.« Sterling konnte hören, wie er jemandem sagte: »Hol sofort Kelly her. Wir haben Rebecca Burns, und sie ist auf *Ice*-Entzug.« Im Hintergrund erkannte er Michaels Stimme, dann war Caleb wieder am Telefon. »Wo bist du jetzt? Ich schicke Verstärkung.«

»Lass es lieber.« Sterling bog nach rechts ab und legte den nächsten Gang ein, während er auf den Highway auffuhr, der sie in drei Minuten zur Freemont Street bringen würde. »Ich hatte gerade eine Begegnung mit einem Sechserpack Zodius. Ehe ich mich versah, waren Becca und ich die Einzigen, die nicht auf dem Boden lagen und ein Nickerchen machten. Es … na ja, es scheint etwas damit zu tun zu haben, ob man sich in Beccas Nähe befindet.«

»Aber du bist dagegen immun?«

»Ja. Ich kann es nicht erklären.«

Für einen Moment herrschte Stille. »Du kannst sie nicht nach Neonopolis bringen, solange wir nicht wissen, ob sie möglicherweise ein Risiko für die anderen Männer dort darstellt.«

Neonopolis war das tausendachthundert Quadratmeter große Entertainmentcenter nahe der Freemont Street, wo sie ein ganzes unterirdisches Stockwerk für ihre innenstädtischen Operationen belegten.

»Sehe ich genauso«, pflichtete ihm Sterling bei. »Ich steuere erst einmal die Bruchbude zwei Häuserblocks weiter an, bis wir herausgefunden haben, was wir mit ihr anfangen sollen.«

»Sterling«, erwiderte Caleb mit ernster Stimme. »Sollte sie nicht irgendwo unter der Erde sein, wo die Tracker sie nicht finden können?«

Sterling knirschte mit den Zähnen. Sex mit einem GTECH hatte zur Folge, dass sich bei einer Frau gewisse psychische Rückstände bildeten, über die die Tracker sie aufspüren konnten, solange sie sich nicht unter der Erde aufhielt. »Nein, sie hatte keinen Sex mit einem GTECH, weder freiwillig noch unfreiwillig. Ich war die ganze Zeit bei ihr.« Außer als er ohnmächtig geworden war und später, als sie bei Tad gewesen war.

»Außer in den vergangenen vierundzwanzig Stunden.«

Und dann auch noch. Verfluchte Scheiße.

Caleb, der Sterlings Schweigen offensichtlich richtig zu deuten wusste, fuhr fort: »Ich werde ein Team zu dir schicken und ihnen sagen, dass sie sicheren Abstand halten sollen. Einer von ihnen wird ein Tracker sein. Wir müssen sicherstellen, dass wir auch wissen, womit wir es zu tun haben.«

»Verstanden«, antwortete Sterling und legte auf. Er fühlte sich, als hätte man ihn in den Magen getreten. Der Tracker würde versuchen, mit Becca in Kontakt zu treten, und wenn es ihm gelang, würde sie schnellstens unter die Erde müssen. Das mulmige Gefühl in Sterlings Magengrube verstärkte sich. Wenn ein anderer GTECH Becca angerührt hatte, war es seine Schuld. Er war derjenige, der überhaupt erst zugelassen hatte, dass man sie gefangen genommen hatte.

10

Mit quietschenden Reifen brachte Iceman seinen Porsche 911 auf dem Parkplatz hinter dem Lagerhaus in der Briar Street 66 zum Stehen. Es war eines der drei *Ice*-Lager, die er für Tad verwaltete, diesen Saftsack, der für Adam die Rolle des brutalen Schlägers übernahm. Dabei war Tad einfach nur jämmerlich. Glaubte doch tatsächlich, dass es ihm Macht verlieh, für einen Mann wie Adam den Gorilla zu machen. In Wirklichkeit verlieh es ihm gar nichts. Was für ein Idiot, dass er nicht merkte, was die Stunde geschlagen hatte!

Iceman war Adam nur ein einziges Mal begegnet, aber er konnte sehen, dass der Mann ein explosives Temperament hatte. Im Bruchteil einer Sekunde konnte Adam aufbrausen und Tad zerquetschen wie die bedeutungslose Fliege, die er war. Weil Adam sich alles so herausnahm, wie es ihm passte.

Iceman wusste, wie man sich unverzichtbar machte. Diese Lektion hatte er vor Jahren von seinem Vater gelernt. Egal, wie hart er auch gearbeitet hatte, um dem Mann zu beweisen, dass er sein kleines Fast-Food-Imperium am Laufen halten konnte, er war nie gut genug gewesen. Und das für Hühner. Sein alter Herr verkaufte Hühner. Er durfte sein beschissenes Hühnerimperium gern behalten. Er würde jetzt sein eigenes Imperium aufbauen. Er war Iceman.

Nachdem er aus dem Porsche gestiegen war, ließ Iceman die Zentralverriegelung zuschnappen und schlenderte auf die Hintertür des Gebäudes zu. Diese Örtlichkeit, zwei Meilen weit weg von der »Strip Area« gelegen – so bezeichnete die Glücksspielkommission einen bestimmten Umkreis –, sollte bewusst nicht die Aufmerksamkeit der Kommission auf sich ziehen. Nicht, dass hier »gespielt« wurde, aber er konnte es nicht gebrauchen, dass diese Bulldoggen bei ihm herumschnüffelten.

Es reichte schon, dass er vor Tad den äußeren Schein wahren musste. Aber das würde sich ändern, sobald er herausgefunden hatte, wie er die grundlegende *Ice*-Formel selbst nachbilden konnte. Und angesichts des vielen Geldes, das er dafür bezahlte, die Zusammensetzung von *Ice* analysieren zu lassen, konnte es jetzt jeden Tag so weit sein. In der Zwischenzeit war er damit beschäftigt, seinen Plan Gestalt annehmen zu lassen, und arbeitete darauf hin, jene Herrschaft an sich zu reißen, die Adam für sich selbst wünschte. Zum Teufel mit Adam und seinem GTECH-Königreich! Die Menschen waren den GTECHS zahlenmäßig überlegen, und so würde es auch bleiben.

Sein Blick wanderte zu dem heute wirklich bemerkenswerten Himmel – sternenlos, mondlos, doch war da kein Donnergrollen, weder von nah noch von fern. Es war, als wären sämtliche Gestirne verdunkelt worden – eine *Ice*-Finsternis, *Ice*-Eclipse. Ja, der Begriff gefiel ihm.

Heute Nacht wollte er feiern, dass er das *Ice* seiner eigenen Rezeptur vom unbedeutenden Hinterhofhandel in die Massenproduktion brachte. Und das feierte er damit, dass er seinem Produkt und dem Kreis seiner Anhänger, den Konsumenten, einen Namen gab: *Ice*-Eclipse und die Eclipser. Das gefiel Iceman. Es gefiel ihm ungemein.

Bei dem Gedanken an das Imperium, das er aufbauen würde, durchströmte ihn ein Gefühl der Befriedigung. Seine schwarzen Abendschuhe schlurften über den kiesigen Untergrund. Versteckte Kameras zeichneten sein Herannahen auf und folgten ihm einen stählernen Treppenschacht hinauf.

Sobald er die schwere Metalltür erreichte, ertönte ein Summer, und das Schloss sprang auf. So, wie es sein sollte. Der Sicherheitsposten hatte genug Verstand, ihn nicht warten zu lassen, wie er das in der Vergangenheit einmal getan hatte. Warten gefiel Iceman nicht. Er war es vor langer Zeit müde geworden, auf Leute zu warten und ihnen zu dienen. Er würde nicht dienen. Nicht einmal Adam – jedenfalls nicht lange. Und das war auch der Grund, warum er selbst kein *Ice* nahm. Damit hätte er Adam sozusagen seine Marionettenfäden in die Hand gegeben.

Die Versprechungen hinsichtlich eines GTECH-Serums, für dessen Existenz er keinerlei Beweis hatte, konnten bei ihm nichts bewirken. Er würde sie in dem Glauben lassen, dass er sich darauf einließ, dass er dieses Serum wirklich wollte und danach schmachtete, in einen GTECH verwandelt zu werden. Was nicht der Fall war.

Iceman betrat ein langgestrecktes, rechteckiges Büro mit Glasfenster, durch das man ins Lagerhaus sah, wo das *Ice* in langen Reihen säuberlich aufgestapelter Ampullen auf seine Käufer wartete. Sabrina Walker, seine eigene Version von Tad – allerdings eine viel ansehnlichere –, drückte ihren in Leder gekleideten herrlichen Hintern gegen den abgenutzten weißen Holzschreibtisch.

Sie legte das Klemmbrett auf den Schreibtisch. »Hi, Süßer«, grüßte sie. Ihr langes rotes Haar war ein feuriges Etwas, das die zarte Form ihrer nackten weißen Schultern nachzeichnete. Ihr ledernes Bustier war nicht viel mehr als ein knapper Hauch. Ganz gleich, wie zart ihre Haut oder wie empfindlich ihr Körper auch war – sie war mehr Leder als Spitze. Wenn sie high und auf *Ice* war, konnte sie jedem Angreifer in genau drei Sekunden eine solche Abreibung verpassen, dass er nicht mehr aufstand. Oder ihn mit einer der Pistolen erschießen, die sie sich über ihren Stöckelschuhen unters Hosenbein geschnallt hatte. Er wurde schon scharf, wenn er nur daran dachte.

Sie wölbte ihre vollen roten Lippen zu einem Schmollmund. »Ich hab schon geglaubt, du würdest nie mehr kommen.«

Er wusste genau, was sie brauchte. Iceman ging auf sie zu, zog sie grob an sich, packte ihre Hand und presste den Mund auf die tiefe, kreisförmige Tätowierung im Zentrum der Innenfläche. Seine Zunge glitt über die Oberfläche, über sein Mal, sein Symbol, das seinem Eclipse-*Ice* eine rasche Aufnahme ermöglichte.

Sie stöhnte leise. »Ich brauche einen Hit, Schatz«, flüsterte sie. »Ich warte schon eine Stunde zu lange.«

Er verzog die Lippen. »Wenn du ihn so dringend brauchst«, bemerkte er herausfordernd, »geh runter auf die Knie und bitte nett darum.«

»Dafür haben wir keine Zeit«, schnurrte sie. »Die ersten Mädchen können jeden Augenblick eintreffen.«

Bedauerlicherweise hatte sie recht. »Schade«, sagte er, griff in seine Tasche und holte den winzigen Silberstern heraus, der so harmlos aussah. Tatsächlich diente er dazu, *Ice*-Eclipse zu dosieren. »Ich hätte dich wirklich gern auf Knien gesehen.« Er deutete auf den Schreibtisch, wo ein Ständer mit *Ice*-Ampullen stand. »Nimm deine Dosis. Du kannst mir später danken.«

Sie zögerte nicht, sondern schnappte sich eines der Glasröhrchen und hielt es ihm hin. »Du auch?«

Darauf konnte sie warten, bis die Hölle zufror. »Es ist alles für dich, meine kleines *Ice*-Biest.«

Sie lächelte. »Ich *bin* ein Biest, nicht wahr?«

»In der Tat«, sagte er. Ein dominantes, kontrollsüchtiges Biest, das dafür sorgte, dass all die anderen Biester nicht aus der Reihe tanzten. Er griff erneut nach ihrer Hand und strich mit den Fingern über die Tätowierung auf der Innenfläche.

»Aber so ein hübsches Biest verdient seine Belohnung.« Er drängte sie zu trinken, wohl wissend, dass ihre Sucht ihm die gleiche Macht über sie verlieh, wie sie Adam über die gesamte Menschheit auszuüben wünschte. Eine Macht, wie er selbst sie schon bald über seine Eclipser haben würde. »Mach schon.«

Sie öffnete den Verschluss der Ampulle und setzte sie an die Lippen. Gleichzeitig ließ Iceman den silbernen Stern über dem Mal auf ihrer Hand zerfließen. Die durch die Tätowierung präparierte Haut erlaubte seinem nach einer speziellen Rezeptur zusammengesetzten und mit ein paar geheimen Zusätzen angereicherten Ecstasy, das allein unter seiner Kontrolle stand, fast unmittelbar vom Blutkreislauf absorbiert zu werden. Wenn man die Droge in Verbindung mit *Ice* nahm, erlebte man eine Art Flash mit intensivierter Wahrnehmung – alles schmeckte besser, roch besser, fühlte sich besser an.

Ihre Lider flatterten, die Ampulle fiel ihr beinahe aus der Hand. Er küsste ihr Handgelenk, und sie erschauderte. Wonne zeigte sich auf ihrem Gesicht. Die meisten Konsumentinnen hätten wohl an Ort und Stelle einen Orgasmus gehabt. Nicht so Sabrina. Sie war voller Feuer und verlangte mehr.

»*Ice*-Eclipse«, murmelte sie. »Mein Gott, ich liebe dieses Zeug.«

Er belohnte ihre Billigung und ließ seine Lippen über ihren Arm wandern, bis sie erzitterte und ihn mit ihren leuchtend grünen Augen fixierte. Ein Blick, der Verlangen und Lust ausstrahlte.

»Ich liebe es wirklich.«

Er hob die Hand und öffnete den Reißverschluss ihrer Weste, um ihre *Ice*-bedingte Erregung auszukosten. Zeit für sie, auf die Knie zu gehen. Er drängte sie nach unten, und sie lächelte, ließ sich sinnlich an seinem Körper herabgleiten, bis der Summer an der Tür ertönte.

Sie zog wieder ihren Schmollmund. »Die Mädchen kommen«, sagte sie. »Und bringen dir all das Geld, das du mal wieder verdient hast. Sie können warten, bis wir fertig sind. Sie mögen ihr ›Eclipse‹ genauso gern wie ich.« Sie lächelte. »Oder wir könnten eine ganze Party daraus machen. Sie an dem Spaß teilhaben lassen.«

Er riss sie hoch, küsste sie hart und schob sie dann von sich weg. Sie war ein Spielzeug, mehr nicht. »Erst das Geschäft, dann das Vergnügen. Muss ich dich daran erinnern, dass wir den Vertrieb heute Abend ausgeweitet haben? Schau nach den Resultaten und tu das, wofür ich dich bezahle.«

Erst zwei Wochen zuvor war einer ihrer Dealer spurlos verschwunden, und sie waren gezwungen gewesen, sich neu zu formieren und die Sache neu zu durchdenken.

Sabrina straffte sich und zog sich wieder in den sicheren Panzer des knallharten Biests zurück. »Die Resultate …«, begann sie, schloss den Reißverschluss ihrer Lederweste über den kecken Nippeln und begab sich Richtung Tür. »Sie werden ausfallen wie erwartet. Meine Mädchen werden liefern.«

»Sorg dafür«, befahl er mit gepresster Stimme, kehrte ihr den Rücken zu und entließ sie, damit sie ihre Aufgaben so erledigte, wie er es von ihr erwartete. Er starrte hinaus auf das Lagerhaus, das sich seinen Erwartungen zufolge in Zukunft zweimal pro Woche leeren sollte, nicht zweimal pro Monat.

Sie hatte auf seine Kosten ein Dutzend neue Frauen eingestellt und sie alle darauf trainiert, vorher ausgewählte Zielpersonen anzusprechen, um sie süchtig zu machen: Besucher von bestimmten Bars, Clubs, Casinos und Restaurants.

Auf einmal ertönte ein Alarm im Büro – die Warnung der Wachen, wenn ein Windwalker auf dem Gelände erschien. Scheiße. Tad. Aber seine *Ice*-Zahlung war erst in einigen Tagen fällig.

Iceman griff nach der Fernbedienung für die Überwachungskameras, um den Kanal zu wechseln, als Tad auch schon im Büro auftauchte; Sabrina vor sich, dicht an seinen Körper gedrückt. Sie wirkte nicht gerade glücklich, aber sie kämpfte auch nicht, um von ihm loszukommen. Sie hatte ihre Lektion auf die harte Tour gelernt – eine frühere Konfrontation hatte ihr eine Backpfeife eingebracht, die sie quer durch den Raum geschleudert hatte.

»Wir müssen reden«, zischte Tad.

Wie schlau. Als wäre das nicht offensichtlich. Iceman schluckte seinen Ärger hinunter und verschränkte die Arme vor der Brust. »Dann schieß mal los.«

»Rebecca Burns«, sagte Tad.

Ah ja. Die Frau, deren Foto man ihm gezeigt und die zu fangen man ihm befohlen hatte.

Und aus Gründen, die er noch herausfinden musste, jagte diese Frau Tad und seinen Zodius-Kumpanen eine Scheißangst ein. Interessant. Was konnte eine einzige kleine Frau einer Zodius-Nation anhaben? Was immer sie gegen sie in der Hand hatte, wollte er unbedingt selbst haben.

Er zog die Stirn kraus. »Was ist mit ihr?«

Tad streichelte Sabrinas Haar, als sei sie ein niedliches Haustier. »Du solltest dafür sorgen, dass sie kein *Ice* in die Finger bekommt. Du solltest sie zu mir bringen. Heute Abend hat sie nicht nur den Weg zu einem *Ice*-Dealer gefunden, sie ist auch noch einem Renegade über den Weg gelaufen.«

»Das ist unmöglich«, beteuerte Iceman. »Keine meiner Dealerinnen hat dieser Frau *Ice* gegeben. Sie verkaufen ihren Stoff nicht einfach wahllos. Nicht mehr.«

»Ach?«, antwortete Tad. »Aber genau das haben sie getan.« Er warf Iceman eine DVD hin. Sie klatschte dumpf auf den Boden. »Das haben wir aus deinem Club, wo deine Männer sie in ein rückwärtiges Lagerhaus gelockt haben.«

»Wir beschäftigen keine männlichen Dealer«, warf Sabrina ein. »Das ist lächerlich.«

Tad riss ihren Kopf an den Haaren zurück, und sie biss sich wimmernd auf die Unterlippe. »Dann waren es *Ice*-Konsumenten«, sagte Tad. Er starrte einen Moment lang auf sie herab, dann ließ er ihr Haar los und fasste Iceman ins Auge. »Von deinen Kunden – was bedeutet, dass du sie nicht unter Kontrolle hast, und das ist nicht hinnehmbar. Wenn du deine Arbeit nicht machen kannst, werde ich jemanden finden, der es kann.«

»Wenn ein Kunde eine Dosis *Ice* verkauft, bekommt er dafür keinen Ersatz«, erklärte Iceman. »Das bedeutet Entzug. Es fällt mir schwer zu glauben, dass irgendjemand so etwas Idiotisches tun würde, nur weil er eine Nummer schieben will.« Er glaubte nicht recht daran, dass der Entzug die Clanner wirklich umbrachte, aber natürlich machte er sich dieses Gerücht dennoch zunutze. Er redete den Süchtigen ein, dass der Kauf von Eclipse zur Wirkungsverstärkung die Dosierung sicherer machte.

Absolut umwerfend ausgedacht. Klappte wunderbar. Und Adam bekam nichts von seinen Eclipse-Gewinnen ab.

»Schau dir die DVD an«, befahl Tad und strich mit der Hand über Sabrinas Hals. »Oder vielleicht möchtest du lieber mit ansehen, wie ich deine Frau auf dem Schreibtisch flachlege. Sie ist doch deine Frau, oder? Sie erinnert mich an Adams Lebensband Ava – rotes Haar und widerspenstig.«

»Ich bin mir sicher, Adam würde gern erfahren, dass du auf seine Ava scharf bist«, bemerkte Iceman in der Hoffnung, ihn genug in Rage zu bringen, damit er Sabrina losließ. Es kümmerte ihn einen feuchten Kehricht, ob Tad sie fickte, aber er wusste, was Sex mit Tad bedeutete – sie würde fortan von einem Tracker aufgespürt werden können. Und das war ein Problem. »Du hättest diese Rebecca ficken und für deine Tracker markieren sollen. Dann würdest du mich nicht brauchen, damit ich sie aufzuspüren versuche, während ich gleichzeitig den gesamten *Ice*-Vertrieb am Laufen habe.« Er bückte sich und hob die DVD auf. Er wollte wissen, wer zum Teufel sein *Ice* weiterverhökerte – wenn es überhaupt stimmte, was sich Tad da zusammengereimt hatte.

Als er sich wieder aufrichtete, die DVD in der Hand, war klar, dass es für Sabrina keine Rettung mehr gab. Tad hatte sie über den Schreibtisch gelegt und riss ihr die Weste vom Leib. Iceman würde Sabrina ersetzen müssen. Ärgerlich. Er hatte keine Zeit für solche Verzögerungen.

Er kehrte Tad und Sabrina den Rücken zu und wollte die DVD gerade in den Computer auf dem Schreibtisch schieben, als er plötzlich in die Luft gehoben und zu Boden geschmettert wurde. Ihm blieb die Luft weg. Tads Fuß traf wieder und wieder seine Rippen und rammte sich dann in seine Brust.

»Du bleibst da liegen und schaust zu, wie ich meinen Spaß mit deiner Frau habe«, erklärte er. »Dann werden wir darüber reden, wie du mich für dein Versagen entschädigen kannst.«

Blut tropfte Iceman aus dem Mundwinkel. Seine körperliche Verletzlichkeit war der Preis, den er dafür zahlte, dass er nicht bereit war, *Ice* zu nehmen. Aber er hatte ein Team, das für ihn daran arbeitete, seine eigene Version der Droge herzustellen, und außerdem war er dabei, seine Eclipser um sich zu scharen.

Tad konnte Sabrina ruhig haben. Sollte er diesen Moment doch auskosten. Das alles würde nur dazu beitragen, den Tag, an dem Iceman ihn tötete, zusätzlich zu versüßen. Das hier war sein Spiel, und wenn er seinen letzten Zug machte, würden es alle mitbekommen.

11

Sterling wusste nicht, warum ihm die Frau in seinen Armen so wichtig war, aber während er Becca in das nur spärlich möblierte, hundserbärmliche Motelzimmer mit den taubenblauen Wänden trug, ließen sich seine Gefühle nicht verleugnen. Er wollte sie beschützen, ja regelrecht in Besitz nehmen. Als gehörte sie ihm. Als hätte sie ihm auf irgendeine Weise schon immer gehört.

Mit einigen unbeholfenen Bewegungen gelang es ihm, die Tür abzuschließen, bevor er Becca zu dem massigen Doppelbett mit der hässlichen geblümten Tagesdecke hinübertrug. Er wollte jetzt schleunigst herausfinden, woran es lag, dass alle um sie herum ohnmächtig wurden, damit er sie anschließend nach Neonopolis bringen konnte. Erst da war sie wirklich sicher.

Er schlug die Decken zurück, legte Becca auf die Matratze, zog ihr die Schuhe von den Füßen und deckte sie zu. Schwarzes Haar hing über ihr bleiches, herzförmiges Gesicht, und er beugte sich vor und strich ihr die Strähnen sanft aus der Stirn. Er hatte nicht einmal gewusst, was *sanft* war und dass er dazu fähig war, nicht mehr jedenfalls. Und zwar seit, nun ja, im Wesentlichen seit jenen Tagen in der Bibliothek mit ihr. Und jetzt war sie hier und brachte seine zärtliche Seite zum Vorschein. Dabei hätte er jeden Eid geschworen, dass es diese Seite unmöglich mehr geben konnte. Er prüfte ihren Puls – er war gleichmäßig, genau wie ihre Atmung. Selbst ihre Haut hatte jetzt Farbe angenommen. Das *Ice* schien endlich zu wirken.

Jemand pochte an die Tür, eine Abfolge geheimer Klopfzeichen. Sterling schritt durch den Raum, rieb sich das Kinn und versuchte so, seine starken Emotionen abzuschütteln. Caleb, Michael und Damion, alle in Straßenkleidung, erwarteten ihn auf der anderen Seite der Tür.

»Du bist verdammt noch mal mit meinem Auto gefahren«, knurrte Michael. »Verflucht, wenn wir dich nicht gerade jetzt bräuchten, würde ich dich umbringen.«

Sterling schenkte ihm keine Beachtung, zu sehr verärgerte ihn Damions Anwesenheit. Er fasste Caleb ins Auge und deutete auf Damion. »Was hat der denn hier zu suchen?«

»Für den Fall, dass du es vergessen hast«, bemerkte Damion trocken. »Ich bin der beste Tracker, den wir haben. Becca ist sauber. Keine physischen Rückstände.«

Sterling warf Michael einen dringlichen Blick zu, um sich Damions Worte bestätigen zu lassen. Michael mochte als Tracker nur begrenzte Fähigkeiten haben, aber Sterling vertraute ihm. Damion vertraute er nicht mehr.

»Keine Rückstände«, bestätigte Michael. »Aber bevor du jetzt ganz aufgeregt wirst und daraus irgendwelche Rückschlüsse ziehst – untersuche erst einmal ihren Nacken auf das Bindungssymbol. Ein männliches Lebensband kann eine Frau gegen Tracker abschirmen.«

Sterling sah bei Michaels Worten für einen Moment rot, und sein Blut wurde kalt. Becca – das Lebensband eines anderen Mannes? Warum weckte das in ihm den Wunsch, mit der Faust gegen die Wand zu schlagen?

Caleb hielt eine Tüte hoch und riss Sterling aus seiner rot glühenden Zorneswallung. »Kelly will, dass sie nur noch das *Ice* aus dieser Tüte nimmt. Sie hat es bereits analysiert – für den Fall, dass eine veränderte Rezeptur schuld an den Todesfällen ist. Sie hat mir auch etwas mitgegeben, um ihr Blut abzunehmen, und außerdem ein paar Tranquilizer.«

»Tranquilizer?«

»Wenn Becca schläft, kann sie niemanden sonst in den Schlaf versetzen. Soweit zumindest die Theorie. Kelly will ihr Blut analysieren und sicherstellen, dass es keine Warnsignale gibt, die auf eine Gefährdung anderer hinweisen könnten, bevor wir sie verlegen. In der Zwischenzeit lasse ich den westlichsten Bereich von Neonopolis räumen, damit du sie dort unterbringen kannst, sobald wir mit ihr so weit sind.«

Sterling wollte Becca nicht unter Beruhigungsmittel setzen, wenn er es nicht musste, aber er brauchte das *Ice*. Er nahm die Tüte entgegen. »Ich werde nach ihr sehen.«

»Kelly will dieses Blut so bald wie möglich«, ergänzte Caleb.

Sterling nickte und zog die Ampullen mit dem *Ice* aus seiner Tasche. Dann zögerte er einen Sekundenbruchteil, als sein Blick gegen Damions prallte. Er traute ihm nicht über den Weg – nicht mit den *Ice*-Proben, die Becca zum Überleben brauchte.

Caleb und Damion wandten sich zum Gehen, aber Michael trat einen Schritt vor, als beabsichtigte er, in den Raum zu kommen.

Sterling stellte sich ihm in den Weg. »Wo zum Teufel willst du hin?«

»Sie war vierundzwanzig Stunden unbeobachtet – und süchtig nach einer Droge, die nur Adam liefern kann. Wir müssen die Frau befragen und sicherstellen, dass sie keine Spionin ist, und du steckst persönlich zu sehr drin, um dafür der Richtige zu sein.«

»Wer sagt das?«, begehrte Sterling auf.

»Das sage ich«, antwortete Michael.

»Wer auch sonst«, meinte Sterling trocken. Michael war bekannt dafür, so ziemlich der Kaltherzigste von ihnen zu sein, der dunkle Ritter hinter Calebs Superman-Image. »Wie wäre es, wenn du ein wenig von deiner Entscheidungsfreudigkeit und Paranoia darauf verwenden würdest, Damion verdammt noch mal von Caleb wegzuschaffen, bevor es zu spät ist? Becca ist keine Spionin.«

Michael schenkte Sterlings Worten keine Beachtung und konzentrierte sich darauf, in den Raum zu gelangen. »Ich komme jetzt rein.«

Am liebsten würde er dem Hundesohn jetzt wirklich eine verpassen. »Wenn du umkippst, sorge ich dafür, dass du eine Schmusedecke und einen Teddybär bekommst.«

»Ich bin genauso wenig wie die anderen GTECHs wie du«, erwiderte Michael, aber er kam nicht näher, als hätten Sterlings Worte ihm zu denken gegeben.

Sterling schnaubte verächtlich. »Ja, okay, ich werde darüber nachdenken. Becca war in einem Nachtclub voller Menschen, und die sind alle nicht bewusstlos geworden. Und dann bin da ich, der nicht so viel GTECH-Power in den Adern hat wie ihr. Ich bin ebenfalls nicht bewusstlos geworden. Und ich sage es dir ja nur ungern, Michael, aber du bist nun mal nicht menschlich. Nicht einmal annähernd.« Er hatte erst kürzlich herausgefunden, dass sich Michael ein Extra-Chromosom zugelegt hatte, das niemand sonst besaß.

Michael funkelte ihn für einen Moment unbehaglich an, doch dann schienen sich seine Bedenken zu zerstreuen. »Sie ist durch ihren Entzug geschwächt.« Er trat einen Schritt vor. »Ich kann das Risiko eingehen.«

Sterling scherte sich einen Dreck darum, wie stark Michael war. Er schritt ihm entgegen, bis sie sich Auge in Auge gegenüberstanden. »Ich schwöre bei Gott dem Allmächtigen, wenn du auch nur einen Fuß in diesen Raum setzt, finde ich eine Klippe, über die ich Carrie in den Abgrund stürzen lassen werde.«

»Dann kaufe ich mir eben einen neuen Wagen«, erwiderte Michael, und sein Gesicht blieb so eiskalt und ungerührt wie immer.

»Das ist die größte Scheiße, die du mir erzählt hast, seit du behauptet hast, dir würde es beim Heilungsprozess niemals übel werden. Und dann ist es doch passiert«, knirschte Sterling zwischen zusammengebissenen Zähnen. »Du kannst dir keine neue Carrie kaufen, und das wissen wir beide. Der Wagen besitzt einen besonderen Liebhaberwert für dich.« Er senkte die Stimme, und bevor er es sich verkneifen konnte, fügte er hinzu: »Wenn es Cassandra wäre, würdest du dann *dich* in diesen Raum lassen?«

»Ich würde töten, um Cassandra zu beschützen«, sagte Michael und musterte Sterling mit schmalen Augen. »Willst du damit andeuten, dass diese Frau dein Lebensband ist? Denn das würde in meinen Augen alles ändern.«

Was? Sterling öffnete den Mund und schloss ihn dann wieder. Für einen Moment war er sprachlos – was sehr selten vorkam. Die Vorstellung, dass Becca und er Lebensbänder sein könnten, fand einen viel tieferen Widerhall in ihm, als ihm tatsächlich bewusst wurde. »Im Moment will ich dir einfach nur sagen, dass du mich in Ruhe lassen sollst, Michael. Ich habe die Sache hier unter Kontrolle.«

Michaels Blick bohrte sich in Sterlings Augen, und Sterling wusste, dass Michael aufgefallen war, dass er seine Frage weder bejaht noch verneint hatte. Angespannte Sekunden verrannen, dann trat Michael einen Schritt zurück. »Ich bin in der Nähe.«

»Tu uns beiden einen Gefallen«, gab Sterling zurück. »Sei in Damions Nähe, nicht in meiner.«

Michael nickte widerstrebend, und Sterling hatte nicht vor, die Sache noch weiter auszudiskutieren. Er ging ins Zimmer zurück, schlug die Tür zu und schloss ab. Sein Handy brummte. Zögernd schob er Becca das Kissen unter den Kopf und nahm erneut auf dem Bett Platz. Als er ranging, hörte er Kellys Stimme.

»Wie geht es ihr?«

»Sie war auf Entzug und wäre beinahe daran gestorben«, antwortete er. »Sie ist blau angelaufen wie neulich dieser Clanner, und es hat viel zu lange gedauert, bis das *Ice* gewirkt hat. Mindestens eine halbe Stunde. Als ich das letzte Mal mitbekommen habe, wie sie eine Dosis genommen hat, hat es fünf Minuten gedauert.«

»Ich bin kein Clanner«, murmelte Becca in einem heiseren Flüsterton, der Sterling aufmerken ließ. Er drehte sich zu ihr um und sah ihre bernsteinfarbenen Augen unter schweren, flatternden Lidern hervorlugen. »Die haben es mir aufgezwungen.«

Sie schauten einander in die Augen. Nur einen kurzen Moment lang, dann schlossen sich ihre zuckenden Lider erneut über ihren Bernsteinaugen, und ihre Atmung nahm wieder einen gleichmäßigen, stetigen Rhythmus an. Es war, als hätte die bloße Zumutung, als Clanner bezeichnet zu werden, sie aus einem Heilschlaf gerissen und ihren Widerspruch provoziert. Das hatte er in ihren Augen gesehen, in ihrer Stimme gehört und in diesem kurzen Verschmelzen der Blicke gespürt.

»Sterling?«, fragte Kelly. »Stimmt irgendetwas nicht? Wie geht es ihr?«

Sie ist zäh, dachte er. *Zäh und tapfer und schön.* »Wenn man bedenkt, dass sie gerade aus einem Zustand aufgewacht ist, der für mich einer Art Koma gleichkam, nur um mir mitzuteilen, dass sie *kein* Clanner ist, würde ich sagen, sie ist auf dem Weg der Besserung.«

Kelly lachte. »Da ist sie kaum von den Toten zurück, und schon bietet sie dir die Stirn. Ich glaube, ich könnte diese Frau wirklich mögen. Und wir wissen beide, dass es dir einen Kick gibt, wenn Frauen dir die Stirn bieten.«

Sterling begab sich in die Zimmerecke hinter dem Tisch und riss den Minikühlschrank auf, den er mit seinen Lieblingsleckereien bevorratet hielt: Dr.-Pepper-Limonade und kalte M&M's.

»Meinst du, dass du dadurch deine Beschimpfungen rechtfertigen kannst?«, fragte er und griff sich eine Limo. »Dadurch, dass du behauptest, mir würde so etwas gefallen?«

Kelly schnaubte amüsiert. »Ich weiß, dass es dir gefällt. Es ist deine unbewusste Art, mit deinem fehlgeleiteten Minderwertigkeitsgefühl umzugehen.«

Sterling knirschte mit den Zähnen; die Bemerkung ging ihm ungefähr so gut runter, als müsste er zerbrochenes Glas schlucken. »Ich bin nicht der Patient, Doc«, sagte er. »Könnten wir uns vielleicht auf Becca konzentrieren?«

»Autsch«, erwiderte sie. »Da habe ich wohl genau den Nerv getroffen. Besorg mir ihr Blut, Sterling. Damion hat die Dateien des deutschen Krebszentrums gehackt. Ich arbeite daran, ihr zu helfen, und hoffe, dass sie uns helfen kann.«

Damion … wenn er diesen Namen nur noch einmal hören musste! Sterling schnappte sich einen Stuhl und setzte sich an die wackelige Zumutung von einem Tisch. Zehn Minuten später beendete er das Gespräch, nachdem er verbal reichlich Prügel dafür eingesteckt hatte, Becca vor ihrer letzten *Ice*-Dosis kein Blut abgenommen zu haben. Außerdem hatte er die Anweisung entgegengenommen, Becca zunächst ausschlafen zu lassen, bevor er sie irgendwo anders hinbrachte.

Sterling legte das Handy auf den Tisch und sah zu Becca hinüber, die einige Schritte von ihm entfernt schlief. Bei ihrem Anblick krampfte sich ihm der Magen zusammen. So unschuldig in ihrem Schlaf – zart und weiblich.

Er schnappte sich das Telefon wieder und rief seinen Kumpel Eddie beim *Metropolitan Police Department* von Las Vegas an, um ihn zu bitten, die beiden Clanner zu überprüfen. Danach legte er das Handy wieder auf den Tisch, und sein Blick wanderte abermals zum Bett – zu Becca.

Seine Anspannung wuchs, obwohl er versuchte, sie zu vertreiben. Er drehte die leere Limodose in seiner Hand, und seine Gedanken wirbelten mit ihr im Kreis. Sein Blick folgte der Bewegung, konzentrierte sich auf die Dose, nicht auf Becca. Becca im Bett. Was ihn daran denken ließ, dass sie, nun ja, mit *ihm* im Bett liegen könnte, während sie ihn doch vielleicht eher hassen würde, wenn sie aufwachte. Schlimmer noch, sie könnte das Lebensband eines anderen Mannes sein.

Er hörte auf, die Dose zu drehen. Das ergab keinen Sinn. Ein Lebensband würde bedeuten, dass sie voll umgewandelt war. Dann würde ihr auch kein *Ice*-Entzug mehr zu schaffen machen. Er fluchte leise und lehnte sich in seinem Stuhl zurück. Oder vielleicht doch? Konnten GTECHs *Ice* nehmen, damit es ihnen einen zusätzlichen Schub verpasste?

Ruckartig stand Sterling auf. Er trat ans Bett heran, ein Mann mit einem Ziel. Becca lag auf der Seite, und er näherte sich ihr von hinten. Dann kniete er sich auf die Matratze, fuhr ihr mit der Hand ins Haar und strich es zur Seite.

Sie bewegte sich und wälzte sich auf den Bauch. Ganz der Renegade, der er war – ein Mann, der wusste, was er wollte –, machte Sterling weiter. Er stieg ganz aufs Bett, beugte sich über sie und strich ihr das Haar aus dem Nacken. Wenn sie einem anderen Mann gehörte, musste ein etwaiges Lebensband eine Art Tätowierung hinterlassen haben – einen Kreis in einem Kreis, eine unzertrennliche körperliche Verbindung, die die beiden im Leben wie im Tod aneinanderkettete. Er starrte auf die samtweiche, weiße Vollkommenheit ihrer zarten Haut und stieß einen stummen Seufzer der Erleichterung aus. Kein

Bindungssymbol. Außerstande, der Versuchung zu widerstehen, strich Sterling mit den Fingern über die nackte Stelle an ihrem Nacken. Er war der Hoffnung, ihr vertrauen zu können, einen Schritt näher gekommen. Und er wollte ihr vertrauen … stärker, als er sollte.

»Mmmmmh«, murmelte sie. »Das ist schön.« Es schnurrte nur so aus ihr heraus. Sanft. Verführerisch. Wie eine Frau, die zu ihrem Geliebten spricht.

Seine Hand erstarrte auf ihrem Nacken; der bittersüße Rausch unkontrollierbar tobender Hormone und heißer Wollust durchwogte ihn und ließ seinen Schwanz hart werden. Er atmete tief ein und sagte sich, dass er sie in Ruhe lassen müsse. Sie schlief, stand unter Drogen, war zu nichts zu gebrauchen. Er wollte sich wegbewegen, aber sie griff nach seiner Hand und drehte sich um. Sie blinzelte, bis sie ihn klar vor Augen hatte.

»Du bist mich holen gekommen«, flüsterte sie. »Ich wusste, dass du kommen würdest.« Auf ihrem Gesicht lag ein benebelter, leerer Ausdruck, der besagte, dass sie nur halb bei Bewusstsein war – ich bin zu Hause, empfange aber keine Besucher. Sie träumte noch immer, durchlebte die Nachwirkungen ihres Entzugs. Vielleicht sah sie ihn nicht einmal. Vielleicht sah sie einen anderen. Aber als sie so zu ihm emporschaute und Hoffnung und Erleichterung von ihr in ihn hinüberströmten, war er weit davon entfernt, ihr den Frieden zu nehmen, den er in ihr spürte. Die Frau hatte genug durchgemacht. Sie verdiente ein wenig Ruhe und Frieden.

»Ich bin gekommen«, versicherte er und legte die Decke wieder um sie. Ein starker Luftstrom wirbelte durch den Raum. Er fuhr ihr mit den Fingerknöcheln über die Wange. »Ruh dich aus … damit du wieder gesund wirst.«

Sie griff nach seiner Hand, drückte sie an ihre Brust und verschränkte ihre Finger mit seinen. Sein Herz erstarrte bei dieser intimen Geste, und als sie das Kinn an seine Finger schmiegte und sich ihre Wimpern flatternd schlossen, war die Botschaft klar. Sie hatte nicht die Absicht, ihn loszulassen.

Er war sich nicht sicher, wie er reagieren sollte, wusste nicht, warum sich seine Brust anfühlte, als hätte jemand eine tausend Pfund schwere Stahlkugel daraufgelegt. Er war mehr der Mann für die schnelle Nummer, Rein-Raus und Tschüss bis zum nächsten Mal, und stand nicht gerade auf gefühlsbetonte Kuscheleien – ein notwendiges Übel, wenn man ein Renegade war. Es war nicht fair, etwas anderes zu sein, als ein Rein-Raus-Typ für einen Quickie, wenn man jeden Tag beim Aufwachen dem eigenen Tod ins Auge sah. Den Tod förmlich einlud. Ihm ins Gesicht lachte. Vor allem, wenn es die fragliche Frau, einfach nur weil sie einen kannte, in Gefahr brachte, da Adam auf sie aufmerksam werden konnte. Also tat Sterling das einzig Richtige und vermied Intimität – es war ja nicht so, als wären seine Beziehungen glücklich gewesen. Seine Mutter war tot. Sein Vater ebenfalls. Seine Großmutter – nun ja, sie war gestorben, aber sie hatte noch zehn Jahre nüchtern und glücklich gelebt, nachdem er von ihr weggegangen war. Und dennoch – hier und jetzt allein mit Becca hatte er so seine Zweifel, ob er sich würde losreißen können.

Zwischen ihnen bestand eine Verbindung – eine stillschweigende und von beiden gewollte Verbindung. Vielleicht weil auch Becca, wie er, jeden Tag beim Erwachen dem Tod ins Gesicht sah. Nur dass Becca, anders als Sterling, der sich freiwillig entschieden hatte, keine Wahl geblieben war. Diese Wahl hatte ihr die Krebsdiagnose genommen, und jetzt hatte Adam noch einmal das Gleiche getan. Sie hatte sich der Krebsdiagnose allein gestellt. Ihre Mutter war nach Europa gezogen, hatte wieder geheiratet und lebte in einer Seifenblase des Glücks, und Sterling hatte den schleichenden Verdacht, dass genau das der

Grund war, warum Becca die Nachricht von ihrem Krebs für sich behalten hatte.

Langsam ließ sich Sterling auf der Matratze nieder, das Gesicht Becca zugewandt. Für eine Weile betrachtete er die dunklen Halbmonde ihrer langen Wimpern, wie sie auf ihrer bleichen, perfekten Haut ruhten, und mit diesem Bild im Kopf schloss er die Augen. Seine Sinne liefen auf Hochtouren, liefen heiß, die Wärme ihrer Nähe überrollte und verzehrte ihn, brauste durch ihn hindurch wie der Wind, auch wenn dieser Wind zugleich mehr wie eine sanfte Sommerbrise war. Stumm schwor er sich, dass Becca an ihrem ersten Tag außerhalb der Gefangenschaft beim Aufwachen nicht allein dem Tod würde ins Gesicht sehen müssen. Nicht allein – sie würde aufwachen, um dem Tod mit ihm an ihrer Seite ins Gesicht zu sehen. Genau in diesem Moment gestattete er sich, in den ersten friedlichen Schlaf zu sinken, seit man ihm Becca genommen hatte.

Nur Minuten nachdem Tad seine schier endlose Nummer mit Sabrina zum Abschluss gebracht und sie dadurch in eine von den Trackern aufspürbare Last verwandelt hatte, stand Iceman in der Überwachungszentrale des Lagerhauses und wartete, bis sein persönlicher Bodyguard, J. C. Miller, die DVD in das Zentralgerät geschoben hatte, in dem die Bilder der zehn Überwachungskameras zusammenliefen. Der hochgewachsene, athletische J. C. war schlau, berechnend und so ziemlich in jeder Hinsicht ein knallharter Typ – er hatte einen schwarzen Gürtel in Judo, beherrschte den Umgang mit Waffen meisterhaft und war schon ein tödlicher Killer gewesen, bevor er zum Clanner geworden war.

In Anbetracht der Tatsache, dass Iceman selbst kein *Ice* nahm, war J. C. außerdem ein notwendiges Übel. Und der Mann war klug genug, nicht zu fragen, warum Iceman die Droge verschmähte. Er wusste es nur zu gut und sprach nicht darüber, denn Iceman hatte ihn in seiner Gewalt – J. C. war sein *Ice*-Vertreiber, und Iceman hatte Unterlagen über jeden Mord, den er begangen hatte, sicher verwahrt in einem Safe liegen und konnte sie jederzeit an die Behörden aushändigen. Sein Wissen sicherte ihm J. C.s Loyalität auf eine Weise, wie sie Iceman Tad oder Adam nie und nimmer entgegenbringen würde. Oder überhaupt irgendjemand anderem.

»Soll ich Sabrina beseitigen?«, fragte J. C. so beiläufig, als ginge es um einen Müllbeutel.

»Noch nicht«, antwortete Iceman, strich sich über das glatt rasierte Kinn und dachte nach. »Vielleicht können wir sie irgendwie gegen Tad verwenden.«

Die DVD flimmerte auf und zeigte Bilder vom *Nebula*, dann schwenkte die Kamera zu einer Frau, die Iceman von den ihm vorgelegten Fotos her als Rebecca Burns erkannte. Von den Clannern offensichtlich dazu gedrängt, steuerte sie den rückwärtigen Teil des Clubs an. Einen Augenblick später jagte ein Mann über den Bildschirm und stürmte ihr hinterher.

»Sterling«, sagte Iceman und verzog die Lippen in einer Mischung aus Ärger und Bewunderung für diesen gewieften Spürhund, der auf beiden Seiten des Gesetzes wandelte. Sterling war ein Mann, den er gut kannte und möglichst auf Abstand hielt. Natürlich wusste Sterling nicht, dass er Iceman war.

»Er taucht viel zu häufig gerade dort auf, wo es Ärger gibt«, bemerkte J. C. trocken. Er hatte schon vor langer Zeit versucht, Iceman davon zu überzeugen, dass es besser wäre, Sterling eine *Ice*-Sucht aufzuzwingen. »Wir müssen ein Auge auf ihn haben.«

»Sein Status als freier Agent leistet uns gute Dienste«, gab Iceman brüsk zurück und fügte spitz hinzu: »Wir können uns seine Möglichkeiten und Fähigkeiten zunutze machen, und solange er nur richtig überwacht wird, ist er kein Risiko.«

J. C. spannte sichtlich die Kiefermuskeln an, sein Blick wanderte zu den Überwachungsmonitoren. Iceman hatte das deutliche Gefühl, schon bald entdecken zu müssen, dass J. C. Sterling leider nicht so gut überwacht hatte, wie er es hätte tun sollen. J. C. betätigte die Fernbedienung, ein weiterer Monitor flimmerte auf und zeigte neues Material. »Diese Aufzeichnungen hat Tad nicht zu sehen bekommen. Der Manager des *Nebula* hat es geschafft, die Existenz der Kameras im Warenhaus geheim zu halten, obwohl ihn Tad und seine Jungs fürs Grobe regelrecht zu Brei geschlagen haben. Er ist dafür so belohnt worden, wie Sie es erwarten würden.«

Das bedeutete, dass der Mann bezahlt worden war, und zwar gut. Iceman glaubte an die Extreme – so viel hatte er von Papi gelernt. Vermöbel sie, bis sie nicht mehr wissen, wo rechts und links ist, wenn sie es vermasseln; jede Menge »Eiscreme« – im Klartext kalter, harter Cash –, wenn sie ihre Sache gut machen.

Jetzt begannen die Aufnahmen vom Lagerhaus – die beiden Clanner aus der Bar trieben Rebecca Burns in die Enge, lockten sie mit der Aussicht auf *Ice*. Es war klar, dass sie vorhatten, die Frau zu vergewaltigen und dann ihr *Ice* für sich zu behalten. Es gab einen Verhaltenskodex für Clanner mit dem Ziel, keine Aufmerksamkeit der Polizei auf sich zu lenken, doch was hier passierte, entsprach diesem Kodex ganz und gar nicht. Die Clanner-Bewegung hatte stets auf Stille und Heimlichkeit gesetzt. Eine allmähliche Übernahme der Stadt auf verschlungenen Pfaden.

Als hätte er Icemans Gedanken gelesen, sagte J. C.: »Sie werden ihre Lektion erhalten.«

Iceman antwortete nicht. Von J. C. erwartete er, dass er seine

Aufgaben erfüllte – man brauchte ihm dafür nicht auch noch den Kopf zu tätscheln, als wäre er ein Hund.

Aufmerksam sah Iceman zu, wie Sterling die Ausweise der Clanner einsteckte, und sein Interesse wuchs weiter, als Tads Männer im Lagerhaus erschienen und dann von einem Moment auf den anderen leblos zu Boden sackten. Es gab keinen Hinweis auf die Ursache. Unmittelbar danach packte Sterling die Frau und trug sie weg. J. C. schaltete das Bild aus.

»Sind sie tot?«

J. C. schüttelte den Kopf. »Sie waren ungefähr eine halbe Stunde ohne Bewusstsein.«

»Welche Waffe hat das bewirkt, und warum verfüge ich nicht darüber?«

J. C. zuckte die Achseln. »Ich habe das Filmmaterial auf jede erdenkliche Weise bearbeitet und das Bild vergrößert, aber da ist keine Waffe zu finden, zumindest gibt es nichts, was für das Auge sichtbar wäre. Was es auch ist, ich werde es beschaffen.«

»Angesichts der Tatsache, dass Tad diese Frau so dringend haben will, gehe ich davon aus, dass sie in Besitz dieser Waffe ist. Finden Sie sie mit allen Mitteln, die Sie für notwendig erachten, und bringen Sie sie zu mir. Tun Sie's einfach – egal wie.«

12

Becca träumte, sie würde erwachen und blinzelnd versuchen, die Dunkelheit in Licht zu verwandeln, aber da war kein Licht, nur eine grässliche Schwärze, der sie nicht zu entrinnen vermochte. Sie sog die Luft ein, und das Atmen fiel ihr überraschend leicht. Ein warmer Duft durchströmte ihre Sinne, ein vertrauter Duft ihrer Träume – sie wusste sofort, dass es der Duft von Sterling war. Entspannt gab sie sich dem Augenblick hin und kämpfte nicht mehr gegen die Dunkelheit an. Sie brauchte diesen vertrauten Ort, diesen Traum, der sie bereits durch eine weit schlimmere, tiefere Dunkelheit geführt hatte als die ihres Schlafs. Im Geist suchte sie nach seinem Bild, suchte nach diesen blaugrünen Augen, enttäuscht, als sich das Bild nicht einstellen wollte. Gierig füllte sie ihre Lunge abermals mit seinem Geruch. Gott, sie liebte diesen würzigen, männlichen Duft.

Starke Arme umschlangen sie, und die Berührung ließ sie lächeln; wie nie zuvor nahm der Traum eine geradezu körperliche Gestalt an. Es war, als sei Sterling bei ihr, als berührte er sie, halte sie fest. Das Gefühl seines Körpers neben ihr, seiner um sie geschlungenen lange Beine, ließ Becca aufstöhnen. Sein Atem strich über ihre Lippen und versprach ihr verführerische, heiße Küsse.

Sie sehnte sich nach mehr, brauchte mehr. Sie schlang die Arme um seinen Rücken, schmiegte die Hüften an seine, die große Ausbeulung seiner Erektion stieß gegen ihren Bauch. Nie zuvor hatten ihre Träume so echt gewirkt … so erotisch.

Sie konnte ihn überall fühlen, konnte das Spiel von Muskeln unter seinem T-Shirt spüren. Ihre Hände wanderten über seinen Rücken, seine Brust, die Wärme straffer Haut, liebkosten seine harten Muskeln. Sein Stöhnen dicht an ihrem Ohr machte sie wild. Es war ein leises, männliches Geräusch, das einen köstlichen Schauder über ihr Rückgrat sandte und ihre Brustwarzen hart werden ließ. Im nächsten Moment fuhr er mit den Fingern durch ihr Haar. Dann küsste er sie – es war ein tiefer, hungriger Kuss, der durch sie hindurchpeitschte wie ein Regenguss und sich in eine tosende Sturzflut verwandelte – wild, entfesselt. Es war ihr Traum, und es kam alles genau so, wie sie es wollte. Sie konnte nicht genug von ihm bekommen und er nicht genug von ihr.

Irgendwo inmitten der sinnlich gleitenden Berührung seiner Zunge formte sich ein Schimmer von Bewusstsein außerhalb der Schatten ihrer Träume. Sie schob ihn beiseite, nicht bereit aufzuwachen, und erlaubte Sterlings Zunge, sich mit ihrer in ihre köstliche Fluchtburg zurückzuziehen. Es war ein tiefer, leidenschaftlicher Kuss, ein Kuss, der sie auf eine Weise liebte, wie sie Sterling lieben wollte.

Sie wölbte sich gegen seine Hüften, legte die Finger um ein starkes Kinn, und raue Bartstoppeln pressten sich erotisch gegen ihre zarte Haut. Die andere Hand ruhte auf einer nackten, muskulösen Brust mit federndem Haar, das ihre Handfläche neckte. Aber noch immer war da drohend das Licht, und irgendwo in der Ferne ertönte eine Autohupe und durchdrang das leise Stöhnen, von dem sie wusste, dass es ihr eigenes war. Das Geräusch dieser Hupe kreiste in ihrem Kopf und verklang, verschmolz mit der Wonne seiner Zunge, die die ihre suchte. Dann hupte es erneut, laut genug diesmal, um Becca sofort starr und stumm liegen zu lassen.

Sie hatte die Hände gegen Sterlings Brust gepresst – oder jedenfalls gegen ihre Traumversion von Sterling … Als das helle Licht auf sie einströmte, musste sie schlucken. Blinzelnd blickte sie auf ihre Hände, ihre Hände auf dieser massiven Wand aus Muskeln, hier und da bewachsen mit hellblondem Haar, ihre Hüften rittlings gespreizt über den seinen … die ausgeprägte Wölbung seiner Erektion gegen die feuchte Hitze ihres Zentrums gedrückt.

Sie hob den Blick, und er prallte auf vertraute, blaugrüne Augen. Vertraute Augen, umgeben von einem scharf geschnittenen Gesicht und blondem Stachelhaar. Und dann war da das Grübchen in der Mitte des Kinns, so unglaublich sexy, eines Kinns, dass geküsst zu haben sie sich vage erinnerte. *Oh mein Gott*. Er war es wirklich. Sie lag auf Sterling.

»Ich träume doch nicht, oder?«, flüsterte sie.

»Für mich fühlt sich's ziemlich echt an«, bestätigte er.

Ihre Kehle wurde trocken, ihr Blick glitt über die hellblaue abblätternde Wand und den gleichermaßen zerschrammten Nachttisch; Bilder, die definitiv nicht der Stoff waren, aus dem Träume sind. Sie befand sich in einem billigen Motel, lüstern über diesen Kerl gespreizt, und sie hatte nicht die geringste Ahnung, wie es dazu gekommen war. Sie versuchte, von ihm herunterzurutschen – sich förmlich von ihm wegzukatapultieren –, nur um sich auf dem Rücken wiederzufinden, seinen mächtigen Körper über ihrem.

»Immer mit der Ruhe, meine Liebe.« Seine whiskeyraue Stimme rieselte ihr Rückgrat hinab und setzte allem Widerstand zum Trotz ihre Glieder in Flammen. »Ich habe keine Ahnung, was gerade passiert ist, aber ich habe das plötzliche Bewusstwerden und die sofortige Angst in deinen Augen bemerkt. Wir haben geschlafen, als …«

»Warum liegen wir zusammen im Bett?«, begehrte sie zu wissen. Im selben Moment blitzte ein kurzes Erinnerungsbild durch ihren Kopf, das sie beide in einem Lagerhaus zeigte. *Ein Lagerhaus.* Kein Bett. »Warum sind wir zusammen in irgendeinem schäbigen Hotel?« Das Telefon rutschte vom Nachttisch und fiel krachend zu Boden. Sie zuckte zusammen. Mehr noch als der Aufprall selbst ließ das Bewusstsein, dass sie ihn verursacht hatte, Adrenalin durch ihre Adern schießen. Erinnerungen an das Labor drangen auf sie ein. Milton war gestorben; sie hatten ihn getötet. Schmerzliche Gefühle wallten über sie hinweg. Das geschmacklose Blumenbild neben dem Bett polterte von der Wand. Sie zitterte innerlich, und prickelnde Speere zuckten ihr durch die Stirn. Das ausgebleichte Bild von Las Vegas zu ihrer Rechten fiel klappernd zu Boden.

Sterling hob stirnrunzelnd die Augenbrauen. »Gibt es sonst noch irgendwelche Überraschungen, von denen ich wissen sollte – einmal abgesehen davon, dass du Dinge mit bloßer Gedankenkraft bewegen kannst und eine wandelnde Schlaftablette für GTECHs bist?«

Eine weitere blitzartige Erinnerung durchzuckte sie. *Die Soldaten im Labor, die ohnmächtig geworden sind.* Dann wieder das Lagerhaus und ein Bild von Sterling, wie er vor ihr stand, die Waffen im Anschlag, als eine Gruppe von Zodius angriff. Sie waren ohnmächtig geworden, er aber nicht. Sterling war nicht wie die anderen GTECHs, aber er war auch nicht menschlich. Sie wusste nicht, *was* er war – abgesehen davon, dass er jetzt auf ihr war und sie in den Wahnsinn trieb.

»Du bist nicht bewusstlos geworden.« Sie begann sich zu wehren, stieß und zappelte nach links und rechts, trommelte mit den Fäusten gegen seine steinharte, allzu nackte, allzu verführerische Brust, von der sie wegkommen musste. »Lass mich aufstehen!«

»Ich habe keine Ahnung, warum ich nicht auch umkippe, wenn du alle anderen in Tiefschlaf versetzt.« Er umklammerte ihr Handgelenk und hielt sie mühelos fest. »Wieso lässt es dich denn ausrasten, dass ich nicht genauso umkippe wie die anderen GTECHs, Becca? Wäre ich nämlich bewusstlos geworden, wärest du jetzt entweder tot oder zurück in Adams Fängen statt hier bei mir.«

»Stattdessen bin ich in einem billigen Motel gelandet, ohne Erinnerung daran, wie ich hierhergekommen bin!« Er roch gut. Er fühlte sich gut an. Er war gefährlich. Sie kannte die krummen Touren von Adam, seinem Boss – seinem Freund.

»Du lebst«, stellte er fest.

»Weil du mich brauchst«, gab sie zurück. »Weil Adam mich braucht.« Die logische Schlussfolgerung war, dass er für Adam arbeitete. Er war ein GTECH. Adam war ein GTECH. Das war eine gefährliche Gemeinsamkeit, schließlich beabsichtigte Adam, die Menschheit zu vernichten. Und Sterling hatte es nun mal hinbekommen, mit seinem umwerfenden Charme und seiner unglaublichen Verführungskraft immer genau dann auf der Bildfläche zu erscheinen, wenn Adam Jagd auf sie machte.

»Ich bin *kein* Zodius«, stieß er kurz hervor.

»Und doch bin ich hier«, erwiderte sie bitter, »mit dir im Bett, hätte fast Sex mit dir gehabt und kann mich kaum daran erinnern, wie das gekommen ist. Und ich habe auch von dir geträumt, Sterling. Ich bin keine Idiotin. GTECHs haben spezielle Fähigkeiten. Ich weiß, dass du meine Träume manipulierst. Ich weiß, dass …« Die in seinem Blick aufwallende Erregung ließ sie verstummen.

»Du hast von mir geträumt?«

Röte schoss ihr in die Wangen. »Ich … ja, aber …«

Ihre Blicke verschmolzen ineinander, und dann küsste er sie; ein warmer, wunderbarer Kuss, dem sie unmöglich widerstehen konnte und der sie bis ins Mark durchdrang. Zu schnell und doch zugleich nicht schnell genug löste er den Mund wieder von ihrem.

»Und das ist auch der Grund, warum wir so ineinander verklammert aufgewacht sind«, murmelte er leise. »Weil wir einander wollen und einander gewollt haben seit dem Moment, als wir uns vor vierzehn Jahren kennengelernt haben. Wenn ich wirklich bei dir eine Gehirnwäsche vornehme, dann machst du das Gleiche auch bei mir.« Er rollte von ihr herunter und ließ sie erschrocken und keuchend zurück, verzehrt von dem Wunsch, diesen gestählten Körper erneut auf sich zu spüren. Und zugleich war sie wütend. Der Kerl hatte sie gerade beschuldigt, ihn einer Gehirnwäsche zu unterziehen! *Er hatte sie verraten,* hatte es fertiggebracht, dass sie Angst um ihn hatte ... dass sie ihm vertraute.

Das Bild auf dem Boden flog quer durch den Raum und landete krachend an der Wand. Die Stühle am Tisch kippten um. Sie wusste, dass *sie* es bewirkte. Sie wusste nicht wie, aber es lag an ihr, und sie hoffte, dass es ihm Angst einjagen würde, so wie sie sich auf der Straße geängstigt hatte, als sie gegen den Entzug ankämpfte.

Er kümmerte sich nicht um die Gegenstände im Raum. Stattdessen stand er einfach neben dem Bett und blickte sie mit finsterer Miene an, die der auf seinem Kinn liegende Bartschatten nur noch bedrohlicher machte. Die Lampe auf dem Nachttisch krachte zu Boden, man hörte Glas splittern. Eine Tüte, die zuvor auf dem Nachttisch gelegen hatte, landete auf dem Bett zwischen ihnen, und mehrere Ampullen *Ice* fielen heraus und verteilten sich auf der Matratze.

Beim Anblick der Ampullen schluckte Becca hörbar, ihr Blick kreuzte Sterlings, und ihre Augen blieben in einem stummen Kampf aneinander haften. Stille machte sich um sie herum breit, während sie in dieser stürmischen, erotisch aufgeladenen Konfrontation verharrten. Sie wagte nicht, ihm zu vertrauen, und er wusste es. Diese Ampullen mit *Ice* würden ihr die Freiheit geben zu fliehen, ohne Konsequenzen fürchten zu müssen. Auch das wusste er. Es lag alles in seinem tiefen, leidenschaftlichen Blick.

Adrenalin pumpte durch sie hindurch, flüssige, schäumende Energie, und ihre Gedanken bestätigten ihr, dass das Risiko gerechtfertigt war. Dieser Mensch war viel gefährlicher für sie als jeder Mann in Zodius City. Weil sie ihm vertrauen *wollte*. Weil sie ihn einfach begehrte, so sehr, dass sie sich danach sehnte, ihn neben sich zu spüren. Diese Anziehung war einfach zu viel, zu intensiv. Es trotzte jeder Logik und legte den Gedanken an Gehirnwäsche nahe.

Sie musste hier raus, und sie wollte dabei so viel Lärm schlagen und Ärger machen wie möglich. Dann würde die Polizei kommen, und die Nachbarn würden sich beschweren. Becca stürzte sich auf das *Ice*.

Bis Tad mit Iceman fertig war, hatte sein Team von Soldaten Becca bereits über das GPS-Gerät aufgespürt, das sie ihr heimlich in den Arm eingesetzt hatten – eine Vorsichtsmaßnahme, die man ergriffen hatte, da Adam es für geboten hielt, sie aus den Sexlagern herauszuhalten.

Tad erschien auf einem Dach, gut anderthalb Kilometer von dem Motel entfernt, in dem sich Sterling versteckt hatte, und in sicherer Entfernung von den im Umkreis des Motels patrouillierenden Renegades. Ein kleiner Trupp seiner Männer erwartete ihn. Er wusste selbst nicht, warum er geglaubt hatte, dass Sterling dumm genug sein würde, die Frau in das innerstädtische Hauptquartier der Renegades zu bringen, auf das es die Zodius so sehr abgesehen hatten.

Seine Hand glitt in seine Tasche und ertastete die Ampulle

mit *Ice*. Er lechzte nach einem Hit. Das *Ice* war seine heimliche Sucht und die Quelle verschiedener einzigartiger Fähigkeiten, die er noch niemandem offenbart hatte. Niemand ahnte auch nur, dass *Ice* eine Wirkung auf GTECHs hatte. Irrigerweise dachten alle, dass es, wie alle anderen Drogen, keinerlei Einfluss auf sie ausübte. Und Adam sowie Tad selbst hatten vor, dass es auch so blieb. Tad wollte nicht, dass andere GTECHs *Ice* nahmen, seien sie Zodius oder Renegades. Er wollte die Oberhand, wollte im Fokus von Adams Aufmerksamkeit bleiben, um einer der Führer der neuen Welt zu werden. Sein *Ice*-Konsum machte ihn stärker als den durchschnittlichen GTECH – und auch schneller. Aber es waren seine anderen Fähigkeiten, die einzigartigen, die das *Ice* zur ultimativen Dröhnung machten, zum idealen Werkzeug, das es ihm ermöglichte, an der Spitze zu bleiben. Etwa seine Fähigkeit, jede …

»Sir.« Der Einsatzleiter der Operation riss Tad aus seinen Gedanken. Red nannten sie ihn. Tad hatte keine Ahnung, warum, und es interessierte ihn auch nicht. »Die Renegades haben gut ein Dutzend Mann Verstärkung geholt.«

Tad verzog das Gesicht. »Sie werden nicht lange brauchen, um dahinterzukommen, dass wir ihr ein GPS-Gerät in den Arm eingepflanzt haben«, antwortete er. »Kundschaftet jede Stellung der Renegades im Umkreis aus und stellt bei jeder zwei von unseren Männern ab. Benachrichtigt mich, wenn wir so weit sind, und haltet euch bereit, auf meinen Befehl in Aktion zu treten.«

Sie mussten so schnell wie möglich zuschlagen, sonst gingen sie das Risiko ein, dass Sterling das GPS-Gerät entfernen und ihnen entwischen konnte. Wenn Adam ihm nicht angedroht hätte, ihn dafür zu töten, hätte Tad dieses Miststück selbst ordentlich rangenommen und so dafür gesorgt, dass sie ihnen niemals mehr entkommen konnte. Jetzt hatten sie keine andere Wahl mehr, denn wenn dieses GPS-Gerät erst einmal aus ihrem Arm verschwunden war, blieb es auch verschwunden.

Rebecca Burns musste sterben, bevor sie dieses Motel verlassen konnte.

13

Im selben Moment, da Becca auszureißen beschloss, wusste Sterling auch schon Bescheid. Er sah den verzweifelten Wunsch zu fliehen in ihren Augen. Er war so stark, dass es ihr nichts auszumachen schien, dass sie nur halb bekleidet war, ohne Hemd und Schuhe. Und es war schrecklich für ihn zu sehen, dass sie solche Angst vor ihm hatte.

Mit einigen mühelosen Schritten war Sterling an der Tür – und einen Sekundenbruchteil später raste auch schon ein zierliches Bündel aus weichen Kurven und wütender Entschlossenheit in ihn hinein. Der Kontakt ließ Becca überrascht aufkeuchen, er war etwas Ungewohntes für ihre neuen, vom *Ice* hervorgerufenen Körperfähigkeiten – sie konnte Gas geben, wusste aber anscheinend nicht, wie man die Bremsen anzog. Er schlang die Arme um sie und vereitelte ihren Fluchtversuch mühelos, was sie nur wütender werden ließ. Mit neuer Energie fing sie an zu zappeln, schlug gegen seine Brust und versuchte, ihn wegzuschieben. Die Stühle hinter ihr begannen zu wackeln, und es wurde immer offensichtlicher, dass ihre zerstörerischen Fähigkeiten von ihren Emotionen ausgelöst wurden.

Sterling ließ ihr eine Minute Zeit für ihren Zornausbruch, ließ sie einen Teil ihrer Energie und ihrer Wut abreagieren, bevor er ihr etwas mehr Bewegungsspielraum gab. Er umfasste ihre Handgelenke mit beiden Händen, nur um, sehr zu seinem Missvergnügen, plötzlich ihr resolutes Knie im Unterleib zu haben. Ächzend knirschte er mit den Zähnen. »Das war nun wirklich unnötig«, murmelte er.

Trotzig reckte sie das Kinn und versuchte, ihre Untat zu wiederholen.

»Oh nein, das wirst du nicht«, sagte er, schlang ein Bein um ihres und schmiegte ihre Hüften intim aneinander. Unmöglich, jetzt noch zu verbergen, wie heiß und hart er war. Als sie seinen gegen ihren Bauch gepressten Unterkörper spürte, weiteten sich ihre Augen.

Hinter ihnen schepperten die Stühle lärmend durch den Raum. »Ich nehme an, das Stühleklappern bedeutet, dass du im Moment mit mir nicht so recht zufrieden bist.«

»Wieso bist du überhaupt in mein Leben zurückgekehrt?«

»Ich habe mir dieselbe Frage gestellt. Ich glaube nicht an Zufälle.«

Sie wirkte entsetzt. »Glaubst du denn, ich hätte das alles arrangiert?«

Er zog die Stirn kraus. »Hast du das?«

»Nein, du?«

»Nein.«

Ihre Miene verdüsterte sich. Offenbar gefiel ihr seine Antwort nicht. »Du hast mich angelogen.«

»Niemals«, widersprach er. »Ich lüge nicht. Ich bin der Typ Mann, bei dem du immer auch bekommst, was du siehst.«

»Du bist einer von ihnen.«

»Ich würde eher sterben, als mich den Zodius anzuschließen.«

»Die Fotos …«

»Hab ich dir doch erklärt.« Er schlug einen sanfteren Ton an. »Wenn du auf mich wütend sein willst, dann sei es darüber, dass ich deine Gefangennahme zugelassen habe, denn das habe ich verdient. Du hast in Zodius City die Hölle durchgemacht. Aber beschuldige mich nicht, auf der Seite von Adam zu stehen, denn er verkörpert alles, wogegen ich kämpfe.«

Sie sah ihm forschend ins Gesicht, und ihr eigener Gesichtsausdruck war ernst und aufrichtig. »Wenn du keiner von ihnen bist, wieso bist du dann hier? Wie bist du entkommen?«

»Auf dem gleichen Weg wie du«, antwortete er. »Alle um mich herum haben ein Nickerchen eingelegt, und ich habe meinen Vorteil genutzt.« Er lockerte den Griff um ihre Handgelenke und legte ihre Hände auf seine Brust. Sie hielt die *Ice*-Ampulle immer noch in einer Hand, zog sie aber nicht zurück. »Ich habe es kaum ertragen, dich allein in dieses Labor gehen zu lassen. Als dann der Alarm losgegangen ist und ich die ganzen Körper überall liegen sah, war ich überzeugt, dass du tot warst. Ich habe mich in die Überwachungskameras eingehackt und gesehen, wie du in das Ventilationssystem gestiegen bist. Ich bin hinterher, aber es war zu spät. Du warst schon fort.«

Sie musterte ihn lange Sekunden und ließ schließlich das Gesicht an seine Brust fallen. »Ich bin so durcheinander.«

Seine Hand schob sich in ihr Haar. Sie so in den Armen zu halten, dicht an seinen Körper geschmiegt, gab ihm auf eine Weise, über die er sich in diesem Moment keine Rechenschaft ablegen konnte, das Gefühl, dass es so und nicht anders sein sollte. »Damit wären wir schon zwei.«

Sie schaute mit ungestümen und gleichzeitig schuldbewussten Augen zu ihm empor. »Ich wollte dich eigentlich suchen gehen, Sterling. *Ich wollte dich finden,* aber ich musste die Menschen vor Adam warnen, und Tad hat mir diese Fotos von dir gezeigt. Dann hörte ich Stimmen und …«

»Du hast genau das Richtige getan.« Sie hatte an ihn gedacht. Sie hatte zu ihm kommen wollen. Und das reichte. »Ich bin sehr froh, dass du fliehen konntest. Du hättest mich ohnehin nicht gefunden.« Er zögerte, dann fuhr er mit einem sanft drängenden Unterton fort: »Kannst du mir erzählen, was in dem Labor passiert ist, Becca? Wer ist dieser Milton, den du erwähnt hast?«

Sie ballte ihre Fäuste auf seiner Brust, und Sterling konnte den in ihr siedenden Zorn beinahe körperlich spüren. »Er war einer der anderen Wissenschaftler, die sie entführt haben«, erklärte sie mit gepresster Stimme. »Sie haben ihn getötet.« Alles, was im Zimmer nicht festgeschraubt war, befand sich plötzlich in der Luft und schwebte im Raum, ohne jedoch gegen die Wände oder auf den Boden zu krachen. »Ich habe Adam *angefleht*, ihn zu verschonen, aber er kennt keine Gnade.«

»Also war Adam da, als das alles passiert ist?«

»Er hat mich dann mit Tad allein gelassen«, berichtete sie. »Da hat Tad Miltons Leichnam zur Seite gestoßen wie ein Stück Abfall und gesagt, wir würden nun ein wenig Zeit ganz für uns allein haben.«

Sterling verkrampfte sich innerlich. »Hat er dich angefasst?«

Sie schüttelte den Kopf. »Nein. Ich weiß nicht, was passiert ist. Es ist einfach mit mir durchgegangen. Jede Empfindung in mir schien förmlich zu zerbersten. Das Nächste, woran ich mich erinnere, waren zersplitternde Glasampullen und dass die Zodius-Soldaten, Tad eingeschlossen, auf dem Boden lagen.« Sie zitterte, und diesmal kam es nicht vom Entzug.

Er legte ihr seine Hand fest auf die Wange. »Es tut mir leid.«

»Ich kann nicht kontrollieren, was geschieht.« Sie machte eine Geste in den Raum hinein. »Ich kann nichts von alldem kontrollieren. Ich bin es so leid, nichts von dem, was mir zustößt, beherrschen zu können.«

Die abgrundtiefe Beklemmung in ihrer Stimme verriet ihm, dass sie die Wahrheit sagte. Er glaubte ihr. »Vielleicht können wir das alles gemeinsam kontrollieren.« Er kämmte mit den Fingern durch ihr Haar und bedeckte ihre zarten Lippen mit den seinen. Er wollte ihren Gefühlen eine neue Richtung geben, die Wirkung seines Kusses erproben, denn er wollte … verdammt, er wollte es so sehr. Er wollte sich nicht mit Schmeicheln und Zureden aufhalten. Er wollte es schnell und hart, mit einer Lust, die verzehrte und für nichts anderes Raum ließ – intensiv, leidenschaftlich, hungrig. Und so schmeckte er sie innig, mit sinnlich streichelnder Zunge, lockte ihre Gedanken zurück dahin, wo sie vorhin im Bett gewesen waren, an jenen Ort, wo alles außer dem Augenblick verschwand.

Ihre geballte Faust war nur für einen Moment starr und unnachgiebig geblieben, dann öffnete sie sich langsam, und ihre Finger spreizten sich über seinem Bizeps, als wollte sie ihn wegstoßen … Widerstand leisten. Doch sie leistete keinen Widerstand und stieß ihn nicht weg. Ein leiser Laut entrang sich ihren Lippen und strömte in seinen Mund, ein Laut, der teils schwacher Protest war, teils Stöhnen.

Sterling lockerte die Lippen ein klein wenig, strich zärtlich mit den seinen über ihre, um sich dann umso tiefer in sie zu vergraben … diesmal mit einer besitzergreifenden Neigung seines Munds, die auch sie tiefer in den Kuss hineinzog. Diesmal verlangte der Mann in ihm ihre Antwort. Und sie gab sie ihm – ihr Körper schmolz in den seinen, schmolz, bis sie ein Körper, eins waren. Bis sie zu diesem Kuss *wurde,* genauso wie er. In dem Moment, als diese vollkommene Selbsthingabe sie überkam, stöhnte sie abermals, sanft, sinnlich, willig. Verlangen ballte sich in seinem Magen zusammen, straffte seinen Körper, aber Sterling zwang sich, es zu zügeln, zwang sich, den Zweck dieses Kusses nicht zu vergessen. Ein weiteres langes Streicheln seiner Zunge, ein Geschmack von inniger Süße, und er befahl sich, den Mund von ihrem loszureißen und sie in seinen Armen herumzudrehen, damit er den Raum sehen konnte.

Becca starrte auf die Auswirkungen ihrer Gefühle, auf das verwüstete Motelzimmer, das wirkte, als sei ein kleiner Tornado hindurchgerauscht, der nur die Trümmer seiner Zerstörungsgewalt zurückgelassen hatte. Die Stühle waren umgekippt, das Foto von Las Vegas war auf einem ihrer stählernen Beine aufgespießt und der Tisch umgefallen. Kissen lagen auf dem Boden. Die einzige Zimmerlampe war zerbrochen. Aber Sterlings Kuss hatte diesen Sturm besänftigt. Wie war es möglich, dass ein Kuss, der eine derart intensive Leidenschaft wachrief, zugleich die unberechenbare telekinetische Fähigkeit, die sie entwickelt hatte, dämpfen konnte? Aber so war es gewesen. Alles im Raum war, wo es sein sollte – auf dem Boden. Nun ja, es war nicht genau so, wie es sein sollte. Das Zimmer war ein einziges Schlachtfeld.

»Es ist eine Sache der Konzentration«, sagte Sterling hinter ihr. »Du musst lernen, einen Zugang zu dem Teil deiner Psyche zu finden, der für die Telekinetik verantwortlich ist.«

Sie wirbelte zu ihm herum. »Und deshalb hast du mich geküsst? Um etwas zu beweisen?«, fragte sie, ohne wirklich zu wissen, warum sie sich darüber so aufregte. Aber dann verschluckte sie sich beinahe an ihren Worten, denn ihr wurde bewusst, dass er direkt hinter ihr stand, nah – so nah, dass sie praktisch schon wieder in seinen Armen lag. Sie konnte den leichten Schatten seines neu sprießenden Barts sehen, der noch Sekunden zuvor über ihre Wangen gestrichen hatte, nahm das Blaugrün seiner Augen wahr, die hellbraunen Wimpern, die sie umrahmten wie ein wunderschöner Fächer. Sie starrten einander an. Darin schienen sie allmählich richtig gut zu werden.

»Ich habe dich geküsst, weil ich es wollte«, sagte er, die Stimme leise und rau. Sexy. »Und, um das klarzustellen, ich habe geschlafen, als die Sache vorhin im Bett ihren Anfang genommen hat. Bis ich begriff, dass es kein Traum war, warst du auch schon so weit und hast dasselbe gemerkt. Ich will dich *willig* oder gar nicht.«

Er wollte sie. Seine kühne Bestätigung hallte durch ihren Körper und weckte ein Kribbeln in gewissen Körperregionen. »Ich weiß nicht, was ich darauf sagen soll.«

Er zog sie an sich und küsste sie, ein kurzer Hauch von Lippen auf Lippen. »Du brauchst gar nichts zu sagen. Ich werde es nicht wieder tun, es sei denn, du bittest mich darum.« Er gab ihr einen tätschelnden Klaps auf den Po und schob sie von sich weg, ging zum Bett und hob sein Hemd vom Boden auf. »Wie wäre es, wenn du mal die persönlichen Dinge aufschreiben würdest, die du aus deiner Wohnung haben willst? Dann schicke ich jemanden, um sie zu holen.« Er griff sich ein Kissen vom Boden und warf es aufs Bett. »Falls wir in diesem Durcheinander einen Stift und ein Stück Papier finden.« Er zog die Nachttischschublade auf, um hineinzuschauen, und murmelte beiläufig über die Schulter: »Habe ich eigentlich schon erwähnt, dass GTECHs windwalken können? Das bedeutet prompte Bedienung. Wahrscheinlich können wir deine Sachen hier haben, bis du fertig geduscht hast.«

Freudig überrascht klimperte sie mit den Augen. »Oh bitte, ja, für ein paar meiner eigenen Sachen würde ich im Moment alles geben. Und eine Dusche? Das wäre der Himmel!« Sie hielt inne. »Warte. Hast du gesagt *windwalken*? Was bedeutet das?«

»Weder Stift noch Papier in Sicht«, sagte er, trat wieder an sie heran und hielt ihr sein T-Shirt hin. »Deins kann ich nicht finden«, erklärte er. »Und auch wenn ich nichts dagegen habe, dass du nur im BH durch den Raum läufst, lenkt es mich doch ab.«

Bei seinen Worten begann ihr Herz heftig zu schlagen. Sie konnte sich nicht einmal mehr erinnern, was sie ihn gefragt hatte. Sie griff nach seinem Shirt, und die Vorstellung, es zu tragen, erschien ihr einfach unglaublich und wunderbar intim.

Er hielt das Shirt samt ihrer Hand fest. »Um noch mal auf das zurückzukommen, was du darüber gesagt hast, dass ich eine besondere GTECH-Fähigkeit hätte, die es mir erlaubt, deine Träume oder deine Gedanken oder sogar deine Körperreaktionen zu manipulieren – ich kann nichts davon, und selbst wenn, würde ich es bei dir nicht einsetzen.« In diesen Worten lag ein warmes Versprechen. Eine Wärme, die über sie hinwegflutete und deutlicher sprach als seine Worte. Keiner der GTECHs in Zodius City hätte eine so sanfte Zärtlichkeit an den Tag legen können, wie sie sie bei diesem Mann spürte. Richtig oder falsch – und so unklug es auch sein mochte –, sie würde ihren Instinkten folgen. Sie vertraute Sterling.

Sein Blick ruhte auf ihrem vollen Mund, als denke er an den Kuss, dem sie sich gerade gemeinsam hingegeben hatten, und sie musste sich zurückhalten, um sich nicht an die Lippen zu fassen. »Ich glaube dir«, sagte sie und nahm all ihren Mut zusammen, um die Frage zu stellen, auf die sie so dringend eine Antwort benötigte. »Warum wirst du nicht auch bewusstlos, wenn die anderen umkippen?«

Er stand reglos, seine Hand immer noch auf der ihren, und seine Miene war undeutbar. »Vielleicht verfügst du über noch mehr Fähigkeiten, als dir bewusst ist, und du hast dich eben entschieden, mich zu beschützen.« Er lächelte, und die Anspannung ließ nach, beinahe so, als hätte Becca sie sich nur eingebildet. »Und du magst es, mich zu küssen.« Er ließ das T-Shirt los.

Becca wandte sich von ihm ab und verbarg ihr Lächeln. Sie hatte nicht die Absicht zuzugeben, dass sie ihn wirklich gern küsste und dass seine Logik somit in der Tat einen gewissen Sinn ergab. Mit einer raschen Bewegung streifte sie sich das T-Shirt über den Kopf. Es roch würzig und männlich wie er. Sie strich es glatt und klemmte sich die Ampullen mit dem *Ice* unter den Arm. Sie wollte ihre Lebensversicherung nicht loslassen. »Windwalking? Was bedeutet das?«

Er stellte den wackeligen Tisch wieder auf, und es war herrlich mit anzusehen, wie sich seine Muskeln anspannten. Jetzt war sie diejenige, die abgelenkt war. »Ziemlich genau das, was das Wort sagt. Wir verschwinden im Wind und lassen uns von ihm mitnehmen. Es ist schnell und effizient.«

»Wow«, entfuhr es ihr, ohne dass sie sich fragte, ob das, was er sagte, auch wahr war. Sie lebte ohnehin bereits in einer bizarren Welt. Trotzdem ... »Ich meine ... einfach wow, fantastisch.«

Er griff in den Kühlschrank und holte eine Wasserflasche heraus. »Das ist oft sehr nützlich.«

Er trat neben sie und hielt ihr die Flasche hin. »Trink. Du musst ganz ausgetrocknet und hungrig sein. Ich besorg dir was zu essen, während du duschst.«

»Danke«, antwortete sie und nahm das Wasser, nur um wieder von ihm festgehalten zu werden, wie er das zuvor auch mit dem T-Shirt getan hatte.

»Und behalte das *Ice*«, sagte er leise. »Ich werde es dir nicht wegnehmen. Vielmehr will ich, dass du jederzeit eine Dosis bei dir hast, für den Fall, dass sich der Entzug bemerkbar macht.«

Der deutlich in seiner Stimme mitschwingende Wunsch, sie zu beschützen, überwältigte sie und ließ ihren Magen flattern. »Danke«, wiederholte sie. Seine Anwesenheit wirkte tröstlich auf sie. Das Alleinsein machte ihr Angst. Sie wollte nicht allein sein.

Er trat von ihr weg und räumte herum, sie aber blieb, wo sie war. Noch nie hatte sie Angst davor gehabt, allein zu sein, noch nie im Leben etwas Derartiges empfunden. Es erschreckte sie und weckte in ihr die Sorge, dass ihre Urteilskraft beeinträchtigt sein könnte, dass sie zu vertrauensvoll war. Sie hatte nicht einmal einen Nachweis dafür verlangt, warum jene Fotos nicht beweisen sollten, dass Sterling ein Zodius war. Sie hatte nicht einmal gefragt, wo sich der sichere Ort befand, an den er sie bringen wollte. Er hatte sie geküsst, und sie war dahingeschmolzen. Sie vertraute einfach … »Ich brauche einen Beweis dafür, dass du kein Zodius bist«, platzte es aus ihr heraus.

Er blieb abrupt stehen, das zerbrochene Bild in der Hand, dann schaute er sie an und lehnte das Bild gegen die Wand. Und verdammt, warum musste sie seine Brustmuskeln so anstarren? Sie riss die Augen los und richtete sie nach oben, nur um sofort wieder von seinem beharrlichen Blick wie gefangen zu sein. Seine Miene war reglos, undeutbar.

Lange angespannte Sekunden verstrichen, bis er antwortete: »Du sollst deinen Beweis bekommen.«

Dreißig Minuten nachdem er sie zum Duschen allein gelassen hatte, saß Sterling auf einem Klappstuhl hinten in einem Observationswagen, der draußen vor dem Motel stand. Er hatte sich im Nachbarraum seines mit Becca geteilten Motelzimmers geduscht und dann eine schwarze Tarnhose und ein schwarzes T-Shirt angezogen. Die ganze Zeit über hatte er sich ermahnt, sich zusammenzureißen. Becca brachte ihn völlig durcheinander. Er wusste es, und das beeinträchtigte anscheinend seine Urteilskraft – nicht nur anscheinend, es war wirklich so. Warum gab es ihm einen Stich, dass sie einen Beweis wollte, wer er war? Natürlich wollte sie einen Beweis. Sie war klug. Sie war durch die Hölle und wieder zurückgegangen. Aber jetzt ärgerte es ihn schon, nagte an ihm, wie ein großer alter Grizzlybär an den Knochen seines Opfers nagt.

»Erklär mir ganz genau, was in dem Lagerhaus passiert ist«, sagte Caleb. Er saß neben Sterling. Zwei Flachbildschirme hingen vor ihnen an der Wand – einer zeigte den Moteleingang, auf dem anderen war ihnen Doc Kelly zugeschaltet. Zusammen überhäuften sie und Caleb Sterling mit Fragen über Becca, als gälte es, einen Wettbewerb zu gewinnen – wer am schnellsten die meisten Fragen stellen konnte.

»Sie ist in Panik geraten, als der andere Wissenschaftler ermordet wurde. Sie sagte, Glas sei zerborsten, und die Soldaten seien ohnmächtig geworden. Und jetzt, wo ich darüber nachdenke, erinnere ich mich, dass ihr Orangensaftglas zersprungen ist, als der Zodius kam, um sie ins Labor zu bringen. Ich hatte geglaubt, es wäre einfach durch ein Sonarsignal irgendwelcher militärischer Tests verursacht worden, die Adam vielleicht durchführte.«

»Und du bist immun dagegen, in ihrer Nähe bewusstlos zu werden. Warum?«, fragte Kelly und schob eine lange Locke ihres blonden Haars in die Haarspange im Nacken zurück. »Ich mag keine unbekannten Sachverhalte.«

»Ich habe mitbekommen, wie es mit ihr durchgegangen ist, als auch zwei Menschen dabei waren. Den beiden ist nichts passiert, was vielleicht bedeuten könnte, dass meine Mängel im GTECH-Bereich gerade groß genug sind, um mich gegen das, was sie tut, zu desensibilisieren.«

Nachdenklich schob Kelly die Lippen vor. »Klingt interessant. Ich bin nicht überzeugt von dem Gedanken, aber es ist eine gute Hypothese.«

»Hm, okay«, sagte Caleb, einen grüblerischen Ausdruck in den hellbraunen Augen. Er richtete sich auf und strich mit den Händen über die Beine seiner Jeans. »Wenn Beccas Emotionen diese Vorkommnisse auslösen, dann könnte ich ihr mit meiner Fähigkeit, menschliche Gefühle zu erspüren und zu beeinflussen, vielleicht dabei helfen, es zu kontrollieren.«

»Oh nein«, schaltete sich Kelly hastig ein. »Das ist zu gefährlich, Caleb. Bisher haben wir nur erlebt, dass GTECHs von dem wie auch immer gearteten mentalen Zwang, den sie über sie ausübt, ohnmächtig werden. Was aber, wenn sie sie auch töten kann? Was, wenn du der Erste bist? Was, wenn die anderen vielleicht gar nicht bewusstlos geworden sind? Was, wenn sie in Wirklichkeit tot sind?«

»Mensch, Kelly«, sagte Sterling. »Genug mit den Was-Wäre-Wenns.«

»Sie hat recht«, ertönte eine ernste Stimme von hinten.

Sterling und Caleb wirbelten herum und sahen sich Michael gegenüber. Sterling lag eine Bemerkung auf der Zunge, die er sogleich wieder verschluckte, als er ein zierliches blondes Bündel neben Michael entdeckte: sein niedliches Lebensband. Cassandra war Michaels Partnerin, auch wenn sie mehr wie sein direktes Gegenteil wirkte – von sonnigem Gemüt und verständnisvoll, wo Michael dunkel und ohne Mitgefühl war. »Es ist zu gefährlich«, fuhr Michael fort. »Du darfst dich nicht in die Nähe dieser Frau begeben. Es kümmert mich nicht, welche Geschichte sie zur Erklärung geliefert hat. Ich vertraue ihr nicht. Soweit wir wissen, besitzt sie die Fähigkeit, irgendwie dein Denken zu beeinflussen, Caleb. Vielleicht ist genau das ihr Ziel: in deine Nähe zu kommen, um dich davon zu überzeugen, dass sie in deinem Kopf sein muss – oder du in ihrem. Adam will unbedingt erreichen, dass du dich ihm anschließt. Das weißt du.«

»Da ist wohl mal wieder Paranoia angesagt«, gab Sterling gereizt zurück. »Ich war mit ihr zusammen. Ich habe gesehen, welche Angst sie hatte.«

»Gut geschauspielert«, konterte Michael. »Wissen wir denn überhaupt, dass sie wirklich Krebs hat? Die ärztlichen Unterlagen könnten reine Tarnung sein. Sie war monatelang verschwunden. Sie könnte bei Adam gewesen sein.«

Sterling hätte sich am liebsten auf Michael gestürzt und das nicht, weil er falsch lag, sondern weil er Bedenken aussprach, die Sterling ebenfalls hegte, denen er sich aber nicht stellen wollte. »Würde Becca für Adam arbeiten, hätte er gestern Abend nicht versucht, sie zu töten.«

»Vielleicht war die ganze Sache inszeniert, um dich glauben zu machen, dass du ihr vertrauen kannst«, gab Michael zu bedenken. »Er muss bemerkt haben, wie sehr du um sie bedacht bist. Du machst ja auch nicht gerade ein Geheimnis daraus. Und erstaunlicherweise wussten die Zodius genau, wo in diesem Club sie war, obwohl sie nicht durch den Sex mit einem GTECH körperlich gekennzeichnet wurde.«

»Es war ein *Ice*-Schuppen mit Überwachungskameras«, zischte Sterling. »Natürlich haben sie sie gefunden.«

Michaels Züge verhärteten sich. »Für mich ist es sonnenklar, dass die ganze Geschichte inszeniert war. Wir sollten denken, dass wir sie unbedingt in unseren inneren Kreis bringen und beschützen müssen.« Er drückte Sterling eine Tüte mit Essen in die Hand. »Ich weiß nicht, wie ich zu deinem Lieferjungen geworden bin, aber gewöhn dich lieber mal nicht daran.«

»Stets freundlich zu Diensten«, witzelte Sterling, der es genoss, Michael zu ärgern – vor allem in Anbetracht seiner Ansichten über Becca. »Ohne Lächeln kein Trinkgeld.«

Michael ignorierte seine Kommentare, so wie er Scherzen ganz allgemein meist keine Beachtung schenkte, und richtete den Blick auf Caleb. »Du darfst dich nicht in die Nähe dieser Frau begeben.«

»Becca«, knirschte Sterling mit zusammengebissenen Zähnen. »Sie heißt Becca.«

Michael zog die Augenbrauen zu einem argwöhnischen Blick in Richtung Sterling zusammen; ein Blick, der so viel besagte wie: *Gibt es irgendwas, das du mir sagen willst? Wie zum Beispiel, dass sie dein Lebensband ist?*

Bei dieser wortlosen Aufforderung krampfte sich Sterlings Kiefermuskel zusammen. Er war unsicher, was er von seiner momentanen Beziehung zu Becca halten sollte. Die Frau machte ihn wahnsinnig scharf und raubte ihm den Verstand.

Caleb, immer noch mit Michaels Bedenken beschäftigt, ließ sich von seiner Warnung nicht beirren. »Rebecca Burns kann mein Denken und Fühlen nicht kontrollieren. Sie kann nicht einmal sich selbst kontrollieren. Wir müssen sie in ein Labor bringen, damit sie uns hilft, mit dem *Ice* fertigzuwerden. Was bedeutet: Wir müssen ihr helfen, damit sie uns helfen kann.«

Kelly setzte zu einer Antwort an. »Ja, aber …«

Michael fuhr dazwischen. »Angeblicher Kontrollverlust«, unterstrich er. »Es könnte nur geschauspielert sein.«

»Wenn ich sie gedanklich berühren, mich in sie hineinversetzen kann, werde ich wissen, ob es geschauspielert ist«, entgegnete Caleb. »Und das muss passieren, bevor wir sie in die Nähe einer unserer Einrichtungen lassen.«

»Steck sie in Neonopolis in Quarantäne«, schlug Michael vor. »Du darfst sie nicht nach Sunrise City lassen. Unser Hauptquartier muss für sie tabu bleiben.«

»Der Ansicht bin ich auch«, meldete sich Kelly zu Wort, die mit ihrer Meinung nie hinterm Berg hielt. Seit dem Tag der Übernahme von Area 51 durch die Zodius war sie bei den Renegades, und sie war genauso fest entschlossen, ihr Land zu beschützen, wie jeder der Männer. »Sie kann dort in einem Labor arbeiten und über eine Webcam mit mir in Verbindung treten, während ich mir ein Bild von ihr zu verschaffen versuche. Und, um diesen Punkt schon mal klarzustellen: Ich habe unsere Informationen noch einmal überprüft, und Becca hatte nicht nur tatsächlich Krebs, ihre Behandlung beruhte auch auf einer höchst experimentellen Methode. Offen gestanden, ich weiß nicht, wie sie in dieses Programm hineingekommen ist. Es ist auf einen sehr exklusiven Kreis beschränkt. An den genauen Einzelheiten ihrer Unterlagen arbeiten wir noch. Ich bin gespannt zu sehen, wie *Ice* mit ihrer speziellen Medikation wechselwirkt. Diese Wechselwirkung ist die plausibelste Ursache für ihre speziellen Fähigkeiten, da sie die Einzige ist, die sie entwickelt hat. Und ich muss sagen … so schlimm das alles ist, vielleicht ließe sich da eine erstaunliche Methode der Krebsheilung entdecken. Also mit anderen Worten: Verschaff mir ihre Blutprobe, Sterling. Ich brenne darauf festzustellen, was mit Becca los ist.«

»Mach ich«, versprach er.

»Wir werden noch mehr *Ice* für sie brauchen«, fügte Kelly hinzu. »Ich habe Nachschub für ungefähr drei Wochen, und das war's dann. Und selbst das nur, wenn ich mit der Droge im Labor ganz sparsam bin.«

»Ich besorge die Droge«, beteuerte Sterling. Das musste er. Und das würde er.

»Zurück zum Hauptthema, Caleb«, warf Michael ein, ohne dem übrigen Gespräch Beachtung zu schenken. »Du darfst nicht unterschätzen, wie groß sein Wunsch ist, dich an seiner Seite zu haben. Er könnte diese Frau benutzen, um deinen Verstand zu manipulieren. Er glaubt, dass ihr beide zusammen unaufhaltsam sein werdet – dass ihr die Welt regieren könntet.«

Caleb rieb sich den Nacken. »Wir werden sie um vierzehn Uhr herausholen.« Was ihnen drei Stunden bis zum Aufbruch gab. Er musterte Sterling. »Ich habe bereits dafür gesorgt, dass nicht dringend erforderliches Personal vor ihrer Ankunft abgezogen wird.«

Sterling atmete tief und geräuschvoll. »Bevor sie uns hilft, will sie einen Beweis dafür, dass wir nicht für Adam arbeiten.« Es traf ihn sehr, dass sie ihm nicht vertraute, selbst wenn auch er gezwungen war, an ihr zu zweifeln. Er wusste, dass er sich eigentlich nicht darüber ärgern sollte, aber es behagte ihm dennoch nicht.

Caleb nickte. »Ich werde einen Anruf im Weißen Haus arrangieren und für eine schriftliche Bestätigung sorgen.«

»Und wir wollen ebenfalls Beweise dafür, dass sie nicht für Adam arbeitet«, forderte Michael energisch.

Cassandra stieß ihm den Ellbogen in die Rippen. »Genug, Michael. Du hast hinreichend klargemacht, dass du ihr nicht traust.« Sie nahm eine Leinentasche von der Schulter. »Ich habe Becca ein paar Kleider und sonstigen Frauenkram mitgebracht, um die Zeit zu überbrücken, bis wir ihr etwas aus ihrer Wohnung bringen können. Ich hatte gedacht, so hat sie schneller etwas.«

Sterling nahm die Tasche in Empfang. »Danke, Cass.«

»Ich freue mich, wenn ich helfen kann«, antwortete sie. »Ich wünschte nur, ich könnte gefahrlos zu ihr hineingehen und mit ihr reden. Das arme Ding hat Krebs, eine erzwungene *Ice*-Sucht, Adam ist hinter ihr her, und jetzt muss sie auch noch mit euch Typen fertigwerden. Unvorstellbar, was sie durchmachen muss.«

Sterling schüttelte verwundert den Kopf. Diese fürsorgliche Frau – eine Psychologin, die mit Soldaten und ihren Familien arbeitete und für alle, die sie kannten, wie eine Freundin war – war zugleich die Tochter jenes Mannes, der als führender Kopf hinter den GTECH-»Impfungen« steckte. Aber so war es: Ihr Vater war General Powell, der jetzt spurlos verschwunden war und höchstwahrscheinlich im Auftrag der Regierung an einer Methode zur Kontrolle der GTECHs arbeitete. Und sie war mutig genug gewesen, ihm die Stirn zu bieten.

Michael sah sein Lebensband an, das durch ihre Beziehung inzwischen selbst zum GTECH geworden war, und verzog das

Gesicht. »Ich habe dir gesagt, du sollst wegen dieser Frau nicht sentimental werden, Cassandra. Ich will nicht, dass du Gefühle investierst und dann verletzt wirst. Gut möglich, dass Adam ihr versprochen hat, ihren Krebs zu heilen, indem er sie als Gegenleistung für ihre Dienste zu einem vollen GTECH macht.«

»Er würde das GTECH-Serum niemals einer Frau geben«, höhnte sie. »Er glaubt, Frauen stünden weit unter Männern und sollten nur durch die Knüpfung eines Lebensbands umgewandelt werden.«

»Adam gibt häufig Versprechen, die er nicht einzuhalten beabsichtigt«, rief ihr Michael ins Gedächtnis. *Vor allem* Frauen gegenüber.« Er funkelte Sterling an. »Bis ich einen Beweis für das Gegenteil habe, werde ich auch weiterhin glauben, dass er sie hierhergeschickt hat, damit sie unsere Organisation infiltriert und uns von innen zerstört. Du wärest gut beraten, das Gleiche zu tun.«

Sterling erwiderte Michaels Blick angriffslustig, bereit, sich auf ihn zu stürzen und ihn dafür zu würgen, dass er im Grunde recht hatte. Michael wich seinem Blick nicht aus. Eine Konfrontation schien ihm ganz gelegen zu kommen.

Caleb schaute zwischen Michael und Sterling hin und her, dann legte er die Stirn in Falten. »Gibt es da irgendetwas, das ich wissen sollte?«

»Nichts«, sagte Sterling bestimmt. Obwohl er die Fakten auf üble Weise verdrehte, hatte Michael letztlich trotzdem recht. Was Becca betraf, war Sterling nicht in der Lage, objektiv zu sein. Er musste nur daran denken, wie sie auf seinen Lippen geschmeckt hatte, wie er dabei hart geworden war, um zu wissen, wie viel ihm an ihr lag. Er wollte sie haben, unbedingt, und, verdammte Scheiße, er hatte sich emotional auf eine Frau eingelassen, die in der Tat der Feind sein konnte. Ein Soldat sollte eigentlich klug genug sein, sich nicht gefühlsmäßig zu binden.

Das durfte nicht so weitergehen. Von jetzt an durfte nur noch die Arbeit zählen.

Er redete sich ein, dass sein Entschluss unabänderlich feststand; da ließ eine SMS sein Handy summen. Dankbar für die Ablenkung, riss er es aus dem Gürtel und schaute aufs Display. Es war Marcus. »Einer meiner Kontakte von der Straße«, erklärte er Caleb und machte sich auf den Weg zur Tür. Er würde Marcus antworten, sobald er wieder im Motel war. »Ich sorge dafür, dass um vierzehn Uhr alles bereit ist.«

»Wir lassen einen Wagen mit Fahrer am Vordereingang vorfahren«, erläuterte Caleb. »Du nimmst mit Becca auf der Rückbank Platz. Sieh zu, dass du sie vorher ruhigstellst, Sterling. Zu unser aller Sicherheit.«

Verdammt. »Schon verstanden, Boss« antwortete Sterling. Dann stieg er aus und machte sich auf den Rückweg ins Motel. Seine neue Einstellung Becca gegenüber war innerlich fest zementiert – jedenfalls glaubte er das.

Sobald er ihr Zimmer betrat und die Tür hinter sich zuzog, drang Beccas Duft in seine Nase, stahl sich in seine Seele, und er musste sich eindringlich ins Gedächtnis rufen, dass er ein Fadenkreuz für die Tracker auf sie zeichnen würde, wenn er sie anrührte. Becca war tabu.

Er stellte das Essen auf den Tisch, ging zum Badezimmer und klopfte. »Ich habe Kleider und ein paar andere Dinge mitgebracht, die das Lebensband eines der Renegades für dich zusammengestellt hat. Sie hatten noch keine Zeit, deine Sachen zu holen, wie ich es gehofft hatte.«

Die Tür wurde einen Spalt geöffnet, und, gnädiger Gott … als er durch die schmale Öffnung dieses winzige weiße Bisschen von Handtuch sah, wusste er, dass es alles war, was sie am Leib trug. Die wilde, heiße Vorstellung, diese Tür aufzustoßen und ihr das Handtuch wegzureißen, schoss ihm durch den

Kopf, gefolgt von der unbarmherzig lebhaften Fantasie, ihren nackten Körper über den Schrank zu legen und sich in ihr zu vergraben.

Tabu, sagte er sich, rührte sich aber nicht von der Stelle. Er blieb dort stehen und hatte alle Mühe, der Versuchung zu trotzen, jetzt einfach diese Tür aufzustoßen und jeden nackten Zentimeter von ihr an sich zu drücken.

14

Sterling versuchte immer noch, sich davon zu überzeugen, dass es besser war, jetzt nicht ins Badezimmer zu gehen und Becca das Handtuch vom Leib zu reißen, als sie sich verlegen räusperte.

»Danke«, sagte sie heiser, als bewegte die Intimität des Augenblicks sie genauso wie ihn. Sie wich hinter die Tür zurück und streckte die Hand nach der Tasche aus.

Sterling reichte sie ihr schnell, dann wandte er sich ab und zog seinen harten, pochenden Schwanz zurecht, der schmerzhaft gegen den Reißverschluss seiner Hose drückte. Die sexuelle Anspannung prickelte in seinen Adern wie winzige Nadeln. Knurrend zerrte Sterling das verdammte zerrissene Bild vom Bein des umgekippten Stuhls und lehnte es an die Wand, dann richtete er alles im Raum wieder her, so gut er konnte. Noch immer konnte er die Spannung nicht loswerden, die seinen Körper durchströmte; also ließ er sich auf den Boden nieder und machte hundert Liegestütze. Sein Schwanz pulsierte immer noch. Scheiße. Das blöde Ding war so hartnäckig wie eine Frau. Er absolvierte noch mal hundert. Sein Handy brummte abermals, Sterling fluchte. Er hatte Marcus ganz vergessen.

Sterling sprang auf und schnappte sich einen hinter dem Tisch stehenden Stuhl, dann öffnete er die SMS, um zu lesen: *Wo ist mein Geld?*

Im Badezimmer ging laut der Fön an, als er seine Antwort absandte: *Wo ist mein Ice?*

Marcus: *Willst du mir erzählen, dass du eine todsichere Sache vermasselt hast?*

Sterling: *Was du todsicher nennst, ist ungefähr so erfolgversprechend wie der Versuch, eine Nonne rumzukriegen.*

Mehrere Sekunden Pause, dann: *Wenn ich dir eine weitere Chance verschaffe, bau keinen Scheiß.*

Sterling antwortete: *Du hast gut reden.*

Darauf Marcus: *Und ich will mein gutes Geld.*

Sterling hätte noch mehr getippt, aber da öffnete sich die Tür zum Bad. Er hätte beinahe seine Zunge verschluckt. Becca stand da, ihr Haar seidig und glänzend, ihre Lippen mit rosa Lipgloss bemalt, die Haut blass und frisch. Sie sah aus wie ein Engel, der gekommen war, um seine geplagte, befleckte Seele zu retten. Sein Blick verselbstständigte sich und glitt über die schmal geschnittene Jeans und über ihre flachen Sandalen mit den silbernen Riemchen, die ihre zierlichen kleinen Füße betonten. Dann an diesen langen Beinen wieder zu ihrer hellblauen Bluse empor, die am Halsausschnitt verführerisch offen stand.

Sie trat auf den Tisch zu und strich die seidigen Strähnen ihres Haares glatt. »Ich kann kaum glauben, dass die Kleider so gut passen.«

»Wir holen dir deine Sachen später«, versprach er. Das Vorziehen der Aktion zu ihrer Verlegung hatte sie dazu gezwungen, andere Prioritäten zu setzen, aber das verschwieg er.

»Ich bin völlig zufrieden«, erwiderte sie. »Du kannst dir nicht vorstellen, wie wunderbar es war, saubere Sachen zu haben und eine Dusche nur für mich, die mir nicht das Gefühl gibt, als sei ich der Star in einem Pornofilm.«

Sterlings Blick blieb an ihrem Gesicht haften, und eine heftige Zorneswelle durchwogte sein Inneres. »Tut mir leid, dass Tad die Badezimmertür aufgerissen hat. Aber ich hätte ihn niemals hineingehen lassen.«

Eine leichte Röte stieg ihr in die Wangen. Sie setzte sich an den Tisch und versuchte, ihre Bemerkung beiläufig erscheinen zu lassen, aber das unübersehbare Zittern ihres zarten Körpers verriet sie. »Es ist für mich scheußlich, über diesen Mann zu sprechen. Adam mag ihn gezwungen haben, die Hände von mir zu lassen, aber in seinem Kopf hat mich Tad so viele Male vergewaltigt, dass ich eine Gänsehaut bekomme, wenn ich nur daran denke.«

Siedender Zorn schäumte in Sterling auf und mischte sich mit einer beißenden Dosis Schuldgefühle, weil er Becca überhaupt in die Nähe dieses Mannes hatte kommen lassen.

Becca atmete tief ein. »Dieser gute Geruch von Essen.«

Er griff nach der Essenstüte und hielt ihr einen Hamburger mit Pommes hin. »Inzwischen ist wahrscheinlich alles kalt.«

»Mir egal«, sagte sie, schob sich eine Fritte in den Mund und seufzte. »Mir kommt es vor, als hätte ich ein Leben lang keine guten Pommes mehr gegessen.« Sie wickelte ihren Hamburger aus und verteilte die Pommes auf dem Papier. »Ich bin auch wirklich hungrig. Es ist das erste Mal seit, na ja … seit einer wirklich langen Zeit. Hast du Ketchup?«

Er griff sich die Plastikpäckchen aus der Tüte und häufte sie auf den Tisch. Dann griff er in den Kühlschrank. »Ich habe Wasser und Dr. Pepper.«

»Keine Cola?«, fragte sie mit gespieltem Entsetzen.

»Ich leide an einer ziemlich schweren Dr.-Pepper-Sucht«, räumte er ein und hielt ihr eine Dose hin. »Doc Kelly – sie leitet unser wissenschaftliches Team – macht mir deswegen die Hölle heiß. Sagt, so viel Zucker sei schlecht für den Körper.«

Sie griff nach der angebotenen Limo. »Aber dir ist das wohl egal, nicht?« Sie schenkte ihm ein Lächeln, fröhlich und voller Humor. Die Anspannung, die ihr Wunsch nach einem Beweis dafür, dass er nicht für Adam arbeitete, hatte aufkommen lassen, war wie weggeblasen, wenn auch nur für kurze Zeit. Es war das erste Mal, dass er sie so entspannt sah, und es gefiel ihm. Außerdem kam er sich wie ein komplettes Arschloch vor, weil er im Begriff stand, sie mit Medikamenten zu betäuben und das wenige Vertrauen, das er sich verdient hatte, Lügen zu strafen.

»Wenn ein GTECH nicht ein paar Dr. Peppers zu viel überleben kann«, gab er zu bedenken, »dann ist er in echten Schwierigkeiten, sobald die Zodius erst mal anfangen zu schießen. Ich glaube, Kelly denkt, dass es uns das Gefühl gibt, menschlich zu sein, wenn sie sich so aufführt, als wären wir Menschen.«

Sie tupfte sich den Mund ab. »Ich nehme an, das ist deine positive Seite. Du kannst jetzt damit anfangen, deine Laster zu entschuldigen.« Er lehnte sich auf dem Stuhl zurück und musterte sie, betrachtete ihren schlanken, elfenbeinfarbenen Hals, während sie schluckte. Grazil. Küssenswert. »Oder soll ich etwa glauben, dass du keine Laster hast?«

Sie lächelte, und es war, als sei direkt am Tisch die Sonne aufgegangen. Sterling hatte eine Menge Frauen lächeln sehen – manche zurückhaltend, manche verführerisch. Er hatte nicht viele Sonnenscheinlächeln gesehen. »Ich zum Beispiel mag immer noch meine Snickers-Riegel.«

Er grinste, griff wieder in den Kühlschrank und warf ein Päckchen Erdnuss-M&M's auf den Tisch. Sie lachte. »Deine Version meiner Snickers?«

»Darauf kannst du wetten, mein süßes Pfläumchen«, versicherte er augenzwinkernd.

Sie schnaubte. Fraulich und niedlich. »Süßes Pfläumchen? Das kenne ich noch nicht.«

»Was soll ich sagen?« Er zuckte die Schultern. »Du spornst eben meine Kreativität an.«

Sie machte eine wegwerfende Handbewegung und griff

nach den Schokolinsen. »Du bewahrst deine M&M's im Kühlschrank auf?«

»Ein Mann muss tun, was er tun muss, um seine Süßigkeiten zu beschützen. Dieses Motel ist ein Drecksloch. Die meiste Zeit funktioniert die Klimaanlage nicht, und dann schmelzen die Dinger, was eine Tüte Erdnuss-M&M's in eine Tüte verklumpter Erdnüsse verwandelt, und das muss ja wohl nicht sein.«

Sie schüttelte den Kopf und lachte. Weich und melodisch. Sein Schwanz begann schon wieder zu zucken. Verdammt. »Aber nach dem Dr.-Pepper-Vorrat zu urteilen, kommst du oft hierher«, befand sie neugierig.

Er trommelte mit den Fingern auf den Tisch. »Orte wie dieser haben ihr Ohr am Puls der Straße – so etwas findet man nirgendwo anders.«

»Nicht einmal in den Hochsicherheitshotels in den Hochhäusern?«

»Beides hat seinen Wert«, räumte er ein, »aber für die Hotelleute braucht es viel Zeit und eine Menge Moos. Und warum die Knete weggeben, wenn man es nicht muss? In Häusern wie diesem hier – da kannst du einen Mann dazu bringen, dir für eine Zigarette seinen besten Freund und seine Ehefrau noch dazu zu verkaufen.« Er legte den Arm über die Rückenlehne des Stuhls. »Das hier ist das exzessive Leben, das Leben auf der Überholspur. Die schmutzige, skrupellose Seite der Stadt.«

»Mein Gott. Leben auf der Überholspur. Genau diesen Ausdruck hat mein Bruder sehr oft benutzt.«

»Das gehört zur Soldatenmentalität«, erklärte Sterling. »Wir mögen Action. Wir mögen es schnell.«

»Mein Vater hätte dir nicht zugestimmt. Er hätte jederzeit ein strategisches Vorgehen der Überholspur vorgezogen. Er hat immer versucht, meinen Bruder zu bremsen und zum Nachdenken zu bewegen.«

»Schnell zu handeln heißt nicht, dass man nicht nachdenkt«, setzte Sterling dagegen und nahm ihren Bruder als Vorwand, sich zu verteidigen. »Es bedeutet einfach, dass du die Situation abschätzt und handelst, bevor die Angst ihre hässliche Fratze zeigt und du dir die Sache selbst ausredest. Angst kann dich umbringen.«

Ein abwesender Ausdruck legte sich auf ihre Züge. »Als mein Bruder das letzte Mal auf Urlaub zu Hause war, sind wir ins Kino gegangen. Auf dem Heimweg wurden wir Zeugen eines schlimmen Autounfalls. Ein betrunkener Fahrer scherte auf die andere Fahrspur aus und knallte mit seinem Kleintransporter frontal in ein entgegenkommendes Auto.« Sie richtete den Blick auf Sterling. »Kevin hat gar nicht an die Gefahr gedacht. Das Auto stand in Flammen, und es saß ein kleiner Junge darin. Kevin hat ihn herausgeholt und sich nicht um die möglichen Folgen geschert. Er hat den Jungen aus dem Auto gezogen und ihm das Leben gerettet. Ich hatte nie im Leben solche Angst, nicht einmal in Zodius City. Ich hatte Angst, dass er verbrennen würde. Angst, dass der Wagen explodieren würde. Angst, meinen Bruder zu verlieren.«

»Das tut mir leid«, sagte Sterling. »Ich weiß, du hast sie beide sehr geliebt.«

Sie nickte knapp. »Es war erstaunlich, dass Kevin das Ganze unversehrt überstanden hat. Er war ein Held. Er hat diesen Leuten das Leben gerettet.«

»Das ist die Aufgabe von Soldaten, Becca«, erwiderte er. »Wir retten Leben.«

»Ich weiß«, sagte sie ernst. »Aber das macht es nicht leichter, jemand Geliebtes zu verlieren. Die Ehefrau oder das Kind eines Soldaten zu sein, ist schrecklich, noch schrecklicher als Adam. Ich will nie wieder fühlen, was ich gefühlt habe, als ich meinen Vater und meinen Bruder verlor.«

Damit sagte sie ihm, ob sie es nun selbst begriff oder nicht, dass sie keine Zukunft hatten. Doch er wusste es bereits. Er konnte nicht einmal mit ihr schlafen, ohne sie in Gefahr zu bringen und sie für die Tracker zu markieren. Er war in jeder Hinsicht schlecht für sie. »Hast du deiner Mutter deshalb nichts von deinem Krebs erzählt?«

»Ich wollte ihr keine Angst machen. Ich dachte, ich könnte ihn bekämpfen und dadurch besiegen.«

»Also hast du all deine Angst und die Behandlungen allein durchgestanden.« Es war keine Frage. Mehr sprach aus seinen Worten die Ehrfurcht vor einem so selbstlosen und mutigen Verhalten.

»Ja«, bestätigte sie. »Ich wollte nicht, dass sie wieder leiden musste. Das konnte ich nicht ertragen. Ich schätze, irgendwann kommt der Punkt, wo ich doch mit ihr reden muss.«

»Nicht wenn wir ein Gegenmittel finden können, oder eine Möglichkeit, dich langfristig mit *Ice* zu medikamentieren.«

»Lass das bitte«, versetzte sie kopfschüttelnd. »Bau mir keine Luftschlösser. Ich brauche sie nicht. Ich will sie nicht. Ich bin jetzt weit über dieses Stadium hinaus.« Sie musterte ihn mit einem Blick, der besagte, dass dieser Teil des Gesprächs nun vorüber war, und wechselte schnell das Thema. »Warum sind die Augen der Zodius schwarz, während deine ihre natürliche Farbe behalten haben?«

Sterling erstarrte, den Kopf im Nacken, während er gerade seine Limo trank. Er war dankbar, dass ihm das die Möglichkeit gab, seine Fassung wiederzugewinnen, bevor er die Dose absetzte. »Alle GTECHs haben schwarze Augen, aber sie verfügen über die Fähigkeit, sie allen außer ihrem Lebensband gegenüber mit ihrer natürlichen Farbe zu tarnen.«

Alle GTECHs bis auf ihn – aber das wollte er ihr nicht sagen.

»Also sind deine Augen in Wirklichkeit nicht mehr blaugrün?«

»Nein«, antwortete er leise – zu leise, und das wusste er auch. »Sie sind schwarz.«

Ihre Miene wurde weicher. »Ich habe deine Augen immer geliebt, weißt du.«

»Nein«, sagte er. »Das wusste ich nicht.« Aber er war in diesem Moment verdammt dankbar für die speziellen farbigen Kontaktlinsen ohne Stärke, die Dr. Chin während seiner Zeit in Area 51 für ihn angefertigt hatte – auch wenn Chin ein Verräter war. »Ich habe deine Augen auch immer geliebt. Ich liebe sie nach wie vor.«

»Danke.« Ihre Wangen röteten sich, und sie griff nach einer Pommes. »Und warum ziehen es dann alle Zodius vor, ihre Augenfarbe nicht zu tarnen?«

»Die natürliche Farbe ist menschlich«, erklärte Sterling. »Und für die Zodius sind Menschen schwach, ein Teil der Vergangenheit. GTECHs repräsentieren den Fortschritt der Evolution.«

Sie erbleichte. »Ich möchte wirklich schnell in ein Labor kommen und anfangen zu arbeiten, damit wir Adam aufhalten können.« Sie zögerte und rutschte auf ihrem Stuhl herum. »Wohin genau bringst du mich, wenn wir von hier weggehen?«

»In unsere innerstädtische Basis. Wir werden Webcams installieren, damit du mit unserem wissenschaftlichen Team zusammenarbeiten kannst.«

Wieder rutschte sie unbehaglich auf ihrem Stuhl herum. »Und was ist mit meinem Beweis, dass du wirklich der bist, der du zu sein behauptest, und alle anderen, mit denen ich zusammenarbeiten soll, ebenfalls?«

»Caleb sorgt für eine schriftliche Bestätigung und arrangiert einen Anruf im Weißen Haus.«

»Im Weißen Haus?«, fragte sie mit hochgezogenen Brauen.

»Die Renegades haben ein Bündnis mit der Regierung geschlossen, obwohl die uns die meiste Zeit behandeln, als wären wir mit Mühe und Not unter Kontrolle gehaltene Feinde. Aber wir arbeiten mit ihnen zusammen, und sie tun das ihre dazu. Niemand will, dass Adam noch mächtiger wird, als er schon ist.«

Sie nickte, löste ihre Augen von seinen, griff nach einer Pommes und biss ein winziges Stück ab. Offenbar weniger aus Hunger als mit dem Ziel, den Blickkontakt zu vermeiden.

»Becca«, sagte er sanft, wie um sie dazu zu zwingen, ihn anzusehen. Er wusste, dass sie sich allein fühlte, und wenn man sie in Quarantäne steckte, würde das die Sache sicher nicht besser machen.

Ihre Wimpern zuckten und hoben sich. »Ja?«

Er öffnete den Mund, nur um ihn wieder zu schließen. Wie könnte er ihr erzählen, dass alles gut werden würde, wenn das nicht stimmte? Cassandra hatte recht. Förmlich die ganze Welt ruhte auf Beccas Schultern. Also wich er aus. »Iss. Dann fühlst du dich besser.«

Sie starrte ihn an, die Augen voller Beklemmung, die sich plötzlich zu Entschlossenheit wandelte. Sie richtete sich auf und sagte: »Ich werde mich besser fühlen, wenn wir dem Albtraum namens ›Adam‹ ein Ende gemacht haben, aber für den Moment will ich mich mit dem Essen begnügen.«

Er grinste. »Der Plan gefällt mir.« Er griff sich eine Fritte, fasste dann in die Tüte und zog die vier Hamburger heraus, die sich noch darin befanden.

Becca lachte. »Du hast wirklich diesen GTECH-Riesenappetit.« Sie nahm sich noch eine Pommes. »Scheint ganz so, als würde ich selbst einen ähnlichen Appetit entwickeln. Jedenfalls hoffe ich, dass *Ice* Kalorien verbrennt, da ich im Moment meinen täglichen Fünfmeilenlauf verpasse. Aber wenn es das tatsächlich tut, will ich nicht daran denken, wie leicht das viele Frauen dazu verleiten könnte, es zu nehmen. Und das ist jetzt nicht als Scherz gemeint.«

»Glücklicherweise ist Adam nicht gut darin, aus weiblicher Perspektive zu denken.« Ein paar Pommes fielen ihm auf die Tüte. »Hoffen wir, dass wir es von den Straßen verbannt haben, bevor irgendjemand auf die gleiche kreative Idee kommt und versucht, damit neue Konsumentinnen zu gewinnen.«

»Weißt du«, bemerkte Becca, »das Einzige, was Adam am Massenvertrieb von *Ice* hindert, sind die vielen Todesopfer. Soweit ich das beurteilen kann, will er, dass die Leute lebendig sind und ihm huldigen. Aber ich denke, er wird über kurz oder lang die Geduld verlieren und hohe Opferzahlen riskieren, um neue Anhänger zu finden. Und das Problem dabei ist, dass wir keine Ahnung haben, welche Langzeitwirkungen *Ice* auf Menschen hat. Sie könnten sterben. Sie könnten seltsame Alienkrankheiten entwickeln. Blind oder zu Krüppeln werden. Die Liste der Möglichkeiten ist erschreckend.«

»Gewalttätig werden«, sagte er leise und dachte an das Gespräch im Wagen zurück. »Ja. Wir haben an diese Möglichkeiten gedacht, und da sieht es nicht gut aus.«

»Genau«, erwiderte sie und verharrte einen Moment schweigend, den Burger vor dem Mund, dann legte sie ihn beiseite. »Es ist verrückt, dass gerade ich das sage, aber wir müssen die Nachschubquelle ausschalten.«

Wir. Immerhin redete sie jetzt so, als sei sie entschlossen, sich den Renegades anzuschließen, und er hatte ihr noch nicht einmal den geforderten Beweis verschafft.

»Wir versuchen es ja«, versicherte er. »Ich hatte gehofft, dass es uns in Zodius City gelingen würde, die Bestandteile von *Ice* zu bestimmen, um dann einen Versuch zu starten, Adam vor unserer Flucht gleich an Ort und Stelle von der Quelle abzuschneiden. Aber man bekommt eben nur einmal die Chance, aus Zodius City herauszukommen. Wir können uns glücklich schätzen, überhaupt rausgekommen zu sein.«

»Aber ich *habe* es herausgefunden«, sagte sie. »Ich weiß, woraus er das *Ice* macht. Es stammt …«

Sterlings Handy klingelte, und im selben Moment schrillte auch das Zimmertelefon los. Adrenalin schoss durch seinen Körper. Die Warnung. Sie wurden angegriffen.

Becca zog die Brauen zusammen. »Da will dich aber einer unbedingt auf sich aufmerksam machen.«

Sterling schob seinen Stuhl zurück, stand auf und ging ganz ruhig zum Bett hinüber, obwohl er sich alles andere als entspannt fühlte. Er fand die Tasche, die ihm Kelly hatte zukommen lassen, und nahm das Sedativum heraus. Er hatte vorgehabt, Becca davon in Kenntnis zu setzen, bevor er ihr das Medikament verabreichte, aber dafür blieb keine Zeit mehr. Die Renegades konnten sie nicht beschützen, wenn Becca sie einfach außer Gefecht setzte.

Bevor sich Sterling umdrehen konnte, war die Tasche auch schon in der Luft, ebenso wie die Kissen, die auf dem Bett gelegen hatten. Sterling fluchte. Beccas Emotionen. Sie spürte Gefahr, spürte vielleicht sogar, dass er etwas im Schilde führte. Als er sich umdrehte, stand Becca nur einen Schritt von ihm entfernt.

»Was geht hier vor?« Ihr Körper war steif vor Anspannung, und ihre Stimme zitterte vor Angst.

Er griff nach ihr und zog sie dicht an sich. »Immer mit der Ruhe, Liebes«, gurrte er leise und vergrub die Finger in den seidigen Strähnen ihres Haares, seine Lippen dicht an ihrem Ohr. Sie versuchte, sich von ihm zu lösen, aber er konnte sie mühelos festhalten. »Tut mir leid, Becca«, flüsterte er. »Wir kommen leider nicht drum herum.« Er spritzte ihr das Mittel in den Arm.

Sie schrie kurz auf und erschlaffte dann an seinem Körper. *So viel zum Thema Vertrauen,* dachte er grimmig. Er hob sie auf die Arme und machte sich auf den Weg zur Tür.

15

Die Sekunden verstrichen wie Stunden. Sterling drückte Beccas schlaffen Körper an sich und wartete auf einen Anruf von Caleb mit Anweisungen für die Notfallrettung, im vollen Bewusstsein, dass er Becca wieder einmal in weiß Gott welche Hölle trug.

Diese Sekunden gaben ihm Zeit zum Nachdenken, und, verflucht noch mal, welches Gefühl trat immer zu schnell an die Oberfläche, sobald man Zeit zum Nachdenken hatte? Angst. Was zum Teufel sollte das? Warum dachte er überhaupt nach? Denken brachte einen nur in Schwierigkeiten. Und Angst war einfach nicht drin. Ein guter Soldat rettete Leben und blieb emotional unbeteiligt. Er handelt. Er denkt *nicht.* Er lässt nicht zu, dass Angst ins Spiel kommt.

Aber Sterling war nicht emotional unbeteiligt – nicht, wenn es um Becca ging. Diese wiederholten schrecklichen Begebenheiten führten immer wieder dazu, dass sie schließlich bewusstlos in seinen Armen landete und ihre Sicherheit einzig und allein von ihm abhing. Und auch wenn er sie so schnell niemandem sonst anvertrauen würde – verdammt schlecht standen da die Chancen –, hatte er bei einer dieser beiden früheren Begebenheiten nicht sehr gut ausgesehen. Tatsächlich war die Sache ziemlich beschissen gelaufen. Aber das sollte sich diesmal nicht wiederholen.

Sterlings Handy klingelte. Er hielt es bereits in der Hand und nahm den Anruf schnell entgegen.

»Der Wagen«, hörte er Calebs Stimme. »Vordereingang. Sofort!«

Sterling stellte keine Fragen, und gottlob fing er auch nicht wieder mit diesem dummen Denken von eben an. Er hob Becca hoch, stürmte zur Tür und trat sie auf. Holz splitterte gegen die Angeln, als Sterling hinaussprang und eine unauffällige schwarze Limousine vorfand, von der Art, wie sie überall in Vegas als Nobeltaxis eingesetzt wurden, die Hintertür weit geöffnet.

Er machte einen Schritt nach vorn, als plötzlich Kugeln in den Wagen prasselten. Fluchend rannte Sterling auf die Autotür zu. Im selben Moment kam ein Windzug auf. Zwei Zodius-Soldaten materialisierten sich kühn links und rechts von ihm. Plötzlich lehnte sich Damion aus dem Auto, eine Glock in der Hand, und schoss den Angreifern zwei Kugeln in die Stirn.

»Gib sie mir!«, brüllte Damion und streckte die Hände nach Becca aus.

»Zum Teufel, nein«, rief Sterling und änderte dann doch seine Meinung, als ein Zodius oben auf dem verdammten Dach des Wagens Gestalt annahm. *Nicht denken – einfach handeln,* sagte er sich und ließ sich von seinem Instinkt leiten.

Er drückte Becca Damion in die Arme und riss ihm gleichzeitig seine Waffen aus den Händen. Keine Sekunde zu früh, denn nun schlugen Kugeln zu seinen Füßen ein. Eine davon kam Becca bedenklich nahe, bevor sie ihm die Wade aufritzte.

Hier handelte es sich auf keinen Fall um einen Entführungsversuch. Das Ganze klang mehr nach einem Hinrichtungskommando. Sterling richtete seine Waffe auf den Zodius auf dem Wagen, aber Caleb erschien auf dem Dach und nahm ihm die Drecksarbeit ab.

»Los, haut ab!«, schrie Caleb, während Michael und eine ganze Schwadron Renegades überall um den Wagen herum auftauchten.

Sterling ließ sich das nicht zweimal sagen. Eine Sekunde später war er im Wagen und warf die Tür hinter sich zu.

»Fahr!«, brüllte er, verdammt froh darüber, Cäsar Alegra am Steuer zu sehen, den allerbesten Fahrer, den sie bei den Renegades hatten. Dann richtete er seine Aufmerksamkeit wieder auf Damion. »Was zum Teufel machst du da?«

Damion hatte Becca über die Rückbank gelegt und strich ihr mit einem Handscanner, der dem Barcodescanner einer Ladenkasse ähnelte, über den Körper. Er blickte kurz zu Sterling auf. »Was soll ich schon machen? Ich versuche herauszufinden, wie sie sie entdeckt haben.« Über Beccas rechter Schulter summte der Scanner auf. »Volltreffer. Ein Tracking-Implantat.« Er ließ den Scanner fallen und riss sein Messer aus der Hose.

Sterling packte Damions Handgelenk, und die zwanzig Zentimeter lange Klinge schwebte zwischen ihnen in der Luft. »Wage es nicht mal, daran zu denken«, warnte Sterling mit zusammengebissenen Zähnen. Damion, Messer und Becca passten nicht zusammen.

Plötzlich zuckte Becca zusammen, und ihre Lider begannen zu flattern. Oh scheiße! Sie wachte auf. Das Betäubungsmittel wirkte nicht.

»Halt den Wagen an!«, schrie Sterling.

»Bist du verrückt geworden?«, fragte Damion. »Wir können nicht anhalten, sonst …«

»Halt sofort an!«, befahl Sterling.

Cäsar trat mit Macht auf die Bremsen. Fast im selben Moment erschien ein Zodius-Soldat an der vorderen Stoßstange. Cäsar sah erst den Zodius an und blickte dann über die Schulter zu Sterling zurück. »Warum halten wir an?«

Becca begann zu schreien. Marcus, Damion und der Zodius vor dem Wagen – alle wurden ohnmächtig.

»Genau deshalb«, murmelte Sterling und streckte die Arme nach Becca aus. Er musste sie von hier wegbringen, bevor die

Zodius einen Trupp Menschen ausschickten, um ihr Vorhaben zu Ende zu bringen. Oder, dachte er düster, einfach die Ladung von ein paar Maschinenpistolen in den Wagen ballerten.

Der Mann mit dem Messer kam direkt auf Becca zu liegen. Sie schrie wieder und rutschte im Sitz zurück, gerade als starke Arme sie umfassten und ihr der vertraute Duft von Sterling in die Nase stieg, der ihr ein eigenartiges Sicherheitsgefühl verlieh. Sie fühlte ihn in ihrer Nähe, und seine Stimme drang flüsternd von hinten an ihr Ohr: »Ganz ruhig, Liebes.«

Er griff um sie herum und stieß den Körper des Mannes zur Seite, sodass er von ihr weg gegen die Tür kippte. Becca kämpfte gegen das Gefühl der Geborgenheit an, das ihr Sterlings Stimme und Berührung vermittelten. Sie wusste nicht, ob sie ihm vertrauen konnte. Zwar wünschte sie sich verzweifelt, bei dem, was ihr bevorstand, nicht allein zu sein, doch sie wollte sich auch nicht überlisten oder ausnutzen lassen. Immer wenn Sterling in ihrer Nähe war, wachte sie plötzlich an einem fremden Ort auf und wusste nicht mehr, wie sie dort hingelangt war.

Dieser Gedanke ließ Becca herumwirbeln. Sie legte die Hand auf seine Brust und stieß ihn weg. Sie war verwirrt und unsicher. *Nenn das Offensichtliche beim Namen und verlange eine Reaktion.* »Ich bin in einem Auto, und ich habe keine Ahnung, wie ich hierhergekommen bin. Neben mir ist ein Mann, der ein riesiges Messer hält, das er benutzen will – an mir. Erklär mir das, Sterling.«

»Ich will's dir erklären«, versprach er. Im selben Moment klingelte sein Handy. Er riss es aus dem Gürtel, bedeutete Becca mit dem Finger, still zu sein, hielt sich das Telefon ans Ohr und begann zu sprechen.

»Das Sedativum wirkt nicht mehr«, teilte er dem Anrufer mit. »Alle sind aus den Latschen gekippt, nur ich nicht.« Sein

Blick wanderte zu Becca hinüber. »In ihrem Arm. Ja. Ich kümmere mich darum und werde mich mit dir in Verbindung setzen, wenn es erledigt ist.«

Becca starrte ihn mit offenem Mund an. »Du hast mich betäubt?«, begehrte sie auf. »Du hast mich betäubt, und dann …« Sie brach ab, dachte an seine Worte und klopfte sich hastig die Arme ab. Ein ungutes Gefühl krampfte ihr den Magen zusammen. »Was ist in meinem Arm?« Panik ballte sich in ihr zusammen, und sie wiederholte die Frage, bevor er antworten konnte. »Was ist in meinem Arm?«

Er legte ihr die Hände auf die Schultern. »Eine mittels Laser eingepflanzte Tracking-Vorrichtung. Auf diese Weise haben die Zodius dich gestern Nacht in diesem Lagerhaus gefunden, und deshalb haben sie uns auch vorhin im Motel aufgespürt. Und ja, ich habe dir ein Betäubungsmittel gegeben, als sie angegriffen haben. Die Renegades können dich nicht beschützen, wenn sie flach und bewusstlos auf dem Boden liegen, wie sie es jetzt tun. Adam hat auch menschliche Anhänger. Sie werden kommen, um dich zu holen, was bedeutet, dass wir uns auf die Socken machen müssen, und zwar sofort.«

Er griff nach der Tür. Sie packte ihn am Arm. »Müssen wir da raus? Wo sie auf uns schießen können?«

»Nicht auf *uns*«, korrigierte er. »Auf mich. Du bleibst, wo du bist. Irgendwer muss uns von hier fortfahren, bevor sie anfangen, uns zu beschießen.«

Er stieg aus dem Wagen, und es kostete sie Mühe, ihn nicht zurückzuhalten. Sie bohrte sich die Nägel in die Handflächen, hielt den Atem an und wartete auf Schüsse, wartete darauf, dass er tot umfiel. Stattdessen war er in einem Sekundenbruchteil bei der Fahrertür und stieß den Mann hinter dem Lenkrad beiseite. Windwalking – so musste es gewesen sein, sonst wäre er nicht so schnell dort hingekommen.

»Halt dich gut fest«, sagte er, legte den Gang ein und lenkte den Wagen auf die Fahrbahn.

Als er Gas gab, fiel der Mann auf der Rückbank über Becca, und sie stieß einen spitzen Schrei aus.

»Was ist los?«, fragte Sterling und musterte sie im Rückspiegel.

Dankbar für die Kraft, die ihr das *Ice* verlieh, wälzte Becca den Mann von sich herunter, nur damit die nächste wilde Kurve seinen Körper wieder direkt auf sie warf. »Was los ist? Dem Mann, der mit dem Messer auf mich losgehen wollte, gefällt dein Fahrstil genauso wenig wie mir«, antwortete sie und versuchte, den Mann so zu platzieren, dass er nicht noch einmal auf ihr zu liegen kam.

Es kam ihr vor, als lebte sie in einem Paralleluniversum. Und ihr anderes Ich trank immer noch morgens um sechs zufrieden seinen Kaffee und las die Zeitung, dann ging es zur Arbeit, und mittags aß sie ihr Essen auf derselben Bank wie immer. Sie konnte keinen Krebs haben. Auf keinen Fall konnte sie in diesem Motelbett rittlings auf Sterling gelegen haben, einem praktisch wildfremden Menschen, und um ein Haar mit ihm geschlafen haben. Ebenso wenig konnte sie tagelang von einem Wahnsinnigen gefangen gehalten worden sein, der die Welt beherrschen wollte und sie drogenabhängig gemacht hatte. Nichts von alledem erschien ihr echt.

Sie wurde jäh aus ihren verdrießlichen Grübeleien gerissen, als Sterling in das Parkhaus eines großen Casinos einbog und mehrere Etagen hinauffuhr, um dann auf einer Ebene zu parken, wo sehr viele Autos standen.

Nervös schaute sich Becca auf der Parkebene um. Es kam ihr vor, als hätten sie sich gerade selbst ausweglos in die Enge getrieben. Sie wollte es Sterling schon sagen, aber er war wieder am Telefon.

»*Red Dragon Hotel*«, gab er durch. »Viertes Parkdeck. Ich lasse den Wagen mit Damion und Cäsar darin hier stehen.« Er legte auf und griff nach der Tür. »Duck dich und bleib hier, bis ich uns einen Wagen beschafft habe.«

Es konnte nicht länger als zwei Minuten gedauert haben, da saß sie schon bei laufendem Motor in einem Toyota. »Ich hätte nie gedacht, dass mal der Tag kommen würde, an dem ich freiwillig dabei mitmache, ein Auto zu stehlen«, bemerkte sie.

»Auszuleihen«, stellte er richtig und warf ihr beim Beschleunigen einen raschen Seitenblick zu. »Schnall dich an.«

In Anbetracht seiner Fahrweise von eben erhob sie keine Einwände. In Sekundenschnelle war sie angeschnallt. »Können sie uns nicht über diese Tracking-Vorrichtung folgen?«, fragte sie und betrachtete sein Profil. Es erfüllte sie mit Trost, mit welcher Leichtigkeit er alles im Griff hatte. Das Lenkrad, die Straße. *Die Gefahr.*

»Bis wir sie aus deinem Arm herausgeholt haben«, antwortete er. »Ja.«

Becca ging davon aus, dass an ihrem Zielort ein Arzt auf sie wartete. Mehr wollte sie in diesem Moment gar nicht wissen. Der gestohlene, das hieß natürlich *ausgeliehene* Wagen, die Flucht vor den Zodius, der Mann neben ihr, der in ihr den Drang weckte, ihm vertrauen zu wollen, obwohl sie sich mitnichten sicher war, was sie von ihm halten sollte – das war alles schon reichlich genug für sie.

Dachte sie jedenfalls. Sie verließen das Hotelparkhaus und bogen um einige wenige scharfe Kurven. Sterling lenkte den Wagen hinter einen geschlossenen Nachtclub gleich neben dem Hotel und brachte ihn hinter einem Müllcontainer zum Stehen. Dann drehte er sich zu Becca um.

»Wir müssen die Tracking-Vorrichtung aus deinem Arm holen.«

»Klar«, sagte sie. »Ich bin davon ausgegangen, dass es …«

»Jetzt auf der Stelle.«

Die plötzliche Trockenheit in ihrer Kehle ließ sie schlucken. »Jetzt? Du meinst jetzt und hier, im Wagen? Hinter diesem Müllcontainer?«

Er nickte, und sie fragte: »Gibt es hier denn einen Laser, um das Ding zu entfernen?«

Er presste finster die Lippen aufeinander und griff in seine Hüfttasche, um ein schlankes Klappmesser herauszuziehen. »Hier leider nicht. Und bis das Ding raus ist, gibt es auch keinen sicheren Ort, an den ich dich bringen kann.«

Beccas Herz donnerte so stark in ihrem Brustkorb, dass es in ihren Ohren vibrierte. »Welcher Arm ist es?«, fragte sie und schaffte es, ihre Stimme ruhig zu halten, indem sie versuchte, nicht daran zu denken, wie sehr es wehtun würde.

»Dein rechter«, antwortete er.

»Dann tu es«, gab sie zurück und drehte ihm ihre Schulter zu. »Hol es aus mir raus.«

Sie packte den Türgriff, und in ihren Augen brannten Tränen, die zu vergießen sie sich indes weigerte. Sie hatte den Krebs und Zodius City überstanden. Sie würde auch das hier überstehen. Der Gedanke war kaum zu Ende gedacht, als ein stechender Schmerz durch ihren Arm schoss und Sterne vor ihren Augen tanzten.

Sterling war lange genug Soldat, um zu wissen, dass es nur eine Methode gab, wenn sich Schmerzen nicht vermeiden ließen: Die Sache unerbittlich und schnell durchzuziehen. Bevor sie überhaupt begriff, was los war, hatte er bereits sein Hemd in Verbandsstreifen zerschnitten und ihren Arm aufgeschlitzt. Sein Magen krampfte sich bei dem Geräusch ihres Wimmerns zusammen. Binnen Sekunden hatte er den winzigen Chip aus ihrem Arm geholt, ihn in den Müllcontainer geworfen und ihren Arm verbunden. Sobald das erledigt war, zog er sie an sich und hielt sie fest.

Er begrub sein Gesicht in ihrem Haar. »Es tut mir so leid, Becca«, flüsterte er. »Ich wollte dir nicht wehtun.«

»Ich … weiß«, antwortete sie. Ihre Stimme war heiser, und ihr gellender Schmerz schnitt durch jede Silbe.

Er lehnte sich zurück, um sie anzusehen, und streichelte ihr Haar. Ihre Augen waren rot, Tränen strömten ihr übers Gesicht. Mit seinen Fingerknöcheln wischte er sie weg. Verdammt, immer tat er ihr weh. »Halte durch. Wir werden dir ein Schmerzmittel besorgen, und zwar fix, meine Liebe. Leg dich hin, und ich bring uns so schnell wie möglich zum Ziel; das verschafft dir ein wenig Linderung.«

Sie nickte fast unmerklich, und er ließ sie auf das Sitzpolster gleiten. Dann startete er schleunigst den Wagen. Der Tracking-Chip würde ihre Verfolger hierherführen – und genau deshalb mussten sie auf der Stelle von hier verschwinden.

16

Keine fünf Minuten nachdem er die Tracking-Vorrichtung aus Beccas Arm entfernt hatte, bog Sterling mit dem »ausgeliehenen« Wagen in die Tiefgarage des innerstädtischen Hauptquartiers der Renegades ab und drückte auf den Sicherheits-Türöffner. Elektronische Hightech-Türen aus Stahl öffneten sich und boten Zugang zu dem Kellerstockwerk unterhalb des *Neonopolis Entertainment Center*, wo die Renegades etwa dreitausend Quadratmeter für sich gepachtet hatten. Der große Unterhaltungskomplex darüber – der auf tausendachthundert Quadratmetern Spielhallen, Casinos und Kinosäle beherbergte – war nicht gerade der Ort, den man als Operationsbasis für eine Organisation wie die ihre erwarten würde, und genau dadurch bot er ihnen eine Tarnung, die sie um keinen Preis aufgeben wollten.

Da seine Fähigkeiten im Windwalking über große Strecken nicht so weit entwickelt waren wie die der meisten anderen GTECHs, blieb Sterling meist in der Nähe seines Heimatstützpunkts. »Neon«, wie er es nannte, war seine Zuständigkeit, und die zwei Dutzend Männer, die dort stationiert waren, standen unter seinem Kommando; er war für sie verantwortlich. Zusammen hatten er und seine Männer es sich zur Aufgabe gemacht, über jede Bewegung, die die Zodius innerhalb der Stadt machten, schon Bescheid zu wissen, bevor sie überhaupt gemacht wurde, und so die unwissenden Menschen vor Adams Zodius-Anhängern, diesen Raubtieren in Menschengestalt, zu beschützen.

Neben ihm lag Becca auf dem Sitz, den Kopf in der Nähe seiner Beine, und stöhnte, als unterdrückte sie ein Schluchzen. Bevor er es sich verkneifen konnte, hatte ihr Sterling schon übers Haar gestrichen. Er war nicht gerade der warmherzige, weiche Typ, aber etwas an dieser Frau weckte in ihm den Wunsch, sie zu trösten.

»Wir biegen jetzt auf unser Gelände ein«, erklärte er leise. »Halte durch.«

»Alles bestens«, flüsterte sie und stemmte sich hoch, um einen Blick auf ihre Umgebung zu werfen. Und dann wiederholte sie es lauter, wie um sich selbst von der Wahrheit ihrer Worte zu überzeugen. »Alles bestens. Mein Arm fühlt sich schon besser an. Das ist wohl einer der Vorteile von *Ice*. Aber mein Kopf bringt mich um.« Sie blickte über die Schulter und sah, wie die silbernen Türen zuglitten. »Ich komme mir vor, als sei ich wieder bei der NASA.« Sie verzog das Gesicht. »Oder in Zodius City.«

»Von der technischen Ausstattung einmal abgesehen gibt es nur sehr wenige Ähnlichkeiten zwischen hier und Zodius City«, versicherte Sterling. Er fuhr in eine Parklücke neben dem Aufzug und zog sein Handy aus dem Gürtel. »Ich muss herausfinden, wo Caleb uns haben will.«

Mit einem Anflug von Stolz hob sie den Kopf. »Du meinst, wo ich eingesperrt werden soll? Denn genau das soll jetzt doch passieren, nicht wahr?«

Sterling hörte die Unsicherheit in ihrer Stimme, und er hätte die Sache mit der ihm eigentlich doch so unvertrauten Trösterei jetzt bemerkenswerterweise gern vertieft, hätte sich nicht gerade in diesem Moment Caleb gemeldet. »*Beschützt* sollst du werden«, sagte er leise, »und ich beschütze dich, Becca.«

»Ich kann euch in der Überwachungskamera sehen«, sagte Caleb ohne Begrüßung ins Telefon.

Sterling spürte Beccas Blick, und ihm wurde bewusst, dass sie dieses Gespräch vielleicht besser nicht mit anhören sollte. »Einen Moment, Caleb«, murmelte er, griff nach der Tür und sagte an Becca gewandt: »Warte hier noch eine Minute.«

Sie nickte knapp. Ihr Körper war angespannt, ihr Gesichtsausdruck ängstlich. Er musste sich regelrecht dazu zwingen, aus dem Wagen zu steigen und sie allein zu lassen, wo sie sich doch sichtlich beschissen fühlte – besorgt und unsicher, was als Nächstes kommen würde. Nicht, dass er es selbst so recht gewusst hätte. Sie bewegten sich hier auf einem für alle unvertrauten Gebiet.

Sobald er die Tür hinter sich geschlossen hatte, fragte er: »Irgendwelche Neuigkeiten von Damion und Cäsar?«

»Sie sind wach und wohlauf«, antwortete Caleb. »Was immer Becca mit ihnen gemacht hat, hat keinerlei Nachwirkungen hinterlassen. Nur, dass sich ihre Einstellung zu der ganzen Sache verändert hat. Sie sind beide ziemlich erschrocken, wie leicht sie in ihrer Bewusstlosigkeit hätten getötet werden können. Die Fähigkeit, die Becca da hat, könnte uns vernichten – uns in die Knie zwingen und es Adam ermöglichen, uns unter seine Kontrolle zu bringen oder zu töten.«

»Ich weiß, wie gefährlich sie zu sein scheint«, räumte Sterling ein. »Aber sie will Adam genauso sehr aufhalten, wie wir es wollen.«

»Wir wissen nicht, welche Langzeitwirkungen *Ice* wirklich hat«, wandte Caleb ein. »Denk nur daran, was das GTECH-Serum aus Adam gemacht hat. Was, wenn sich auch bei den *Ice*-Konsumenten solche gewalttätigen Tendenzen zeigen? Was, wenn sie sich bei ihr zeigen und sie sich gegen uns wendet?«

Sterling hätte diesen Punkt am liebsten gar nicht erst angeschnitten. »Alle Studien zeigen, dass die GTECHs im Wesentlichen geblieben sind, was sie vor ihrer Umwandlung waren«, setzte er dagegen. »Wer zuvor schon gewalttätig war, ist einfach noch gewalttätiger geworden. Wenn das Gleiche auf *Ice* zutrifft, dann wird sich Becca nicht in eine Waffe verwandeln.«

»Was ist, wenn Adam damit droht, unschuldige Menschen zu töten, wenn sie nicht tut, was er von ihr will?«

Da war etwas dran – und das gefiel Sterling überhaupt nicht. »Als die Zodius uns im Lagerhaus angegriffen haben, haben sie nicht geschossen. Sie haben versucht, Becca zu fangen. Aber diesmal war das anders. Diesmal wollten sie sie töten.«

Kurz zögerte Caleb merklich, dann sagte er: »Was wohl keine Überraschung sein sollte. Ich kenne meinen Bruder. Adam wusste, dass er sie verlieren würde, sobald die Tracking-Vorrichtung in ihrem Arm einmal weg war. Er wollte nicht das Risiko eingehen, dass sie in unsere Hände fallen und gegen ihn eingesetzt werden könnte. Und ob es dir gefällt oder nicht, sowohl ihr Wissen als auch ihre Fähigkeiten sind Waffen.«

»Das ist mir klar«, antwortete Sterling und warf einen Blick auf das Auto hinter ihm. Becca hatte sich umgedreht und starrte ihn an. Ihre Blicke trafen sich. Die Unsicherheit in ihren Augen schnürte ihm die Kehle zu. »Adam hat versucht, sie zu töten. Wenn sie das erst einmal weiß, sollte uns das ihre Loyalität sichern.«

»Sie hat Krebs im Endstadium«, rief ihm Caleb ins Gedächtnis. »Sie braucht *Ice*, um zu überleben. Die einzige Quelle, um an *Ice* zu kommen, ist Adam. Sie personifiziert, was Adam zu erschaffen versucht – ein Wesen, das durch den menschlichen Überlebenswillen zum pflichttreuen Gehorsam gezwungen wird. Ganz gleich, wie sehr sie dagegen ankämpft, dieses Verlangen zu überleben ist immer da und steuert ihre Taten und Entscheidungen.«

Sterling ließ diese Worte wie ätzende Säure in sich eindringen und riss den Blick von Becca los, bevor er seine Fähigkeit zum objektiven Urteil noch völlig verlor. »Richtig. Ihr Krebs. Und jetzt die *Ice*-Sucht, die Adam ihr aufgezwungen hat. Es wirkt alles wie ein einziges starkes Gift. Das macht sie auf mehreren Ebenen zum schlechten Menschen und fällt ein Urteil über sie.«

»Mir geht es nicht darum, sie schuldig zu sprechen«, erwiderte Caleb. »Ich rate lediglich zur Vorsicht.« Seine Stimme wurde schneidend. »Sei vorsichtig, Sterling. Diese Frau bedeutet dir etwas. Ich will nicht erleben müssen, dass du oder irgendjemand sonst deshalb zu leiden hat.«

Sterling öffnete den Mund, um zu sagen, dass er immer vorsichtig war, aber das wäre eine verdammte Lüge gewesen. Er war selten vorsichtig. Und nichts an Becca weckte in ihm den Wunsch, vorsichtig zu sein. Vielmehr weckte sie in ihm den Wunsch, sie auf ein Bett zu werfen und auf alle möglichen Arten *nicht vorsichtig* zu sein. Und Caleb kannte ihn zu gut, um das nicht zu bemerken.

Sterling wiegte seinen Kopf im Nacken, um die Verspannung zu lindern, die sich in seinen Schultern breitmachte. Er starrte auf die niedrige, ihn ringsum umschließende Betondecke und fühlte sich von den Umständen gefangen. Diese verdammte Krebsdiagnose! Das war der Grund, warum man die Menschen, zu deren Schutz man abgestellt wurde, normalerweise nicht näher kennenlernen sollte. Sie zu kennen, machte es so viel schwerer, sie zu verlieren. Und er wollte Becca nicht verlieren. Tatsächlich war er sich ziemlich sicher, sich noch nie zuvor so sehr gewünscht zu haben, jemanden zu retten.

»Und was soll jetzt also passieren?«, fragte Sterling schließlich.

»Ich habe den Westflügel des Gebäudes räumen lassen«, antwortete Caleb. »Das Labor eingeschlossen. Du kannst sie dort zusammenflicken und ihr eine Blutprobe für Kelly abnehmen. Cassandra und Michael sind zu ihrem Haus unterwegs, um ein paar von ihren Sachen zu holen. Wahrscheinlich sind sie gerade in ihrem Zimmer. Wir werden beurteilen, was mit ihr zu geschehen hat, sobald mir Kellys Einschätzung vorliegt.«

»Verstanden«, nickte Sterling und steckte sein Handy wieder an den Gürtel. Er ging zu Beccas Autoseite hinüber und zog die Tür auf.

»Lass uns hineingehen und dir ein Schmerzmittel besorgen«, sagte er.

Sie stand auf, legte den Kopf schief und musterte ihn eindringlich. »Wie geht es den beiden Männern, die ohnmächtig geworden sind?«

»Sie sind völlig gesund und wieder auf den Beinen.«

Ihre Schultern entspannten sich, und sie trat von der Tür weg. »Oh, das ist schön.«

»Hast du den Mann mit dem Messer erkannt, Becca?«

Es wirkte possierlich, wie sie beim Grübeln die Stirn in nachdenkliche Falten legte. »Nein.« Sie überlegte noch ein wenig und schüttelte den Kopf. »Definitiv nicht. Aber andererseits war ich auch ziemlich stark auf das Messer in seiner Hand fixiert. Sollte ich ihn denn kennen?«

»Nein«, antwortete er. Solange er sie immer noch davon überzeugen musste, dass er ein Freund war, wollte er sie nicht erschrecken und denken lassen, dass im Inneren des Renegade-Lagers Feinde lauerten.

»Du hast am Telefon über mich gesprochen.«

»Ja«, bestätigte er. Er sah keinen Sinn darin zu lügen, doch er hatte auch nicht vor, ihr mehr zu erzählen, als er unbedingt musste.

Er griff nach ihrem Arm. »Wie macht sich mein großartiger T-Shirt-Verband?«

Sie ging nicht auf seinen scherzenden Tonfall ein. »Scheint alles in Ordnung«, sagte sie. »Ich blute kaum, und der Schmerz lässt nach. Was hat … wer immer am Telefon war … Caleb, vermute ich mal … über mich gesagt?«

Er überlegte, was er antworten sollte. Das *Ice* heilte ihre Schnittwunde, gerade so, wie es ihren Krebs heilte. Wer würde sich kein solches Heilmittel wünschen? Das Versprechen auf einen weiteren neuen Tag, eine weitere Minute. Einen weiteren Atemzug.

Doch alles in ihm schrie danach, ihr zu vertrauen. Verlangen, Lust, Begehren, alle dringenden Bedürfnisse; es schrien eine Menge Dinge in ihm, wenn es um Becca ging, doch Vertrauen war in jedem Fall dabei. Und verdammt, er wollte aber auch kein Idiot sein. Er wollte nicht das Leben von vielen riskieren, weil ihm diese Frau irgendwie so sehr unter die Haut gegangen war.

»Du bist gefährlich«, sagte er und brüskierte sie damit bewusst, stieß sie von sich, um sie auf Distanz zu halten, sie aus seinen Gefühlen zu verbannen, bevor er die Fähigkeit dazu verlor. Bevor diese Frau ihm nicht nur unter die Haut ging, sondern ihm direkt in die Seele hineinkroch und all das schwarze Eis, das sie erfüllte, in etwas kitschig Rosafarbenes verwandelte, das ihm alle Widerstandskraft raubte.

Trotzig reckte sie das Kinn. »Sagt der Wolf zu Rotkäppchen. Wenn hier irgendjemand gefährlich ist, dann bist du das.«

Er musste über die Wahrheit in ihren Worten beinahe lachen. »Das stimmt, kleines Mädchen«, erwiderte er, und bevor er sich versah, glitten seine Hände um ihre schlanke Taille. Er zog sie an sich, seine Lippen nahe an ihrem Ohr. »Und wir wissen beide, wie leicht es für mich wäre, dich zu verschlingen.«

Seine sexuell aufgeladene Anspannung strahlte von seinem Körper auf ihren ab und umgekehrt ihre auf seinen. Ihr Atem, warm und verführerisch, streifte seinen Hals. Die Anspannung zog durch seine Lenden, sein Körper wurde heiß vor Verlangen. Die Erinnerung, wie sie auf ihm gelegen hatte, ihre Brüste straff, die Nippel rosig und fest, blitzte in ihm auf. Der Gedanke daran, sie nackt neben sich zu haben, diese samtweiche weiße Haut ganz eng an ihn gepresst, höhnte und neckte ihn. Ihr Körper, heiß und feucht, um ihn geschlungen, während sie ihn ritt.

Mit einem leisen Knurren ließ Sterling sie los, brachte sie auf Abstand, bevor er sie noch wirklich an Ort und Stelle verschlang und dabei jede Sekunde aus tiefstem Herzen genoss. Bevor er sie mit diesem körperlichen Mal kennzeichnete, das sie vermeiden mussten.

»Ich will dich, Becca«, sagte er. »Aber es gibt Gründe, warum ich dich nicht haben kann, eine Menge Gründe.«

Bebend holte sie Atem und blies die Luft wieder aus, und diese volle Unterlippe, die er so abgöttisch liebte, zitterte. »Ja nun, ich kann dir schließlich auch nicht vertrauen«, antwortete sie in der Annahme, dass er das meinte.

»Aber du willst mir vertrauen.«

Widerstrebend gab sie es zu. »Ja, das will ich.«

Er zog die Brauen in die Höhe. »Und?«

Verwirrung zeigte sich auf ihren Zügen. »Und was?«

»Und du willst *mich*.«

Ihre Augen weiteten sich. »Du willst, dass ich sage, dass ich dich will?«

Er nickte. »Ja. Ich habe offen zugegeben, dass ich dich will. Wir mögen kein Vertrauen zueinander haben, aber wir können trotzdem ehrlich zueinander sein.«

Sie schüttelte den Kopf, als wollte sie sich Spinnweben aus den Haaren schütteln. »Du bist dir doch wohl selbst im Klaren, dass diese Feststellung absolut unsinnig ist. Vertrauen und Ehrlichkeit sind ein und dasselbe. Auf Grundlage von dem, was du sagst, könnte ich auch behaupten, dass ich dich will, und dabei lügen.«

»Na gut«, erwiderte er. »Also mir zuliebe. Sag es.« Er wusste nicht, warum er es unbedingt hören wollte. Er sah es in ihren Augen, und er hatte es in ihren Küssen geschmeckt.

»Na schön«, antwortete sie. »Ja. Ich will dich.«

Angesichts dieses Eingeständnisses zogen sich seine Mundwinkel zu einem Lächeln in die Höhe. Er konnte sich keinen Reim darauf machen, warum es ihm so viel bedeutete, sie ihr Verlangen laut eingestehen zu lassen; wusste selbst nicht, warum er so sehr darauf gebrannt hatte. Aber so war es gewesen, und jetzt hatte er sie dazu gebracht, und das gefiel ihm sehr.

Sie schüttelte den Kopf. »Ich könnte ja lügen.«

Sein Lächeln wurde breiter. »Aber wir wissen beide, dass du es nicht tust.«

Adam und Dorian materialisierten sich in zwei geräuschlosen Windböen im Parkhaus, wo Tad ihre Ankunft erwartete.

»Nun?«, wandte sich Adam scharf an Tad. »Wo ist sie?«

»Man hat ihr den Tracking-Chip entfernt«, berichtete er. »Aber sie kann nicht sehr weit gekommen sein. Wir haben überall im Parkhaus Männer, die nach ihr suchen.«

Adam fixierte Tad eindringlich. »Und wie konnte das passieren?«

»Wir hatten sie im Motel praktisch schon«, unterstrich Tad. »Aber dann ist dein Bruder aufgetaucht. Er hat sich selbst in die Schusslinie gestellt, um die Frau zu beschützen, wohl wissend, dass wir ihn nicht töten würden.«

Dorian legte den Kopf schief. »Mein Onkel denkt sehr strategisch, nicht wahr, Vater?«

»Das tut er«, bestätigte Adam. »Ein Talent, das wir umso

mehr zu schätzen wissen werden, sobald er sich einmal unserer Sache angeschlossen hat.«

»Ich möchte ihn gern kennenlernen«, bekannte Dorian.

»Das wirst du«, versicherte Adam. »Genauso wie die Welt bald dich kennenlernen wird.«

Dorian legte den Kopf in den Nacken und starrte für einen Moment ins Leere. »Die Frau ist nicht mehr hier im Parkhaus«, erklärte er und setzte zu dieser Feststellung offensichtlich seine Fähigkeit ein, jene Ereignisse der jüngsten Vergangenheit zu lesen, die sich im Umkreis einer Energiequelle zugetragen hatten.

»Kannst du sie aufspüren, Dorian?«, fragte Adam, der seinen Sohn niemals unterschätzte. Die Frau war zwar nicht mit einem körperlichen Mal gekennzeichnet worden, wie es ein Tracker benötigte, um seinem Ziel folgen zu können, doch Adams Sohn war schon viel weiter fortgeschritten.

Dorian starrte erneut mit leerem Blick ins Weite, wie er es oft tat, wenn er seine neuen Fähigkeiten einsetzte. »Nein«, sagte er schließlich. »Aber sie haben die Tracking-Vorrichtung in unmittelbarer Nähe von diesem Parkhaus entfernt. Sie hat einen gewissen energetischen Rückstand zurückgelassen.« Wieder legte er den Kopf in den Nacken. »Interessant. Ich kann den Teil ihres Bewusstseins erreichen, der für die Schmerzempfindung zuständig ist, Vater. Möchtest du, dass ich sie Schmerz fühlen lasse, weil sie dich hintergangen hat?«

»Du kannst sie aus der Ferne Schmerz fühlen lassen?«

»Ja«, antwortete Dorian. »Aber es muss hier von diesem Ort aus geschehen, wo diese Energie am stärksten ist.«

Adam war erfreut. »Könntest du ihr genug Schmerz zufügen, um sie zu töten?«

Ein träges Lächeln schlich sich auf Dorians Lippen. »Es würde mir jedenfalls Spaß machen, es zu versuchen.«

17

Becca folgte Sterling in einen Raum, der sich als ein typisch steriles, gut ausgestattetes Labor entpuppte. Die Einrichtung bestand aus mehreren Tischen, Mikroskopen und den entsprechenden Hightech-Geräten.

Sie warf Sterling einen Seitenblick zu. Eigentlich hatte sie ihm unbedingt eine Frage stellen wollen, die sie nun aber ganz vergessen hatte. Er lehnte lässig am Türrahmen, sein T-Shirt zerrissen, wo er aus dem Stoff ihren Verband gemacht hatte, und ließ seine entblößten Bauchmuskeln spielen. Bei der Vorstellung, diese straffen, harten Muskeln zu berühren, lief ihr das Wasser im Mund zusammen, und so wandte sie den Blick von dem herrlich verführerischen Anblick ab, nur um festzustellen, dass er sie mit flammender Glut in den Augen betrachtete. Als wüsste er, was sie gerade dachte.

Sie betrachtete ihn ebenfalls und dachte gar nicht daran, den Blick abzuwenden. In letzter Zeit hatte sie einige Lektionen darüber gelernt, das Leben auszukosten, solange sie es noch hatte, und sie würde keine Zeit damit verschwenden, verlegen zu sein. Und Sterling war schlicht und einfach heiß – ein Mann, der direkt ihren Wunschfantasien entsprungen sein könnte. Groß und blond und hart an den richtigen Stellen, war er einfach ein geiler Typ, und zwar geiler als alle Männer, denen sie bisher begegnet war. Sie wollte ihn, begehrte ihn. Welche Frau, die noch alle Tassen im Schrank hatte, würde ihn nicht wollen?

Dass er sie ebenfalls wollte, machte sie nur umso schärfer. Dass er sie nicht einfach nahm, obwohl er verdammt genau wusste, dass sie ihm nicht widerstehen könnte … das ließ sie ihn nur noch mehr begehren. Seine Besorgnis, sie mit einem körperlichen Mal, einem Bindungssymbol, zu kennzeichnen, stärkte ihr Vertrauen, ganz gleich, wie sehr ihr diese Einschränkung auch zuwider war – wenn eine Frau schon sterben musste, so sollte sie doch wenigstens lustvoll sterben.

Becca räusperte sich diskret. »Ich nehme mal an, ihr habt alles Personal evakuiert, aus Angst, dass ich ihnen Schaden zufügen könnte?«

»Wir haben hier drinnen ohnehin kein ständiges wissenschaftliches Personal«, antwortete er, womit er ihren Vorwurf weder leugnete noch bestätigte.

»Ein Punkt für dich – für das geschickte Ausweichen«, sagte sie, damit er begriff, dass sie diese Antwort nicht akzeptierte.

Sie trat neben einen Schrank mit allerlei Zubehör und nahm heraus, was man brauchte, wenn man sich selbst Blut abnehmen wollte. »Ich gehe davon aus, dass deine Leute mein Blut wollen.« Sie setzte sich auf einen Hocker. »Und ich will es auch. Wie wär's, wenn du es mir abzapfst? Ich kann es auch selbst tun, aber ich war nie sonderlich scharf darauf, mich zu stechen.«

»Was bringt dich darauf, dass ich weiß, wie das geht?«

Sie lachte. »Mal abgesehen von dem erstklassigen T-Shirt-Druckverband, den du mir verpasst hast? Ich weiß, dass die GTECHS alle ehemalige Sondereinsatzkräfte der Army sind. Das bedeutet, ihr habt alle eine Sanitäterausbildung. Ganz zu schweigen davon, dass du meinen Arm aufgeschlitzt hast wie ein Profi.«

Er stieß sich von der Tür ab und war mit wenigen Schritten bei ihr. Ihr Blick glitt über seine langen Beine, die in engen Jeans steckten, aber nicht, ohne zuvor seine Bauchmuskeln einer erneuten Begutachtung zu unterziehen.

»Was ich mit deinem Arm gemacht habe, hatte nichts mit

einer Sanitäterausbildung zu tun, dafür aber alles mit dem Gebot der Notwendigkeit«, antwortete Sterling, während er nach Nadel und Spritze in ihrer Hand griff. »Ich musste dieses Ding aus deinem Arm holen, bevor die Zet uns finden konnten.«

»Die Zet?«, wiederholte sie fragend. »Klar. Kapiert. Zet für Zodius.« Sie schnürte sich ein Gummiband um den unverletzten Oberarm. »Was meinen Arm betrifft, so bin ich froh, dass du ihn aufgeschlitzt hast – so schmerzhaft es auch war. Du hast mich beschützt. Wenn ich schon eine Gefangene sein muss – dann bin ich es nach aktuellem Stand lieber hier.«

Er erstarrte, die Spritze fast schon an ihrem Arm. Sein Blick zog ihren auf sich und ließ ihn nicht mehr los. »Wir wollen dich nicht gefangen halten, Becca«, beteuerte er und trat dicht vor sie hin. So nahe. Zu nahe. Nicht nahe genug. »Es geht darum, alle zu beschützen, dich eingeschlossen.«

»Ich weiß.« Sie betrachtete ihn eingehend – die kantige Kieferpartie, die hohen Wangenknochen, die vollen Lippen. Er war ein schöner Mann. Bevor sie es sich anders überlegen konnte, streckte sie die Hand aus und strich ihm über die Wange. Er bewegte sich nicht, aber sie konnte fühlen, wie sich seine Aufmerksamkeit sofort auf sie richtete, konnte die Verdunklung seiner Pupillen sehen, konnte die Hitze spüren, die sein Körper verströmte. Doch er bewegte sich nicht, griff nicht nach ihr, hielt sie nicht auf.

Sie ließ die Finger über die Bartstoppeln an seinem Kinn gleiten und folgte der Bewegung mit den Augen, erstaunt darüber, welche sinnliche Erregung der Kontrast zwischen ihrer Weichheit und der Rauheit dieser Barthaare in ihr weckte. Irgendjemand hatte ihr einmal gesagt, dass das Leben neue Konturen und eine neue Qualität gewinne, wenn man einmal den Tod gekostet habe. Vielleicht war es wirklich so.

Sie schluckte hörbar. Der Tod. Er hatte es an sich, sie mit

Gewalt in die Realität zurückzuholen. Becca nahm die Hand weg und zwang sich, sich an den Inhalt ihres Gesprächs zurückzuerinnern. Sie war eine Gefangene. Und er war ihr Gefängniswärter, behauptete aber, es nicht sein zu wollen. Er hatte keine Wahl. Das war ihr klar geworden. Tatsächlich verstand sie es sogar.

»Du hast keine andere Wahl, als mich gefangen zu halten«, räumte sie ein. »Ich versetze alle in Tiefschlaf, und selbst wenn ich es nicht täte, ist doch Adam hinter mir her. Also, so oder so, ich bin gefangen. Das habe ich kapiert.« Sie streckte den Arm aus, damit er ihr Blut abnehmen konnte. »Bringen wir's hinter uns. Ich brauche jetzt endlich mal mindestens eine oder zwei Stunden, ohne mit Nadeln und Messern in Berührung zu kommen. Nimm mir fünf Ampullen ab«, wies sie ihn an. »Aber ich bekomme drei davon. Deine Leute können zwei haben. Und bevor du irgendwelche Einwände erhebst – es ist schließlich mein Blut. Ich entscheide.«

Er zögerte einen Moment, als wollte er noch etwas sagen, ließ es dann aber. Er gehorchte und nahm ihr Blut ab. Becca mochte es eigentlich, Sterling herumzukommandieren und festzustellen, dass er ihr tatsächlich gehorchte. Dass er das tat – nun ja –, es war ein weiterer Grund, ihm zu vertrauen. Niemand in Zodius City hätte sich von ihr herumkommandieren lassen. »Meine Leute können auch deine Leute sein«, sagte er, als er fertig war. Er drückte ein Stück Verbandwatte auf ihren Arm, winkelte ihn am Ellbogen an und hielt ihn in dieser Position fest.

»Zuvor muss ich erst wissen, dass die Renegades wirklich das sind, wofür du sie ausgibst«, antwortete sie. »Ich brauche Beweise.«

Er starrte sie an, sein Blick bohrte sich in ihre Augen und drang so tief in sie ein, dass es ihr vorkam, als berührten seine Augen ihre Seele. Dabei streichelte er mit dem Daumen immer weiter das Handgelenk. Wärme breitete sich auf ihrer Haut aus, kroch ihren Arm hinauf und über ihren Hals.

»Du sollst deinen Beweis bekommen«, sagte er schließlich, als hätte er bei seiner eingehenden Inspektion ihres Gesichts gefunden, wonach immer er gesucht hatte. »Lass mich mein Werk begutachten.« Er richtete seine Aufmerksamkeit auf ihre Schulter. »Ich will mal nachsehen, ob ich deinen Arm noch ein wenig nähen soll.«

»Brauchst du nicht«, versicherte sie, ließ ihn aber den Verband abwickeln und die Verletzung untersuchen. »Die Wunde ist fast verheilt und der Schmerz praktisch weg. Der Schnitt ist wohl doch nicht so tief gewesen, wie es sich angefühlt hat.«

Er warf die T-Shirt-Fetzen in den Müll. Sie warf einen Blick auf ihren Arm und überzeugte sich davon, dass die Wunde tatsächlich anfing, sich zu schließen.

»Wenn *Ice* deine Wunde so schnell heilen lässt«, sagte er nachdenklich, »dann hatte Adam bestimmt recht, als er meinte, *Ice* würde deinen Krebs heilen.«

Adam hatte ihr das Gleiche gesagt, aber sie hatte nicht gewagt, es auch zu glauben. Sie befeuchtete ihre auf einmal trockenen Lippen und verfluchte die neu in ihr aufflackernde Hoffnung. Sie wollte nicht noch einen Schlag wie den Misserfolg in Deutschland erleben müssen. »Es spielt eigentlich keine Rolle, wenn wir kein Mittel für den Entzug finden. Bis dahin bin ich tot, sollte uns das *Ice* ausgehen.«

Er streckte den Arm nach ihr aus, doch sie hob abwehrend die Hand. »Nicht. Ich will nicht, dass du Mitleid mit mir hast. Mein Gott, bitte, hab kein Mitleid mit mir.« Sie lachte freudlos. »Das ist *genau das*, was ich weder von dir noch von irgendjemandem sonst will.«

Er starrte sie an, und sein Blick war bohrend, sah zu viel. »Du brauchst das alles nicht mehr allein durchzustehen. Du hast mich. Und du hast die Renegades, die meine Familie sind und auch die deine sein können.«

Keine Familie. Das waren die Menschen, die dazu verpflichtet waren, sich um sie zu kümmern, wie die Leute in der Krebsklinik. Die Vorstellung machte sie einfach nur fertig. »Ich will nicht darüber reden.«

»Becca«, sagte er leise und versuchte wieder nach ihrer Hand zu greifen.

Sie rutschte schnell vom Laborhocker und wich vor Sterling zurück, gleichzeitig dankbar und verärgert darüber, dass er ihr nicht folgte. »Wir müssen den gemeinsamen Nenner der *Ice*-Todesfälle finden. Eine Abweichung in der *Ice*-Zusammensetzung. Eine besondere Blutgruppe. Sichelzellenanämie. Arthritis. Es könnte alles Mögliche sein. Es könnte sein, dass sie alle Raucher sind. Oder Diabetiker. Ich muss Tests durchführen, und ich brauche eure Unterlagen, damit ich mich an die Arbeit machen kann. Die Körper von Verstorbenen wären noch besser.«

»Wir verfügen über die nötigen Unterlagen und …« Sie blickte auf das Blut an ihren Händen, und er deutete auf ein Waschbecken in der Ecke. »Du kannst dir dort den Arm sauber machen und ihn verbinden.«

»Danke«, sagte sie und ging zum Becken hinüber.

Während sie sich wusch, fuhr er hinter ihrem Rücken fort: »Wir haben versucht, an die Körper von Toten heranzukommen, aber die Regierung will sie uns nicht geben.«

Becca trocknete sich den Arm ab und griff dann nach einem Laborkittel, der an einem Kleiderhaken hing. Sie konnte es gar nicht erwarten, sich an die Arbeit zu machen. »Das verstehe ich nicht. Warum geben sie euch die Unterlagen, aber nicht die Leichen?«

»Sie lassen ihre eigenen Wissenschaftler an der Sache arbeiten. Und wir haben unsere. Wir bekommen, was sie als wichtig erachten.« Er begab sich an einen Schreibtisch und klappte einen Laptop auf. »Wie gesagt, unsere Beziehungen zur Regierung sind bestenfalls dürftig. Beide Seiten wollen, dass Adam seiner gerechten Strafe zugeführt wird und dass die Menschheit in Sicherheit ist. Bedauerlicherweise aber glaubt die Regierung, Sicherheit bedeute, dass alle GTECHs, wir eingeschlossen, von ihr kontrolliert oder ausgelöscht werden müssen. Und da sie versucht haben, uns unter ihre Kontrolle zu bringen, was aber nicht funktioniert hat, tendieren sie jetzt zur Auslöschung.«

Sie schüttelte den Kopf. »Powell hat mit dem GTECH-Programm einen ziemlichen Schlamassel angerichtet, nicht wahr?«

»Davon könnte ich dir ein Lied singen.« Er deutete auf den Computer. »Bringen wir dich online und vernetzen dich mit unserem wissenschaftlichen Team.«

Becca trat näher an ihn heran, während er eine Nummer eingab und eine Telefonkonferenz einrichtete. Danach bot er ihr den Stuhl vor dem Schreibtisch an, zog einen weiteren Stuhl heran und setze sich neben sie. Sein Zeigefinger schwebte über einer Computertaste.

»Bereit, deine neue Kollegen kennenzulernen?«

Sie nickte, überrascht darüber, wie bereit und motiviert sie tatsächlich war. Zum ersten Mal, seit sie von Adam und seinen üblen Plänen erfahren hatte, hatte sie vielleicht eine Möglichkeit, etwas dagegen zu unternehmen. Ihn aufzuhalten.

Sterling drückte auf eine Taste. Auf dem Bildschirm erschien eine hübsche blonde Frau. Sie trug einen Laborkittel und hatte sich das Haar zu einem bieder wirkenden Knoten zurückgebunden.

»Becca«, sagte Sterling und deutete mit der Hand auf den

Bildschirm. »Ich möchte dir Kelly Peterson vorstellen, die Direktorin der medizinisch-wissenschaftlichen Abteilung der Renegades und eine gewaltige Nervensäge, die mir das Leben schwer macht. Nichtsdestoweniger ist sie verdammt gut in dem, was sie tut.«

»Der Einzige, der hier an den Nerven sägt, ist Sterling«, gab Kelly zurück, doch es war unverkennbar, dass sie ihn nur neckte. »Aber das haben Sie inzwischen sicher schon selbst herausgefunden.«

Becca konnte sich nur mit Mühe ein Lächeln verkneifen, als sie sah, wie Sterling leise grummelnd das Gesicht verzog.

»Komme ich zu spät?«, ertönte eine weitere Frauenstimme, und eine Sekunde später erschien eine zweite hübsche Blondine auf dem Bildschirm. Sie flüsterte Kelly etwas zu, das Haar floss ihr in seidigen Strähnen um die Schultern.

Sterling beugte sich nahe an Becca heran. »Das ist Cassandra«, sagte er leise und nur für ihre Ohren bestimmt. »Sie ist das Lebensband von Michael, dem König von Finsternis und Griesgrämigkeit.«

»Das habe ich gehört, Sterling«, meldete sich Cassandra zu Wort und zog eine Schnute. »Sei kein Arsch. Michael ist kein Griesgram. Er ist sehr fürsorglich und vorsichtig. Er ist außerdem *dein Freund.* Und er wartet im Ostflügel von Neon mit ein paar von Beccas persönlichen Sachen auf dich.«

Becca musste unwillkürlich über Sterlings Wortgefecht mit Cassandra lachen, was sie selbst überraschte und freute. Hier hatte sie es mit Leuten zu tun, die Freunde waren, die einander kannten und liebten, ganz anders als die steifen, kalten Existenzen in Zodius City. Und die führende Wissenschaftlerin war eine Frau. Noch etwas, das Adam niemals zugelassen hätte.

Cassandra richtete den Blick auf Becca. »Ich wollte Sie wissen lassen, dass ich in Ihrem Haus war, um ein paar Ihrer

Sachen zusammenzupacken. Ich kam mir ein wenig wie ein Eindringling vor, aber ich habe versucht, es dadurch wiedergutzumachen, dass ich ausgewählt habe, was mir am wichtigsten für Sie erschien.«

Obwohl Sterling gesagt hatte, dass er einige ihrer Sachen abholen lassen wollte, war sie nie dazu gekommen, eine Liste zusammenzustellen. »Vielen Dank«, antwortete sie rasch. »Das macht mir überhaupt nichts aus. Ich kann es gar nicht erwarten, ein paar meiner Habseligkeiten wiederzuhaben.«

»Ich bin Ihnen gern zu Diensten«, sagte Cassandra. »Ich bin für Sie da. Aber jetzt möchte ich Sie erst einmal Kelly überlassen.«

Sterling griff sich die Blutröhrchen und legte ihr die Hand auf den Rücken. Eine Geste, die auf die wachsende Vertrautheit zwischen ihnen hinwies und die sie, nun ja, als genau passend empfand. Es war schön. Verwirrend, aber schön. »Dem schließe ich mich an«, erklärte er und hielt die Ampullen in die Kamera. »Ich werde Michael Beccas Blutproben geben, und er bringt sie dann mit.« Er warf Becca einen Blick zu. »Bin gleich wieder da.«

Fürsorglich wartete er auf ihre Bestätigung, als wollte er sie nur dann allein lassen, wenn sie einverstanden war. Es war ein angenehmes Gefühl, genauso schön, wie seine Hand am Rücken zu haben. Ja, es war wunderbar, und sie wagte es, dieses Gefühl voll und ganz auszukosten – und wenn es nur dieses eine Mal war. Sie konnte sich gar nicht mehr daran erinnern, wann sich das letzte Mal jemand so fürsorglich um sie gekümmert und sie beschützt hatte. Jedenfalls war es nicht mehr vorgekommen, seit sie vor über einem Jahrzehnt ihren Vater und ihren Bruder verloren hatte. Sie nickte. »Ich warte hier auf dich.« Und zum ersten Mal seit langer Zeit merkte Becca, dass sie sich sicher fühlte.

Einige Zeit später war Becca bereits tief in ein Gespräch mit Kelly versunken. Kelly gab ihr nicht nur einen Überblick über die Geschichte der Renegades, sondern richtete ihr auch ein sicheres E-Mail-Konto ein und mailte Becca die verlangten Beweisdokumente, die belegten, dass die Renegades für die Regierung arbeiteten. Nachdem sie voll und ganz davon überzeugt war, auf der richtigen Seite zu stehen, und echte Zuneigung zu Kelly gefasst hatte, war es an der Zeit, ihre Theorien vorzubringen und zu erläutern, wie sie im Labor helfen wollte.

»Ich werde Ihnen einiges Datenmaterial über die GTECHs mailen«, erklärte Kelly. »Sie können es dann mit dem der *Ice*-Abhängigen vergleichen. Einige der Zodius-Soldaten verfügen über etwas, das wir das X2-Gen nennen. Es hat sich ungefähr fünfzehn Monate nach der Umwandlung entwickelt. Und um die Sache in die richtige Perspektive zu rücken: Die Laborratten, die X2 entwickelt haben, haben sich alle gegenseitig umgebracht.« Sie hob den Zeigefinger. »Doch seien Sie versichert: Sterling hat das X2-Gen nicht. Keiner der Renegades hat es – nun ja … bis auf Michael, aber er ist ohnehin in mehrfacher Hinsicht anders. Ich maile Ihnen seine Akte ebenfalls mal. Aber bitte, erzählen Sie es ihm nicht. Es dürfte ihm nicht gefallen.«

Das mit dem X2 war keine gute Neuigkeit für Becca. »Meine größte Sorge war, was mit den Langzeitabhängigen passiert. Es ging mir nicht so sehr um die wenigen unter Tausenden, die gestorben sind. Nicht, dass ich dieses Problem kleinreden will, aber wir haben es hier mit einem außerirdischen Bestandteil zu tun, und wir haben keine Ahnung, wie er in unserer Lebensumwelt reagiert und sich entwickelt.«

»Glauben Sie mir, das weiß ich«, erwiderte Kelly. »Was mich zu der Frage führt, über die ich mir die ganze Zeit vergeblich den Kopf zerbrochen habe. Wie können wir verhindern, dass dergleichen passiert? Die Uhr tickt, und dass uns bei der Lösung dieser Frage die Zeit davonläuft, bringt mich irgendwann noch um.« Sie zuckte zusammen. »Oh Gott, Becca, tut mir leid. Das war unsensibel von mir. Wissen Sie, ich bin ziemlich gespannt darauf, welche Veränderungen ich in Ihrem Blut sehen werde. Ich weiß nicht, ob Sterling Ihnen meine Überlegungen dazu mitgeteilt hat, aber sollten Sie wirklich geheilt sein, dann stellen Sie sich einmal vor, was das für die Krebsforschung bedeuten könnte, wenn wir unsere aktuellen Schwierigkeiten erst einmal hinter uns haben.«

Becca ließ Kellys Worte wirken und merkte, dass sie innerlich schmunzelte, wenn sie daran dachte, wie oft sie sich die Frage »Warum gerade ich?« gestellt hatte. Sie begriff, dass sich hier und jetzt womöglich eine Antwort eröffnen könnte. Sie würde vielleicht in der Lage sein, Menschen zu helfen, und das weit über die gegenwärtigen Probleme mit Adam hinaus. Ohne es selbst zu beabsichtigen, mochte selbst Adam den Krebspatienten helfen. Sie öffnete schon den Mund, um ihre Überlegungen auszusprechen, als sich ein lautes Kreischen wie ein Stich in ihre Ohren bohrte.

Sie griff sich an den Kopf. »Oh Gott! Was ist das? Machen Sie, dass es aufhört!«

»Becca«, sagte Kelly. »Ich kann nichts hören. Sagen Sie mir, was los ist.«

»Wie können Sie das nicht hören?«, schrie Becca. Das Kreischen tobte in ihrem Kopf, schien ihr in den Leib zu schneiden, ihre Nerven aufzureißen und sich einen Weg durch ihr Innerstes zu wühlen.

»Caleb!«, schrie Kelly. »Caleb, hilf uns! Schaff Sterling ins Labor zurück!« Dann: »Halt durch, Becca. Sterling kommt. Er ist gleich bei dir.«

Becca stürzte zu Boden. »Es ist zu spät«, flüsterte sie. Der Tod hatte sie erneut an sich gerissen – immer wieder rief er ihren Namen. Und der Tod, begriff sie, als sie nun *ihn* in ihrem Kopf spürte, trug den Namen Dorian.

18

Sterling konnte Beccas schrillen Schrei hören, noch bevor er durch die Labortür stürzte und Caleb und Michael im Flur zurückließ. Das Adrenalin flutete seinen Körper wie hochprozentiger Alkohol. Er spürte diesen Schrei bis in die Seele, das Entsetzen, das in ihm lag, den Schmerz und den verzweifelten Wunsch zu überleben. Becca glaubte, sterben zu müssen. Dass irgendjemand versuchte, sie zu töten. Woher er das wusste, konnte er nicht sagen. Aber er wusste es.

Das Labor glich einem Wirbelwind fliegender Trümmerteile, durch die sich Sterling einen Weg bahnte, bis er den Computer und den umgekippten Stuhl sah. Eine Woge der Erleichterung durchströmte ihn, als er Becca zusammengekauert unter dem Schreibtisch entdeckte, die Knie an die Brust gezogen. Es schien kein Eindringling im Raum zu sein.

Er eilte zu ihr. Glas knirschte unter seinen Stiefeln, während er sich vor sie hinhockte. »Becca«, sagte er und legte die Hände auf ihre Knie. »Becca, Süße.«

Sie schrie abermals, klammerte sich an seine Arme, dann trat sie um sich und schrie. Hysterisch … sie kämpfte um ihr Leben … kratzte ihn … wild und wütend. Er wich ein Stück zurück, um ihr in die Augen zu sehen. Groß … leer … als sei sie blind.

»Hol sie unter dem Schreibtisch raus«, sagte Caleb hinter ihm.

Sterling schaute über die Schulter. »Bist du verrückt geworden? Wir wissen nicht, was sie dir antun könnte.«

Caleb hatte ihn bereits erreicht. »Ich verfüge über mentale Schutzvorkehrungen, die andere GTECHs nicht haben. Das Gleiche gilt für Becca. Ich kann ihre Energie spüren, und wenn sie sie nicht einsetzt, und zwar jetzt sofort, wird sie sterben. Sie wird angegriffen. Also hol sie da raus.«

Sterling brauchte keine weitere Aufforderung. Er streckte die Hände nach Becca aus, legte ihr die Finger um den Arm und zog die tretende und schreiende Frau unter dem Schreibtisch hervor.

»Halt sie fest«, befahl Caleb.

»In Ordnung«, murmelte Sterling, setzte sich auf den Boden, positionierte Becca vor sich und drückte ihr von hinten die Arme an die Seiten und ihren Rücken an seine Brust. Immer noch trat sie wild um sich. »Mehr kann ich nicht tun.«

Caleb kniete sich außer Reichweite ihrer Tritte neben Sterling und Becca und drückte ihr die Hand auf die Stirn.

Sie stieß einen letzten schrillen Schrei aus, dann keuchte sie auf. Ihr Kopf fiel nach vorn. »Was ist gerade passiert?«, hechelte sie.

Sterling hatte keine Ahnung, was Caleb getan hatte, aber er war ihm dankbar. Schnell drehte er Becca in seinen Armen um und strich ihr übers Haar. »Du bist in Sicherheit.«

»Sterling«, flüsterte sie. Im nächsten Moment entdeckte sie Caleb, und ihre Augen weiteten sich.

»Das ist sie noch nicht«, widersprach Caleb. »Nicht, wenn wir jetzt nicht handeln.«

»Adam!«, brüllte Becca, versuchte, sich wegzudrehen, und schob sich auf die Knie.

»Nein, Caleb!«, entfuhr es Sterling und Caleb wie aus einem Mund.

»Becca, hören Sie mir zu«, beharrte Caleb. »Irgendjemand hat Ihr Bewusstsein angegriffen. Er wird Sie wieder angreifen.

Sie haben die Fähigkeit, sich zu schützen. Sie müssen sich jetzt mit mir zusammen konzentrieren und von mir zeigen zu lassen, wie das geht.«

»Ich kann es nicht«, antwortete sie. »Ich habe keine Ahnung, wie das geht.«

»Haben Sie doch.« Caleb ließ nicht locker. »Entspannen Sie sich und lassen Sie es einfach geschehen.« Er musterte Sterling eindringlich, um dann seine Aufmerksamkeit wieder auf Becca zu richten. »Vertrauen Sie Sterling?«

»Ich …« Sie warf Sterling einen Blick zu. »Ich …«

»Gut«, sagte Caleb, als hätte sie seine Frage bejaht. »Lassen Sie Sterling Ihnen helfen. Lassen Sie ihn Ihr Rettungsanker sein. Finden Sie zuerst Sterling in Ihrem Bewusstsein, und sobald Sie anfangen, die Kontrolle zu verlieren, gehen Sie zu ihm zurück.«

Sterling war noch nie zuvor irgendjemandes Rettungsanker gewesen und hätte es auch nie sein wollen. Auch war er sich nicht sicher, ob er für eine solche Aufgabe aus dem richtigen Holz geschnitzt war. Aber für Becca würde er so ziemlich alles tun. Er ergriff ihre Hand. »Ich gehöre ganz dir, Süße«, neckte er. »Nimm mich, wenn du bereit bist.«

Sie lachte, und es spielte keine Rolle, dass zugleich Tränen in ihren Augen glänzten. Das Geräusch ihres Lachens war wie Honig an einem sonnigen Tag. Wundervoll, klebrig und süß.

»Das würde dir gefallen, nicht wahr?«, fragte sie herausfordernd. Ihre Stimme war heiser, aber nicht ohne einen spielerischen Unterton.

»Auf alle Fälle«, bestätigte er und verlagerte sein Gewicht auf ein Knie. »Also leg los.«

Caleb streckte die Arme aus und drückte seine Hände auf ihre beiden Unterarme. »Schließt die Augen.«

Zu Sterlings Erschrecken breitete sich Wärme in seinem

Arm aus, und eine Energie, beinahe wie Elektrizität, bewegte sich durch ihn hindurch in Becca hinein … oder vielleicht auch durch sie hindurch in ihn. »Finden Sie sein Bewusstsein, Becca«, befahl Caleb.

Sekunden verrannen. Die warme Energie floss durch ihn hindurch, wurde heißer, intensiver, bis Beccas Bewusstsein bei ihm war. Sterling konnte Becca in seinem Kopf spüren.

Er wäre nicht in der Lage gewesen, diese Empfindung irgendjemandem zu erklären – er verstand sie ja selbst nicht. Aber die Intimität, sie in seinem Kopf zu haben, erschütterte ihn. Nur für einen kurzen Moment war da der Gedanke, dass sie vielleicht seine Vergangenheit lesen würde, dass sie seine Schwächen kennenlernte, und beinahe wäre er zurückgezuckt. Calebs Hand schloss sich enger um Sterlings Arm, als wüsste er, was Sterling fühlte und was er tun wollte.

Dann war plötzlich noch jemand anderes dort, in seinem Kopf – nein, in Beccas Kopf. Die heimtückische Berührung ließ sie aufkeuchen. Vor seinem geistigen Auge sah Sterling einen Knaben – jung, stark, böse. Dann ein blitzartiges Bild von sich selbst, wie er Beccas Arm aufschnitt. Schmerz tobte durch ihn hindurch, während er spürte, was Becca gespürt hatte, als er ihr in die Schulter schnitt.

»Finden Sie Sterling in Ihrem Bewusstsein, Becca«, sagte Caleb. »Finden Sie diesen Anker, nehmen Sie diesen Ort ein und konzentrieren Sie sich auf ihn. Dann setzen Sie sich zur Wehr. Verschließen Sie Ihr Bewusstsein vor diesem Schmerz. Versperren Sie dem Eindringling den Weg. Das hier ist Ihr Bewusstsein. Nicht das seine. Werden Sie zornig. Kämpfen Sie!«

»Kämpfe«, flüsterte Sterling laut, oder vielleicht sagte er es auch nur in seinen Gedanken – oder in ihren. Er wusste es nicht genau, aber er spürte, dass Becca zitterte, und Sterling zitterte mit ihr. Jene Energie, die ihn näher an sie herangezogen hatte, stieß ihn jetzt ab. Fast konnte er den Druck auf seiner Brust fühlen, wie eine Hand.

»Lass ihn nicht gewinnen, Sterling«, gebot Caleb leise. »Sei ihr Anker. Greif nach ihrem Bewusstsein.«

Anker. Er sollte ihr Rettungsanker sein. Sterling umschloss Beccas Hände fester, so wie es Caleb mit seinem Arm gemacht hatte. »Becca«, sagte er. »Ich bin hier.«

Ihre Finger klammerten sich um seine, und er konnte hören, dass ihr keuchender Atem schneller und flacher wurde. Lange Augenblicke verstrichen. Sie drängte sich heftig in sein Bewusstsein, zog ihn zu sich heran und hüllte ihn über und über in ihre Gegenwart ein. Der Schmerz machte einer plötzlichen Erkenntnis Platz.

»Er ist weg«, rief Becca, und ihre Schultern sackten herab. »Er ist weg! Ich habe es geschafft!«

Die Energie, die er in ihren Nervenenden gespürt hatte, verebbte sofort. Sterling stieß einen Seufzer der Erleichterung aus, und er konnte sich nur mit Mühe davon abhalten, sie zu umarmen. Hatte er jemals einen so starken Beschützerinstinkt für eine Frau empfunden? Oder für irgendjemand anderes? Sie umfasste seine Hand fester und sah ihm in die Augen; es war ein stilles Einverständnis zwischen ihnen.

Da war etwas an dieser Verbindung, das genauso intim war wie Sex. Etwas, das über den bloßen körperlichen Kontakt hinausging, ein Gefühl, einander auf einer Ebene zu kennen, wie das keinem anderen je möglich wäre. Es war wirklich erstaunlich. Auf einer gewissen Ebene kannte er ihre Ängste, ihre Freuden, ihre Bedürfnisse. Und sie kannte seine. Bei dem Gedanken schluckte er hörbar. Sie wusste Dinge, die er nie irgendjemandem anvertraut hatte.

»Können Sie spüren, dass Ihr Schild jetzt aufgerichtet ist, Becca?«, fragte Caleb. »Dass er Ihr Bewusstsein schützt?«

»Ja«, antwortete sie und musste offensichtlich kämpfen, um den Blick von Sterling loszureißen und Caleb anzusehen. »Ich spüre es.«

»Lassen Sie ihn so«, fuhr er fort. »Üben Sie sich darin, diesen Schild loszulassen und ihn dann wieder aufzurichten. Greifen Sie wieder auf Sterling als Anker zurück, wenn Sie ihn benötigen, vor allem, wenn Sie schlafen gehen. Sie müssen diesen Schild spüren, bevor Sie sich Ruhe gönnen.«

Schlaf. Bett. Er mit Becca. Sterling schüttelte dieses Bild ab. »Kann sich ihr Angreifer sie nicht wieder vorknöpfen, sobald sie den Schild einmal abgelegt hat?«

»Ich bin mir nicht sicher, aber ich glaube eher nicht«, erwiderte Caleb, ließ ihre Arme los und lehnte sich zurück. »Gefühle erzeugen eine Art von Energie, die mit dem Gehirn vernetzt ist. Diese Energie hinterlässt für kurze Zeit einen Rückstand. Sobald er weg ist, ist er weg. Der Angreifer würde eine neue solche hinterlassene Energiequelle brauchen, an die er sich halten kann. Die gute Neuigkeit bei der ganzen Sache besteht nun darin, dass Becca im Wesentlichen über die gleichen Schutzmöglichkeiten verfügt wie ein voller GTECH – die Hilfe durch ein Lebensband einmal ausgenommen.« Sein Blick streifte Sterlings. »Nicht einmal ein Tracker könnte sie finden, sollte sie jemals markiert werden.« Sterling sog tief die Luft ein. Caleb verkündete ihm da gerade, dass er ohne schlimme Konsequenzen mit Becca schlafen konnte.

»Liegt es daran, dass ich *Ice* nehme?«, wollte Becca wissen.

»Ich glaube nicht, dass das der Grund ist«, antwortete Caleb. »Nachdem wir jetzt miteinander in Verbindung getreten sind, habe ich den Eindruck, dass es mit einer angeborenen Fähigkeit zu tun hat, die Sie, ohne es zu wissen, bereits vor Ihrem ersten *Ice*-Konsum besessen haben. Oder vielleicht bevor die Krebstherapie und das *Ice* zusammenkamen. Ich denke nicht, dass Ihre Fähigkeiten bei anderen Leuten nachgebildet werden können, wenn sie nicht über die gleichen schlummernden Anlagen verfügen.« Er zuckte die Achseln. »Das Warum, das Wann, das Wie und das Vielleicht – das sind Fragen, mit denen sich ihr Wissenschaftler zu beschäftigen habt.«

»Das ist alles so ... unwirklich«, murmelte sie und legte den Kopf schief, um Caleb ins Auge zu fassen. »Sie sehen Adam so ähnlich, aber andererseits sind Sie ganz und gar nicht wie er.«

»Ich betrachte das als Kompliment«, antwortete er in einem Ton, der beiläufig wirken sollte, was ihm jedoch gründlich misslang. Sterling kannte Calebs geheime Angst, womöglich eines Tages so zu werden wie Adam.

»Sie kommunizieren nicht mit Wölfen?«

Caleb schüttelte den Kopf. »Nein. Das ist die spezielle Fähigkeit meines Bruders.« Seine Stimme verdüsterte sich. »Wer war er, Becca? Dieser Junge, der Ihr Bewusstsein angegriffen hat?«

»Dorian«, flüsterte sie, dann wurde ihre Stimme wieder fest. »Es war Dorian. Ich kann es kaum ertragen, überhaupt nur seinen Namen auszusprechen. Er ist Adams Sohn.«

Sterlings Augenbrauen schnellten in die Höhe. »Wie bitte? Adams Sohn ist sechs Monate alt. Wie sollte er dein Bewusstsein angreifen können?«

Finster begann Becca zu erklären: »Dorian ist nur sechs Monate alt, aber er altert pro Monat um zwei Jahre. Er ist die DNA-Quelle für das *Ice*. Und lasst euch das von mir gesagt sein: Dieser Junge ist der Inbegriff des Bösen, mehr noch als Adam, und offensichtlich wird er mit jedem Tag stärker und gefährlicher.«

»Heilige Mutter Gottes«, murmelte Sterling und blickte in Calebs besorgte Augen.

»Das kannst du laut sagen«, bestätigte Caleb. »Ich habe die Energie dieses Jungen gespürt. Wenn er mit sechs Monaten schon so mächtig ist, wie wird es dann erst in einem Jahr aussehen? Oder in fünf Jahren?«

»Er ist durch und durch böse«, wiederholte Becca. »Ich kann das gar nicht genug betonen. Er tötet, nur um sein Opfer sterben zu sehen, und zwar, weil es ihn unterhält. Ich habe ihn in Aktion erlebt. Und genau diese Art von Bösem nehmen die Clanner täglich zu sich.« Ihre Lippen wurden schmal und ihr Gesicht bleich. »Und auch ich.«

Im Umkreis des Parkhauses herrschte hektische Betriebsamkeit. Polizisten suchten nach dem Wagen, der als gestohlen gemeldet worden war. Zodius-Soldaten hielten sie auf Distanz.

Unterdessen befand sich Adam genau an der Stelle, wo das gestohlene Auto gestanden hatte – dort, wo Rebecca Burns den Schmerz erlebt hatte, den Dorian jetzt einsetzte, um sie zu erreichen und hoffentlich zu töten. Adam sah zu, wie Dorians Augen wieder aus ihren Höhlen rollten und sich auf seine direkte Umgebung konzentrierten. »Ich bin meinem Onkel begegnet, Vater«, sagte Dorian. »Du hattest recht. Er ist sehr stark. Er hat mich besiegt. Er hat der Frau das Leben gerettet.«

Adam sog tief die Luft ein. Sein Atem schmeckte bittersüß. Calebs Fähigkeiten, seine Stärken, wie hinderlich sie ihnen gegenwärtig auch sein mochten, würden sich als ungeheuer nützlich erweisen, sobald Caleb erst einmal seine Rolle als Anführer an Adams Seite eingenommen hatte.

»Er will sich uns nicht anschließen, Vater«, fuhr Dorian fort. »Aber ich weiß, dass das dein Wunsch ist. Er macht sich Sorgen um die Menschen. Warum bringen wir nicht einfach ein paar von ihnen um? Dann wird er sich uns anschließen, um die anderen zu retten.«

»Weil das Töten von Menschen den anderen Menschen Angst macht«, antwortete Adam. »Bis wir genug von ihnen unter Kontrolle haben, müssen wir ihre vielen Empfindlichkeiten berücksichtigen. Wir wollen die Leute nicht erschrecken und sie vom *Ice*-Konsum abhalten, solange die *Ice*-Sucht noch nicht zu einer Art landesweiter Epidemie geworden ist. Was bald der Fall sein wird.« Er arbeitete mit Nachdruck an Plänen zu einer Ausweitung des Vertriebs.

Dann wandte er sich wieder den momentan dringendsten Fragen zu. »Weißt du, wo die Frau ist, Dorian?«

»Ich weiß nur das, was ich in ihrem Bewusstsein gesehen habe«, antwortete Dorian. »Sie ist noch immer in der Stadt – nicht weit weg von hier, glaube ich. In einem Labor, zusammen mit dem, den sie Sterling nennen. Er war ebenfalls in ihrem Bewusstsein. Sterling mag die Frau. Sie könnte, wenn sich die Notwendigkeit ergibt, gegen ihn eingesetzt werden.«

Adam musste lächeln. Dorian verstand es so gut, instinktiv Schwächen aufzuspüren und daraus Strategien abzuleiten. Er schnippte mit den Fingern in Richtung Tad, der in der Nähe stand. »Finde Sterling. Folge ihm. Er wird dich zu Rebecca Burns führen.«

Sie hatte Caleb mit Dorian bekannt gemacht, der Quelle des *Ice*. Das machte ihm einen Strich durch seine Pläne, Dorian erst als Geheimwaffe einzusetzen, sobald er das beste Alter dafür erreicht hatte. Adam ballte die Fäuste. Er hätte dieses Miststück selbst töten sollen, als er Gelegenheit dazu hatte.

Adam warf Dorian einen Blick zu. »Gib den Menschen hier einen Denkzettel, den sie so schnell nicht vergessen werden.«

Eine Mischung aus Bedrohlichkeit und Aufregung trat in Dorians Augen. »Danke, Vater«, sagte er. »Es macht mir so viel Spaß, mit den Menschen zu spielen.«

Einen Moment später schossen Flammen aus einem nahen

Wagen, dann aus einem anderen. Und aus noch einem. Adam lachte, während Stimmen durch die Luft gellten und Menschen sich hastig in Sicherheit brachten.

Adam und sein Gefolge verschwanden in den Böen des Winds, der durch die Schreie pfiff.

19

Beccas Blutbild war fast normal, jedenfalls wies kaum etwas auf Krebs hin. Es war ein Wunder, aber Becca feierte keine Party. Kelly und Sterling schienen zu verstehen, dass sie sich selbst zunächst hintanstellen wollte – wozu für sie auch die durch Dorian verkörperte Gefahr gehörte –, um sich auf die Gesamtzusammenhänge zu konzentrieren.

Sechs Stunden später beendete Becca durch einen Knopfdruck am Computer eine Sitzung mit Kelly, drehte sich vom Labortisch weg und stand auf, nur um direkt in Sterlings Arme zu rennen.

Er umfasste sie und gab ihr Halt. Hitze wallte durch ihren Bauch, und sie verspürte das drängende Verlangen, sich auf die Zehenspitzen zu stellen und mit den Fingern durch sein stacheliges blondes Haar zu fahren.

»Du wachst mal wieder über mich?«, rügte sie.

»Ich wollte dir deine Dosis *Ice* bringen«, gab er zur Antwort, dann grinste er. »Aber ja, ein bisschen bewache ich dich auch.«

»Ich habe meinen mentalen Schild aufgerichtet«, erwiderte sie. »Ich kann es spüren. Mit mir ist alles in Ordnung. Ich schwöre es. Du brauchst nicht vor mir zu stehen und darauf zu warten, dass Dorian angreift.«

»Vorsicht ist die Mutter der Porzellankiste«, entgegnete er. »Ich bleibe dicht bei dir. Also gewöhn dich am besten daran.« Er nahm die Hände von ihren Armen. Sie fröstelte und sehnte sich schon jetzt wieder nach seiner Berührung. Er hielt ihr die Ampulle mit dem *Ice* hin. »Ich will nicht, dass du Entzugserscheinungen bekommst.«

Widerstrebend griff sie danach, schloss aber, statt das *Ice* zu nehmen, ihre Hand um seine, da ihr plötzlich etwas einfiel, das sie bei der Kontaktaufnahme mit seinem Bewusstsein begriffen hatte. »Mir geht es nicht einfach darum, dass ich diese Sucht überlebe«, erklärte sie. Aus irgendeinem Grund wollte sie, dass er das wusste. »Mir ist bewusst, dass du dir deswegen Sorgen machst; dass du dich vielleicht sogar sorgst, ich könnte meine Meinung hinsichtlich der Notwendigkeit, das *Ice* zu zerstören, ändern. Aber dann hätte ich dir nichts von Dorian erzählt. Ich weiß, du denkst vielleicht, ich würde meine Entscheidungen einfach nur treffen, um am Leben zu bleiben – oder zumindest dürften das andere in deinem Umfeld denken. Aber das stimmt nicht. Hier geht es um etwas, das größer ist als ich.«

Er strich ihr das Haar aus den Augen, sanft, fürsorglich, beschützend. »Dann werde *ich* dich wohl am Leben erhalten müssen.«

In diesem Moment wäre sie am liebsten mit ihm verschmolzen – sie wollte glauben, dass er sie beschützen, sie retten konnte. Aber das konnte er nicht. Warum sich Sand in die Augen streuen? Sie nahm die Ampulle *Ice* aus seiner Hand und wandte sich von ihm ab. Sie schämte sich ihrer Sucht und wollte nicht, dass er sah, wie sie die Droge nahm.

Rasch schluckte sie das *Ice* und legte die leere Ampulle auf den Labortisch. Das eisige Gefühl durchschoss sie, und sie griff sich an die Kehle. Plötzlich waren da Sterlings Hände auf ihren Schultern; er drehte sie zu sich um. Bevor ihr klar wurde, was er vorhatte, kämmten seine Finger auch schon durch ihr Haar, und er küsste sie heiß und fordernd. Stark und warm drängte sich sein Körper an sie.

Nach nur einem Moment des Zögerns lehnte sich Becca ihm entgegen, schlang die Arme um seinen Rücken und stöhnte, als seine Zunge über ihre glitt, sie hungrig liebkoste und neckte. Er schmeckte wie Apfelkuchen, und wenn sie nicht so heiß auf ihn gewesen wäre, hätte sie vielleicht gelacht. Schließlich hatte er tatsächlich Apfelkuchen gegessen.

Aber sie war heiß, und zum ersten Mal, seit sie Sterling kennengelernt hatte, vielleicht zum ersten Mal überhaupt, küsste sie ihn – küsste sie einen Mann – mit vollkommener Hingabe. Küsste ihn, als gäbe es kein Morgen, wie eine Frau, die wusste, was sie wollte. Und was sie wollte, war er.

Lange Sekunden später riss Sterling seinen Mund von ihrem los, sah unter schweren Lidern mit Schlafzimmerblick auf sie herab, was in ihr den Wunsch weckte, ihn sogleich wieder zu küssen. »Ich dachte, du hättest deine Gründe, mich nicht zu berühren«, sagte sie herausfordernd und erkannte die von Verlangen erfüllte raue Stimme kaum als die ihre.

»Ich bin nie besonders gut darin gewesen, das zu tun, was ich eigentlich hätte tun sollen«, antwortete er und liebkoste mit dem Daumen ihre Wange. Irgendwie wurden ihre Brüste davon schwer, die Brustwarzen versteiften sich und schmerzten. Becca war noch nie so willig gewesen, sich in einem Mann zu verlieren. Andererseits war sie auch noch nie in einer Lage gewesen, in der sie nichts zu verlieren hatte als sich selbst. Es war auf eine Art befreiend, die sie bereitwillig willkommen hieß.

Sie holte tief Luft und gab sich alle Mühe, das Flattern in ihrem Magen zu vertreiben, eine Nervosität, die das Ergebnis von langen Jahren voll unterdrückter Begierde war. »Und ich habe immer genau das getan, was von mir erwartet wurde«, gestand sie. »Diesmal nicht. Und ich will auch nicht, dass du es tust.«

Er senkte den Kopf, sein warmer Atem liebkoste ihre Haut. Die Verheißung seines Kusses trieb sie auf die Zehenspitzen, als er plötzlich zurückwich. »Sobald wir es einmal getan haben«, sagte er, und seine Stimme klang tief und voll wie alter Whiskey, »können wir es nicht mehr ungeschehen machen.«

Schon in ihrem Haus hatte er etwas Ähnliches gesagt, als er im Begriff gestanden hatte, ihr von den GTECHs zu erzählen. Sie war damals nicht zurückgeschreckt, und sie würde es auch jetzt nicht tun. Und anscheinend würde auch er sich nicht davon abhalten lassen, denn seiner Warnung zum Trotz wich er nicht weiter von ihr zurück, ließ keinen Abstand zwischen ihnen aufkommen, und sie konnte die dicke Wölbung seiner Erektion spüren. Das verlieh ihr Mut.

Becca legte ihm die Hand flach auf die Brust, spreizte die Finger und nahm das Gefühl der unter ihrer Hand spielenden Muskeln in sich auf. Sie wollte ihn berühren, wollte ihn ganz nah spüren, wollte, nur für ein kleines Weilchen, alles andere vergessen.

»Ich will nicht sterben, ohne dich ganz und gar gekannt zu haben, Sterling.«

Qual durchzuckte seine Züge. »Becca …«

Sie legte ihm die Fingerspitzen auf die Lippen. »Nicht«, murmelte sie, nahm die Finger weg und ließ sie über sein Kinn wandern. »Jeder Tag unseres Lebens könnte für jeden von uns der letzte sein. Mit diesem Bewusstsein lebe ich jetzt einfach. Ich bedaure, das nicht schon mein Leben lang getan zu haben.« Sie hatte eine Menge bereut und bedauert, seit sie wusste, dass sie Krebs hatte, und auf dieses Bedauern wollte sie jetzt gern verzichten. »Ich will dich, Sterling.«

Er blickte auf sie herab, und so hatte sie noch niemand angesehen – mit so viel siedender Hitze im Blick. Er machte ganz den Eindruck, als wollte er sie verschlingen, so wie er es einmal halb scherzhaft vorgeschlagen hatte, und Gott sei Dank schien er jetzt auch entschlossen, genau das zu tun. Er küsste sie, und es war mehr als ein Kuss. Es war eine Inanspruchnahme, eine Eroberung. Seine Lippen drückten sich auf ihre, zart zuerst und dann fest, seine Zunge drängte sich an ihren Zähnen vorbei, warm vor Verlangen, hungrig … er verschlang sie. Und sie wollte verschlungen werden, wollte ihn ihrerseits verschlingen. Wollte alle lüsternen, sinnlichen Untaten vollbringen, an die sie je zu denken gewagt, sich je auszumalen getraut hatte, die ihre Hemmungen ihr jedoch stets verboten hatten.

Becca stellte sich auf die Zehenspitzen, griff nach ihm, schmiegte ihren Körper an seinen und flehte stumm nach mehr. Sie zog ihm das T-Shirt aus der Hose und schob ihre Hände darunter. Warme Haut begrüßte sie, und sie stöhnte in seinen Mund hinein. Immer noch mehr von dieser Haut wollte sie auf ihrer spüren.

Sie schob das Shirt hoch. »Zieh es aus«, keuchte sie eng an seinen Mund gepresst.

Stattdessen fühlte sie sich auf den Labortisch gehoben, die Beine gespreizt, Sterling dazwischen. Und noch immer küsste er sie, erst sanft, tief, dann wild; er ließ die Lippen über ihr Kinn gleiten, vorbei an ihrem Ohr, an ihrem Hals hinab. Er schob ihren Laborkittel beiseite, und starke Hände glitten über ihren Brustkorb, liebkosten die Wölbungen ihres Busens.

Becca, kühn vor Verlangen, berührte ihn mit ihren Händen überall, wo sie hingelangen konnte. Als sie endlich die Hand in seinen Schritt legte und der Wölbung seiner Erektion nachspürte, stöhnte er und wich zurück.

»Bist du dir auch sicher, dass du es willst?«, fragte er mit vor Begehren heiserer Stimme. Und dieses Begehren ließ Becca nur noch heißer brennen.

Sie streichelte seine steife, lange Männlichkeit und musste unwillkürlich lächeln. »Bist du dir auch sicher, dass du es willst?«

Halb knurrte, halb stöhnte er, und er küsste sie wieder. Tief drang seine Zunge in sie ein, eine Verheißung, dass hier und heute der beste Sex ihres Lebens auf sie wartete. Und sie war bereit.

»Nicht hier«, flüsterte er dicht an ihren Lippen. »Im Bett.« Er beugte sich ein Stück zurück, um sie anzusehen. »In meinem Bett. Ich will dich in meinem Bett.«

Diese Erklärung hatte etwas Urtümliches, etwas von einem besitzergreifenden Höhlenmenschen, das sie regelrecht vor Verlangen zittern ließ. »Nimm mich mit – und nimm mich«, sagte sie, und musste fast über ihr Wortspiel lächeln.

Er hob sie vom Tisch, nahm ihre Hand und führte sie zur Tür, da klingelte plötzlich sein Handy. Ein leiser Fluch entfuhr seinen Lippen, als er es aus der Tasche fischte – es war ein anderes als das, das sie zuvor bei ihm gesehen hatte.

»Da muss ich rangehen«, entschuldigte er sich, lehnte sich an die Tür und zog sie dicht an sich, während er ins Telefon sprach, als könne er die Vorstellung, sie loszulassen, nicht ertragen. Sie genoss es und schmiegte sich an ihn, ihre Hand auf seiner Brust … ihre Lippen an seinem Hals.

Becca hörte eine gedämpfte Männerstimme, dann merkte sie, wie Sterling in Habachtstellung ging. Sie beugte sich zurück und bemerkte die Anspannung auf seinem Gesicht.

»Wie lautet die Adresse?«, fragte er, um einige Sekunden später hinzuzufügen: »Ich bin in fünf Minuten da.«

Er klappte das Handy zu, zog sie überraschend an sich und küsste sie. »Das ist für den Fall, dass du beschließt, mich nicht mehr küssen zu wollen, wenn ich zurückkomme.« Er schob sie von sich und eilte auf den Schrank zu, um verschiedenes Zubehör herauszuholen.

Als könnte so etwas passieren. »Zurück von wo? Was ist denn los?«

»Das war die Polizeibehörde von Vegas, oder genauer gesagt, mein Informant dort«, erklärte er, schnappte sich einen Army-Rucksack vom Mantelständer und füllte ihn mit den Utensilien, die er dem Schrank entnommen hatte.

»Du hast einen Informanten in der Polizeibehörde von Las Vegas?«

»Junger Bursche mit einer kranken Mutter, um die er sich kümmern muss«, antwortete Sterling. »Ich bezahle ihn. Er hilft mir, die Welt zu retten. Funktioniert für uns beide.« Er hängte sich die Tasche über die Schulter. »Wir haben ein weiteres mutmaßliches *Ice*-Opfer. Die unvollständigen ärztlichen Unterlagen der Regierung machen uns zu schaffen. Ich werde mein Mögliches tun, um den Körper herzubringen. Zumindest will ich Blutproben besorgen. Aber ich muss jetzt los. Das Militär hat ein Notfall-Alarmsystem für alles eingerichtet, was einer *Ice*-induzierten Reaktion ähnelt. Sie werden nicht lange brauchen, bis sie das Opfer für sich beschlagnahmt haben.« Er machte sich auf den Weg zur Tür.

Becca folgte ihm. »Ich komme mit.«

Er schüttelte den Kopf. »Nein, nein.« Seine Stimme klang entschieden. »Du kommst nicht mit. Es ist zu gefährlich. Adam ist hinter dir her. Das weißt du.«

»Mir könnten vielleicht Einzelheiten an diesem Opfer auffallen, die du übersehen würdest«, gab sie zu bedenken. »Wir haben nicht viel Zeit, um dieses Rätsel zu lösen, Sterling. Ich muss dabei sein. Ich muss diese Gelegenheit nutzen, um herauszufinden, was wir übersehen haben.«

»Selbst wenn ich es in Erwägung ziehen würde – und das werde ich nicht –, muss ich windwalken, um vor dem Militär dort zu sein.«

Verzweiflung stieg in ihr auf. Diese Gelegenheit könnte so wichtig sein. Vielleicht entscheidend. Ihre einzige Hoffnung. »Kannst du mich nicht mit dir transportieren?«

»Der Transport von Menschen mit dem Wind kann ein tödliches Risiko für sie darstellen.«

Drängend hielt sie dagegen: »Ich unterscheide mich von den meisten anderen Menschen. Ich bin nicht einmal wie die meisten *Ice*-Süchtigen. Das haben wir bewiesen. Wir können nicht riskieren, etwas zu übersehen. Du musst mich mitnehmen. Mir wird schon nichts passieren.«

»Das kannst du nicht wissen.«

»Und du kannst nicht wissen, dass es *nicht* so sein wird. Auf der einen Seite steht ein Leben auf dem Spiel, mein Leben, und auf der anderen das ganze Land. Du weißt, dass es da keine andere Entscheidung geben kann. Du musst mich mitnehmen. Wir verschwenden mit dieser Debatte nur Zeit.« Sie griff nach seinem Arm. »Gehen wir.« Er zögerte, und sie fügte hinzu: »Ich muss sowieso sterben. Ich darf selbst entscheiden, wie. Und ich entscheide mich, es zu tun, indem ich Leben rette.«

Er blieb still stehen, fluchte und fuhr sich mit der Hand durchs Haar. »Ich muss wahnsinnig sein, das überhaupt in Erwägung zu ziehen.«

Das kam einem Ja so nahe, wie sie es sich nur wünschen konnte, und Becca handelte sofort. Sie eilte zum Schrank, schnappte sich weiteres medizinisches Zubehör, lief dann zu Sterling zurück und übergab ihm alles. »Steck die Sachen in deinen Rucksack.«

Er warf ihr einen grimmigen Blick zu. »Ich schwöre«, brummte er, »ich habe noch nie eine Frau kennengelernt, die mich derart nach ihrer Pfeife hat tanzen lassen wie du.«

Sie dachte an das, was Caleb über seinen Bruder gesagt hatte, reckte das Kinn und wiederholte seine Worte. »Ich sehe das als Kompliment.«

Sterling griff nach ihrer Hand und zog sie mit sich. Seine Resignation zauberte ein Lächeln auf ihre Lippen. Sie sollte gleich windwalken, was sie mit aufgeregter Neugier erfüllte, aber ohne einen Funken Angst.

Im Moment, so kam es ihr vor, könnte sie sterben, um zu leben. Oder vielleicht lebte sie, um zu sterben? So oder so – sie brannte darauf, diese medizinische Probe an sich zu bringen.

Weniger als eine Minute später öffneten sich stählerne Sicherheitstüren, und unsichtbare Windböen wehten ins Innere des Neon. Sterling zog Becca dicht an sich, und mehrere Sekunden wankte er in seiner Entscheidung, sie mitzunehmen. Vielleicht tat er oft nicht das, was man von ihm erwartete, aber er war auch nicht der Typ, der Dummheiten machte. Becca mitzunehmen lag irgendwo in der Mitte zwischen beidem, wahrscheinlich mit leichter Tendenz zur Dummheit. Aber ihm blieb im Augenblick nicht viel Zeit für solche Überlegungen. Diese Gelegenheit würde ungenützt verstreichen, wenn er jetzt nicht handelte.

»Mir wird schon nichts zustoßen«, sagte Becca und strich ihm über die Wange, als spürte sie sein Zögern oder lese seine Gedanken. »Gehen wir, bevor sie dieses *Ice*-Opfer weggebracht haben.«

Unglaublich. Wirklich verdammt noch mal nicht zu fassen. Becca schien nicht die leiseste Angst zu verspüren und mit der Vorstellung, dass Windwalken für einen Menschen tödlich sein konnte, überhaupt nichts anfangen zu können. Erst der Krebs und dann diese Hölle bei Adam – irgendwie hatte sie eine unnatürliche Unempfindlichkeit gegenüber Angst entwickelt.

Bevor er es sich noch selbst hätte ausreden können, fasste Sterling nach Becca – und gleichzeitig auch ein klein wenig Zuversicht. Es schien, als bekäme er in letzter Zeit immer mehr von beidem zu fassen. Er betätigte den Knopf, um die Türen zu verschließen, dann verschwanden sie im Wind.

20

Sterling und Becca materialisierten sich in einem engen Durchgang rechts vom *Magnolia*-Casino und Freizeitressort.

Sterling legte Becca die Hände aufs Gesicht und sah sie eindringlich an. »Alles in Ordnung?«

Sie blinzelte und musste erst einmal wieder zu sich finden. »Ja. Alles bestens.« Ihre Augen strahlten auf, kleine Strähnen rabenschwarzen Haares flatterten über seine Finger und erfüllten die Luft mit dem frischen, süßen Duft nach Frau. »Das war wirklich absolut unglaublich.« Sie schaute sich um. »Wo sind wir?«

»Wir materialisieren uns niemals auf offener Straße«, erklärte er, griff nach ihrer Hand und schlug, jetzt, da er wusste, dass sie in Ordnung war, sofort den Weg zum Ende des Durchgangs ein. Vorne an der Ecke blieb er stehen und sagte: »Du bist meine neue Assistentin. Alle in dieser Stadt kennen mich als mietbaren Spürhund und Prämienjäger, der alles macht, was Bares bringt. Du bist mit dabei, um eingearbeitet zu werden. Und damit hat sich's – mehr sagst du nicht.« Er wartete gar nicht erst eine Antwort ab. Ihre Uhr tickte.

Sterling führte Becca ins Freie und entdeckte sofort den am Dienstboteneingang des *Magnolia*-Ressorts parkenden Rettungswagen. Das *Magnolia* war Marcus' Hotel. Marcus würde sicher Fragen haben, wenn Sterling genau in dem Moment auftauchte, da gerade ein *Ice*-Clanner in seinem Club zusammengebrochen war. Aber, verdammt, Sterlings Leben war sowieso immer eine einzige Abfolge schwieriger Probleme gewesen. Da konnte er auch mit ein paar Dutzend weiteren fertig werden. *Konfrontation* lautete die Devise. Und er beherrschte dieses Spiel.

»Wieder ein Punkt für Eddie«, flüsterte Sterling, während sie auf den Rettungswagen zugingen.

»Eddie?«, wiederholte Becca.

Sterling deutete zu dem Polizisten in Zivil, der auf sie zukam. Ein Mann, der etwa dem entsprach, was Frauen gern einen »Teddybären« nannten – jung, mit extrem kurz geschorenem Haar und einem kräftigen Körperbau. »Eddie ist der Informant, von dem ich dir erzählt habe.«

»Hat lange genug gedauert«, sagte Eddie, als er sie direkt hinter dem Gewimmel der schaulustigen Passanten abfing. »Sie rollen den Burschen gerade hier rüber, und er sieht gar nicht gut aus.« Er warf einen Blick auf Becca. »Hi.« Dann sah er wieder Sterling an. »Teilnahme am üblichen Tod-durch-*Ice*-Ritual – nicht gerade das, was ich eine gute Dating-Strategie nennen würde, Ster.«

Sterling grinste mit kaum verborgener Belustigung. Wenn er wollte, konnte Eddie recht witzig sein. »Sie ist meine Assistentin.« Dann kam er zum Thema und fragte: »Was weißt du über den *Ice*-Konsumenten?«

»Er ist siebenundzwanzig«, antwortete Eddie. »Als Croupier verteilt er Karten, keine Drogen, obwohl er auch in beiden Bereichen aktiv sein könnte. Ich weiß noch nicht viel. Er hat seit einem Jahr für das Casino gearbeitet. Übrigens, wo ich schon einmal dein Informant bin: Diese beiden Typen, wegen denen du mich angerufen hast – die Clanner, die ich über ihre Ausweise ausfindig machen sollte –, sind seit deinem Anruf nicht mehr zu Hause gewesen. Will sagen: Sie sind verschwunden. Aber es gibt da ein interessantes Detail – sie haben in einem der an das *Magnolia* angeschlossenen Betriebe gearbeitet. Da könnte es eine Verbindung geben. Ich werde der Sache nachgehen. Im Moment haben wir keine Zeit für solche Kinkerlitzchen. Die Rettungsleute haben das Krankenhaus bereits per Funk verständigt. Es würde mich nicht überraschen, wenn die Army jeden Moment hier auftauchen würde. Wenn du dir noch Hoffnungen machst, den Mann befragen zu können, solltest du besser zusehen, dass du in diesen Krankenwagen hineinkommst, und zwar sofort.«

»Warten Sie«, meldete sich Becca zu Wort. »Er lebt? Ich dachte, er sei tot.«

»Er ist schon ziemlich hinüber«, antwortete Eddie. Dann griff er in seine Tasche und zog eine kleine braune Tüte heraus. »Ampullen mit *Ice* – jetzt habe ich aber was gut bei dir.«

Sterling und Becca wechselten einen erleichterten Blick.

»Nach diesem Blick zu urteilen, habe ich dann ja wohl wirklich mächtig was gut«, fügte Eddie hinzu. »Und damit mache ich mich jetzt vom Acker. Ich will nicht mit dir gesehen werden. Viel Glück. Du wirst noch einmal der Nagel zu meine Sarg sein, Sterling.«

Becca blickte Sterling an, und ihre bernsteinfarbenen Augen funkelten. »Du schaffst es aber auch wirklich, dich bei den Leuten beliebt zu machen.«

»Eine spezielle Begabung«, sagte er, nachdem Eddie in der Menge verschwunden war.

Die Rettungssanitäter rollten die Bahre im Laufschritt aus dem Gebäude. »Jetzt geht's los, Süße. Und so ziehen wir die Sache durch: Du läufst zu den Rettungsleuten und machst ihnen irgendeine dramatische Szene. Erzähl ihnen, der Clanner sei dein Bruder, und sorg dafür, dass du mit in den Krankenwagen kommst.« Er zog sich den Rucksack von den Schultern und drückte ihn ihr in die Hand. »Ich kümmere mich um den Typ auf dem Fahrersitz und sorge dafür, dass dich niemand daran hindert, Blut abzunehmen und deine Untersuchungen durchzuführen. Sobald die Sache erledigt ist, schauen wir, dass wir per Windwalking von hier wegkommen. Das gilt auch für den Fall, dass irgendetwas schiefgeht. Wir machen sofort den Abflug und windwalken hier raus.«

Becca nickte. Ihre Wangen waren gerötet. Die Rettungsleute kamen näher. Sie wartete, bis der passende Moment gekommen war.

»Das ist mein Bruder!«, brüllte sie, und Sterling verfolgte, wie sie vor den Rettungssanitätern ihre Schau abzog. Klasse. Sie war gut darin, die Verzweifelte zu spielen. Dann runzelte er die Stirn. Okay, vielleicht doch nicht so klasse. Leises Unbehagen durchströmte ihn. Er wollte sich keine Gedanken darüber machen, dass Becca ihn womöglich täuschen könnte, aber sie war sich doch ein wenig zu sicher gewesen, dass sie das Windwalken überleben würde … als wüsste sie es bereits. Doch alle Instinkte seines Körpers schrien ihm zu, ihr zu vertrauen. *Nein,* begriff er. Becca war wie er. Sie war gegen die ständige Möglichkeit des Todes unempfindlich geworden, eine Erkenntnis, die ihm durch die Seele schnitt. Das war nicht das Leben, das er ihr wünschte.

Als Becca in den Rettungswagen sprang, schüttelte er den Gedanken ab. Sterling bahnte sich einen Weg zur Beifahrertür. Sobald der Motor startete, riss er die Tür auf und war im Wagen.

»Hey!«, blaffte der Fahrer, ein Mann in den mittleren Jahren, in dessen dunkles Haar sich graue Strähnen mischten.

Sterling richtete seine Glock auf ihn. »Gleichfalls hey.« Er riss das Funkgerät aus dem Armaturenbrett und befahl: »Fahren Sie ins Krankenhaus, damit wir diesem Mann das Leben retten können!«

Der Fahrer legte den Gang ein und fädelte sich in den Straßenverkehr ein.

»Was zum Teufel geht da vorne vor sich?«, brüllte jemand von hinten. Einen Moment später erschien ein kleiner untersetzter Mann mit kurz geschorenen Haaren.

Sterling richtete seine Waffe auf ihn. »Sie werden der Frau hinten bei Ihnen erlauben, alle Tests zu machen, die sie durchführen muss. Und Sie werden ihr dabei helfen. Also verschwinden Sie und helfen ihr.« Er hob die Stimme. »Wie kommst du dahinten zurecht, Becca?«

»Ich brauche dich hier!«

»Gehen Sie und helfen ihr«, befahl Sterling und folgte dem Mann nach hinten, wo er auf einen weiteren Sanitäter stieß, der sich direkt gegenüber von Becca befand.

»Er ist tot«, sagte Becca. Ihr Gesicht war bleich, sie drückte sich die Hand auf den Bauch.

Kaum hatte sie das verkündet, da kam der Rettungswagen auch schon mit kreischenden Bremsen zum Stehen. Alle wurden vor- und zurückgeschleudert. Flüche und medizinisches Zubehör flogen durch die Luft. In Sekundenschnelle war Sterling vorne im Wagen.

Als er sah, was der Grund für den unsanften Halt war, stieß er zischend ein paar eigene Flüche aus. Army-Jeeps. Drei an der Zahl. Und wenn sie vor ihnen waren, würden sie auch hinter ihnen sein.

Er ging wieder nach hinten und beugte sich zu Becca hinab. »Sobald sich die Türen öffnen, verschwinden wir.«

»So verrückt es klingen mag«, antwortete sie, »aber wir brauchen seinen Körper für unser Forschungsteam.«

»Den Körper!«, rief einer der Sanitäter. »Ihr wollt die Leiche stehlen?« Er machte einen Schritt Richtung Hecktür.

Sterling zielte mit seiner Glock auf ihn. »Ich schieße gern mit Pistolen«, bemerkte er. »Geben Sie mir ruhig einen Vorwand, es mit dieser hier zu beweisen.« Der Mann setzte sich wieder hin. Ungefähr im selben Moment hörte Sterling, dass sich die Vordertüren öffneten.

»Ich kann nicht dich und auch ihn mitnehmen«, sagte Sterling. In diesem Moment litt er sehr darunter, nicht wie die anderen Windwalker zu sein – dass ihm Grenzen auferlegt waren, die für die anderen nicht galten. »Immer nur einen nach dem anderen.«

»Nimm erst ihn, und komm dann zurück, um mich zu holen«, erwiderte sie. »Wir können es nicht riskieren, diesen Körper zu verlieren. Wir brauchen ihn.«

»Kommt überhaupt nicht infrage«, erklärte er. Da flogen die Hecktüren auf, und Sterling packte Becca.

In Neon tauchten sie wieder auf. Er drückte ihr die Fernbedienung in die Hand. »Ich habe dir gesagt, dass ich meine Entscheidungen so treffen würde, um dich am Leben zu halten, und es war mir ernst damit. Warte drinnen.« Er verschwand wieder im Wind.

Sterling materialisierte sich im Inneren des Rettungswagens, nur um sich drei Maschinenpistolen gegenüberzusehen. Eine befand sich in der Hand eines Mannes mit vertrautem Gesicht – Lieutenant Riker, Leiter der *Ice*-Sondereinheit, mit dem Sterling häufig zusammenarbeitete. Sie respektierten einander, waren aber weit davon entfernt, Freunde zu sein. Sobald er Sterling erkannte, bedeutete Riker seinen Soldaten wegzutreten und machte dann einen Schritt nach vorn.

»Verdammter Mist, was machen Sie hier, Sterling?« Er warf den Rettungssanitätern einen Blick zu. »Steigt aus.«

Die Männer kletterten aus dem Wagen, und Sterling antwortete: »Das Gleiche wie Sie, Blödmann. Ich rette die Welt, immer einen blöden Arsch nach dem anderen.«

»Kurze Bekanntmachung«, verkündete Riker, »der hier ist gestorben. Sie haben versagt.«

»Er könnte immer noch leben, wenn wir die medizinischen Daten hätten, die wir benötigen, damit unser Team seine Arbeit machen kann«, entgegnete Sterling.

Riker beugte sich ein Stück vor. »Euer medizinischer Stab ist bekanntlich herzlich dazu eingeladen, sich mit dem unseren zusammenzutun.«

»Sie meinen, Ihrem Stab beizutreten«, korrigierte Sterling. »Und Sie wissen genauso gut wie ich, dass das nicht passieren wird. Ihr könnt nicht beides zugleich haben. Uns zu eurem Schutz einsetzen und zugleich auf eine Gelegenheit lauern, uns in den Rücken zu fallen.«

»Ich bin Soldat, genau wie Sie«, erwiderte Riker. »Ich nehme Befehle entgegen.«

»Ein Soldat, wie ich es *war*«, gab Sterling zurück. »Ich gehöre nicht mehr der Regierung, so wie Sie. Was wird geschehen, wenn die beschließen, Ihnen das neue Was-auch-Immer zu injizieren, Riker? Was wird geschehen, wenn die nun *Sie* in den Feind verwandeln?«

»Ich weiß, dass das, was sie mit euch gemacht haben, ziemlich danebengegangen ist.«

»Unschuldige Leben stehen auf dem Spiel, Riker. Ich brauche diesen toten Körper, um sie beschützen zu können. Und ich werde ihn mitnehmen, mit oder ohne Ihre Zustimmung. Auf lange Sicht bin ich als Freund viel besser denn als Feind.«

Rikers stahlgraue Augen zogen sich für mehrere angespannte Sekunden zu Schlitzen zusammen. Dann nickte er plötzlich schroff, machte einen Schritt zurück und schlug die Türen des Rettungswagens zu. Sterling und der tote Körper waren schon verschwunden, bevor die Türen überhaupt ganz geschlossen waren.

Iceman saß in einem seiner Lieblingsrestaurants in einer Sitzecke. Sie bildete ein kleines Podest mit nur wenigen Sitzen und war durch mehrere Stufen vom übrigen Lokal abgetrennt. Er nippte an seinem Glas Lagavulin ohne Eis – die einzig angemessene Art, einen erstklassigen schottischen Single Malt Whisky zu genießen – und kostete das Aroma ebenso aus wie seinen wachsenden Erfolg.

Sabrina saß neben ihm, an seine Seite gekuschelt, und roch nach Mandarinen. Er wusste nicht, warum sie so roch, aber im Moment bedeutete dieser Duft für ihn nur eins – Lust. Also: Geld, Sex, Befriedigung.

»Die Mädchen haben ihre Sache heute Abend gut gemacht«, bemerkte sie, und das Bündel Geldscheine, das sie eingetrieben hatten, bewies es. Sie strich ihm unter seiner Jacke mit der Hand über die Brust. »Du siehst, dass Tad mich angefasst hat, hat meine Leistungsfähigkeit nicht beeinträchtigt. Ich weiß, wie ich meine Mädchen motivieren kann. Ich werde jede Menge Knete für dich an Land ziehen, mein Schatz.«

Er warf ihr einen Seitenblick zu und schaute sich dann im Restaurant um. Von seinem Platz aus hatte Iceman jede Ecke und jeden Sitz in dem Drei-Sterne-Luxusrestaurant im Auge.

Es ließ sich nicht bestreiten, dass Sabrina ihn heiß und hart machte. Oder vielleicht war es auch die Art, wie sie ihr Ding durchzog, sowohl im Bett als auch mit ihren Mädchen, was ihn hart machte. So oder so, er hatte über seinen nächsten Schritt entschieden.

Er nippte an seinem Scotch. »Ich habe über dein neues Band mit Tad nachgedacht«, sagte er. »Vielleicht kann es uns nützlich sein.«

Sie hob ihr Glas Merlot an den Mund. »Wie das?« Bewusst verführerisch ließ sie die Zunge über die Unterlippe gleiten. Sie mochte solche Spielchen.

Der Not gehorchend hatte er ihr bereits die Aufnahmen von Rebecca Burns im Club gezeigt. Und sie mussten diese Frau finden. Das bedeutete, dass sein Personal nach ihr Ausschau halten musste.

»Sobald wir die Frau haben – diese Rebecca Burns«, sagte er, »werden die Zodius uns nichts mehr anhaben können. Wir werden Tad loswerden, und genauso jeden anderen, der uns Ärger macht.« Er würde Rebecca Burns auf Schritt und Tritt bei sich haben, wenn es sein musste, als seinen persönlichen *Ice*-süchtigen Bodyguard. Und sosehr er Tad töten wollte, hatte er doch auch Verwendung für ihn – so wollte er zum Beispiel an die Quelle zur Herstellung des *Ice* herankommen, da Icemans wissenschaftliches Team es offenbar nicht nachzubilden vermochte.

Ein träges Lächeln glitt über Sabrinas Lippen. »Tad hat mich gefickt«, stellte sie fest, »und jetzt ficken wir ihn und zahlen es ihm heim.«

Er würde es Tad tatsächlich heimzahlen, und Adam gleich mit. Icemans Blick wanderte zur Tür und stieß auf J. C., der an den Tisch geschlendert kam. Doch seine zwanglose Lässigkeit war nur eine Fassade. Das verrieten seine zusammengebissenen Kiefer, der steife Nacken und die Tatsache, dass er Iceman in seiner Freizeit störte.

Mit zwei Schritten sprang J. C. die Treppe hinauf und schlüpfte gegenüber von Iceman und Sabrina in die Nische. »Ein weiterer Clanner ist gestorben«, berichtete er. »Im *Magnolia*-Ressort. Einer vom dortigen Personal.«

Iceman knirschte mit den Zähnen. Jetzt wusste er, warum J. C. so angespannt war. Sie hatten beschlossen, die großen Hotels und Ressorts zu infiltrieren und im Hinblick auf die zukünftige Verteilung der Droge das gesamte Personal miteinzubeziehen. Dabei waren sie vorsichtig vorgegangen, hatten sich immer nur ein Ressort nach dem anderen vorgenommen. Aber auch die beiden Clanner aus dem Lagerhaus waren Angestellte des *Magnolia* gewesen. Und jetzt der Dealer.

»Er hat gestern Nacht Eclipse genommen«, fuhr J.C. fort. »Man wird es in seinem Körper nachweisen können.« Er senkte die Stimme. »Alle Clanner, die gestorben sind, haben zuvor *Ice*-Eclipse genommen statt das reine *Ice*.«

Das war keine positive Entwicklung, aber damit konnte man umgehen. »Wir werden die Umsetzung unseres Plans fortsetzen.«

»Früher oder später werden die Hüter des Gesetzes dahinterkommen, dass der Eclipse-Flash für die Todesfälle verantwortlich ist, die nichts mit Entzug zu tun haben«, gab J.C. zu bedenken. »Sie werden das öffentlich bekannt machen. Sie werden den Leuten sagen, dass sie aufhören müssen, *Ice* zu nehmen, weil sie sonst ihren Tod riskieren.«

»Und wir werden unseren Eclipsern sagen, dass sie sicher sind«, gab Iceman zurück, »dass es die Nicht-Eclipser sind, die sterben – die Leute, die das unvermischte *Ice* nehmen.«

»Den Leuten wird doch jeden Tag eingetrichtert, dass Drogenkonsum sie umbringt«, fügte Sabrina hinzu. »Sie nehmen sie trotzdem weiter.«

»Da haben wir's ja«, sagte Iceman. »Problem gelöst. Sonst noch was?«

»Sterling ist aufgetaucht, als die Rettungssanitäter im *Magnolia* waren«, fuhr J.C. fort. »Zusammen mit Rebecca Burns. Sie sind mit dem Rettungswagen weggefahren, und meine Informanten haben mir berichtet, dass die Leiche nie im Krankenhaus angekommen ist. Rebecca Burns hilft den Renegades.«

»Sterling hat einen Vorrat an *Ice*«, erwiderte Iceman. »Dessen bin ich mir sicher. Sie hilft also ihrem neuesten *Ice*-Lieferanten. Wir müssen dafür sorgen, dass das in Zukunft ich bin.«

»Du meinst Adam«, ertönte eine Männerstimme. Eine Sekunde später ließ sich Tad auf den Sitz neben J. C. gleiten. »Er will Rebecca Burns haben, und was Adam will, das kriegt er auch. Sobald du Adam krumm kommst, stirbst du.«

Iceman zwang seine Gesichtszüge, eine ungerührte Maske zu formen, während er innerlich völlig aufgewühlt war. Zum Teufel! Woher war der Mann gekommen? Hier war kein Wind. Sie befanden sich hundert Meter tief in einem Casino-Ressort. Er wusste, dass er verdammt noch mal jeden registriert hatte, der seit seiner Ankunft gekommen und gegangen war. Ganz zu schweigen davon, dass Tad in einem Etablissement, in dem Anzug und Krawatte zwingend vorgeschrieben waren, in Lederhose und Lederjacke ungehindert durch die Vordertür hatte passieren können.

Tad fixierte Iceman. Spott und Belustigung glitzerten in seinen Augen. »Du hältst dich für unersetzlich, aber das bist du nicht.« Er deutete auf den Sitz neben sich. »J. C. hier kennt sich doch bestens aus, nicht wahr? Ich wette, er hätte auch gern ein paar von diesen schicken Sportwagen, die du auf Adams Kosten fährst. Vielleicht solltest du ihm welche kaufen. Ein guter Stellvertreter verdient es, dass man sich um ihn kümmert.«

Er griff sich Icemans Scotch, prostete Sabrina mit einer saftigen Prise Wollust in seinen schwarzen Augen zu und kippte den Whisky runter. »Feiner Stoff.« Es war nicht ganz klar, ob er den Scotch meinte oder die Frau. Er sah Iceman an. »Kaum zu glauben, dass du aus einer Familie kommst, die Billigbier aus der Flasche trinkt.« Herausforderung glänzte in seinen Augen. Er verschränkte die Arme vor der Brust. »Also, wir brauchen einen Plan. Wir müssen einen Weg finden, wie wir Rebecca Burns aus ihrem Versteck locken und einfangen können. Wenn sie auf der Bildfläche auftaucht, sobald ein *Ice*-Junkie gestorben ist, dann müssen wir eben noch einen anderen töten und dafür sorgen, dass es wie die anderen Todesfälle aussieht.« Er lachte ein trockenes, bellendes Lachen, als würde er versuchen, einen geschmacklosen Witz zu reißen. »Wenn wir einen umbringen, wird sie kommen.«

Iceman starrte Tad an, und Hass brannte wie Säure in seinen Eingeweiden. Niemand ließ Iceman wie einen Idioten dastehen, ohne den Preis dafür zu zahlen. Tad würde schon bald erfahren müssen, dass dieser Preis schmerzhaft war.

Becca warf ihren Bleistift auf den Labortisch und schlug die Hände vor ihr Gesicht. Es waren Stunden vergangen, seit der Clanner im Rettungswagen gestorben war. Seine Leiche war nach Sunrise City gebracht worden, um sie dort gründlich wissenschaftlich zu untersuchen, was Becca nur recht war. Leichen waren nicht ihr Ding. Sie war Astrobiologin, keine Gerichtsmedizinerin und Leichenbeschauerin – eine Astrobiologin, die müde, hungrig und frustriert war und sich wünschte, dass Sterling endlich zurückkehrte.

Er war jetzt schon seit geraumer Zeit in einer Besprechung mit Caleb und einigen der anderen Renegades. In der Besprechung ging es darum zu entscheiden, was sie wegen Dorian tun sollten. Da ihre eigenen Fortschritte zu wünschen übrig ließen, hoffte sie, dass er Antworten würde liefern können.

Becca nahm die Hände vom Gesicht, strich sich mit den Fingern über die Beine und schaute dann auf die Uhr auf dem Computer. Gütiger Gott. Sie hatte wirklich jedes Zeitgefühl verloren. War es wirklich schon zwei Uhr morgens? Kein Wunder, dass sie müde war. Bedauerlicherweise holte das Verlangen nach Schlaf selbst einen *Ice*-Abhängigen ein, wenn auch weniger schnell.

Am Computer ertönte ein Summton – das Zeichen, dass Kelly mit ihr sprechen wollte. Becca drückte auf eine Taste, und Kellys Gesicht füllte den Bildschirm. Ihr hellblondes Haar türmte sich auf ihrem Kopf auf, und sie hatte dunkle Ringe um die Augen. Becca hegte keinerlei Zweifel, dass sie selbst genauso erschöpft aussah.

Sie pflügten sich beide durch ein Meer von einer Million möglichen Antworten, während die davonlaufende Zeit sie drängte, die richtige zu finden. Und so hatten sie beschlossen, nach dem Motto »Teile und herrsche« zu arbeiten und sich dann alle paar Stunden über ihre Ergebnisse auszutauschen. Kelly und ihr Team arbeiteten an Wegen zur Rettung der bisherigen *Ice*-Abhängigen, während Becca ganz von der Idee der Entwicklung einer Methode zur Immunisierung gegen *Ice* eingenommen war. Sie suchte nach einer Substanz, durch die die Absorption der Droge verhindert werden sollte. »Bitte, sagen Sie mir, dass Sie mehr Erfolg hatten als ich«, bat Kelly mit einem schweren Seufzer.

»Ich würde nicht von Erfolg sprechen«, antwortete Becca. »Aber ich habe über einige meiner Erfahrungen bei der NASA nachgedacht. Wenn man es mit extraterrestrischen Mikroorganismen zu tun hat, erwartet man das Unerwartete. Wir arbeiten unter der Prämisse, dass es mikroskopisch kleine Lebensformen gibt, die wir nicht einmal als solche erkennen, weil wir nicht wissen, wie wir ihre Existenz mit unseren Messmethoden erfassen sollen – was dieses Problem kompliziert erscheinen lässt. Tatsächlich bin ich mir nicht sicher, ob es das wirklich ist. Was, wenn es so einfach ist wie die Frage, warum wir nicht auf einem fremden Planeten leben können und sie nicht auf unserem? Also könnte vielleicht etwas, das wir jeden Tag gebrauchen, auch genau das sein, was eine Immunisierung bewirken oder als Gegenmittel dienen könnte – etwas wie Sauerstoff, aber eben kein Sauerstoff. Ein Mineral. Ein Vitamin. Da *Ice* außerirdisch ist, sollten wir nach einem Element suchen, das die außerirdische DNA abstößt, und dann könnten wir es vielleicht so umwandeln, dass wir es zur Immunisierung einsetzen können. Ich werde die GTECH-Unterlagen jetzt noch einmal daraufhin durchsehen, ob sie mir in diesem Punkt irgendwelche Hinweise geben können.«

Sie besprachen diese Idee einige Minuten lang, beide ermutigt von den Möglichkeiten, die sich hier eröffneten, dann sagte Kelly: »Ich habe mir auch darüber Gedanken gemacht, wie wir mit den bisherigen *Ice*-Abhängigen umgehen sollen. Ich will mit Caleb darüber sprechen, energischere Maßnahmen zu ergreifen. Wir sollten ein paar dieser Abhängigen hierherbringen und sie unter medizinischer Überwachung einem *Ice*-Entzug unterziehen. Das sind nicht gerade meine bevorzugten Methoden, aber es dient dem Ziel, Leben zu retten. Ich werde morgen früh mit Caleb darüber reden.« Sie schaute auf ihre Armbanduhr. »Okay. Es ist schon fast Morgen. Wir brauchen beide etwas Schlaf.«

»Legen Sie sich ruhig hin«, antwortete Becca. »Ich bin noch fit. Ich möchte an meiner Idee zur Immunisierung arbeiten, solange ich sie neu und frisch im Kopf habe.«

»Ganz ausgeschlossen, dass in Ihrem Kopf im Moment noch irgendetwas neu und frisch sein kann, Becca.«

»Ich muss wirklich weiterarbeiten, Kelly. Ich muss mir Klarheit verschaffen.«

Kelly musterte sie für einen Moment. »Sie meinen, bevor es zu spät ist und Sie genauso tot sind wie dieser Clanner, den Sie heute haben sterben sehen? Wollten Sie das sagen?«

»Ja«, bestätigte Becca, und ihre Kehle war plötzlich wie zugeschnürt. »Wir wissen nicht, wann es so weit sein wird, Kelly.«

»Ich habe Ihr Blutbild gesehen«, erwiderte Kelly. »Mittlerweile schon mehrere Proben. Solange Sie weiter das *Ice* nehmen, wird Ihnen nichts passieren.«

»Selbst wenn wir über einen unendlichen Vorrat an *Ice* verfügten, könnten wir uns nicht sicher sein, welche Nebenwirkung es auf seine Konsumenten hat. Wir wissen nicht, wie lange ich noch von Nutzen sein kann.«

Kelly warf ihr einen eindringlichen Blick zu, dann sagte sie sanft: »Becca. Es ist okay, leben zu wollen. Sich um seine eigene Zukunft zu sorgen.«

Die Enge, die sie in der Kehle verspürt hatte, griff nun unerbittlich nach Beccas Brust. »Es ist leichter, die Zukunft aller anderen Menschen im Auge zu haben.« Eine Wahrheit, die ihr herausrutschte, ohne dass sie es gewollt hätte.

»Na schön«, antwortete Kelly nach einer kurzen Pause. Ihre Stimme war jetzt fester und wurde ein wenig störrisch. »Dann werden eben wir uns um Sie sorgen – und für Sie sorgen. Ich rufe jetzt Sterling an und werde ihm befehlen, Sie zu füttern und ins Bett zu bringen. Und damit genug für heute. Gute Nacht, Becca.« Der Bildschirm wurde schwarz.

Fast im selben Moment öffnete sich die Tür zum Labor, und Sterling trat ein. Er sah aus wie ein Junge vom Land, wie ein scharfer Cowboy zum Anbeißen, also ganz wie immer, und mit ihm schlug ihr eine Welle würziger Essensduft entgegen, die ihren Magen fordernd knurren ließ.

»Ich habe da jemanden an der Hand, bei dem ich mir auch spät nachts immer noch was besorgen kann«, sagte er und hielt die Essenstüte in die Höhe, während sein Handy zu klingeln begann. »Hab was vom Chinesen mitgebracht.«

»Das ist Kelly«, sagte Becca. »Sie will dir sagen, dass du mich füttern sollst.« Sie ließ den Teil mit dem »Ins-Bett-Bringen« weg, obwohl dieser Gedanke mindestens genauso reizvoll war wie das Essen.

Er grinste. »Wer hat wohl jetzt die hellseherischen Fähigkeiten?« Er schnappte sich sein Handy und nahm den Anruf entgegen. »Ich bin schon dabei, sie zu füttern, und dann …« Er zögerte, um dann hinzuzufügen: »… bringe ich sie ins Bett.« Ihre Blicke trafen sich, und der seine war erfüllt von der Verheißung, dass mit »ins Bett« *sein Bett* gemeint war.

21

Becca schlüpfte aus ihrem Laborkittel und ließ sich von Sterling zur Tür ziehen.

»Zeit für Essen, ein heißes Bad und fürs Bett«, versprach er.

»Ein heißes Bad?«, hakte Becca hoffnungsvoll nach. »Du hast hier eine Badewanne? Wirklich?« Es war Wochen her, seit sie einen solchen Luxus genossen hatte.

»Ich habe hier ein ganzes Apartment«, erwiderte er. »Nichts Spektakuläres, weder das Apartment noch die Wanne. Aber es passt eine Menge Wasser hinein und eine hübsche Frau noch obendrein.«

Becca musste über seinen nicht gerade subtilen Landjungencharme lächeln. Er war in so vielerlei Hinsicht wie ein Geschenk und genau das, was sie im Moment brauchte. Er stellte keine Forderungen. Fiel nicht über sie her. Versuchte nicht, übertrieben charmant und liebenswürdig zu sein. Da gab es weder Allüren noch Nettigkeiten. Er war, wer er war, und das mochte sie an ihm.

»Übrigens«, sagte sie, während er sie durch einen Flur führte, der aussah wie Tausende andere Flure auf der Welt: einfacher Teppichboden und Türen zu beiden Seiten, »wo hast du um zwei Uhr morgens denn chinesisches Essen herbekommen?«

»Ich kenne das Paar, dem das China-Lokal in dem Komplex über uns gehört. Sie veranstalten jeden Mittwoch eine spätnächtliche Pokerrunde in ihrer Küche. Wenn sie gewinnen, kann ich sie immer dazu überreden, etwas für mich zu kochen.«

»Und wenn du gewinnst?«, fragte sie, als er am Ende des Flurs stehen blieb und eine Tür aufdrückte.

»Ich spiele niemals um Geld. Aber ich genieße das Ritual zu beobachten, wie alle anderen Unsummen an Mister Ling verlieren, der immer gewinnt. Und ganz gleich, wie oft die immer gleichen Leute gegen ihn verlieren, sie kommen stets zurück, um sich noch mehr ausnehmen zu lassen. Es ist schlimmer als bei Soldaten, die in der Grundausbildung darum betteln, bestraft zu werden.«

Sie ging an ihm vorbei, ihre Blicke berührten einander flüchtig, und Beccas Magen flatterte, als sie in die Diele seiner Wohnung trat. »Es fällt mir schwer zu glauben, dass du nicht um Geld spielst.« Sie ließ den Blick durch das Apartment schweifen und stellte fest, dass es sehr einfach eingerichtet war – ein Ort zum Leben, aber kein Zuhause. Es gab ein braunes Ledersofa, einen passenden Sessel und einen lederüberzogenen Couchtisch mit integriertem Polstersitz. Nicht viel mehr.

»Ich werde niemals auch nur ein Zehncentstück in die Richtung eines Casinos werfen«, erklärte er, trat ein und schloss die Tür, wobei er ihr so nahe kam, dass sich ihre Schultern berührten. Beim Gefühl seiner Nähe biss sich Becca auf die Unterlippe. Hatte sie jemals einen Mann so heftig begehrt wie ihn?

Er deutete auf einen schlichten Tisch im rechten Teil des Wohnbereichs. »Wie gesagt. Nichts Spektakuläres.« Er stellte die Tüte mit dem Essen auf den Tisch, ging in die Küche und öffnete den Kühlschrank. Über die Küchentheke hinweg sprach er weiter. »Sunrise City ist mein eigentliches Zuhause. Diese Räumlichkeiten nutze ich nur zeitweise, bei Bedarf.«

»Komisch«, sagte sie, ließ sich auf einen Stuhl sinken und nahm die Styroporbehälter aus der Tüte. »Ich habe dich wirklich total für eine Spielernatur gehalten.«

Gemächlich ging er zum Tisch zurück und stellte eine Cola

auf der Platte ab. »Ich hab dein Lieblingsgetränk besorgt.« Er setzte sich neben sie ans Tischende und öffnete seine Dose Dr. Pepper. »Und ich halte meinem alten Favoriten die Treue.« Er nahm einen Schluck. »Ich bin jemand, der Risiken eingeht, aber kein Spieler. Ich habe es unter Kontrolle, wenn ich ein Risiko auf mich nehme. Das Glücksspiel würde umgekehrt mich kontrollieren. Damit will ich nichts zu tun haben.«

»Ich verstehe«, sagte sie. »Du bist ein Kontrollfreak.«

Er grinste. »Nein. Kontrolle ist eine Illusion. Keiner von uns hat die Dinge wirklich unter Kontrolle. Wir machen uns nur selbst etwas vor, weil wir das denken wollen.«

Becca griff sich ihre Coladose und öffnete sie, darauf bedacht, sich ihre Reaktion auf seine Worte nicht anmerken zu lassen. Sie drangen direkt in ihr Inneres und schnürten ihr die Kehle zu. Niemand wusste besser als sie, wie wahr seine Bemerkung war; immerhin hatte sie eine Krebsdiagnose durchlitten.

Sie setzte die Dose an und trank, während Sterling fortfuhr: »Also setze ich einfach alles auf eine Karte, wenn ich muss. Leben oder sterben. Ich gehe einfach aufs Ganze.«

Ein heftige Gefühlsregung schoss Becca jäh durch den Leib – nur dass sie wusste, dass es nicht ihre eigenen Gefühle waren.

Rasch blickte sie ihm in die Augen, und das Herz rutschte ihr in die Hose. »Du hast keine Familie«, sagte sie, fest davon überzeugt, dass es die Wahrheit war. »Du machst dir keine Sorgen über Leben oder Sterben, weil du denkst, dass es niemanden groß interessiert, wenn du nicht mehr da bist.«

Er zog die Augenbrauen in die Höhe und starrte sie an. Seine Miene blieb für mehrere Sekunden unbewegt. Dann öffnete er den Deckel von einem der Behälter. Sofort stieg ihr der verlockende Duft von dampfendem Essen in die Nase und ließ ihren Magen knurren. »Würziges Rindfleisch«, sagte er. »Plus eine Extraportion Sojasoße für den weißen Reis.«

»Du willst wohl nicht darauf antworten …« Mitten im Satz brach sie ab und warf einen zweiten Blick auf das Essen. »Woher wusstest du, was ich mag? So detailliert sind eure Akten über mich doch sicher nicht.«

»Dann hatte ich also recht«, erwiderte er. »Wow. Das ist wirklich seltsam. Ich habe dort gestanden und mich mit Mister Ling darüber unterhalten, was ich für dich bestellen sollte, und irgendwie wusste ich es einfach. Genauso wie ich weiß, dass du Schokolade liebst, aber Karamell nicht ausstehen kannst. Dass du deinen Kaffee mit zwei Portionen Milch und einer Portion Süßstoff trinkst. Und dass du nur von Makkaroni und Käse leben könntest, wenn sie nicht so viele Kohlenhydrate enthielten.« Er schloss den Deckel des Essensbehälters wieder und lehnte sich zurück. »Ich muss gestehen, Becca, ich habe mich nie in irgendeiner Form um den Kohlenhydratgehalt von Essen gekümmert – meines Wissens kein einziges Mal in meinem Leben. Also glaube ich, dass ich wohl irgendwie in deinen Kopf gelangen und deine Gedanken lesen kann.« Er musterte sie eindringlich. »Stimmt irgendetwas von dem, was ich gesagt habe?«

Betroffen nickte Becca. »Alles.«

Er lehnte sich noch tiefer in seinen Stuhl. »Ich fass es nicht«, bekannte er und zog die Brauen zusammen. »Verbindest du jetzt irgendwie unser Bewusstsein?«

»Nicht, dass ich wüsste«, antwortete sie. »Und ich konnte es spüren, als wir diese Verbindung zuvor hatten.« Es war intim gewesen … beinahe erotisch. »Nein. Im Moment sind wir nicht verbunden. Vielleicht sind das alles Informationen, die du aufgeschnappt hast, als wir verbunden waren, und du erinnerst dich jetzt daran … wenn es bestimmte Auslöser gibt, so wie der, dass du für mich Essen bestellst.«

Sie warf ihm einen eingehenden Blick zu, sprachlos über diese neue Wendung. Kein Wunder, dass es sich so intim angefühlt hatte, als sie ihr Bewusstsein miteinander verschmolzen hatten. Irgendwie war jeder tief in das persönliche Leben des anderen eingetaucht, hatte den anderen bis ins Mark durchdrungen. Sie war sich nicht sicher, ob sie wollte, dass er wusste, was da in ihrem Inneren war. Dass er über die Kämpfe Bescheid wusste, die sie in letzter Zeit mit sich selbst ausgefochten hatte – die Unsicherheiten, die Ängste. Es war einfacher, daran zu denken, was sie über ihn erfahren hatte, was er so dachte. »Du hast keine Familie.«

Er zuckte die Achseln, dann nippte er an seiner Limo. »Wie gesagt, die Renegades sind meine Familie.«

Ungehalten musterte sie ihn. »Du weißt, was ich meine. Damals in der Bibliothek hast du nie über deine Mutter gesprochen. Ich erinnere mich, dass du bei deiner Großmutter gelebt hast und dass dein Vater im Kampf getötet wurde. Hast du Geschwister?«

»Meine Mutter ist im Kindbett gestorben. Und meine Großmutter starb vor ein paar Jahren an einem Herzinfarkt.«

Eine plötzliche Erinnerung blitzte in ihrem Kopf auf. *Sterlings Erinnerung* – von ihm, wie er von einem Gebäude auf einen Wagen sprang. Sein letzter Gedanke – er konnte sterben, aber erst musste er den kleinen Jungen befreien, der in diesem Wagen als Geisel gehalten wurde, und ihn zu seinen Eltern zurückbringen. Er hatte keine Angst vor dem Tod. Sie spürte nicht das geringste bisschen Furcht in ihm.

Sie blinzelte das Bild weg und dachte an die schlimme Angst vor dem Sterben, die sie während der letzten Monate empfunden hatte. »Fürchtest du dich denn niemals?« Ihre Stimme versagte. Sie wusste nicht, warum, aber da war ein Gefühl in ihrer Kehle, das ihr die Luftröhre zuschnürte.

Plötzlich kniete er vor ihr und drehte sie zu sich um. Seine Hände lagen auf ihren Knien. Sie spürte ihre Kraft. Ihre Wärme. Sein Blick versuchte ihre Augen zu erforschen. »Weißt du, wann ich Angst habe? Jedes Mal, wenn ich denke, dass dir etwas zustoßen könnte. Ich hatte Albträume von dem, was Adam mit dir in Zodius anstellen könnte.«

»Weil du dir selbst Vorwürfe gemacht hast«, antwortete sie. »Es war nicht deine Schuld. Du hast versucht, mich zu retten. Das wusste ich.«

»Nein«, erwiderte er. »Ein Soldat findet seine Möglichkeiten, wie er so was wegstecken kann. Das müssen wir können, wenn wir weitermachen wollen. Das mit dir ist etwas anderes, Becca, und das war es von dem Moment an, als ich dir das erste Mal begegnet bin. Also, um deine Frage zu beantworten … noch einmal: Ja, doch. Ich kenne Angst.« Seine Hand wanderte über ihren Hals, und seine schwieligen Finger ließen eine Gänsehaut über ihr Rückgrat rieseln. »Du bist nicht mehr allein. Wir werden von jetzt an zusammen Angst haben.«

Unsicherheit stieg in ihr auf, zusammen mit einer der vielen Ängste, die ihr Krebs mit sich gebracht hatte – jener Angst, die sie davon abgehalten hatte, ihrer Mutter von ihrer Diagnose zu erzählen. Sie wollte nicht, dass sich jemand um sie kümmerte, sich um sie sorgte … wollte nicht den Menschen, die sie umgaben, das Leben aus dem Leib saugen, während sie selbst sterben musste.

Sie versuchte, sich loszumachen. »Nein«, sagte sie. »Du brauchst das nicht mir zuliebe zu tun. Ich will nicht, dass du irgendetwas tust, damit ich mich besser fühle.«

Er küsste sie, eine leichtes Streicheln seiner Lippen auf den ihren, gefolgt vom verführerischen Spiel seiner Zunge, die über die ihre fuhr, sie überall zu berühren schien. »Ich will nicht, dass du dich besser fühlst«, erwiderte er, und seine Stimme war rau vor Verlangen. »›Besser‹ beschreibt noch nicht einmal ansatzweise die Gefühle, die ich in dir auslösen will.« Wieder küsste er sie, ganz sanft und zart. »Ich habe dich schon seit dem Moment gewollt, als du mir zum ersten Mal vor Augen getreten bist, und ganz unbedingt will ich dich, seit ich dich den Gehweg zu deinem Haus hinaufgehen sehen habe.«

So, wie auch sie ihn gewollt hatte. Sie erinnerte sich daran, wie er dort auf ihrer Veranda gestanden und sündhaft sexy ausgesehen hatte, ihr jeden wonnevollen Augenblick ihres Lebens in Erinnerung rief, den sie versäumt hatte. Sie wollte alles nehmen, was er ihr bot, wollte alles außer ihm vergessen, wollte wenigstens für eine kleine Weile entfliehen. Aber, verdammt, anders als zuvor im Labor dachte sie jetzt, statt einfach nur zu fühlen, ihr Kopf sprach – und irgendwie war sie eigentlich zugleich auch in seinem Kopf. Sie wollte nicht egoistisch sein, wollte nicht handeln, ohne über die Konsequenzen nachzudenken.

Sterling beugte sich vor und streichelte mit seinem Mund wieder den ihren, seine Zähne nagten an ihrer Unterlippe, seine Zunge liebkoste sie. Becca stöhnte leise, beim besten Willen nicht in der Lage, das Geräusch zurückzuhalten. Selbstbeherrschung war im Augenblick nicht gerade ihre Stärke.

Sie legte die Hände auf Sterlings Schultern und verfiel dem Spiel seiner Muskeln unter ihren Fingern. Ihn zu berühren … ihn zu spüren … Nun gut, vielleicht wollte sie doch egoistisch sein. Sie wollte ihm die Kleider vom Leib reißen und ihn nackt sehen, wollte ihn *wirklich unbedingt* nackt sehen. Nur mit Mühe konnte sie sich davon zurückhalten, sich ihm entgegenzuwölben, rief sich mühsam ins Gedächtnis, dass sie auch hinterher immer noch die junge Frau mit dem Krebs sein würde, die zur *Ice*-Süchtigen geworden war – eine Last, die sie besser allein trug.

Seine Finger glitten über einen ihrer nackten Arme, und sie spürte diese Berührung am ganzen Körper. Ihr Magen flatterte. Ihre Schenkel schmerzten. Ihre Brüste fühlten sich voll und schwer an, die Nippel waren hart und empfindlich.

»Ich versuche zu tun, was richtig ist«, wisperte sie. Ihre Stimme bebte, während sie darum kämpfte, die Willenskraft zu finden, ihm zu widerstehen, und sei es nur mit Worten. Doch da war etwas so Faszinierendes an diesem Mann, das sie nicht losließ, und das Verlangen, das er in ihr weckte, hatte etwas so Forderndes. Er war wild und erregend, doch erstaunlicherweise erschien ihr das, was sie als Gefahr empfinden sollte, gefahrlos und sicher.

Seine Wange streifte über ihre, und Barthaare kratzten erotisch über ihre Haut, sein Atem drang ihr warm ans Ohr, als er flüsterte: »Wenn ich instinktiv schon etwas so Banales weiß wie was du gern isst, überleg nur, was ich sonst noch über dich wissen könnte. Was *wir* übereinander wissen könnten. Wie wir einander erregen … einander Genuss bereiten könnten.«

Da war eine Leere in ihr, die nun vor Hoffnung erschauderte, flehentlich darum bat, von ihm vertrieben zu werden, von ihm mit etwas gefüllt zu werden, das nicht eisig und kalt war.

Er zog den Kopf zurück und sah sie an, die Augen dunkel und leidenschaftlich. Unwiderstehlich. »Keine Reue, kein Bedauern, Becca«, gelobte er, und sie wusste, dass er diese Wörter in ihrem Kopf gefunden hatte. Wörter, nach denen zu leben sie sich geschworen hatte, als sie das deutsche Krankenhaus ohne Heilung verlassen hatte. Wörter, die sie sich zuvor im Labor in seiner Gegenwart innerlich vorgesprochen hatte.

Sie wälzte sie in ihrem Inneren hin und her und ließ sie schließlich Wurzeln schlagen. Dann belohnte sie sich, indem sie Sterlings süchtig machenden männlichen Duft tief einatmete. »Keine Reue, kein Bedauern«, wiederholte sie leise.

Ein träges Lächeln trat auf seine Lippen. »Ich liebe es, wenn du mit mir einer Meinung bist«, neckte er.

Becca lachte. »Du bist verrückt.«

»Verrückt nach dir«, bekannte er heiser.

Bei diesen Worten durchströmte sie eine Gefühlsaufwallung, als wäre sie noch das kleine Schulmädchen. In der Vergangenheit wäre sie sich in so einer Situation vorgekommen wie der langweilige Bücherwurm, der dem von allen umschwärmten Quarterback gegenübersteht, sich unbehaglich fühlt und weiß, dass sein Gegenüber schlicht eine Nummer zu groß für ihn ist – aber bei Sterling war das anders. Noch nie zuvor hatte ein Mann sie aus solch dunklen Gefühlen herausgezogen und zum Lachen gebracht. Er bot ihr einen Ort, der vielleicht eine echte Zuflucht sein konnte.

Sie presste ihre Hände auf sein Gesicht, drückte ihre Lippen auf seine. Nahm ihn in sich auf. Atmete ihn ein wie ein kleines Stück Leben. So verharrten sie, während heiße Glut sie umfing. Und das Feuer wuchs … zog sie näher aneinander heran, ohne dass sie sich auch nur im Geringsten bewegten.

Seine Zunge strich über ihre Lippen, drängte sich an ihren Zähnen vorbei, während er sie in ihren Mund schob, um sie lang und sinnlich zu kosten. »Deine Küsse schmecken wie Honig«, murmelte er. »Wie schmeckt der Rest von dir?«

Die Bemerkung ließ sie schaudern – in ihr schwang das Versprechen, dass er genau das herausfinden wollte. Er küsste sie wieder. Verrückt und wild und heiß küsste er sie, und sie genoss jede Sekunde. Genoss seine Zunge, seine Lippen und seine Hände, die durch ihr Haar und über ihr Gesicht fuhren.

Becca strich mit den Fingern durch sein dichtes blondes Haar. Sie liebte sein Haar – es war ein wenig wild, so wie er. Mit jedem Streicheln seiner Zunge, jeder Berührung seiner Lippen fühlte sie sich freier.

Ihre Hände wanderten über seine Brust – und fanden warme, harte Muskeln als Belohnung. Sie interessierte sich im allerhöchsten Maße für diese Muskeln, als stellten sie das beste wissenschaftliche Projekt auf der Welt dar, das es unbedingt zu studieren galt. Sie erforschte seine Arme, seinen Bizeps, testete, wie sie sich unter ihren Fingern anfühlten. Sie rutschte in ihrem Stuhl nach vorn und wölbte sich ihm entgegen; natürlich alles zu Forschungszwecken. Um zu erkunden, wie er sich wohl anfühlte, wenn er dicht an sie gepresst war. Ihre Brüste sehnten sich nach seiner Berührung, ihre Nippel waren hart und geschwollen, voller Verlangen nach seinem Mund. Gütiger Gott. Hatte sie gerade wirklich diesen schamlosen Gedanken gehabt? Dabei war sie doch ein braves Mädchen, war es stets gewesen.

Seine Hände glitten über ihre Brüste, seine Finger neckten die steifen Gipfel ihrer Brustwarzen. Sie legte ihre Hände auf seine und sagte ihm stumm, dass sie mehr wollte, denn laut zu fragen oder zu fordern vermochte sie nicht. Im Herzen war sie immer noch dieses »brave Mädchen«, und es schien, als könnte sie sich einfach nicht von ihm trennen.

Aber sie wollte kein braves Mädchen mehr sein. Wenn irgendjemand die Bedeutung des Satzes »Das Leben ist kurz« kannte, dann sie. Sie strich mit den Lippen über sein Kinn, verbarg das Gesicht an seinem Hals und knabberte daran, während sie sagte: »Weißt du, was ich will?«

Er legte die Hände um ihre Taille. »Wenn du jetzt ›chinesisches Essen‹ sagst, werde ich Einwände erheben.«

»Dann lasse ich dir die Wahl«, antwortete sie. Sein Scherz hatte ihr Mut gemacht. »Füttere mich, oder zieh dich aus.«

»Ich bin sehr fürs Ausziehen, wenn du mitmachst«, pflichtete er ihr rasch bei.

»Du zuerst«, feilschte sie.

Die Vorstellung, nackt vor ihm zu stehen, während er voll bekleidet war, hätte ihr das Gefühl gegeben, verletzlich und ungeschützt zu sein. Doch ihm schien es umgekehrt nichts auszumachen.

»Okay«, sagte er, unbeeindruckt von der Vorstellung, stand auf und begann sich auszuziehen. Und nur Sekunden später stand er in all seiner nackten Pracht da, und sie saß voll bekleidet auf ihrem Stuhl.

Becca befeuchtete ihre plötzlich trockenen Lippen, während ihr Blick über seinen attraktiven Körper mit den geschmeidigen Muskeln wanderte, die sich an all den richtigen Stellen wölbten. An seinen Bauchmuskeln blieb sie hängen – oh Mann, waren das Exemplare! Wirklich, wirklich schöne Bauchmuskeln. Schroff wie eine in harten Fels gegrabene Landschaft aus Canyons ragten sie auf, köstliche Berge und Senken, die alle nach ihrer Zunge riefen. Becca schluckte, ihre Kehle war jetzt so trocken wie ihre Lippen, und sie ließ den Blick über seine aufragende Erektion wandern. Groß, hart, bereit. Sie war ganz feucht. Sie presste die Schenkel zusammen, drückte gegen den Schmerz zwischen ihren Beinen.

Ein Teil von ihr wollte sich die Kleider vom Leib reißen und diese ganze Perfektion eng an sich spüren. Der andere wollte jede Sekunde auskosten und schauen, erkunden, berühren.

Langsam hob sie den Blick und starrte in die in seinen Augen schwelende Hitze. »Darf ich dich anfassen?«, fragte sie.

»Wenn du es nicht tust«, sagte er, »werde ich wohl darum betteln müssen.«

Sterling, nackt und bettelnd. Sie musste gestorben und im Himmel gelandet sein.

22

In freudiger Erwartung des Moments, da diese Frau, die so zauberhaft, lieb und zugleich unglaublich sexy war, ihn berühren würde, schossen Sterling die erotischsten Bilder durch den Kopf. Becca trat auf ihn zu, richtete den Blick zu ihm empor, und heiße, schwelende Glut breitete sich zwischen ihnen aus. Er bewegte sich ein kleines Stück nach vorn, dann rief er sich im Stillen zur Ordnung und trotzte seinem sehr männlichen, sehr drängenden Begehren, wie ein primitiver Höhlenmensch nach ihr zu greifen und »mein« zu sagen. Er wusste, dass das nicht die richtige Reaktion gewesen wäre. Geradeso wie er gewusst hatte, was er in dem China-Restaurant für sie zu bestellen hatte, spürte er jetzt, dass sie das Gefühl hatte, selbst keine Wahl zu haben – als würde sie jede Kontrolle verlieren. Nun, mit ihm sollte sie eine Wahl haben. Was immer sie selbst wollte, was immer sie brauchte – er wollte und brauchte es ebenfalls.

Langsam, mit fast geschlossenen Wimpern, drückte sie die Hand auf seine Brust. Sie war weich und kühl – im Gegensatz zu dem Feuer, das an seinen Gliedern leckte und sie beide wirbelnd umfasste. Sie spreizte die Finger und krallte sie in seine Haut, dann fuhr sie mit einem Finger seinen Bauch hinab Richtung Unterleib, wo sie die Hand wieder flach auf seine Haut legte. In ihrer Berührung lag das Versprechen, dass sie es nicht dabei bewenden lassen würde. Und bei Gott, sein Schwanz hatte es verstanden. Er reckte sich ihr in Habachtstellung entgegen, pochte vor Erwartung, während Sterling das Herz in den Ohren hämmerte.

Ihre Finger bahnten sich einen Weg an die Wurzel seiner Erektion, und liebkosten sie von dort bis ganz an die Spitze hinauf. Sein Schwanz begann sofort vor Wonne zu zucken.

Becca holte tief Atem und versuchte, ihre Hand wegzuziehen, während ihr Blick den seinen suchte. Und ehe er sich versah, nahm er ihr ein kleines Stück jener Kontrolle, die ihr zu überlassen er sich doch eben gelobt hatte. Seine Hand schloss sich um ihre Hand, legte ihre Finger um seinen Schwanz. »Mach weiter«, befahl er und erkannte seine heisere Stimme kaum als die eigene.

Sie fuhr sich mit den Zähnen über die Unterlippe, und er konnte nur mit Mühe ein Stöhnen unterdrücken. Wollust leckte an seinen Gliedern wie ein wogendes Feuer. Die sanften, bernsteinfarbenen Augen Beccas, die so oft voller unschuldiger Verunsicherung gewesen waren, glitten zu seinem Gesicht hinauf, und es lag keine Unschuld mehr in ihnen. Stattdessen schimmerte in ihnen eine Mischung aus Verlangen und Zögern. Und dann, Dank sei Gott im Himmel, spannten sich ihre Finger fester um ihn.

»Oh ja, Süße«, sagte er rau, ließ ihre Hand los und ihr damit Wahlfreiheit, solange nur ihre Hand an seinem Schwanz blieb.

»Das gefällt dir wohl?«, fragte sie neckend.

»Nur um das klarzustellen.« Seine Stimme klang heiser und angegriffen. »Du kannst mit mir so ziemlich alles machen, was du willst … und es wird mir gefallen. Einmal abgesehen vom Einsatz deiner Zähne.« Dann fügte er schnell hinzu: »Solange sie begrenzt und auf akzeptable Weise eingesetzt werden, können Zähne natürlich auch ziemlich sexy sein. Und da du Wissenschaftlerin bist und so weiter, weiß ich, dass du ein ausgeprägt experimentierfreudiges Wesen besitzt. Fühl dich frei, ihm zu folgen. Lass dich einfach von ihm leiten.«

Sie lachte, lockerte ihren Griff und neckte ihn mit den Fingern. »Ich habe noch nie jemanden kennengelernt, der so war wie du, Sterling.«

»Ganz meinerseits, Zuckerpfläumchen«, brachte er hervor, während ihre Stimme wie ein musikalisches Aphrodisiakum an seinen zum Klingen gespannten Nerven zupfte und im Verein mit ihrer Hand das ihre dazu beitrug, ihn durch Wollust umzubringen. Oh ja. Er musste sterben, wenn er nicht schon sehr bald die nasse Hitze ihres um ihn geschlungenen Körpers spüren konnte.

Ihr Lächeln wurde breiter, ihre Hand bearbeitete ihn unbarmherzig, melkte und knetete ihn. Sie hatte wirklich die Kontrolle. Auch das stürzte ihn in ein Wechselbad der Gefühle, er liebte und hasste es zugleich. Wollte er doch nun seinerseits die Kontrolle ergreifen und ihr die Kleider vom Leib reißen. *Sie, nackt, jetzt.*

»Ich sollte es dir wohl sagen«, befand sie leise und senkte die Wimpern. Ihr Blick war voller Feuer, als sie zusah, wie ihre Hand seinen Schwanz erkundete. »Meine bisherigen Experimente sind auf ein Labor beschränkt geblieben.«

Hölle, ja. »Baby, es törnt mich schon an, allein daran zu denken, dass ich der Mann bin, der das jetzt ändert.« Er schloss seine Hand erneut um ihre, um die pulsierende Hitze seiner Erektion, und sie bewegten die Hände zusammen. Seine Hüften zuckten im gleichen Rhythmus. »Die Vorstellung, derjenige zu sein, der dich feuchter und geiler macht als je ein Mann zuvor – spürst du, wie sehr mich das antörnt?«

Ihr Kinn ruckte in die Höhe, und sie setzte einen entsetzten Gesichtsausdruck auf. »Du bist unverschämt direkt.«

»Und dir gefällt das«, gab er zurück. »Wenn du dich nicht bald ausziehst, werde ich es für dich tun.«

»Ich bin noch nicht so weit«, sagte sie lächelnd. Sanft. Sexy.

Spielerisch. Und dann ging sie auf die Knie. Heiliger Bimbam und vielen Dank auch, lieber Gott. Sie wollte ihn mit ihrem süßen kleinen Mund beglücken. »Ich muss erst noch einige Untersuchungen anstellen, bevor ich mich ausziehe«, fuhr sie fort und blickte zu ihm empor. Sein Glied ragte nur wenige Zentimeter vor ihren Lippen auf. Sie schloss die Hand um seinen Schwanz. »Sag mir: Wie fühlt sich das an?« Sie berührte die Spitze seines Penis mit der Zunge.

Er stöhnte vor Lust.

»Ich will das als ein ›gut‹ werten.« Sie zog seine Eichel in ihren Mund und ließ ihre Zunge um sie rollen. »Und das?«

»Gut«, sagte er.

Sie hob die Augenbrauen.

»Mach es noch mal, dann kann ich es besser beurteilen.«

Sie tat wie geheißen, und im Stillen befahl er: *Saug mich tiefer in dich ein.* Seine Hand wanderte zu ihrem Kopf, und die Worte blieben in seiner Kehle stecken, als er sich ins Gedächtnis rief, dass er gelobt hatte, ihr die Wahl und die Kontrolle zu überlassen. Ah, und doch schien sie genau zu wissen, was er wollte. Sie zog ihn tiefer und tiefer in sich hinein, eine gleitende Bewegung, auf und ab, von oben bis unten, die seine Hüften wieder vorstoßen ließ. Es fühlte sich verdammt gut an. Bis ein plötzlicher Gedanke in ihm Gestalt annahm.

Sie versteckte sich vor ihrer eigenen Lust, vor der Verletzlichkeit, die es bedeutete, sich an dieses Verlangen zu verlieren. Deshalb war sie nicht nackt. Deshalb war sie auf den Knien. Und er ließ es zu. Nahm selbstsüchtig, was sie ihm anbot, indem er sich einredete, dass er ihr Wahlfreiheit ließ, obwohl das, was sie brauchte, echte Freiheit war. Freiheit von Schmerz, Ängsten … Hemmungen.

Er nahm all seine Willenskraft zusammen, schob Becca von sich und kniete sich vor sie hin. »Was machst du da?«, fragte sie, und sofort umwölkte Verwirrung ihre schönen Augen, Unsicherheit lag in ihrem Blick.

»Dich küssen«, sagte er und zog sie an sich; eine Hand in die seidige Fülle ihres rabenschwarzen Haares geschlungen, während er mit der anderen über ihren Rücken streichelte, sie fester an sich schmiegte, ihre weichen Kurven und vollen Brüste an sich drückte.

Sterling küsste sie, als dringe er mit seinem Schwanz in sie ein, bediente sich seiner Zunge, um zu liebkosen, zu schmeicheln und, ja, zum Teufel mit ihrer Kontrolle – zu fordern. Er ließ sich Zeit, verführte sie. Und als er sicher war, ihre Unsicherheit weggeküsst zu haben, gelobte er: »Ich werde dich dazu bringen, dass du kommst. Und wieder kommst. Und dann kommst du noch ein paarmal.« Er packte ihre Bluse am Saum und zog sie ihr über den Kopf. Ihr BH folgte schnell nach. »Sag und tu all die Dinge, wegen denen du mich unverschämt nennen kannst, und sorg schön dafür, dass du sie alle genießt.«

Hungrig strich sein Blick über ihren nackten Oberkörper. Ihre Brüste waren nicht groß, aber sie waren straff und voll, die perfekte Größe für seine Hand. »Du bist wunderschön«, sagte er. »Ich liebe deine Brustwarzen.« Er spielte mit einer von ihnen, kniff hinein. »Ganz rosig und drall. Perfekt für meinen Mund.«

»Sterling!«, rief sie. »Sprichst du eigentlich immer aus, was dir gerade in den Sinn kommt?«

»Hast du ein Problem damit, wenn ich dir sage, dass ich deine Brustwarzen liebe?«, fragte er, schmiegte ihre Brust in seine Handfläche und knetete sie.

»Nein«, murmelte sie.

»Gut«, erwiderte er, senkte den Kopf und leckte einen ihrer Nippel, während sein Arm sie immer noch von hinten stützte.

Eins nach dem anderen: einmal lecken, einmal knabbern und, ja, einmal beißen. Seine Zähne schrammten über ihre Brustwarze, und sie stöhnte vor Wonne. »So verwendet man seine Zähne richtig«, erklärte er stolz, bevor er sie abermals küsste. »Verdammt, es gefällt mir, wie du schmeckst.« Er küsste sie wieder. »Ganz heiß und klebrig süß.« Er legte sie auf den Teppich. »Ich will wissen, wie der Rest von dir schmeckt.«

Er presste den Mund auf ihren Hals, ihr Schlüsselbein, wieder auf diese heißen kleinen Nippel, und fuhr fort zu wandern, bis seine Zunge in ihren Nabel eintauchte. Ihr flacher, sexy Bauch zitterte unter der Berührung.

Es kostete ihn kaum Zeit, auch noch den Rest ihrer Kleider abzustreifen. Er küsste sich den ganzen Weg von ihren Knöcheln bis zum Knie empor und drückte dann sanft ihre Beine weiter auseinander.

»Es ist so weit, Süße«, sagte er. »Öffne dich für mich.«

Sie erhob sich auf die Ellbogen. »Sterling«, flüsterte sie und strahlte eine nervöse Energie ab.

Er ließ seine Hände an ihren Schenkeln emporstreichen. »Jetzt ist es an dir, dich zurückzulegen und alles genauso zu genießen, wie ich es genießen werde.«

»Ich kann nicht …«

»Doch, du kannst.« Er ließ die Finger über ihr Innerstes gleiten, und sie stöhnte. »Merkst du, wie gut sich das anfühlt?« Er streichelte sie noch mehr, entlockte ihr ein weiteres Stöhnen. Sein Blick begegnete dem ihren, während er fortfuhr, sie zu berühren, sie bewusst drängte, ihre Hemmungen abzulegen. »Du bist so heiß und feucht. Genauso, wie ich dich am liebsten mag.«

Sie ließ sich zurücksinken, seufzte als Eingeständnis ihrer Niederlage und gab sich ihm ganz hin. Ein Lächeln trat auf seine Lippen, ein Lächeln der Befriedigung, der Eroberung. Seine Finger erkundeten sie, spielten mit ihr, wie ein Kind mit einem neuen Spielzeug spielen würde, entdeckten verborgene Geheimnisse – wie er sie zum Stöhnen brachte, wie er sie erneut seufzen, wie er sie den Rücken wölben ließ.

Als sie ihn nun mit einem Schlafzimmerblick ansah, der ihn anflehte, sie zu nehmen, schenkte er ihnen beiden die ultimative Belohnung, den absoluten Traum, und es war beinahe so gut, als würde sich ihre heiße, feuchte Hitze um seinen Schwanz legen. Er leckte ihren geschwollenen Kitzler, und sie wölbte sich ihm entgegen, die Brüste hoch in der Luft, während sie die Finger in den Teppich grub. Er saugte und liebkoste mit einer Zunge, die in solch teuflischem Treiben erfahren, aber noch nie so wild darauf gewesen war, alles zu geben. Virtuos setzte er seine Finger ein, um zu streicheln und zu liebkosen und sie zum Äußersten zu treiben. Dann brachte er sie erbebend zum Höhepunkt. Ihre Muskeln molken seine Finger, der süße Honig ihrer Erlösung umfloss sie.

Sie keuchte, während die Wucht ihres Höhepunkts allmählich nachließ, und ihr Blick prallte förmlich von seinem ab. Mit vor plötzlicher Verlegenheit gerötetem Gesicht wandte sie den Kopf ab.

»Oh nein«, sagte er. »Wage es nicht mal, daran zu denken.«

Er griff nach ihr, setzte sich mit einer einzigen mühelosen Bewegung gegen die Wand und zog sie über sich. Sein steifer, pulsierender Schwanz presste sich an ihren Hintern.

Er strich ihr das ins Gesicht gefallene Haar zur Seite und erklärte: »Verlegenheit, das gibt es bei uns nicht. Wir fangen gerade erst an, Süße, öffnen gerade erst die Tür zu einer langen Nacht, die niemals enden wird.«

»Sterling …«

Er küsste sie und wiederholte damit stumm, was seine Worte bereits gesagt hatten, dann sah er ihr in die Augen und sagte: »Das war unglaublich schön – genau wie du. Verstehst du?«

Sie küsste ihn. Schob ihre süße kleine Zunge direkt in seinen Mund und nahm ihn, wie auch er sie nehmen wollte.

Seine Hände wanderten zu ihren Hüften, und sie verlagerte das Gewicht. Sie gehorchte seinem Kommando, das nichts anderes besagte als: Lass mich verdammt noch mal rein, bevor ich sterbe. Ihre Hände wanderten zu seinen Schultern, suchten den Halt, den sie brauchte, um ihn zu nehmen.

Er öffnete ihre Schamlippen und schob seinen Schwanz vorsichtig zwischen sie, in der Absicht, ganz langsam in sie einzudringen, aber sie schien da anderer Meinung zu sein. Becca ließ ihn mit einer schnellen, heftigen Bewegung in sich hineingleiten, die seine Eichel tief in ihr Innerstes trieb. Eine Woge der Wonne durchflutete ihn mit solcher Wucht, dass es ihm schier das Herz aus dem Leib riss.

Sie verschmolzen, waren nun auch körperlich so intim miteinander verbunden, wie es zuvor schon ihr Bewusstsein gewesen war. Und als sie sich ein Stück zurücklehnte und ihr Blick sein Gesicht suchte, wusste er, dass sie das unleugbare Band zwischen ihnen ebenfalls spürte. Intensiv. Verzehrend. Sekunden verstrichen, ihre Körper glühten, und ein unvertrautes Gefühl dehnte seine Brust. Diese Frau machte irgendetwas mit ihm, ergriff Besitz von ihm, erreichte sein tiefstes Inneres und berührte seine Seele. Und er konnte nur noch daran denken, wie sehr er doch wollte, dass sie nicht damit aufhörte.

Er legte seine Hände auf ihre Taille, drückte sie herab, ließ die Hüften kreisen und drängte Becca, sich mit ihm zu bewegen. Ein langsamer sinnlicher Tanz wollüstigen Verlangens begann. Sie stützte sich auf seine Schultern, und ihre Brüste hüpften bei jedem Stoß. Er umfasste sie mit der Hand, knetete sie, formte sie. Dann legte er ihre Nippel zwischen seine Finger, sodass jede Bewegung ihres Körpers genau das richtige Maß an erotischem Druck auf die empfindlichen Knospen ausübte. Sie belohnte ihn mit leisen Lauten der Wonne.

Er betrachtete ihr Gesicht, die Art, wie sich ihre Lippen öffneten, wie sie ihre Brauen bewegte. Leidenschaft rötete ihre elfenbeinfarbene, perfekte Haut. Sie war wirklich so unglaublich schön, wie er es ihr auch gesagt hatte, und von so einzigartiger Vollkommenheit, dass er nie geglaubt hätte, eine Frau könne so schön sein. Und sie war es für ihn. Sie war der Anfang, die Mitte und das Ende.

Sie keuchte und begrub das Gesicht an seiner Schulter. Er presste sie an sich, presste sich tief in sie, während sie sich in einer wilden Raserei bewegte, die deutlich machte, dass sie nun so weit war … kurz davor zu kommen. Und er nahm sie und brachte sie ans Ziel, brachte sie beide ans Ziel, stieß hart und schnell in sie hinein. Er schmiegte sie enger und fester an sich, bis sie mit einem Stöhnen erstarrte und ihr Körper in der nächsten Sekunde sein Glied umschloss und es zuckend umkrampfte.

Irgendwo nahebei zerriss ein splitterndes Geräusch die Luft. Ein Glas, nein zwei, vielleicht drei zersprangen mit ihrem Orgasmus. Es kümmerte ihn nicht, und sie schien es auch nicht zu kümmern. Sie klammerte sich an ihn, und er zog sie fest auf seinen Schwanz herab, stieß noch einmal lange und hart in sie hinein. Mit einem tiefen, kehligen Stöhnen explodierte er, ergoss seinen Samen in sie, und vor seinen Augen wurde es schwarz, bis diese Schwärze in allen Farben der Wonne zerbarst.

Lange Sekunden später sanken sie beide erschöpft gegeneinander, und er hätte sie eine Ewigkeit so halten können. Sie fuhr mit den Fingern durch sein Brusthaar und lehnte sich zurück, um ihn anzusehen. Dabei legte sich eine plötzliche Erkenntnis über ihre Züge. »Ich glaube, ich habe etwas zerbrochen, als ich …«

Er zog die Stirn kraus. »Als du gekommen bist? Einen Orgasmus hattest? Du meine Welt auf den Kopf gestellt hast?«

Sie legte ihre Hände flach auf seine Brust. »Du lässt mich gern erröten, nicht wahr?«

Seine Mundwinkel verzogen sich zu einem Lächeln, und er strich ihr mit den Fingerknöcheln über die Wange, genau dort, wo sich die Röte abzeichnete. »Du bist sehr hübsch, wenn du errötest.«

»Danke«, antwortete sie scheu; als gäbe es jetzt noch irgendeinen Grund, ihm gegenüber scheu zu sein. Verdammt, sie war wirklich anbetungswürdig und sexy.

»Ich habe es genossen, dich so scharf zu machen, dass du Glas hast zerspringen lassen«, gestand er. »Das ist gut für das Ego eines Mannes. Aber wenn es dir wirklich zu schaffen macht, können wir es wieder mit dieser Anker-Geschichte versuchen. Du musst dich darin üben, deine Reaktionen unter Kontrolle zu bekommen.« Er zuckte mit einer Augenbraue. »Wir können ja anfangen, mit Orgasmen zu üben. Aber ich muss schon fragen: Benutzt du mich, damit du Sex haben kannst? Denn, weißt du, wenn das der Fall ist, kann ich damit leben. Ich will es nur wissen.« Seltsamerweise machte ihn, was als Scherz begonnen hatte, begierig nach einer Antwort und schnürte ihm das Innerste zu, während er auf ihre Reaktion wartete.

»Ich sterbe, Sterling«, sagte sie, plötzlich ernst. »Natürlich benutze ich dich, um Sex zu haben.«

Ihre Worte ließen sein Herz in tausend Stücke zerspringen, und er umfasste ihr Gesicht mit beiden Händen. Gott, wie sehr er gehofft hatte, dass sie Lebensbänder wären, dass er sie auf diese Weise ganz leicht würde retten können. Aber er gab nicht auf, und er würde auch ihr nicht erlauben aufzugeben. »Du wirst nicht sterben«, unterstrich er. »Ich werde dich nicht sterben lassen.«

»Das«, flüsterte sie, »ist einfach haarsträubend. Hör doch bitte einfach auf, das Thema zur Sprache zu bringen.« Ärger machte sich in ihrer Stimme bemerkbar. »Es zu sagen … dass du mich retten kannst … ist gemein.« Sie stieß sich von ihm weg, versuchte aufzustehen.

Er hielt sie fest. »Becca …«

»Nicht«, sagte sie. »Lass mich aufstehen.«

Er zog sie dicht an sich und begrub das Gesicht an ihrem Hals, atmete ihren zarten Duft ein. »Nein, das werde ich nicht tun.« Stattdessen erhob er sich und trug sie in das heiße Bad, das sie sich gewünscht hatte. Danach würde er sie füttern und ins Bett bringen – in sein Bett. Und wenn sie sich streiten wollte, hatte er kein Problem damit, ihr zu zeigen, wer hier die Kontrolle hatte.

Wenn er so tat, als sei es er und nicht sie, würde sie ihm vielleicht glauben.

Erfüllt von der süßen Glückseligkeit der Befriedigung seufzte Sabrina auf, als sich Iceman von ihr herabrollte und auf die Bettkante setzte, um das Kondom abzustreifen. Er bestand darauf, immer eins zu benutzen, obwohl sie ihm versichert hatte, dass sie die Pille nahm und keinerlei Krankheiten hatte.

Er wolle keine »Babys«, pflegte er zu sagen, Geringschätzung in der Stimme. Wollte sie etwa welche? Sie hatte selbst erlebt, wie ihre Mama an das Haus und die Babys gekettet gewesen war, während sich Daddy mit Frauen wie … nun ja, wie ihr herumgetrieben hatte.

Sabrina war nicht so dumm wie ihre Mutter. Sie wusste, dass der Weg zum Herzen eines Mannes sein Schwanz war und kein Haus voller schreiender Kinder. Sie wusste, wie man einen Mann wie Iceman hielt – einen Mann, bei dem es um Macht und Vergnügen ging.

Sie rollte sich auf den Bauch, stützte das Kinn auf die Hand und sah zu, wie sich Iceman seinen üblichen Whisky danach einschenkte. Sie hielt die Bar für ihn immer wohlgefüllt – eine leichte Aufgabe, wenn man in einem Casino arbeitete und auch dort lebte. Befriedigung – in allen Formen. Wie immer er es mochte. Das war, was sie ihm gab. Und das war es auch, was er auf seine arrogante, herrische Art ihr gab. Aber das war okay so. Das alles machte sie nur noch schärfer. Sie wollte kein Weichei, das ihr Blumen brachte und ihr die Füße küsste.

»Also, was sollen wir jetzt wegen Tad machen?«, fragte sie.

Er blickte über die Schulter zurück. »Ihn loswerden«, antwortete er. »Ihn dort hinlocken, wo wir ihn haben wollen, und dann ausschalten. Und auch wenn Rebecca Burns eine Beute ist, die wir weiter verfolgen werden, warten wir nicht erst auf sie. Wir kümmern uns jetzt um Tad. So gern ich ihn gefangen halten und gründlich über Adams Pläne ausfragen würde, werde ich das Schwein wenn nötig erschießen und in einen Fluss werfen.«

»Gut«, sagte sie schnell. Ihr gefiel es, wenn ein Mann eifersüchtig war, aber sie mochte auch Tads raue, energische Herangehensweise. Seine Talente waren ziemlich umfassend. »Es war, als sei er im Restaurant aus dem Nichts aufgetaucht.«

»In der Tat, so war es«, erwiderte er, kippte seinen Scotch und schnappte sich seine Hose vom Boden. Er schaute auf seine Armbanduhr.

Sie beäugte seinen Hintern. Er war schön fest, ein ansehnliches Exemplar. Sie wollte nicht, dass er ihn bedeckte. »Geh nicht, Süßer«, bat sie. »Ich habe noch nicht genug von dir.«

Er zog den Reißverschluss seiner Anzughose hoch. »Ich will mir die Aufzeichnungen der Überwachungskameras ansehen. Will versuchen herauszufinden, wie Tad uns überraschen konnte. Anders als du mag ich keine Überraschungen.«

Sabrina erhob sich und zog einen hauchdünnen pinkfarbenen Morgenrock über. »Es hat dir gefallen, als ich mich unter deinem Schreibtisch versteckt und dir einen geblasen habe, während du mit deiner Sekretärin geredet hast.«

Er warf ihr einen strengen Blick zu. »Und ich habe dir gesagt, dass du das nicht noch mal machen sollst.«

Immer die Kontrolle haben. Natürlich. Das kapierte sie. Aber sie wusste auch, dass er es eigentlich gar nicht so meinte. »Wann können wir Tad loswerden?«, fragte sie, als sie ihn zur Tür begleitete.

Er drehte sich um und lehnte sich an den Türrahmen, die Arme vor der breiten Brust verschränkt. »Was bist du denn zu tun bereit, um ihn loszuwerden?«

Ein unbehagliches Gefühl ließ ihren Magen flattern. »Was schwebt dir denn vor?«

Iceman starrte sie an, seine Augen stählern und kalt wie *Ice*, dann zog er sie grob an sich. »Spiel die gleichen Sexspielchen, die du mit mir spielst«, antwortete er. »Verführe ihn an einem Ort, der ihn ablenkt und ihm keinen Schutz bietet, damit ich ihn töten kann, bevor er flieht.«

Sie traute ihren Ohren nicht. »Du willst, dass ich mich noch einmal von diesem Mann anfassen lasse?«

»Ich will, dass du mir hilfst, ihn zu vernichten«, erwiderte er und zog sie näher an sich heran. Seine Stimme war schneidend. »Willst du mir zu Willen sein, Sabrina?«

»Ich würde dir lieber in *deinem* Bett zu Willen sein, nicht in dem eines anderen«, entgegnete sie. So funktionierte das. Die Frau, die den mächtigen Mann antrieb, ihn auf eine Weise »machte«, wie es niemand sonst je vermochte.

»Aber du wirst es tun«, sagte er. Es war keine Frage.

Für sie war es, als würde eine schwere Last ihre Brust zerquetschen. »Ja.«

Seine Mundwinkel verzogen sich zu einem trägen Lächeln, bevor er sich mit einem Kuss auf sie stürzte, der sie förmlich vergewaltigte und nach Gier schmeckte. Aber die Gier galt nicht ihr, begriff sie, sondern der Macht. Sie war nichts als eine Figur in einem Spiel. Einige Sekunden später ließ er sie los, schob sie ohne ein weiteres Wort fort und warf keinen Blick zurück.

Er hatte sie gebeten, sich abermals von Tad anfassen zu lassen. Hatte es ihr aufgetragen, befohlen, erwartete von ihr, dass sie sich um ihn »kümmerte«, es mit Tad trieb, um ihm zu Gefallen zu sein.

Sabrina lehnte sich an die Tür und glitt an ihr hinab. Ihre Augen brannten – Tränen! *Nein. Nein. Nein.* Sie ballte die Fäuste und halb knurrte, halb schrie sie. Sie war nicht ihre Mutter. Sie würde nicht wegen eines Mannes weinen, erst recht nicht wegen eines Mannes, der sie benutzte – denn kein Mann, dem etwas an ihr lag, würde sie um das bitten, worum Iceman sie eben gebeten hatte.

Iceman war nicht besser als Tad, begriff sie. Beide benutzten sie, um aneinander heranzukommen, um Macht und Kontrolle an sich zu reißen. Es war Gier, die sie auf Icemans Lippen geschmeckt hatte.

Verdammt, sie war nicht ihre Mutter. Sie war nicht dumm und blind. Wenn sie das hier überleben wollte, musste sie auf sich selbst aufpassen. Sie atmete tief ein. Iceman hatte einen Plan. Nun gut – sie hatte auch einen.

Becca räkelte sich genüsslich in einer Wanne mit heißem Wasser und wartete darauf, dass Sterling aus der Küche zurückkehrte. Ein schlichtes Badezimmer mit weißen Kacheln und silberner Einrichtung umgab sie. Das Wasser reichte ihr bis an die Schultern, und seine Oberfläche war mit Schaumbläschen bedeckt. Aus Ängstlichkeit und irrationaler Schüchternheit hatte sie eine Badeschaumschicht über sich gelegt. Sie hatte die Beine ausgestreckt und lehnte den Kopf gegen den Wannenrand.

Es spielte keine Rolle, dass sie Sterling soeben über Stunden hinweg in jeder gymnastischen Position geliebt hatte, die sie für möglich gehalten hatte – und auch in einigen Positionen, die sie für unmöglich gehalten hätte, bis er ihr das Gegenteil bewies. Dennoch: Nach alledem fühlte sie sich immer noch schüchtern. Mehr emotional als körperlich, aber irgendwie bot ihr der Schaum Geborgenheit, eine zusätzliche Schutzschicht, während sie versuchte, Klarheit in ihre Gefühle zu bringen.

Sie hatte noch nie etwas Derartiges mit einem Mann getan. Sex war immer verkrampft und unbehaglich gewesen, ein unbeholfener Versuch in der Hoffnung, Lust und Vergnügen zu finden, doch die Einlösung war immer hinter den Erwartungen zurückgeblieben. Nie hatte es diese alles verzehrende körperliche Wonne gegeben, die sie zusammen mit Sterling empfunden hatte. Sie waren von einer Minute auf die andere vom Dunkel-Erotischen zu etwas Spielerischem gewechselt, das von Gelächter erfüllt war.

Becca richtete sich auf und zog die Knie an die Brust, in der sich ihre Gefühle zu einem festen Kloß ballten. Sie hatte gedacht, ein wenig zu leben sei ein kluger Schritt, ein natürlicher Schritt; ein Weg, sich dem Tod zu stellen. Doch die Wahrheit war, dass Leben nur das Verlangen nach mehr Leben weckte. Und Sterling machte ihr bewusst, wie wenig sie bisher wirklich gelebt hatte.

Ganz plötzlich verspürte Becca ein seltsames Kribbeln im Nacken. »Was zum Teufel ist das?«, murmelte sie und strich sich über den Hals, unter ihrem Haar, wo das Wasser es befeuchtet hatte.

»Stimmt irgendetwas nicht?«, fragte Sterling, der mit nichts als einer Jeans bekleidet in der Tür erschien – die Jeans war nicht zugeknöpft und hing ihm tief auf den schlanken Hüften. In der Hand hielt er ein Glas Wein.

»Nein, nein«, antwortete sie, als sie merkte, dass das kribbelnde Gefühl verschwunden war. »Alles in Ordnung.«

Er schlenderte herbei, geschmeidig, männlich, präsentierte seine allgegenwärtige lässige Fassade, die den tödlichen Soldaten unter der Oberfläche niemals ganz verbarg.

Ihr lief das Wasser im Mund zusammen, und das nicht wegen des Weins, sondern ausschließlich wegen des Mannes. Sein Haar war zerzaust und sexy. Voll, hellblond, immer ein wenig wild – es passte zu ihm. Und sein Körper, was für ein Körper! Wann immer sie ihn betrachtete, fand sie eine andere Stelle, über die sie gern lecken wollte.

So etwas hatte sie noch nie bei einem anderen Mann gedacht, jedenfalls nicht, soweit sie wusste. Welche Frau hegte nicht ähnliche Gedanken über ihren bevorzugten Hollywood-Schwarm – Brad Pitt oder George Clooney? Aber das waren gefahrlose Fantasien, von denen man wusste, dass sie niemals wahr werden würden. Und hier war Sterling, ein Mann, den sie an allen möglichen Stellen seines Körpers geleckt hatte, aber offenbar nicht an genügend, um ihr drängendes Verlangen zu befriedigen.

Er setzte sich auf die Toilette und reichte ihr den Wein. »Den habe ich zusammen mit dem chinesischen Essen gekauft. Hab gedacht, er hilft dir vielleicht, dich zu entspannen.«

»Danke«, sagte sie, nahm das Glas entgegen und dachte, wie unglaublich aufmerksam er doch war. »Willst du denn keinen Wein?«

»Nein«, erwiderte er. »Ich trinke keinen Alkohol. Hat mir nie geschmeckt. Außerdem hat er auf GTECHs sowieso keine Wirkung.«

Überrascht nippte sie an ihrem Wein und musterte Sterling über den Rand des Glases hinweg. Trocken, aber auch leicht süß. Perfekt. Ein reine Freude für die Sinne – genau wie das Bad. »Bestimmt trinkt ein Junge aus Texas wie du, der noch dazu in der Army ist, hin und wieder ein Bier?«

»Wenn es sein muss, kippe ich eins, für den äußeren Anschein«, antwortete er. »Aber das war's dann auch schon.« Er deutete mit dem Kopf auf die Wanne. »Wie ist das Bad?«

Irgendetwas flimmerte durch ihren Kopf, ein schattenhaftes Bild – eine unwillkürliche Reaktion auf das Thema Trinken, die von ihm kam, nicht von ihr. »Warum trinkst du keinen Alkohol?«, erkundigte sie sich und überging seine Frage, während bruchstückhafte Gefühle und Erinnerungssplitter durch ihren Kopf zuckten. Sie waren nicht klar zu fassen, mit Ausnahme einer Frage, die in ihr aufstieg. »Wer, der dir nahe stand, ist Alkoholiker gewesen?«

Seine Miene verdüsterte sich. »Wie viel genau hast du denn aus meinem Kopf herausgeholt, als du dort drinnen warst? In deinem Fall habe ich bisher nämlich nur herausgefunden, dass du chinesisches Essen bevorzugst. Das ist nicht viel.«

Sie war sich ziemlich sicher, dass er auch einige ihrer Fantasien zu lesen und dieses Wissen gut einzusetzen vermocht hatte, als sie miteinander geschlafen hatten, aber das wollte sie nicht laut aussprechen. Stattdessen deutete sie auf ihr Glas. »Und anscheinend auch, welche Weine ich gern trinke.«

»Das ist immer noch kein Vergleich zu den granatenmäßigen Hämmern, die du mir ständig aus dem Hirn ziehst.« In seinen Worten lag ein Anflug von Anspannung. Seine Kieferpartie trat hervor; er strahlte ein empfindliches Unbehagen aus, wie sie es noch nie an ihm erlebt hatte.

»Ich hatte nur so ein Gefühl«, erwiderte sie sanft. »Mehr nicht. Ich hatte keinen Einblick in diesen Teil deiner Vergangenheit.« Sie senkte die Stimme. »Ich verspreche es. Und ich wollte nicht neugierig sein. Du brauchst es mir nicht zu erzählen, wenn du nicht willst.« Sie zögerte. »Aber wenn du es doch willst, jetzt oder später, kannst du es jederzeit tun.«

Er fuhr sich mit der Hand durchs Haar, dann stieß er heftig die Luft aus. »Oh, nun ja, verflixt. Es war meine Großmutter. Aber dann hat sie einen Entzug gemacht, weißt du, und zehn Jahre keinen Tropfen angerührt, bis sie starb. Keine Ahnung, wieso du von all meinen Erinnerungen ausgerechnet diese alte Kamelle ausgewählt hast.«

»Sie muss ein wichtiger Teil deines Lebens sein«, sagte sie. »Etwas, das dich definiert und dich, bewusst oder unbewusst, dauerhaft prägt.«

Wieder glitzerte einer dieser Erinnerungssplitter in ihrem Bewusstsein auf. »Warte mal. Du glaubst doch nicht etwa, dass sie trocken geworden ist, weil du weggegangen bist, oder? Dass *du* sie zur Alkoholikerin gemacht hast?«

»Das war Teil der Abmachung, als ich zur Army gegangen bin«, antwortete er. »Sie haben dafür gesorgt, dass meine Großmutter den Entzug geschafft hat, und ich habe mich freiwillig gemeldet. Also ja, sie ist trocken geworden, weil ich weggegangen bin. Es ist nicht leicht, sein Kind zu verlieren, und dann das Kind seines Kindes großzuziehen. Sie hat ihr Möglichstes getan. Und ich habe dafür gesorgt, dass auch ich an ihrer Seite mein Möglichstes getan habe. Ich bin schließlich weggegangen und habe ihr eine Chance auf ein echtes Leben gegeben.«

»Was meinst du damit, dass es ein Teil der Abmachung gewesen ist, als du der Army beigetreten bist?«

Er trat mit dem einen Fuß nach hinten gegen die Toilette. »Ich saß damals knietief in der Scheiße. Ich hatte gegen Bezahlung ein streng geheimes Computerprogramm der Regierung gehackt. Habe mir eingeredet, dass ich es tat, um Geld für ihre

Entzugsklinik zusammenzubekommen, aber in Wirklichkeit ging es mir darum zu beweisen, dass ich kein Verlierer war.« Er verzog das Gesicht. »Was mich ironischerweise zum Verlierer gemacht hat, weil ich aufgeflogen bin, und im Übrigen ist das auch der Grund, warum ich dich damals versetzt habe, als wir uns in der Bibliothek getroffen haben. Sie sind bei mir zu Hause aufgetaucht, und das war's dann. Ich war weg. Ich weiß nicht mal, wie die Army dazu gekommen ist, in die Sache einzugreifen. Mein Dad gehörte zu einem Sonderkommando – höchste Geheimhaltungsstufe. Ich weiß noch immer nicht, was er da gemacht hat, aber was immer es war, offenbar war es anscheinend der Grund, warum die Jungs mich ebenfalls wollten.«

»Oder vielleicht lag es auch daran, dass du es auf dem Kasten hattest, dieses Programm zu hacken«, gab sie zu bedenken. »Wie hast du das gelernt?«

»Ich habe es mir selbst beigebracht. Ich bin gut in solchen Sachen. Und du hast recht. Die Army wollte sich meine Begabung zunutze machen, und das haben die im Laufe der Jahre auch viele Male getan.«

»Was hat deine Großmutter dazu gesagt, dass du zum Militär eingerückt bist?«

»Sie war sinnlos besoffen«, antwortete er. »Ich habe ihnen gesagt, sie sollen dafür sorgen, dass sie den Entzug schafft, und ihr erzählen, ich sei tot. Habe sie seit diesem Tag nie wiedergesehen. Erst als sie im Sarg lag.« Er strich sich mit der Hand über den Nacken. »Was schlimmer war, als ich gedacht hätte.«

Und Becca wusste, warum – wusste es tief im Innern. »Weil sie alles war, was du noch hattest.« Im Angesicht des Todes war sie sich sehr allein vorgekommen, aber im Leben hatte sie sich immer geliebt gefühlt. Sie hatte immer bedingungslose Liebe empfangen. Sterling hatte das in seinem Leben nie gehabt.

»Ja«, sagte er leise und starrte für einen Moment zu Boden. »Ich hatte sie seit all den Jahren nicht gesehen, aber zu wissen, dass sie nicht mehr da war, hat mich aus der Fassung gebracht. Trotzdem war es die richtige Entscheidung, zur Army zu gehen. Dort gehörte ich hin. Jetzt gehöre ich zu den Renegades und versuche, die Army wieder zu stärken und dieses Land wieder zu dem zu machen, was es einst war: sicher und frei – der beste Ort auf Erden.« Er legte den Kopf schief und musterte sie eindringlich. »Ich habe dir mein dunkles Geheimnis verraten. Jetzt bist du an der Reihe.«

Sie nippte an ihrem Wein. »Was willst du denn wissen?«

»Wann hattest du vor, deiner Mutter von deinem Krebs zu erzählen?«

Die Frage traf sie völlig unerwartet, und ihr schnürte sich die Brust zu. Sie wusste nicht, warum sie sie nicht hatte kommen sehen. Die Antwort lastete ihr so schwer auf der Zunge wie die Sorge um ihre Mutter. Aber er war ehrlich zu ihr gewesen; er hatte sich ihr geöffnet und einen Teil seines Lebens enthüllt, über den er sonst nie redete. Er hatte recht. Nun war sie an der Reihe.

»Niemals«, antwortete sie und lachte freudlos.

Er zog die Stirn hoch. »Und jetzt?«

Sie stellte den Wein auf den Rand der Badewanne. »Was ich ihr jetzt sagen soll? Ich habe keine Ahnung.«

»Du meinst, du hast eine Ausrede, um dich um dieses Gespräch zu drücken, und die willst du auch nutzen.«

Sie zog die Knie an und stützte das Kinn darauf. »Ich frage mich, wer hier wohl bei wem im Kopf herumwühlt.«

»Ich brauche nicht in deinem Kopf zu wühlen, um das zu wissen«, antwortete er. »Ich kann es in deinen Augen sehen. Du solltest sie anrufen.«

»Und was sagen?«, fragte sie. »Hey Mom, ich wäre fast an

Krebs gestorben, aber die gute Neuigkeit ist, dass ich jetzt außerirdische DNA trinke, und so lebe ich vielleicht lange genug, um mich in ein Monster zu verwandeln, das so böse ist wie die Quelle dieser DNA. Ich dachte, ich sag einfach mal ›Hallo‹, bevor es so weit ist.«

»Auf keinen Fall wirst du …«

Sie hob eine tropfnasse Hand, als ahme sie ein Stoppschild nach. »Statt mir zu sagen, was ich hören will – Becca, du wirst nicht sterben, oder, Becca, du wirst dich nicht in ein Monster verwandeln – warum hörst du nicht endlich damit auf, mich mit der Aussicht auf etwas zu essen hinzuhalten. Lass mich hier raus, und dann wärmen wir uns unser chinesisches Essen auf.«

Er stieß sich vom Toilettensitz ab und hockte sich vor sie hin. »Becca«, sagte er mit rauer Stimme. »Dreh dich um und lass mich deinen Hals sehen.«

Sie schnappte nach Luft, denn sie wusste, wonach er suchte – nach dem Bindungssymbol, das ihr Leben zu retten vermochte. Eine Mischung aus Hoffnung und Grauen erfüllte sie. Sie wollte leben, aber sie wollte nicht, dass er sie bemitleidete oder sich ihr gegenüber verpflichtet fühlte.

»Tu das nicht«, murmelte sie. »Die Wahrscheinlichkeit ist praktisch gleich null.« Aber da erinnerte sie sich an das Kribbeln in ihrem Nacken. Und es ließ sich nicht leugnen, dass ihre Leidenschaft füreinander nichts ähnelte, was sie zuvor für irgendeinen anderen Mann empfunden hatte.

»Wir müssen es wissen«, sagte er und biss entschlossen die Kiefer zusammen.

Sie hatte in Zodius City einige Einzelheiten über die Verbindung zweier Personen durch das Lebensband erfahren. »Das Symbol erscheint beim Sex, und die Frau empfindet Schmerzen. Kein Schmerz, kein Symbol.«

Er fixierte sie mit stählernem Blick. »Dreh dich um.«

Ein Schauer durchlief sie, so kalt wie der erste Tropfen *Ice*, der jeden Tag ihre Kehle hinabrann, und sie gehorchte, drehte sich um und hob mit der freien Hand ihr Haar an. Sekunden verstrichen, dann küsste er ihren Nacken, zärtlich vertraut, eine Liebkosung. Gänsehaut rieselte ihren Rücken hinunter, Wärme verdrängte die Kälte.

Konnte da vielleicht wirklich ein Symbol sein? War es möglich? Ohne sich die Angst, die in ihr wühlte, anmerken zu lassen, drehte sich Becca langsam um. Ameisen zwickten in ihrem Magen.

Zärtlichkeit flutete über sein Gesicht, als er die Hand ausstreckte und mit den Fingerknöcheln über ihre Wange strich – eine Zärtlichkeit, die mit Trauer durchtränkt war. »Ich bin wahnsinnig und unglaublich verrückt nach dir.«

Die Ameisen verschwanden und ließen einen harten Knoten zurück. »Da ist kein Symbol«, sagte sie. Die Worte schnürten ihr die Kehle zusammen. Das Kribbeln, das sie gespürt hatte, hatte nichts zu bedeuten gehabt.

Er schüttelte den Kopf. »Nein«, antwortete er. »Becca ...«

»Nein, nicht«, sagte sie, denn sie wusste, dass er im Begriff stand, sich dafür zu entschuldigen, dass er ihr Leben nicht zu retten vermochte. Und genau das wollte sie am allerwenigsten von ihm hören. Außerdem war es auch gar keine Wunderkur, die sie im Sinn hatte. Vielmehr dachte sie daran, dass sie nicht Sterlings Lebensband war; daran, dass es irgendwo dort draußen eine andere Frau gab, eine Frau, die zu ihm gehörte, so wie er zu ihr gehörte.

Unsicherheit flackerte in seinem Blick, und er machte ein Gesicht, als wollte er noch etwas sagen. Doch schließlich meinte er nur: »Ich geh das Essen aufwärmen, während du dich anziehst.«

Er ließ ihr keine Zeit für eine Antwort. Nicht, dass sie wusste, ob nicht ohnehin ihre Stimme versagt hätte, da ihre Gefühlswallungen ihr die Kehle zuschnürten. Im nächsten Augenblick war er aufgestanden und hatte den Raum verlassen.

Sie blieb noch eine Weile so sitzen, während das Wasser abkühlte und ein Teil von ihr mit ihm. Sie war nicht Sterlings Lebensband, aber sie hatte sich in ihn verliebt. Er bedeutete ihr etwas, und genau das war der Grund, warum es nicht fair war, ein Verhältnis mit ihm einzugehen, jemand anderes mit dem Schmerz des Verlusts zu belasten. Sie musste dieses Kreuz allein tragen. Alles andere wäre egoistisch.

Becca stieg aus der Wanne, griff sich das flauschige weiße Handtuch vom Halter und wickelte sich darin ein. Auf einmal begann das Kribbeln in ihrem Nacken von Neuem.

Einen Moment später erschien Sterling in der Tür, und im selben Moment verschwand das Gefühl, beinahe so, als hätte es seine Gegenwart angekündigt. Sie schüttelte ihre Gedanken ab und versuchte, sich nichts anmerken zu lassen. Aber hatte sie nicht gehört, dass Lebensbänder über eine Art Sinneswahrnehmung verfügten, die ihnen mitteilte, wenn der andere in der Nähe war?

Sterling überraschte sie damit, dass er ihre Burberry-Reisetasche in der Hand hielt – die Tasche, die ihr einst ihr Vater zum College-Abschluss geschenkt hatte. »Diese Tasche hat Cassandra für dich geholt. Ich hab gedacht, du brauchst sie vielleicht.« Er zwinkerte und verschwand wieder, und sie wusste, dass er versuchte, eine unbeschwerte Atmosphäre zu schaffen.

Becca hätte sich sehr darüber gefreut, ihre Tasche zu haben, wäre da nicht das komische Gefühl in ihrem Nacken gewesen. Sie biss sich auf die Lippe und schloss die Tür, dann beugte sie sich vor, schaute in die Tasche und entdeckte ihr Kosmetiktäschchen.

Sie zog eine Puderdose heraus, wandte sich zum Spiegel und hielt ihr Haar hoch. Bei dem Anblick, der sich ihr bot, blieb ihr die Luft weg – zwei schwache Kreise, einer im Inneren des anderen, knapp acht Zentimeter im Durchmesser. Eine Tätowierung, die aber keine Tätowierung war, erschienen aus dem Nichts – und eindeutig erst, nachdem Sterling nachgesehen hatte.

Becca drehte sich zum Waschbecken um und klammerte sich mit den Händen an die Ablage. Ihr Herz hämmerte wie eine Trommel. Das konnte nicht sein. »Oh Gott«, flüsterte sie und presste die Augen fest zu. Als die Lampe während ihres Orgasmus zersprungen war – da war sie ohnmächtig geworden, und in diesem Moment voller Schmerz und Wonne musste ihr Lebensband geknüpft worden sein.

Eine Mischung aus Euphorie und Schuldgefühlen tobte in ihr. Mit einem Blutaustausch konnte Sterling nun ihr Leben retten. Ihr Magen krampfte sich zusammen, und heftige Gefühle durchwallten ihre Brust. Doch wenn sie starb, starb auch er. *Bitte, Gott, gib, dass das nur so ist, wenn wir den Blutaustausch auch vollziehen.* Was, wenn das *Ice* irgendetwas mit ihr anstellte, etwas, das ihm schadete? Er würde diese Möglichkeit gar nicht erst in Erwägung ziehen wollen, sie nicht erst die entsprechenden Tests durchführen lassen. Nein, er würde sich verpflichtet fühlen, sie zu retten. Würde darauf bestehen. Und natürlich, Sterling wollte sie. Er begehrte sie, aber eine Bindung fürs Leben war eine große Sache. Es war wie eine Ehe ohne Scheidungsgericht.

Sie drückte eine Hand fest auf ihren Magen, um ihn zu beruhigen, und traf eine Entscheidung. Sie würde ihm nichts von dem Bindungssymbol erzählen.

Solange sie und Sterling keinen Blutaustausch vollzogen, bestand kein Grund, warum er etwas über das Symbol in ihrem

Nacken erfahren sollte. Solange er es nie erfuhr, würde es keine Schuldgefühle und keine Verpflichtungen geben. Das hier war ein Geheimnis, das sie auf ihr Totenbett mitzunehmen gedachte – nur sie allein sollte es wissen.

23

Stunden nachdem sie sich zum x-ten Mal geliebt hatten, lag Becca an Sterlings Seite geschmiegt da und schlief friedlich. Sterling dagegen war hellwach, hatte den Computer auf dem Schoß und lehnte sich gegen das Kopfende des Bettes.

Er konzentrierte sich darauf, wie und wo sie das *Ice*-Lagerhaus finden konnten. Fahrig tippte er auf den Tasten herum und versuchte, in die Rechner des *Nebula*-Clubs einzudringen, um so etwas wie eine Datenbank der *Ice*-Konsumenten aufzuspüren – irgendeine Information, die ihn vielleicht zur Hauptvertriebsquelle führen konnte.

Er probierte noch einige weitere Kombinationen aus und fluchte. Das Computersystem des *Nebula* war heruntergefahren. Sterling fuhr sich mit der Hand übers Gesicht und dachte angestrengt nach. Sein Blick blieb wieder einmal auf Becca hängen, auf ihrem seidigen, dunklen Haar, das über der schwarzen Decke ausgebreitet war, als sei es ein Teil davon. Ihr Körper schmiegte sich fest an seine Seite, als versuchte sie, mit ihm zu verschmelzen.

Verflucht noch mal, diese Frau brachte ihn noch um. Er hatte nicht nur mit ihr über seine Großmutter gesprochen, er hatte sie auch *in seinem Bett* haben wollen. Beides waren gewaltige Abweichungen von der Regel. Anomalien. Er sprach nicht über seine Vergangenheit und duldete auch niemals Frauen in seinem Bett. Er ging vielmehr zu ihnen und verließ sie, wenn er so weit war, was für gewöhnlich verdammt schnell ging. Er hätte Becca in ihrem eigenen Zimmer unterbringen können, aber nun war sie hier in seinem Bett – und damit genau dort, wo sie hingehörte. Noch nie in seinem Leben war er im Hinblick auf eine Frau so besitzergreifend und gierig gewesen.

Aber sie war nicht sein Lebensband. Sie *sollte* eigentlich sein Lebensband sein. Es stand deutlich und klar in seine Seele geschrieben. Ihm war es bestimmt, sie zu retten, sie zu der Seinen zu machen, sie zu *lieben*. Gequält fuhr er sich mit der Hand durchs Haar. Mehr und mehr redete er sich ein, dass ihre erneute Begegnung etwas mit Schicksal und Bestimmung zu tun hatte, mit all dem verrückten Mist, an den er nie geglaubt hatte – aber Becca hatte das alles geändert. Vielleicht konnte er kein Lebensband entwickeln. Vielleicht war das eine dieser GTECH-Fähigkeiten, die er nicht besaß. Das würde ihn zu ihrem schlimmsten Albtraum machen – ein Lebensband, das keine echte Lebensbindung eingehen konnte.

Mit diesen bitteren Gedanken im Hinterkopf zwang er sich, sich wieder auf den Computermonitor zu konzentrieren. Gerade erwog er, den Hauptcomputer des *Empire*-Ressorts zu hacken, zu dem das *Nebula* gehörte, als nebenan auf dem Nachttisch sein Handy klingelte. Becca regte sich neben ihm, während er nach dem Telefon griff. Es war Kelly.

Sterling nahm den Anruf entgegen. »Was liegt an, Doc?«

»Ich muss mit Becca reden«, erklärte sie. »Und Caleb lässt ausrichten, dass du dich in zwanzig Minuten mit ihm im ›Cityscape‹ treffen sollst.« Cityscape nannten sie jenen Raum in Neon, dessen Wände mit Stadtbild-Karten von jeder Straße, jedem Tunnel und jedem Abwasserkanal in Vegas und den umliegenden Gebieten bedeckt waren.

»Dir auch einen schönen guten Morgen«, antwortete er und hielt Becca das Handy hin. »Kelly will mit dir reden.«

Ihre Augen weiteten sich. Er lachte und deckte das Telefon mit der Hand ab. Verdammt, war sie süß. »Allein am Klang deiner Stimme kann sie ja nicht erkennen, dass du mit mir im Bett liegst.«

Ihre Wangen färbten sich rosig, sie richtete sich ein Stück auf und schob sich das Haar hinter ihre zierlichen kleinen Ohrläppchen. »Stimmt.«

Sterling hielt das Handy wieder ans Ohr. »Sie ruft dich in zehn Minuten zurück.«

Er ließ den Blick über Becca wandern. Sie sah höllisch sexy aus in ihrem verführerischen weißen Unterhemd, das knapp seitlich an ihren Brüsten herabfiel und ihre üppigen Kurven sichtbar machte. »Oder sagen wir lieber zwanzig Minuten.«

Kelly ließ einen frustrierten Seufzer hören. »Sag ihr, dass ich den Autopsiebericht des Toten erhalten habe – mit einigen seltsamen Befunden, wie sie mir noch nie zuvor untergekommen sind. Ich versuche, mich mit dem wissenschaftlichen Team der Army in Verbindung zu setzen, um festzustellen, ob es sich dabei um eine Anomalie handelt oder ob diese Befunde mit denen von anderen *Ice*-Opfern übereinstimmen. Nicht, dass ich glaube, dass sie mir die Wahrheit einfach so auf den Tisch legen werden, aber ich habe vor, sie mit meinen Befunden zu ködern – und so Informationen auszutauschen.«

Eine Anomalie. Alles war heute bei ihm eine einzige kolossale, verflixte Anomalie. Nur eines blieb bei alledem immer konstant: Er wollte Becca so sehr, dass es wehtat.

»Ein guter Plan«, antwortete er. »Ich werde es ihr ausrichten.« Er klappte das Handy zu.

»Mir was ausrichten?«, fragte Becca.

Sterling drückte sie auf die Matratze, und seine Lippen schwebten über ihren. »Dass du wunderschön bist, wenn du aufwachst.«

»Das hat sie nicht gesagt«, erwiderte Becca und schlang die Arme um seinen Hals. Einen Moment später berührten seine

Lippen zart die ihren. Sie seufzte. »Aber du kannst es mir später erzählen.«

Sterling betrat den Cityscape-Versammlungsraum in Neon, eine nüchtern und schlicht eingerichtete Operationszentrale, die sich stark von dem Hightech-Monster von Anlage unterschied, mit der die Renegades in Sunrise City aufwarten konnten. Karten und Stadtpläne aus Papier bedeckten die zentrale Wand, in deren Mitte sich ein großer Monitor befand.

Ein großer, runder Konferenztisch, der zehn Personen Platz bot, füllte die Mitte des ansonsten leeren Raums. Drei Männer saßen daran. Caleb, Michael und – Sterling verzog das Gesicht – Damion.

»Du bist wie ein Maulwurf, der sich immer wieder aufs Neue heranbaggert«, bemerkte Sterling und nahm neben Caleb Platz. »Eben ein spionierender Maulwurf – Punkt.«

»Dieser Maulwurf«, sagte Damion und deutete auf das Notebook vor sich, »versucht gerade, sich in den Computer vom *Nebula* zu hacken und herauszufinden, wie dort der Vertrieb funktioniert.«

»Hab ich bereits versucht«, gab Sterling zurück. »Ihr System ist abgeschaltet. Interessant, dass du dich zufällig gerade dann bei ihnen einhacken willst, wenn sie vom Netz sind. Möglicherweise bist du ja sogar selbst daran schuld.«

Damion schob den Computer über den Schreibtisch. »Da, du kannst alles zurückverfolgen, Arschloch. Und jetzt reg dich ab.«

»Wie wäre es, wenn wir uns auf die beiden Punkte konzentrieren könnten, die uns hergeführt haben?«, fragte Caleb gereizt. Sterling und Damion funkelten einander an, und Damion zog seinen Computer wieder zu sich herüber.

Offenbar überzeugt, den Konflikt erst einmal aus dem Weg

geräumt zu haben, fuhr Caleb fort: »Punkt eins. Solange wir nicht besser verstehen, was die Leute umbringt, können wir überhaupt nicht daran denken, die Quelle von *Ice*, also Adams Sohn, auszuschalten oder in Gewahrsam zu nehmen. Das bedeutet zugleich, dass wir nicht einfach warten dürfen, bis diese Menschen sterben. Kelly braucht für ihre Forschungen lebende *Ice*-Süchtige, und wir werden sie ihr beschaffen, und zwar schnell. Dabei sind wir übereinstimmend der Ansicht, dass es kurzfristig gesehen nahezu unmöglich ist, ein Gegengift oder eine Art immunisierende Impfung zu finden und dabei zugleich sicherzustellen, dass dieses Mittel ungefährlich ist – was mich zu Punkt zwei führt: wie Becca uns helfen kann. Der beste Dienst, den sie uns bisher geleistet hat, besteht darin, dass sie uns mitgeteilt hat, dass Dorian die Quelle zur Produktion von *Ice* ist. Wenn wir uns um Dorian kümmern, kümmern wir uns also zugleich um das Problem *Ice*.«

»Und Becca kann uns Dorian verschaffen.« Michael brach sein Schweigen mit Worten, die wie Feuer durch *Ice* schnitten.

Sterlings Blick fuhr zu Michael herum. »Wie sollte sie das tun?«

»Dorian hat Zodius City verlassen und sich ihr an die Fersen geheftet«, sagte Michael in jenem ungerührten Ton, auf den er sich so gut verstand. »Adam weiß, über welche machtvollen Fähigkeiten Becca verfügt, also hat er seinerseits seine stärkste Waffe hervorgeholt – ganz egal, wie riskant dieser Schritt sein mag –, um sie aufzuspüren und zu töten. Sie ist der Köder, und wir müssen Dorian wieder aus Zodius City heraus und ins Freie locken, wo wir ihn uns schnappen können.«

»Vergiss es«, sagte Sterling, bereit, aus seinem Stuhl zu springen und Michael in den Würgegriff zu nehmen. »Er wird sie umbringen.«

»Sie verfügt über machtvolle Fähigkeiten«, griff Caleb Michaels Worte auf. »Mit ein wenig Übung und mit dir und mir an ihrer Seite kann sie sich Dorian ohne Risiko entgegenstellen.«

»Wir können sie ja nicht einmal in die Nähe unserer Männer lassen«, versetzte Sterling, in dem weiß glühender Zorn aufstieg. »Ich kann nicht glauben, was du da sagst, Caleb: dass du das Leben einer unschuldigen Frau riskieren willst. Ich hätte nie geglaubt, dass ich diesen Tag einmal erleben muss.«

»Ich schütze diese Stadt und höchstwahrscheinlich unsere ganze Welt«, rief ihm Caleb ins Gedächtnis. »Anführer haben zu führen, und wir müssen harte Entscheidungen treffen. Wir brauchen ihre Hilfe. Und wenn du nicht persönlich so sehr in die Sache verstrickt wärst, würdest du das verstehen. Ich würde das alles nicht von ihr verlangen, wenn ich nicht den Eindruck hätte, dass es keine andere Lösung gibt. Wir sind in einer verzweifelten Lage. Und wir werden sie schützen.«

»Was wir bisher ja so supergut hinbekommen haben«, knurrte Sterling. »Nein, das ist keine Lösung. Es wird einen anderen Dorian geben, das Kind eines anderen Lebensbands. Und dieses Kind könnte gut die gleiche DNA haben. Wir brauchen diese Methode der Immunisierung, und sie glaubt, eine Idee zu haben, wie man sie entwickeln kann.«

»Was genau der Grund dafür ist, warum wir Dorian gefangen nehmen, aber nicht töten wollen«, erklärte Caleb gelassen. »Dann verfügt unser wissenschaftliches Team über seine DNA und kann sie untersuchen. Wir begeben uns mit Becca nach draußen an die Öffentlichkeit. Dort soll sie ihren Schild ablegen und Dorian in die Stadt locken.«

Sterling sprang auf und stützte sich heftig mit den Händen auf den Tisch. Er wollte nur noch so schnell wie möglich hier raus. »Gibt es irgendetwas an dem Wörtchen *Nein*, das ihr nicht versteht?«

Sein Handy klingelte, und er riss es aus seinem Gürtel. Sein zornfunkelnder Blick ruhte für einen Moment auf Caleb, dann schaute er auf die Anruferkennung. Das Display zeigte »unbekannt« an. Für den Fall, dass es Marcus war, klappte er das Handy auf und meldete sich.

»Hallo Sterling, Schätzchen«, ertönte eine Frauenstimme.

Sterling runzelte die Stirn. »Wer ist dran?«

»Wer ich bin, ist nicht so wichtig. Wichtiger ist, *was* ich bin.«

»Und das wäre?«, fragte er und drückte auf die Lautsprechertaste. Sein Instinkt sagte ihm, dass dieser Anruf wichtig war.

»Sie könnten mich die Madame der *Ice*-Dealer nennen«, schnurrte sie.

Sterling setzte sich wieder hin und richtete den Blick auf Caleb. »Soll ich Sie Madame nennen?«, fragte er. »Oder haben Sie auch einen Namen?«

»Für Sie bin ich Madame«, antwortete sie. »Zumindest vorerst. Und ich kann hören, dass Sie auf Lautsprecher gestellt haben. Wie viele von Ihren scharfen Renegade-Freunden sind denn mit im Raum? Kann ich mir da einen von ihnen als Retter aussuchen, wenn Iceman mich dafür töten will, dass ich euch helfe? Ich würde ja Sie wählen, Sterling, aber jedermann weiß, dass Sie ihre Hand schon unter dem Rock von diesem anderen Püppchen haben, Rebecca Burns.«

»Bislang haben Sie uns noch nicht geholfen«, schaltete sich Michael ein. »Also verlassen Sie sich besser auch nicht darauf, von uns gerettet zu werden. Wer ist Iceman?«

»Hmm«, sagte sie und überging die Frage. »Ich mag die rauen Typen. Wer immer Sie sind – Sie wähle ich zu meinem Retter.« Sie lachte. »Andererseits, wenn Sie nicht einmal den Namen des Mannes kennen, der hier das Sagen hat, sind vielleicht *Sie* derjenige, der gerettet werden muss. Wenn Sie dem

Ice-Vertrieb ein Ende setzen wollen, bin ich Ihre Fahrkarte zum Erfolg.«

»Und warum genau sollten Sie uns helfen?«, fragte Sterling.

»Aus Rache«, antwortete sie ohne jedes Zögern. »Ich habe mich Iceman gegenüber loyal verhalten, er sich jedoch nicht gegenüber mir. Und Adam gegenüber auch nicht. Er verkauft seit einiger Zeit seinen eigenen Cocktail aus wirkungsverstärktem *Ice*. Das tut er nicht nur, um seine Kasse zu füllen, er schafft sich damit auch das, was er die Eclipser nennt: Anhänger, die er gegen Adam einsetzen will, wenn der richtige Zeitpunkt gekommen ist.«

Sterling und die übrigen Renegades wurden totenstill, rings um den Tisch prallten die Blicke in einem kollektiven Aufblitzen der Erkenntnis aufeinander. Es bedeutete: Krieg mit ihrer eigenen Regierung, Krieg mit Adam, und jetzt auch noch Krieg mit diesen Eclipsern.

»Unheimlich still bei euch, Jungs«, befand Madame. »Ich scheine eure Aufmerksamkeit geweckt zu haben.«

»Was können Sie für uns tun?«, fragte Caleb. »Was bieten Sie an?«

»Kommt darauf an«, erwiderte sie. »Wer sind Sie?«

»Caleb«, antwortete er.

»Also Adams Bruder?«

»Genau der und kein anderer.«

»Gut«, sagte sie leise. »Da Sterling nicht geleugnet hat, ein Renegade zu sein, bin ich davon ausgegangen, dass es stimmt, aber Gewissheit zu haben, ist immer besser. Und ich bin der Überzeugung, dass es den einen Bruder braucht, um gegen den anderen zu kämpfen. Also, ich mache Ihnen das folgende Angebot, Führer der Renegades: Ich biete Ihnen das *Ice*-Vertriebszentrum, die Dealer und eine Liste von Konsumenten. Im Gegenzug will ich Schutz vor den Trackern *und* eine sichere

Zuflucht – was Straffreiheit mit einschließt. Ich gehe auf keinen Fall hinter Gitter.«

Caleb schüttelte den Kopf. Ein klares Nein.

»Also gut«, sagte Sterling und warf Caleb einen aufmüpfigen Blick zu. »Sie können haben, was Sie wollen. Und wie soll die Sache ablaufen?«

»Nein, nein«, gab Madame zurück. »Jeder weiß, dass es Calebs goldenes Wort ist, das zählt. Ich will eine Zusicherung von ihm hören.«

Sterling, Michael und Damion richteten die Augen erwartungsvoll auf Caleb. Manchmal war ihr Anführer einfach ein wenig zu sehr der brave Goldjunge. Es war fast, als müsste er jeder möglichen Verbindung mit seinem Bruder dadurch die Stirn bieten, dass er immer die Gegenposition bezog, selbst dann, wenn es bedeutete, nicht die beste Entscheidung zu treffen.

»Ich kann Ihnen keine Straffreiheit zusichern«, erklärte Caleb, »nur, dass ich Sie beschützen werde.«

Sterling ballte die Faust und war kurz davor, auf den Tisch zu schlagen. Madame bot ihnen die Chance, Adam ein Stück weit aufzuhalten – also genau jene Chance, die sie brauchten.

»Nicht einmal dann, wenn ich Ihnen sage, dass es nicht das *Ice* war, was diese Süchtigen getötet hat?«, fragte sie. »Es war der spezielle Cocktail, den Iceman entwickelt hat. Den er erst seit wenigen Tagen in großem Maßstab auf der Straße unter die Leute bringt. Und mit meiner Hilfe können Sie ihn aufhalten. Ich rufe in ein paar Tagen wieder an, wenn sich die Opferzahl erhöht hat.« Sie legte auf.

Stille füllte den Raum mit wachsender Spannung, bis Michael sagte: »Becca kann uns helfen, dem ein Ende zu setzen.«

»Sie wird sterben, und Dorian wird sich davonmachen«, widersprach Sterling. »Das löst keines unserer Probleme.«

»Und genau deshalb werde ich ihr auch nicht erlauben, ihr Leben aufs Spiel zu setzen – es sei denn, ich weiß, dass sie ihre Fähigkeiten gut genug unter Kontrolle hat, um sich selbst schützen zu können«, entgegnete Caleb. »Aber um das richtig einschätzen zu können, muss ich mit ihr zusammenarbeiten. Du kennst mich, Sterling. Du weißt, dass ich sie nicht den Löwen zum Fraß vorwerfen würde.« Er zögerte, dann fügte er hinzu: »Aber sie hat es verdient, selbst wählen zu dürfen.«

Sterling sah Caleb mit schmalen Augen finster an. Was da in Calebs Worten mitschwang, gab ihm die Gewissheit, dass sich Caleb in Beccas Bewusstsein Einblick in ihre Beziehung verschafft hatte, und das passte ihm ganz und gar nicht. Außerdem lenkte es seine Aufmerksamkeit auf einen weiteren Punkt: Becca würde es ihm wahrscheinlich nicht verzeihen, wenn er ihr die Wahl abnahm, aber das würde ihn kaum daran hindern können, wenn er sie eben dadurch zu schützen vermochte. »Gut, dann arbeite mit ihr, aber lass Dorian aus dem Spiel. Zumindest so lange, bis wir wissen, ob sie sich wirklich selbst verteidigen kann.«

Siehe da. Er hatte doch tatsächlich zugestimmt. Gewissermaßen. Und er konnte am Ausdruck von Calebs Augen ablesen, dass sein Freund wusste, dass er sich zu mehr im Moment jedenfalls nicht breitschlagen lassen würde – wenn überhaupt je. Becca zu beschützen war für ihn so notwendig geworden wie das Atmen.

Eine gute Stunde nachdem Sterling sie in seinem Bett allein gelassen hatte, damit sie es sich gemütlich machte und sich »wie zu Hause« fühlte, stand Becca im Labor und arbeitete intensiv an der Immunisierung gegen *Ice*. Gerade beschäftigte sie sich mit der Zusammenstellung einer Liste jener häufigen irdischen Organismen und Substanzen, von denen sie glaubte, dass sie für eine Analyse ihres Reaktionsverhaltens vielversprechend waren.

Der Timer auf dem Schreibtisch piepte und signalisierte ihr, dass es Zeit für ihre Dosis war. Sterling hatte einen großen *Ice*-Vorrat in seinem Apartment zurückgelassen, und nun zog sie eine Ampulle aus dem Laborkittel, den sie über ihrer schwarzen Lieblingshose trug, die sie zu ihrer großen Freude unter den von Cassandra mitgebrachten Sachen gefunden hatte.

Mit zitternden Händen öffnete sie den Verschluss und verschüttete ein paar Tropfen der Droge auf das rosa Hemd, das unter ihrem Laborkittel hervorlugte. Sie verzog das Gesicht und wischte das Vergossene weg. Das Hemd war eines ihrer Lieblingsstücke. Sie hatte es von einer ihrer NASA-Exkursionen während ihres Studiums mitgebracht. Auf seiner Vorderseite prangte der Schriftzug: »Wissenschaft – der Saft zum Mond«; eine Art Variation über das Thema »Wissen ist Nahrung fürs Gehirn«. Sie freute sich immer über den perplexen Ausdruck auf den Gesichtern der Menschen, wenn sie den Aufdruck sahen und nicht den Mut hatten zu fragen, was er bedeutete.

Ein wenig von dieser Erheiterung hätte sie im Moment gebrauchen können, als sie die Ampulle ansetzte, dann zögerte und sich fragte, warum sie so heftig zitterte. Sie hatte nun tatsächlich dieses Tattoo im Nacken. Sobald Sterling den Raum verlassen hatte, war sie zum Spiegel gerast, um zu sehen, ob das Symbol inzwischen vielleicht verschwunden war, aber es war immer noch da gewesen.

Becca nahm die Ampulle von den Lippen und setzte den Verschluss wieder auf. Was, wenn die Kombination dieser drei Faktoren – ein unvollständiges Lebensband, ihr Krebs und das *Ice* – irgendwie Einfluss auf die von ihr benötigte Dosis genommen hatte? Es war wohl besser, sie nahm sich vor und nach der

Einnahme des *Ice* Blut ab, denn sie fühlte sich überhaupt nicht wohl. Tatsächlich war ihr sogar verdammt übel. *Du musst was essen,* sagte sie sich.

Aber tief im Innern wusste die Frau und Wissenschaftlerin in ihr, dass es nicht nur das war. Was, wenn das, was sie empfand, etwas mit ihrem unvollständigen Lebensband mit Sterling zu tun hatte? Leider hatte sie niemanden, mit dem sie darüber reden konnte … jedenfalls nicht, wenn sie dieses Band geheim halten wollte. Sie ging zum Schrank und nahm heraus, was sie brauchte, um sich Blut abzunehmen. Einige Minuten später schob sie das Blut unter ein Mikroskop und analysierte es.

Was sie sah, ließ ihr den Atem stocken. Sie lehnte sich zurück. Es war in der Tat nicht mehr so wie vor dem Auftreten des Bindungssymbols. Sie hatte recht gehabt. Sie *musste* mit irgendjemandem reden. Mit Kelly oder vielleicht mit Cassandra. Am besten mit Kelly. Sie würde einfach auf die ärztliche Schweigepflicht pochen und beten, dass diese auch in der Welt der Renegades noch immer etwas bedeutete.

24

Eine Stunde nachdem er das Treffen im Cityscape abrupt verlassen hatte, hatte Sterling mit Eddie telefoniert und sich nach den immer noch verschwundenen Clannern aus dem Club erkundigt. Er hatte mehrmals versucht, Marcus zu erreichen, und es schließlich erfolglos aufgegeben; und dann hatte er getan, was jeder gute Soldat tat, wenn er im Begriff stand, die Frau zu besuchen, die ihm den Kopf verdrehte: Er besorgte Donuts. Er machte sich gar nicht erst die Mühe, sein Apartment aufzusuchen, denn er wusste, wo er Becca finden würde – bei der Arbeit im Labor. Und so war es auch. Er drückte die Tür auf, und Becca trat in sein Sichtfeld.

Noch bevor sie sich zu ihm umdrehte, durchfuhr ihn schlagartig eine Erkenntnis. Er begehrte sie mit einem Hunger, der ihn von innen verzehrte. Und was er wollte, war nicht nur ihr Körper. Er wollte *sie*. Wollte neben ihr aufwachen … sie mit einem Guten-Morgen-Kuss wecken … wollte wissen, was sie empfand, was sie mochte und was nicht – all die Dinge, die er geschworen hätte, sich niemals bei einer Frau zu erlauben; Dinge, die seine Verantwortung, seine Pflichten einfach nicht zuließen. Nein: In Wirklichkeit ließ ihr Krebs diese Dinge nicht zu, nicht sein Beruf. Trauer und Zorn machten ihm die Brust schwer.

Als sie die Tür gehen hörte, sprang sie vom Laborhocker hoch und drehte sich zu ihm um. Dann streckte sie sich träge unter dem übergroßen Laborkittel, der all jene Kurven verbarg, die er sich nur allzu gern vor sein geistiges Auge zurückrief. Er fragte sich, ob er wohl je genug von ihr bekommen könnte.

»Hi«, grüßte sie und blinzelte, um den glasigen Blick zu vertreiben, der ihm verriet, dass sie über längere Zeit in tiefe Konzentration versunken gewesen war.

»Noch mal guten Morgen«, sagte er, trat auf sie zu und deutete auf die Pappschachtel mit Donuts und Kaffee in seinen Händen. »Ich habe dir Frühstück mitgebracht, weil ich mir gedacht habe, dass du wahrscheinlich ohne etwas zu essen direkt an die Arbeit gegangen bist.«

»Ich habe dich in der kurzen Zeit bereits gut abgerichtet«, neckte sie ihn. »Und du hast recht. Ich habe tatsächlich nichts gegessen. Ich konnte es nicht erwarten, mich an die Tests zur Überprüfung meiner Immunisierungstheorie zu machen.«

Lässig blieb er vor ihr stehen, und bevor er sich bremsen konnte, beugte er sich vor und gab ihr einen schnellen Kuss – die Art Begüßungskuss, wie er für ein Paar typisch ist. Ein Kuss, den er Frauen sonst nicht gab. Und er genoss es, hätte ihn sogar gern wiederholt. Jetzt gerade hätte er am liebsten die Donuts auf den Tisch geworfen und Becca ausgezogen, um wieder den Weg zurück in ihr Inneres zu finden.

»Du schmeckst nach Schokolade«, sagte sie, leckte sich die Unterlippe und nahm den Kaffee, den er ihr hinhielt.

»Glasierte Schokoladen-Donuts«, korrigierte er und stellte die Schachtel auf den Schreibtisch.

Ihre Augen leuchteten auf; wirbelnde Funken aus glitzerndem Bernstein, wie ein Sonnenuntergang vor einem dunklen Himmel. »Ich liebe glasierte Schokoladen-Donuts«, sagte sie und ließ sich in einen Ledersessel fallen. »Wahrscheinlich hast du auch meine Donuts-Vorliebe mitbekommen, als du in meinem Kopf warst.«

Er nahm neben ihr Platz. »Nein, nein«, sagte er neckend.

»Keine Kopferforschungsspielchen heute Morgen. Ich mag sie zufällig selbst, und wir scheinen ja gut zusammenzupassen, wenn es um Lust und Vergnügen geht.« Er nahm einen Bissen. »Hmmm … wenn das keine Lust ist, dann weiß ich nicht, was sonst.«

Sie schüttelte den Kopf. »Du kannst mich nicht mehr zum Erröten bringen. Da hast du dein Quantum von mehreren hundert unverschämten Bemerkungen aufgebraucht.«

Er sah sie an und zwinkerte. »Willst du darauf wetten?«

»Nein«, sagte sie schnell und nahm ebenfalls einen Bissen von ihrem Donut. »Ich halte mich da an deine ›Keine Spielchen‹-Regel.«

Er steckte sich den Rest seines Donuts in den Mund. »Hast du schon mal von *Ice*-Eclipse gehört?«

»Nicht bis Kelly mich vor ungefähr einer Stunde angerufen hat«, antwortete sie. »Adam kann nichts davon wissen, oder ich wüsste es ebenfalls; schließlich habe ich dort nach der Ursache der *Ice*-Todesfälle geforscht.« Sie nippte an ihrem Kaffee. »Kelly arbeitet gerade an einem toxikologischen Bluttest, um herauszufinden, welcher Stoff die Wirkungsverstärkung durch Eclipse verursacht.« Sie schüttelte den Kopf. »Aber welche Ironie, dass es letztlich eine menschengeschaffene Mischung von Drogen ist, die die Leute umbringt. Wir Menschen mögen es, uns selbst zu zerstören. Trotzdem glaube ich auch nicht, dass *Ice* an sich sicher ist. Ich denke einfach, dass die Nebenwirkungen erst später zutage treten werden – mit weitaus bedrohlicheren Konsequenzen als dem Tod.«

Jemand klopfte an die Tür, und Sterling wurde mit einem Mal vollkommen reglos. Plötzlich lag ihm der Donut schwer im Magen. Nach dem Gespräch über Becca, das er mit den anderen Renegades geführt hatte, wallte ein heftiger Drang in ihm auf, sie zu beschützen.

»Muss wirklich dringend sein, wenn es jemand riskiert, in meine Nähe zu kommen«, bemerkte Becca, erfolglos um einen unbeschwerten Tonfall bemüht.

Sie fühlt sich isoliert, und es gefällt ihr nicht, begriff er. Und wer konnte ihr auch einen Vorwurf daraus machen? Hoffentlich bedeutete es Freiheit für sie, wenn Caleb ihr beibrachte, ihre Fähigkeiten zu kontrollieren – und nicht die Gefahr, als Köder eingesetzt zu werden.

Mit einigen großen Schritten war Sterling an der Labortür, riss sie auf und stutzte, als er Damion vor sich sah. Sterling ließ einen raschen Blick über den Kurzhaarschnitt und Wüsten-Tarnanzug seines Gegenübers schweifen – Mr-Mustergültiger-amerikanischer-Supersoldat, der immer so schön von Regeln und Ehre predigte. Von wegen! Er wusste nicht einmal, was Ehre war. »Verdammt dreist von dir, hierherzukommen. Was willst du?«

»Dass du aufhörst, mich so zu begrüßen«, antwortete Damion. »Ich will mit Becca reden.«

»Ich habe sie bereits gefragt, ob sie sich an dich erinnern kann – falls es das ist, was du vorhast«, versetzte Sterling. »Sie erinnert sich nicht. Und das weißt du auch, sonst wärst du nicht hier.«

Damion strich sich übers Haar. »Da haben wir es ja mal wieder. Schau mal.« Er knirschte mit den Zähnen. »Ich habe Becca Tad *nicht* ausgehändigt. Lass mich mit ihr reden. Sie war in Panik und verstört, als sie mich gesehen hat, eine Angstreaktion. Gib ihr die Möglichkeit, sich an mich zu erinnern, damit ich deine verdammten gegenstandslosen Anschuldigungen endlich aus der Welt schaffen kann.« Er senkte die Stimme. »Es sei denn, du hast Angst, dass sie sich an etwas erinnert, das dir unangenehm wäre.«

»Mich wütend zu machen dürfte nicht gerade im Sinn deiner

Sache sein«, knurrte Sterling. »Und – große Neuigkeit, mein cleveres Kerlchen, du wirst es nicht glauben – du kannst dich nicht in ihre Nähe begeben, ohne das Bewusstsein zu verlieren.«

»Caleb meinte, sie hätte sich jetzt besser unter Kontrolle«, antwortete Damion. »Ich bin bereit, das Risiko einzugehen, wenn ich damit der Sache ein Ende setzen kann.«

»Weiß Caleb, dass du hier bist?«

»Nein«, bekannte Damion, »aber ich habe nichts dagegen, ihn mit einzubeziehen, wenn du das möchtest. Die Sache zwischen uns muss ein Ende haben, Sterling.«

»Sterling?«, kam von hinten Beccas Stimme.

Beunruhigend nahe bei Damion. Sterling funkelte ihn finster an. »Hau ab.« Er schickte sich an, die Tür zu schließen.

Damion schob rechtzeitig seinen Fuß dazwischen. »Nicht bevor ich mit Becca gesprochen habe.«

»Sterling?«, fragte Becca noch einmal.

Verdammt. »Warte draußen, bis ich mit ihr gesprochen habe.« Damion rührte sich nicht vom Fleck und biss in trotziger Entschiedenheit die Zähne zusammen.

Sterling gab einen frustrierten Seufzer von sich. »Sie zu überrumpeln ist wohl nicht der beste Weg, sich mit ihr zu treffen, wenn man nicht aus den Latschen kippen will. Ich muss sie erst mal darauf vorbereiten.«

»Ich gehe erst weg, wenn ich mit ihr gesprochen habe. Irgendwann muss sie ja aus diesem Labor herauskommen.« Widerstrebend gab Damion die Tür frei und trat zurück.

Sterling schloss die Tür und drehte sich zu Becca um.

»Ich habe einen Teil davon mitbekommen, was er gesagt hat. Er will mit mir reden. Wer ist es?«

»Der Typ mit dem Messer von der Autorückbank«, erklärte Sterling. »Damion.«

»Alles klar«, sagte sie mit nachdenklichem Gesichtsausdruck. »Du hast mich gefragt, ob ich mich an ihn erinnern kann – vom Tag meiner Entführung?«

»Genau«, bestätigte Sterling und zögerte. Er wollte nicht, dass sie wieder damit anfing, Glas zu zerbrechen oder Dinge in der Luft schweben zu lassen. »An diesem Tag ist etwas passiert. Er beharrt darauf, dass es nicht stimmt. Aber ich weiß, dass es passiert ist.«

»Etwas Schlimmes vermutlich.« Er nickte, und sie fragte: »Kann Caleb nicht einfach in seinen Kopf schauen? Oder sonst wie seine Gefühle ermitteln? Oder wie auch immer man das nennt, was er tut. Kann er es nicht herausfinden?«

»Er behauptet, Damion sei unschuldig. Ich war dabei. Er ist es nicht.«

»Ich verstehe«, sagte Becca beklommen. »Doch er scheint sich sicher zu sein und ist offenbar entschlossen, seine Unschuld beweisen zu können. Warum sollte er sonst hier sein?«

»Eben genau aus diesem Grund«, antwortete Sterling. »Du warst ohnmächtig. Du wirst dich an überhaupt nichts erinnern können. Aber dass er hier auftaucht und verlangt, dich zu sprechen, obwohl er weiß, dass er das Bewusstsein verlieren könnte, lässt ihn unschuldig wirken – oder zumindest hofft er das. Er kann mir keine Minute etwas vormachen. Ich will dich auf keinen Fall irgendwo in der Nähe dieses Mannes wissen.«

»Was genau glaubst du, dass er getan hat?«

Derart in die Enge getrieben, erwog Sterling, die Wahrheit vor ihr geheim zu halten. Aber da sie nun mal so gut in seinen Kopf zu schauen vermochte, würde sie es vielleicht ja dennoch herausfinden. Also heraus damit. »Er hat Tad geholfen, dich gefangen zu nehmen.«

Sie starrte ihn mit offenem Mund an. »Und trotzdem ist er immer noch hier bei den Renegades?«

»Er beharrt darauf, dass die Handvoll Kugeln, die ich abgekommen habe, meine Wahrnehmungskraft getrübt hätten«, erklärte Sterling. »Doch das stimmt nicht.«

»Und Caleb?«

»Es waren an jenem Tag auch noch andere Renegades vor Ort. Niemand außer mir hat gesehen, was passiert ist. Caleb wird ihn nicht allein auf meine Aussage hin verurteilen, schon weil ich verletzt war. Damion gilt als einer unserer zuverlässigsten Renegades. Wir waren …«

»… Freunde«, beendete sie den Satz für ihn. »Und sein Verrat macht dir schwer zu schaffen.«

Konnte er vor dieser Frau denn überhaupt nichts verbergen? »Er hat mich nicht gerade glücklich gemacht, das stimmt.«

»Ich werde es tun«, sagte sie entschieden. »Ich werde mit ihm reden. Ich muss. Wir müssen die Wahrheit wissen, wo so viel auf dem Spiel steht.«

Wir. Warum war es für ihn einfach so verdammt schön, wenn sie sich auf dieses Wörtchen bezog? Er war noch nie in seinem Leben wirklich Teil eines »Wir« gewesen. »Mir gefällt das nicht.«

»Das konnte ich aus der Art schließen, wie du versucht hast, die Tür mitsamt seinem Fuß zuzuschlagen. Machen wir es lieber jetzt gleich und bringen es hinter uns.«

Von der Tür ertönte ein Klopfen. »Ich geh nicht weg, Sterling«, rief Damion.

»Jetzt mach mal halblang«, rief Sterling über die Schulter.

Becca kicherte, und gespannte Nervosität hallte in ihrem Lachen wider. »Wenn er so wild darauf ist, sich in die Bredouille zu bringen, dann lass ihn doch. Mach die Tür auf, Sterling.«

Sterling stand wie erstarrt da und konnte sich bei bestem Willen nicht zu einer Bewegung zwingen. Auch wenn ihn gerade jetzt, verdammt noch mal, eine Anwandlung nach dem Motto »Ich Tarzan, du Jane« packte, sodass er sich am liebsten auf die Brust geschlagen und »Mein!« geschrien hätte, um dann mit Becca davonzurennen und sie an einem sicheren Ort zu verstecken. Nur dass er sie nicht verstecken konnte – nicht vor dem, dem sie sich stellen musste. Und solange Damion einer der Renegades blieb, waren sie alle in Gefahr. Trotzdem bewegte er sich noch immer nicht.

»Mir gefällt das wirklich nicht, Becca.«

»Ich weiß«, sagte sie und trat neben ihn.

»Die Anker-Geschichte«, fiel ihm ein. »Vielleicht solltest du mich jetzt als deinen Anker nehmen.«

»Daran habe ich auch schon gedacht«, gab sie zurück. »Aber du bist ziemlich wütend auf ihn. Ich will nicht das Risiko eingehen, dass deine Gefühle irgendwie meine Erinnerungen trüben oder mich so sehr in Wallung bringen, dass ich ihn ohnmächtig werden lasse.« Sie griff nach seiner Hand. »Aber danke, und falls es sich als notwendig erweisen sollte, werde ich gern auf dein Angebot zurückkommen.«

Sterling schaute von seinen Händen auf ihre, die so zart wirkten. In diesem Moment fühlte er sich winzig und schwach im Vergleich zur Tapferkeit dieser kleinen Frau. Er war so lange allein gewesen – sein ganzes Leben lang. Allein sein war einfacher. Allein sein ging nicht einher mit der Notwendigkeit, Lebewohl sagen zu müssen, war auch nicht verbunden mit solchen Gefühlen, wie sie jetzt in seiner Brust aufstiegen. Doch er war verrückt nach Becca und außerstande, sich von ihr abzuwenden.

Er führte ihre Hand an die Lippen. »Ich bin hier, falls du mich brauchst.« *Immer,* hätte er gern hinzugefügt, aber das setzte voraus, dass »immer« überhaupt möglich war. Also ließ er es weg.

Er löste seine Hand aus ihrem Griff und wandte sich zur Tür.

Er wollte Damion erst noch ein paar Anweisungen mitgeben, bevor er ihn ins Labor ließ.

Mit einem tiefen Atemzug bereitete sich Becca auf Damions Eintreten vor. Sie vergewisserte sich ihres geistigen Schilds – Caleb hatte ihr beigebracht, sich damit zu schützen. Sie fühlte sich sicher, wenn sie wusste, dass er intakt war. Und er gab ihr das dringend nötige Gefühl, die Situation unter Kontrolle zu haben.

Die Tür ging auf, und ein Mann trat in den Raum – hochgewachsen, breitschultrig und athletisch wie Sterling, doch damit endeten die Ähnlichkeiten auch schon. Anstelle der verblassten Jeans samt hellblauem T-Shirt, die Sterling trug, hatte Damion einen militärischen Tarnanzug an. Während Sterling sein hellblondes Haar dicht und eher lang trug, war Damions sandbraunes Haar kurz rasiert. Und seine Augen – das wahre GTECH-Schwarz unter dem vorgetäuschten Anschein ihrer waldgrünen menschlichen Naturfarbe verborgen – bildeten einen deutlichen Gegensatz zu Sterlings blaugrünen Augen.

Einen Moment lang standen sie alle schweigend da, und in der Luft lag die unausgesprochene Erwartung, dass Damion ohnmächtig werden würde. Doch Becca spürte nicht einmal einen leisen Anflug von Angst. Die Art, wie Sterling über Damions Schulter blickte und dabei aussah wie der große, böse schwarze Mann – jederzeit bereit, ihm eins zu verpassen, falls er eine falsche Bewegung machte –, brachte sie vielmehr fast zum Lachen. Allerdings beschränkte sie sich darauf, in sich hineinzulächeln. Schließlich fand sie seinen Wunsch, sie zu beschützen, liebenswert und sexy. Und er weckte warme Gefühle in ihr.

»Danke, dass Sie so freundlich sind, mit mir zu reden, Becca«, sagte Damion, nachdem er sich offenbar vergewissert hatte, dass er sich nicht in eine lebende Bodenmatte verwandeln würde.

Becca richtete den Blick von Sterling wieder auf Damion, musterte seine scharf konturierten Gesichtszüge und suchte nach einer Erinnerung an jenen Tag bei ihr zu Hause. Seine Haut war sonnengebräunt, die angedeuteten Falten um Augen und Mund ließen ihn etwas älter wirken, und sie schätzte ihn auf Anfang dreißig. Er war attraktiv, wenn auch auf eine etwas ruppige Weise, hatte aber nichts Vertrautes.

»Tut mir leid«, sagte sie, und ihre Lippen wurden schmal vor Enttäuschung. »Ich kann mich an Sie nicht erinnern. Das heißt, ich kenne Sie nur von der Sache auf der Autorückbank, als Sie versucht haben, mir die Tracking-Vorrichtung herauszuschneiden. Ich kann mich aber nicht erinnern, Sie an jenem Tag an meinem Haus gesehen zu haben.«

»Verdammt«, fluchte Damion kopfschüttelnd. »Versuchen Sie's noch einmal. Geben Sie sich Mühe.«

Sterling, der außerordentlich verärgert wirkte, blaffte zurück: »Sie hat gesagt, dass sie sich nicht erinnert. Und wenn du denkst, die Tatsache, dass du hier aufkreuzt, um dich mit ihr zu treffen, würde dich irgendwie weniger schuldig erscheinen lassen, dann befindest du dich schwer im Irrtum. Tatsächlich lässt es dich verzweifelt erscheinen.«

Damion wirbelte zu ihm herum. »Wir sind in derselben Einheit der Army gewesen«, herrschte er ihn an. »Ich habe jahrelang an deiner Seite gekämpft. Ich habe für dich geblutet. Wie kannst du glauben, ich würde Becca an Tad ausliefern?«

»Eine ganze Menge Männer, mit denen wir beide gedient haben, sind jetzt Zodius«, wandte Sterling ein. »Erklär mir bitte, was an unserem gemeinsamen Armeedienst auch nur irgendeinen Scheißdreck beweist.«

Damion stieß einen frustrierten Laut aus und drehte sich

zu Becca um. »Caleb meint, Sie würden über Fähigkeiten verfügen, die Sie noch nicht ohne Weiteres abzurufen vermögen, wie zum Beispiel, dass Sie ins Bewusstsein anderer Menschen eindringen können. Versuchen Sie, sich in meines zu versetzen. Versuchen Sie festzustellen, was an jenem Tag passiert ist.« Er machte einen Schritt auf Becca zu, und Sterling hielt ihn am Arm fest.

Damion schüttelte Sterling ab und richtete seine Aufmerksamkeit wieder auf Becca.

»Ich weiß nicht«, antwortete Becca überrumpelt. Ob sie das wohl konnte? Sie hatte in Sterlings Bewusstsein gelangen können, weil er es ihr erlaubt hatte. Oder vielleicht lag es auch daran, dass sie ein Lebensband waren. Doch war sie sich nicht sicher, ob sie in Damions Bewusstsein eindringen konnte.

»Sie wird dir nicht die Möglichkeit geben, sich irgendwie so weit zu öffnen, dass sie für einen weiteren von Dorians mentalen Angriffen empfänglich ist«, unterstrich Sterling und trat vor Becca hin. »Du bist raus, Damion. Du hast deine Chance gehabt. Es hat nicht funktioniert.«

»Ach komm schon, Sterling«, befand Damion. »Wir wissen beide, warum du sie nicht in meinem Kopf haben willst. Du hast Angst, dass sie sieht, was wirklich passiert ist, und dann dich verachtet, nicht mich.«

Becca wusste kaum, wie ihr geschah, da hatte Sterling Damion auch schon gepackt und zurückgestoßen. Mit einem dumpfen Aufprall, der das wenige Schritte entfernt stehende Regal mit dem Arbeitsmaterial klappern ließ, krachten sie gegen die Tür.

Ein schreckliches Gefühl krampfte Beccas Magen zusammen. Was war an jenem Tag in ihrem Haus geschehen, von dem Sterling nicht wollte, dass sie es erfuhr? Sie sollte es wissen – *musste* es wissen. Sie atmete tief ein und stürmte auf die beiden

Männer los; ohne zu wissen, was sie tat, aber nichtsdestoweniger fest entschlossen. Vor ihnen blieb sie stehen, packte beide am Arm und konzentrierte sich zugleich auf sie beide. Und die Bilder begannen zu fließen.

25

Bilder stürmten auf Becca ein und bohrten sich in ihr Bewusstsein wie Nadeln in ein Nadelkissen – pointiert, scharf, präzise. Sie schnappte nach Luft und taumelte zurück, landete auf etwas Spitzem.

»Becca …« Sie hörte seine ferne Stimme, ein Echo in einem Tunnel, dessen Finsternis sie erstickte.

Plötzlich war sie wieder in ihrem Haus, in Sterlings Armen, während er die Treppe hinunterlief, war in seinem Kopf, in seinem Körper. Da war Schmerz, so viel Schmerz, und Angst um sie. Er würde es nicht schaffen. Er würde sie nicht retten können. Er rannte schneller, Rauch schnitt brennend in seine Lunge – die Zeit stand still, während der Schmerz in seiner Seite explodierte, in seinem Rücken, seinem Arm. Er brach durch die Hintertür, stürmte auf die Veranda und fand Damion, der auf ihn wartete. Er wollte sie ihm nicht geben – irgendetwas sagte ihm, dass er es nicht tun sollte –, aber er vertraute Damion, und er war nicht länger in der Lage, sie zu beschützen. Sie spürte, wie sich die Erleichterung, dass sie in Sicherheit war, in ihm Bahn brach, auch wenn der Schmerz seiner Verletzungen ihn durchbohrte wie eine Million Glassplitter und unerträglich durch seine Muskeln schoss.

Markerschütternde Wut durchtoste ihn einen Moment später, als er in der Ferne etwas sah – sie in Tads Armen. Sterling schrie auf, er konnte es nicht fassen, aber er war schwach, und alles, was er herausbrachte, war ein heiseres Flüstern. Er machte einen Satz in Richtung Treppe, wollte ihr hinterherrennen, aber eine weitere Kugel traf sein Bein, dann stürzte er zu Boden, und alles wurde schwarz.

Die Bilder in ihrem Bewusstsein wechselten, und Becca sah durch Damions Augen. Sterling drückte sie Tad in die Arme, um im nächsten Moment auf dem Boden zusammenzubrechen. Damion rannte auf sie zu und versuchte, Tad daran zu hindern, sich mit ihr davonzumachen, aber es war zu spät.

Becca grub die Finger in ihr Haar, fuhr zwirbelnd durch zerzauste Strähnen, hielt die Erinnerungen beider Männer gegeneinander, versuchte herauszufinden, was da nicht stimmte. »Das ergibt keinen Sinn.«

»Becca, Süße«, flehte Sterling. Warm und sanft durchdrang seine Stimme die Verwirrung in ihr. Blinzelnd vertrieb sie die Bilder, kämpfte innerlich eine Schlacht mit sich aus und fand Sterling neben sich auf dem Boden hockend. »Alles in Ordnung bei dir?«

»Ja, ich …«

Damion erschien über Sterlings Schulter. Auf seinem Gesicht lag ein ängstlicher Ausdruck, während sich im Dunkel seiner Augen Hoffnung bemerkbar machte. Sie öffnete den Mund, um zu sprechen, da sagte Sterling: »Deine Hand. Du blutest.«

Becca drehte die Hand um und starrte auf das Blut, dann blinzelte sie zweimal und spürte Panik in sich aufsteigen, die Angst, versehentlich ein Blutband entstehen zu lassen. Sie rappelte sich auf die Beine. »Ist schon alles okay.« Doch sie strafte ihre Behauptung Lügen, indem sie gegen den Barhocker krachte und sich den Kopf anschlug. Sie setzte sich wieder hin. »Autsch!«

Sterling legte ihr die Hand um den Unterschenkel. »Halt still und lass dir von mir helfen. Du bist verletzt.«

»Nein«, widersprach sie und riss sich von ihm los, kam wieder auf die Beine und bemerkte den roten Fleck unten auf ihrem Laborkittel. »Ich komme zurecht, wirklich.« Sie griff nach dem Kittelsaum und wickelte ihn um ihre Hand. »Wie habe ich mich geschnitten?«

»Eine der Ampullen ist kaputtgegangen, und du bist draufgefallen«, erklärte Sterling mit heiserer Stimme. Von ihm ging eine Welle heftiger Emotionen aus. Er glaubte, dass sich ihre Panik gegen ihn richtete, dass sie in Bezug auf ihn etwas gesehen hatte, das sie aus der Fassung brachte.

»Wenn du mich anfasst«, sagte sie und suchte nach einer Entschuldigung für ihr Verhalten, »habe ich die Befürchtung, dass ich durcheinandergerate. Ich will nicht die Bilder aus dem Bewusstsein verlieren, die ich jetzt im Kopf habe. Ich bin … ich versuche zu verstehen, was ich gesehen habe.«

»Becca«, hauchte er gequält. Ihre Ausrede hatte ihn nicht überzeugt. »Was immer du gesehen hast …«

»Ich weiß nicht, was ich gesehen habe«, versicherte sie und wickelte den Laborkittel fest um ihre Hand. Das durch ihre Adern pumpende Adrenalin machte die Blutung zweifellos schlimmer. »Einmal habe ich gesehen, wie du mich an Damion übergeben hast.« Sie schluckte, um gegen den in ihrer Kehle hämmernden Herzschlag anzukämpfen, und fügte mit rauer Stimme hinzu: »Und in der nächsten Minute hast du mich Tad ausgeliefert. Es war … verwirrend.« Gefühle durchfluteten sie, aber es waren nicht ihre eigenen, sondern Sterlings Gefühle.

»Sie haben gesagt, Sie hätten mich nicht erkannt«, betonte Damion und wandte sich mit einem strengen Blick an Sterling. »Wenn ich es gewesen wäre, der dir Becca in jener Nacht abgenommen hat, müsste sie sich an mich erinnern.«

»Ich weiß, was ich gesehen habe«, stieß Sterling zwischen zusammengebissenen Zähnen hervor.

Damion warf Becca einen flehentlichen Blick zu. »Sie können sich nicht an mich erinnern.«

Sie wusste nicht, was sie sagen sollte. »Ich habe mich über Sterlings Schulter gebeugt und auf die Tür geschossen, als ich vom einen zum anderen übergeben wurde, und dann hat man mir die Waffe aus der Hand gerissen. Ich habe gekämpft und blind um mich geschlagen.« Ihr Blick glitt zwischen den beiden Männern hin und her. »Ich könnte mehr als einmal von einem zum Nächsten weitergereicht worden sein, schätze ich. Ich war völlig durcheinander. Es ging alles so schnell.«

Sie sah Damion abwägend an, suchte sich Gewissheit zu verschaffen. Sie vertraute ihm. Ob es nun richtig oder falsch war, sie spürte es tief in ihrem Inneren. Sie vertraute ihm nicht so sehr wie Sterling, aber sie vertraute ihm.

Langsam richtete sie ihre Konzentration wieder auf Sterling. »Was in jener Nacht auch geschehen ist, Sterling, Damion hat nicht für Adam gearbeitet. Da bin ich mir sicher.«

Damion stieß einen hörbaren Seufzer der Erleichterung aus, während sich die Spannung um Sterling zusammenballte, bis sie fast mit Händen zu greifen war.

»Ich weiß, es klingt dumm, aber ich habe so ein Gefühl, dass wir es hier mit Sinnestäuschungen zu tun haben. Als hätte irgendjemand einen oder beide von euch etwas sehen lassen, das nicht da war, und in Wirklichkeit war alles anders, als es den Anschein hatte.« Sie schüttelte den Kopf. »Ich muss nachdenken, um das zu verarbeiten und herauszufinden, ob ich dem Ganzen einen Sinn abgewinnen kann.«

»Ich gehe jetzt«, sagte Damion. »Danke, Becca.«

»Danke, dass Sie versucht haben, mich zu retten«, erwiderte sie aufrichtig.

Überraschung zuckte über seine scharf geschnittenen Gesichtszüge, um schnell wieder zu verschwinden. Er neigte den

Kopf und wandte sich zum Gehen. Weder er noch Sterling schienen auf irgendeine Art Notiz vom anderen zu nehmen. Die Auseinandersetzung zwischen ihnen war immer noch zu frisch. Irgendwo inmitten von alledem, was sie zwischen den beiden wahrgenommen hatte, hatte sie auch Freundschaft und Vertrauen gespürt – doch traurigerweise war dieses Band zwischen ihnen jetzt gerissen.

Während Damion in Richtung Tür verschwand, trafen sich Beccas und Sterlings Blicke. Sein Gesicht war verschlossen und undeutbar, aber sie brauchte sein Mienenspiel nicht lesen zu können. Sie spürte das Verlangen in ihm, das plötzliche, besitzergreifende Begehren, die weiß glühende Sinnengier, und Angst – Angst, dass er sie verlor, als brauchte er sie unbedingt, bevor sie verschwunden war. Es brandete über ihn hinweg und auf sie zu, ein Teil einer in ihm tobenden Flut, die sie schon zuvor verspürt hatte. Die Flutwelle krachte in sie hinein und zog sie stumm zu ihm hin, überflutete sie mit unwiderstehlicher Gewalt und verlangte eine Reaktion.

Und sie reagierte. Verlangen sammelte sich tief in ihrem Leib, während heiße Glut ihre Haut überzog. Seine Macht, eine so gewaltige Begierde in ihr zu wecken, dass sie sogar das gefährliche Blut an ihrer Hand vergaß, erschütterte sie. Sie wandte den Blick ab.

»Ich muss mich waschen«, sagte sie, eilte zum Waschbecken und drehte das Wasser auf. Die ganze Zeit über versuchte sie zu begreifen, was mit ihr geschah. Wie hatte sie ihr ganzes Leben zubringen können, ohne jemals diese Art Leidenschaft zu erleben?

Sterling erschien neben ihr und hielt ihr einen Verband hin, den er bereits aus der Verpackung gerissen hatte. Mit gerunzelter Stirn betrachtete er ihre Hand. »Du solltest eigentlich nicht so schlimm bluten.«

»Das macht nichts, es ist alles gut«, antwortete sie und nahm den Verband, aber natürlich ging es ihr alles andere als gut. Ihr Herz flatterte und drohte stehenzubleiben. So hatte sie während ihrer Krebstherapie geblutet, als ihr Blut nicht mehr richtig gerann. Schlagartig wurde ihr bewusst, was sie getan hatte – obwohl sie sich doch geschworen hatte, es nicht zu tun: Sie hatte Hoffnung geschöpft, und die Hoffnung war wieder einmal mit ihr durchgegangen – mit den entsprechenden Verheerungen.

Sie verband den Schnitt, ohne Sterling anzusehen, dann zwang sie sich, sich zu ihm umzudrehen. »Ich sollte mich wieder an die Arbeit machen.«

»Wir müssen über das reden, was gerade passiert ist.« Sie wünschte sich verzweifelt, ihn zu berühren, ihm zu sagen, dass sie in diesen Erinnerungsbildern nichts anderes als einen Helden gesehen hatte, aber wenn sie das tat, würde es nicht bei der bloßen Berührung bleiben. Und sie konnte spüren, wie das Blut durch den Verband sickerte. »Ich möchte im Moment nicht darüber reden.« Sie versuchte, an ihm vorbeizugehen. Sie musste ihre Tests fortsetzen, musste herausfinden, was da vor sich ging, und sie musste Sterling von ihrem Blut fernhalten.

Aber bevor Becca vor ihm fliehen konnte, war sie schon in seinen Armen. Wärme strömte durch ihre Glieder, und sie fragte sich, warum sie überhaupt hatte fliehen wollen. Doch in dem Moment, da sie ihm die Hand auf die Brust legte, stach ihr ein weiterer Erinnerungssplitter scharf wie ein Messer ins Bewusstsein, eine Information, über die sowohl Sterling als auch Damion verfügt hatten. »Caleb will sich meiner bedienen, um an Dorian heranzukommen.«

Sterlings Miene verdüsterte sich. »Darauf darfst du dich nicht einlassen.« Er hob sie hoch, setzte sie auf den Schreibtisch und lehnte sich zwischen ihre Beine, als gehöre er dorthin.

»Ich muss es tun«, sagte sie, ohne sich von seinem Befehlston beirren zu lassen. Innerlich zitterte sie bei der Vorstellung, womöglich mit Dorian in Kontakt treten zu müssen, und doch wusste sie, dass das die richtige Entscheidung war. »Ich will es tun.«

Er starrte auf sie herab, und dunkle Schatten zogen durch seine Augen. »Nein.« Er presste seine Hand auf die ihre, die immer noch auf seiner Brust ruhte.

Becca holte tief Atem und merkte, dass ihre Hand, ihre verbundene Hand, auf seiner Brust lag, als hätte sie sie unbewusst dort hingelegt.

Sterlings Finger glitten zu ihrem Gesicht hinauf. »Er hat dich gestern Abend beinahe umgebracht.«

Eine beängstigende, aber vertraute Realität. »Aber er hat es nicht getan, und ich lerne allmählich, meine Fähigkeiten einzusetzen. Ich werde es schon schaffen.« Und sie würde es schaffen. Sie ließ sich von diesen Worten erfüllen, wollte sich überzeugen, dass sie selbst an sie glaubte. Und das tat sie, bis Sterling eine Hand hob, die jetzt von dem Blut aus ihrer Wunde befleckt war.

Sabrina servierte einem kahlköpfigen Mann in den Vierzigern am Blackjack-Tisch seinen Drink. Er schnappte sich das Glas und unterzog ihr Dekolleté einer erneuten langen Musterung, dann warf er einen Chip auf ihr Tablett. Einen erbärmlichen Dollar. Ihr Blick fiel auf den Ring an seinem Finger.

Sie neigte sich dicht an sein Ohr. »Wie wär's, wenn wir Ihre Frau zu einer kleinen Ménage-à-trois einladen würden, hm? Soll ich mal nach ihr schauen gehen?«

Er erstarrte, dann warf er einen grünen Chip auf ihr Tablett. Bevor er sich wieder seinen Karten zuwandte, erhaschte sie einen Blick auf sein gerötetes Gesicht, und beinahe hätte sie laut losgelacht. Ehefrauendrohungen funktionierten doch immer.

Natürlich waren die Trinkgelder für sie nur ein Spaß. Sie hatte diesen Job zur Tarnung behalten, und weil er ihr eine Möglichkeit gab, vor Ort potenzielle Opfer auszukundschaften, die im Casino ihre Kreditkarten präsentierten und ihre Adressen hinterließen.

Aber das sollte jetzt ein Ende haben. Schon bald würde »Madame« ganz oben sein – und wer auch immer sie dorthin bringen konnte, mit ihr. Iceman. Tad. Verdammt, sie würde auch bei den Renegades Zuflucht suchen, wenn es denn sein musste. Schließlich stand sie im Begriff, sie aus der Nähe und ganz persönlich kennenzulernen. Natürlich, wenn sie sich in den inneren Kreis der Renegades vorarbeitete und Rebecca Burns tötete, so wie Tad es verlangte, würden sie sie dort nicht sonderlich mögen. Sie zuckte die Achseln. Freundschaft hatte eben ihre Grenzen. Hauptsache, sie erfüllte ihren Zweck.

Eine Stunde später ging sie durch die Küche zu ihrem Parkplatz hinterm Haus, bereit, in ihre Rolle als »Madame« zu schlüpfen. Die heiße Vegas-Nacht traf sie wie ein Keulenschlag, und sie fühlte sich ein wenig schwach in den Knien. So wie sie sich fühlte, wenn sie einen Hit *Ice* brauchte.

26

Becca riss keuchend die Hand von Sterlings Brust und griff nach ihren Labormantel, um seine Hand sauber zu wischen. »Bist du verrückt geworden?«, fragte er. »Hör auf, dir um mich Sorgen zu machen. Ich mache mir Sorgen um *dich*.«

Er zog sie zum Waschbecken und wusch ihre Hand. Sie presste die Augen fest zu und machte sich bewusst, dass seine Wunden schnell heilten. Da würde es schon keine offene Wunde mehr geben, durch die ihr Blut eindringen konnte. Und solange sich sein machomäßiger Beschützerinstinkt derart in den Vordergrund drängte, war klar, dass ihr keine andere Möglichkeit blieb, als nachzugeben und ihn ihre Hand versorgen zu lassen.

Sie setzten sich telefonisch mit Kelly in Verbindung, nahmen Becca Blut ab und ließen es von einem Windwalker sofort nach Sunrise City bringen. Dann begann das Warten. Sie wollte, dass Kelly die Ergebnisse ihrer Tests vorlegte, wollte wissen, woran sie war, wollte, dass Kelly ihr versicherte, dass ihr Lebensband Sterling nicht in Gefahr gebracht hatte. Während sie auf Kellys Auswertung der Testergebnisse wartete, setzte sie sich an den Schreibtisch und versuchte zu arbeiten, aber im Stillen ergriff immer mehr Panik von ihr Besitz. Sie hatte keine Zeit gehabt, mit Kelly über die Veränderungen zu reden, die seit Erscheinen des Symbols in ihrem Blut vorgegangen waren, und vor Sterling konnte sie das Thema nicht zur Sprache bringen. Eine Stunde verging. Becca las sich währenddessen das GTECH-Untersuchungsmaterial durch, das ihr Kelly gemailt hatte.

Sterling stand unruhig neben ihr im Raum oder ging auf und

ab. Dann blieb er wieder stehen, nur um sein Herumtigern erneut aufzunehmen.

Mit einem frustrierten Knurren schlug sie die Donutschachtel zu und drehte sich auf ihrem Stuhl zu Sterling um. »Genug damit«, sagte sie. »Keine Süßigkeiten mehr für dich. Hast du keinen *Ice*-Dealer, den du zur Strecke bringen musst?«

»Wir sollten nach Sunrise City gehen«, erwiderte er. »Sofort – wir windwalken dorthin und lassen Kelly richtige Tests bei dir machen.«

Dass er sich um sie sorgte, berührte Becca tief, aber es verriet ihr auch eine ganze Menge. Er würde darauf bestehen, sie zu retten, sobald er wusste, dass er es konnte, und das kam jetzt noch weniger infrage als zuvor. Dorian konnte sie töten – und wenn sie durch ein Lebensband verbunden waren, konnte er Sterling mit ihr umbringen. »Es ist viel zu viel Zeit auf mich und meine Gesundheitsprobleme verschwendet worden«, antwortete Becca mit Nachdruck. »Wir müssen uns vielmehr auf eine Immunisierungsmethode und die Entwicklung eines Heilmittels für die *Ice*-Süchtigen konzentrieren.« Die Sache mit der Notwendigkeit, Dorian gefangen zu nehmen, ließ sie aus, weil sie nicht mit Sterling darüber streiten wollte, ob sie sich an dieser Aktion beteiligen sollte. Für sie stand fest, dass sie das tun würde, ob es ihm nun gefiel oder nicht.

»Sobald du einmal dort bist, kannst du enger mit dem medizinischen Team zusammenarbeiten«, gab er zu bedenken.

Wie war das noch mal mit dem Nicht-auf-Dorian-zu sprechen-Kommen? Pustekuchen. »Wir wissen beide, warum ich mich nicht in Sunrise City verstecken kann. Und was immer in gesundheitlicher Hinsicht mit mir nicht stimmen mag, macht das, was ich hier zu tun habe, nur umso dringlicher.«

»Du wirst dich nicht zum Köder für dieses Monster von

Adams Sohn machen«, sagte er, und seine Stimme war genauso unnachgiebig wie sein sturer Kopf.

»Herrschsüchtige Machoallüren funktionieren bei mir nicht«, stellte sie klar. »Mein Vater und mein Bruder waren beide herrschsüchtige Machos, und sie haben damit nichts erreichen können. Der einzige Grund, warum ihr überhaupt angefangen habt, nach mir zu suchen, war, Adam aufzuhalten. Und wenn ich dabei helfen kann, werde ich es tun.«

»Das wirst du nicht«, widersprach er im Befehlston.

»Hör auf, unvernünftig zu sein«, befahl sie zurück. »Du hast es auf dich genommen, mich zu beschützen, als ob es deine Pflicht wäre.« Sie deutete mit dem Finger auf ihn, und er hatte bereits den Mund geöffnet, um Einwände zu erheben, als sie ihm zuvorkam: »Und behaupte jetzt nicht, dass es auch wirklich deine Pflicht war. Es ist deine Pflicht, dieses Land zu beschützen – und mittlerweile die gesamte Menschheit. Nicht eine einzelne Frau.« Und verdammt noch mal, sie wollte weder seine Pflicht sein noch die Pflicht irgendeines anderen.

Entschlossen holte sie Luft. Er musste den Raum verlassen haben, bevor Kelly anrief und die Testergebnisse durchgab, da sich die Sache mit ihrem Lebensband in diesen Ergebnissen niedergeschlagen haben könnte. »Wenn du diese Tatsache nicht in Erinnerung behalten kannst, dann können wir beide … nun ja, wir können nicht … dann muss ich in einem anderen Apartment unterkommen.«

Seine Miene verfinsterte sich, und er machte einen Schritt auf sie zu. »Das ist nicht dein Ernst.«

»Doch«, versicherte sie und verschluckte sich förmlich an ihren Worten. »Ich … es ist das Beste so. Damit wir beide nicht die Fähigkeit verlieren, sachliche Entscheidungen zu treffen.«

»Auch ich bin in *deinem* Kopf gewesen, Süße«, erwiderte er. Alle Distanz zwischen ihnen war dahin. Er ragte vor ihr auf, seine Finger spielten mit einer Strähne ihres Haars, und er ließ den Blick schwer auf ihrem Gesicht ruhen. »Du versuchst, mich zu schützen, so wie du deine Mutter geschützt hast. Ich brauche keinen Schutz.« Er schwieg einen Moment und sah sie eindringlich an. Düstere Gefühle lagen in diesem Blick und erfüllten nun auch sie. »*Ich* beschütze *dich.* Du sollst mich nicht schützen.«

Menschen, die einander lieben, beschützen sich gegenseitig, aber diesen Gedanken sprach sie nicht aus. Sie sagte vielmehr überhaupt nichts.

»Du kannst mich nicht von dir stoßen«, murmelte er. »Das werde ich nicht zulassen.«

Becca presste die Augen fest zu, um sich gegen ein unerwartetes Gefühl zu wehren – die bedrückende Schwere in ihrer Brust. Verdammt. Sie würde nicht weinen. Auf keinen Fall. Sie konnte es nicht. Sie war längst über das Stadium der Tränen hinaus.

Sterling legte ihr die Hand aufs Gesicht, und sie schmiegte sich in diese Berührung, außerstande, sich zu bremsen. Alle ihre guten Absichten, ihn von sich zu stoßen, waren wie weggeblasen.

Der Computer summte, und Beccas Magen krampfte sich zusammen. Sie zwang sich, die Augen zu öffnen, und gab sich alle Mühe, ihre Angst zu verbergen. »Ich muss dazu allein sein.«

»Nein«, widersprach er; seine dickköpfige Sturheit brach sich erneut mit aller Kraft Bahn.

»Bitte«, sagte sie verzweifelt. »Ich will allein mit ihr reden. Was auch immer mit mir nicht stimmt – ich muss zuerst allein damit fertigwerden.«

»Du bist nicht allein«, entgegnete er und beugte sich über sie, um die Computertaste zu drücken.

Becca ergab sich in ihre Niederlage und drehte sich zum

Monitor um, auf dem nun Kellys Bild erschien. »Also gut, Becca«, begann Kelly erschöpft. Ihr blondes Haar war nachlässig aufgesteckt, und es sah aus, als hätte sie dazu einen Bleistift benutzt. »Unser aktueller Stand ist der folgende: Ihr Blutbild ist völlig chaotisch, aber wir haben keine eindeutige Ursache für die Blutung gefunden. Ich arbeite daran, weitere Details in Erfahrung zu bringen.«

»Ich hatte während meiner Krebstherapie Gerinnungsprobleme«, erklärte Becca.

»Es bedeutet nicht, dass Ihr Krebs zurück ist«, sagte Kelly streng. »Hören Sie auf, so zu denken. Ich sehe keinerlei Beweise für etwas Derartiges.«

Etwas war in ihren Worten unausgesprochen geblieben, und dort setzte Becca an. »Bitte, ich will nicht, dass Sie mich mit Samthandschuhen anfassen, Kelly.«

Kelly wölbte die Lippen nach vorn. »Das tue ich auch nicht. Hören Sie auf, aus dieser Sache etwas machen zu wollen, das sie nicht ist.« Sterling legte die Hände auf Beccas Schultern, kraftvoll und beruhigend. Es hätte ihr ein tröstliches Gefühl vermittelt, wenn Becca nicht so verzweifelt mit Kelly allein hätte sprechen wollen.

»Es läuft alles auf die eine Frage hinaus, Doc«, schaltete er sich ein. »Was bedeutet das Ganze für Becca?«

»Wir wollen, dass sie eine neue Dosis *Ice* nimmt und sich unmittelbar danach Blut abzapft.«

»Kann sie das?«, fragte er. »Gefahrlos eine weitere Dosis nehmen? Ich meine, ich weiß, dass sie jetzt zwei Dosen pro Tag braucht. Aber drei?«

»Ihr Blutbild so zu belassen wie jetzt ist auch nicht ungefährlich.«

»Das war also ein Nein«, gab Sterling zurück. »Es ist also *nicht* ungefährlich, wenn sie drei Dosen nimmt.«

»Überschüssiges *Ice* wird vom Körper ausgeschieden«, wiegelte Kelly ab. »Deshalb bekommt sie keine Überdosis, wenn sie zwei Ampullen am Tag nimmt, und deshalb haben wir auch noch nicht erlebt, dass jemand am übermäßigen Konsum der Droge gestorben ist.«

Was Kelly nicht aussprach und Becca im Stillen ergänzte, war die Tatsache, dass sie nicht wussten, ob es andere Nebenwirkungen einer erhöhten Dosierung gab.

»Gut, dann mache ich das«, sagte Becca. »Danke, Kelly.« Um nicht die Fassung zu verlieren, versuchte sie, sich auf etwas anderes als sich selbst zu konzentrieren, und fügte hinzu: »Ich habe über den Vitamin-C-Mangel nachgedacht, an dem die GTECHs leiden. Aus den Unterlagen, die Sie mir haben zukommen lassen, geht hervor, dass ihr Körper die Absorption verhindert – das ist wie Öl und Wasser. Was würde also passieren, wenn wir jemandem eine hohe Dosis Vitamin C verabreichen würden? Würde es dann umgekehrt die Absorption von *Ice* verhindern?

»Interessant«, antwortete Kelly und zog nachdenklich die Brauen zusammen. »Sie könnten da auf eine brauchbare Spur gestoßen sein.« Dann wechselte sie das Thema. »Aber Sie müssen jetzt Ihre Dosis nehmen. Wir können später darüber sprechen.«

»Einverstanden«, schaltete sich Sterling ein. Im nächsten Moment klingelte sein Handy. Er riss es vom Gürtel und fluchte. »Ich muss den Anruf entgegennehmen. Es ist Riker.« Er runzelte die Stirn. »Und Eddie ruft auch an.«

Irgendetwas war da im Gange, und es musste etwas Größeres sein, aber Becca blieb hartnäckig. »Später« war ein Wort, das sie früher einmal ganz selbstverständlich hingenommen hatte – doch das war jetzt vorbei. »Können Sie ein Team an der Vitamin-C-Theorie arbeiten lassen?«, wandte sie sich an Kelly.

»Ich habe bereits entsprechende Pläne im Auge«, versicherte Kelly. »Aber jetzt gehen Sie und nehmen Ihre Dosis.«

Becca zögerte. Es erleichterte sie, dass Sterling mit dem Handy am Ohr aus dem Labor trat. »Ich habe die grundlegenden Unterlagen über den Bindungsprozess durchgelesen, die Sie mir zusammen mit dem GTECH-Material zugemailt haben, aber können Sie mir auch die detailliertere Version zukommen lassen?«

Kelly legte den Kopf schief und zog die Augenbrauen zusammen; in ihren Tiefen glitzerte es wissend. »Gibt es gewisse Tests, die ich bei Ihnen machen sollte, Becca? Tests, die Sie lieber vertraulich behandelt wissen würden?«

»Ja«, antwortete sie, erleichtert über Kellys Fähigkeit, gleichzeitig offen und diskret zu sein. »Das wäre eine gute Idee.«

»Ich habe etwas dergleichen vermutet und die Tests bereits angesetzt. Die Ergebnisse liegen noch nicht vollständig vor, daher habe ich sie auch noch nicht erwähnt. Meine Sorge ist, dass Sie den Bindungsprozess in Gang gesetzt haben und dass Ihr Körper versuchen könnte, ihn ohne Blut abzuschließen, indem er das Blut vielleicht durch *Ice* ersetzt.«

Plötzlich fröstelte Becca. »Kann so etwas denn überhaupt möglich sein?«

»Wir bewegen uns hier in einer Welt voller Unbekannten, aber Cassandra war in einer ähnlichen Situation. Sie und Michael haben ihren Bindungsprozess nicht gleich abgeschlossen, und dann hat ihr Körper die Kontrolle übernommen. Sie hatte eine Reihe von Gesundheitsproblemen, bis die beiden die Sache zu Ende gebracht und das Blutband endgültig gemacht haben. Ich bin der Ansicht, dass es von entscheidender Wichtigkeit für Ihre Sicherheit ist, den Blutaustausch sofort zu vollziehen.«

»Das bedeutet, wenn ich sterbe, stirbt Sterling.«

»Ja, aber …«

»Nein. Das darf nicht passieren. Es *darf nicht passieren,* Kelly. Was ist, wenn *Ice* zur Folge hat, dass Sterling etwas zustößt? Dass es ihn zum Beispiel in einen Zodius verwandelt oder ihn umbringt? Und dann ist da ja auch noch die Sache mit Dorian. Wenn er mich angreift, greift er Sterling an.«

»Was sagt denn Sterling dazu?«

»Er weiß nichts davon, und er darf es auch nicht wissen.«

»Wir sprechen hier von Ihrem Leben, Becca.«

»Selbst wenn ich nicht diese Angst um seine Sicherheit hätte, würde ich es ihm nicht erzählen. Ich will keine Verpflichtung sein, die ihm aufgebürdet wird.«

Kelly klopfte mit dem Bleistift auf den Schreibtisch vor ihr und stützte dann nachdenklich das Kinn in die Hand. »Sie wollen, dass es eine freie Entscheidung ist und kein aufgezwungenes Band, das einer medizinischen Behandlung zur Rettung Ihres Lebens gleichkommt.« Es war keine Frage. »Das verstehe ich.«

»Ich bin mir nicht sicher, ob Sie es wirklich verstehen«, erwiderte Becca. Sie wollte tatsächlich, dass das Knüpfen des Lebensbands eine Entscheidung war. Aber Sterling hatte auch recht, wenn er sagte, dass sie ihn zu schützen versuchte.

»Doch«, beharrte Kelly. »Ich verstehe es. Also sollten Sie wissen, dass wir allen Grund haben zu glauben, dass sich die Paare, die ein Lebensband knüpfen, ohnehin ineinander verliebt hätten. Wir glauben, dass das auch der Grund ist, warum es Adam nicht gelingt, ein Lebensband zu schaffen, indem er wahllos zusammengewürfelte Menschen miteinander Sex haben lässt. Damit vereitelt er vielmehr geradezu zwangsläufig jede Aussicht auf Erfolg. Ich weiß, ›glauben‹ ist ein Wort, das in der Wissenschaft nicht viel gilt, aber wenn Sie meine Berichte lesen, werden Sie begreifen, warum ich das sage. Ich glaube fest daran, dass die Knüpfung eines Lebensbands eine höhere Evolutionsstufe des Verliebens darstellt. Was immer Sie für Sterling empfinden, ist kein Produkt der Wissenschaft, Becca. Es hat einen echten emotionalen Gehalt.«

Bei diesen Worten wurde Becca warm ums Herz. Sie gaben ihr Hoffnung, dass das, was sie und Sterling empfanden, tief und echt war. Doch das änderte nichts an ihrer Entscheidung. »Ich werde Sterlings Leben nicht aufs Spiel setzen.«

Kelly musterte sie für einen Moment. »Wenn das, was Sie gerade gesagt haben, nicht beweist, dass die Knüpfung eines Lebensbands echte Liebe voraussetzt, dann weiß ich auch nicht«, meinte sie leise. »Ich muss mich erst mit Caleb beraten, aber für den Augenblick verspreche ich Ihnen, Stillschweigen zu bewahren.«

»Danke«, antwortete Becca, und eine Welle der Erleichterung flutete über sie hinweg.

Erneut warf Kelly Becca einen prüfenden Blick zu. »Sie nehmen ihm seine eigene Entscheidung ab«, sagte sie. »Sie sind sich dessen bewusst, oder?«

Diese Bemerkung ließ Becca tief Luft holen. Die Tür zum Labor wurde geöffnet, und Sterling kam herein. Becca drehte sich zu ihm um und sah, wie seine Augen die ihren suchten. Sein Gesichtsausdruck drückte zärtliche Sorge um sie aus.

Mit bebendem Herzen machte sich Becca bewusst, dass die Sache zwischen ihr und Sterling lange vor dem Symbol in ihrem Nacken begonnen hatte. Sie hatte vor Jahren in jener Bibliothek begonnen, als sie für ihn geschwärmt hatte. Damals hatte sie angefangen, sich in ihn zu verlieben – und damit hatte sie immer noch nicht aufgehört. Becca wandte sich wieder zum Computer um. »Ich mag ihm seine Entscheidung abnehmen«, sagte sie leise, nur für Kellys Ohren bestimmt. »Aber ich schütze ihn auch.«

Es entging Sterling nicht, dass Becca ihre Telekonferenz mit Kelly genau in dem Moment beendete, als er das Labor betrat. Sie rollte den Stuhl zu ihm herum, und der helle rote Blutfleck auf ihrem gebleichten Laborkittel rief ihm höhnend ins Gedächtnis, welches Schicksal ihr mit unausweichlicher Sicherheit drohte. Sie starb, und welche Risiken er auch einging, welchen Berg er auch bestieg, von welchem Gebäude er auch hinuntersprang – er konnte nichts tun, um es zu verhindern. Er konnte nicht einmal ein Lebensband mit ihr eingehen, und er verstand nicht, warum. Wenn es in seinem Leben je eine Frau gegeben hatte, mit der er sich verbunden fühlte, dann Becca.

»Was wollten Riker und Eddie?«, erkundigte sie sich, während sie zu einem Regal ging und das Nötige herausholte, um sich Blut abzunehmen.

Er kam auf sie zu. »Sie wollten mich beide daran erinnern, dass ich in ihrer Schuld stehe. Und wenn man bedenkt, dass ich Eddie bezahle – das verlangt echt Mumm. Wahrscheinlich ist genau das der Grund, warum ich diesen Typen echt mag.« Er blieb vor ihr stehen und griff nach der Spritze.

»Ich kann es selbst machen«, sagte sie in einem schwachen Versuch, Widerstand zu leisten.

»Du kannst es nicht ausstehen, dir selbst Blut abzunehmen«, wandte er ein. »Ich mach das.«

Sie zögerte kurz, dann nickte sie, schlüpfte aus dem Laborkittel und setzte sich. »Kelly will Blut vor und nach meiner Dosis.«

»Ja, ich war mit dabei, wenn du dich erinnerst.«

»Oh ja. Richtig.«

Er kniete sich neben sie und legte ihr die Hand aufs Bein. »Becca …«

»Ich hab's dir doch gesagt. Fass mich bitte nicht wieder mit

Samthandschuhen an und spiel den Typen, der behauptet, dass alles gut werden wird.«

»Okay«, willigte er ein. »Aber nur, wenn ich der Typ sein darf, der dir sagt, dass er verrückt nach dir ist. Das bin ich nämlich.«

Sie versuchte zu lachen. »Schlechte Wahl. Auch *dieser* Typ solltest du lieber nicht sein, denn du hast recht gehabt. Ich will nicht, dass du verletzt wirst.«

»Hmm«, machte er zweifelnd. »Ich werd's riskieren.« Er wickelte ein Band um ihren Oberarm.

»Jetzt ist nicht die Zeit, um mit Glücksspielen anzufangen.« Sanft legte sie ihre Finger auf seine Hand, die auf ihrer lag. »Ich meine es ernst, Sterling. Ich werde in einem anderen Apartment wohnen. Beenden wir, was zwischen uns ist, bevor es noch komplizierter wird.«

»Nein«, sagte er. Er spürte das Zittern ihres Arms. Sie brauchte ihre Dosis. Er nahm die Hand wieder weg und bereitete die Spritze vor.

»Du magst dieses Wort allzu gern.«

»Ich kann dir sagen, warum«, antwortete er, streckte ihren Arm und schob die Nadel in die Vene. »Mit ›Nein‹ kann man nicht *argumentieren.* Wenn ich dir hingegen die Gründe hinter meiner Weigerung nennen würde, müsstest du sie – Wissenschaftlerin, die du bist – analysieren, sie zerpflücken und versuchen, sie zu widerlegen. All diese Zeit wäre besser darauf verwendet, um an deiner Immunisierungsmethode zu arbeiten, oder, noch besser, um nackt mit mir im Bett zu liegen. Was im Übrigen verlangt, dass wir im selben Apartment und im selben Schlafzimmer sind.«

Sie schüttelte den Kopf und lächelte. »Du bist unmöglich.«

Er zog die Nadel heraus. Blut tropfte viel zu schnell aus ihrem Arm, und er drückte Verbandswatte darauf. »Ich glaube, du magst ›unmöglich‹.« Er zwinkerte und ging wieder zum Schrank, legte ihr Blut dort ab, griff nach einer Ampulle *Ice* und den nötigen Utensilien, um noch mehr Blut abzuzapfen.

Er kam zurück und reichte ihr die Ampulle. Sie kippte den Inhalt herunter, dann griff sie nach seiner Hand. »Ich muss mit Caleb reden«, sagte sie.

Er erstarrte. Dieses Gespräch würde in eine Richtung gehen, die ihm nicht gefiel. »Warum, Becca?«

»Ich will lernen, wie ich mich gegen Dorian schützen kann.«

Er biss die Zähne zusammen. »Du wirst dir Dorian nicht vornehmen.«

»Das ist nicht deine Entscheidung.«

Er verband ihren Arm. Das *Ice* verlangsamte die Blutung bereits. Seine Antwort kam zögerlich. »Und wenn ich mich weigere, dir das zu erlauben?«

Ihre Miene wurde weicher, und sie strich ihm mit den Fingern über die Wange. »Dann gebe ich dir eine dieser simplen Antworten, die du so magst, und sage: Ja gut, dann mache ich es trotzdem. Dann musst du zustimmen, also lass uns den Streit überspringen und direkt in dieses Bett gehen, das du erwähnt hast.«

»Das ist Erpressung«, klagte er und griff nach ihrer Hand.

Ein schüchternes Lächeln umspielte ihre Lippen. »Und? Funktioniert es?«

»Süße«, sagte er. »Ich gehe mit dir ins Bett, was auch immer geschieht. Ein guter Streit garantiert großartigen Versöhnungssex.«

Ein ernster Ausdruck legte sich über ihre zarten Gesichtszüge. »Ich muss das tun, Sterling.«

Sterling betrachtete ihr bleiches, elfenbeinfarbenes Gesicht und wünschte, er könnte die dunklen Schatten unter ihren Augen wegwischen und den Schmerz in ihren Tiefen dazu. Ihn peinigte weniger, was sie gesagt hatte, sondern vor allem das, was unausgesprochen blieb.

Sie musste sich Dorian entgegenstellen, solange sie es noch konnte, solange sie dazu in der Lage war. Alles in ihm schrie danach, diese Wirklichkeit nicht zuzulassen, schrie, dass sie sich irrte. Sie *musste* es nicht tun.

Er wollte mit ihr ins Bett gehen und sie dort bei sich behalten, bis diese ganze Hölle vorüber war, aber sie würde nicht vorübergehen. Und er konnte das nicht tun.

Er wusste nicht, was in diesem Moment mit ihm geschah, als er sich all das bewusst machte, aber es geriet etwas in ihm in Bewegung, und er konnte nur noch an eines denken: wie sehr er sich wünschte, in dieser Frau zu sein, in ihrem Körper und ihrer Seele. Wie sehr er unbedingt ein Teil von ihr sein musste. Wie sehr er das Gefühl hatte, dies sei der Schlüssel zu ihrer Rettung.

Das klare Bewusstsein ging in pures Verlangen über. Schon küsste er sie, wild und heiß, wusste kaum mehr, wann er sie in die Arme geschlossen hatte. Plötzlich war sie einfach da. Und er wusste nichts mehr als das, was ihn zugleich heiß und kalt durchschoss wie Feuer und *Ice*: dass er wollte, was ihm genommen werden würde, während er zugleich die Gewissheit spürte, dass all das irgendwie vorbeigehen würde, wenn er sich jetzt nur in ihr vergrub.

Er setzte Becca auf den Labortisch, wie er es schon einmal getan hatte, spreizte ihr die Beine und schob sich dazwischen. Nur dass sie es diesmal nicht bis zum Bett schafften.

27

Becca in ihrem Laborkittel war erotischer als alles, was er je gesehen hatte. Es war verrückt, geradezu idiotisch, aber Sterling hatte noch nie eine Frau so sehr gewollt, wie er sie wollte, hatte nie so glühend für eine Frau gebrannt. Noch nie hatte er das Gefühl gehabt, dass er nicht mehr würde atmen können, wenn er sie nicht küsste. Aber in diesem Moment und auf diesem verdammten Labortisch war er bereit, über Becca herzufallen.

»Ich will dich«, knurrte Sterling. »Hier. Jetzt.«

Ihre Finger gruben sich in sein Hemd, und der von Verlangen erfüllte Blick, den sie ihm unter schweren Lidern zuwarf, verriet ihm, dass sie selbst heiß und hungrig war, noch bevor sie keuchte: »Ja. Bitte. Jetzt.«

Er küsste sie wieder, bevor sie das letzte Wort zu Ende gesprochen hatte, berührte ihre Zunge mit seiner und liebkoste sie tief. Ihre Hände, weich und zart, aber alles andere als behutsam, kämmten durch sein Haar und streichelten seine Schultern, seinen Nacken. Ihre Berührung machte ihn wahnsinnig. Sein Schwanz drückte gegen seinen Reißverschluss.

Sterling schob die Hände unter ihren Kittel und füllte sie mit ihren perfekten Brüsten. Ihre Nippel zogen sich zusammen, wurden zu harten kleinen Rosenknospen, die seine Handflächen neckten. Nur mit Mühe konnte er sich davon abhalten, ihr gleich die Bluse vom Leib zu reißen.

Mit Gewalt hielt er sich im Zaum, küsste sich zu ihrem Hals hinunter und drückte sie nach hinten, sodass ihre Hände auf dem Tisch lagen. Seidiges rabenschwarzes Haar floss um ihre Schultern. Verdammt, er liebte ihr Haar – konnte es gar nicht erwarten, dass es ihm über die Brust wogte. Die Vorstellung machte ihn rasend, aber er genoss den Augenblick. Er küsste eine von Beccas Brustwarzen durch das dicke rosafarbene T-Shirt, zwickte sie mit den Zähnen. Dann streifte er ihr den Laborkittel ab und ließ die Hand auf den weichen Kurven ihres Bauchs ruhen. Warum hatte sie noch immer ihr Shirt an? Er schob es hoch.

»Zieh es aus«, befahl er, griff um sie herum und bearbeitete bereits den Hakenverschluss ihres BHs. Shirt wie BH waren binnen eines Augenblicks verschwunden. Er zog sich das Hemd über den Kopf und warf es beiseite, brannte darauf, ihre Haut auf seiner zu spüren.

Er hielt inne und bewunderte ihre verdammt schönen Brüste mit den hübschen drallen Nippeln. Er berührte sie und ließ ihr Gewicht seine Hände füllen. Becca legte ihre Hände auf seine und warf ihm unter schweren Lidern einen langen Blick zu, der so von roher, offener Sinnlichkeit überquoll, dass er darin hätte ertrinken können – in purer Glückseligkeit.

Er küsste sie, trank sie aus wie köstlichen Nektar – nichts anderes war sie –, und er hörte damit nicht auf, während er in ihre Nippel kniff und ihre Brüste streichelte. Ihr leises, hungriges Stöhnen belohnte ihn, so wie die Wölbung ihres Rückens, die Berührung ihrer Hände. Und er küsste sie immer weiter – ihren Mund, ihren Hals. Er ließ seinen Mund an ihrem zierlichen kleinen Ohrläppchen ruhen und flüsterte: »Du wirst dir Dorian nicht vornehmen.«

Seine Worte waren wie aus Stahl. Sie presste die Hände auf sein Gesicht und zwang ihn, sie anzusehen. »Doch. Das werde ich. Und du weißt es auch.«

Er atmete tief ein, rutschte noch näher heran und zog sie

hart an sich. Er strich ihr mit der Hand übers Rückgrat und schmiegte ihre Nippel an seinen Oberkörper. Seine Lippen schwebten über ihren. »Nein. Wirst du nicht.«

»Noch eine Wette, die du besser nicht eingehen solltest«, unterstrich sie.

Zur Hölle damit, verdammt. Zur gottverfluchten Hölle damit. »Nein.«

Sie legte ihm ihre Hand aufs Gesicht. »Doch, das werde ich.«

Er würde ihr dieses ›das werde ich‹ schon zeigen. Er drückte sie auf den Tisch. »Leg dich hin.« Dann zog er den Reißverschluss ihrer Hose auf und streifte sie ab, zusammen mit ihren Schuhen. »Kein Schlüpfer«, sagte er atemlos angesichts dieser scharfen kleinen Entdeckung.

Er spreizte ihr die Beine und schob sich dazwischen. Im selben Moment setzte sie sich auf. »Ich mag es nicht, wenn sich der Schlüpfer durch die Hose abzeichnet«, erklärte sie und legte ihm die Hände auf die Schultern.

»Das war keine Beschwerde, Süße«, antwortete er und zog ihre Beine noch weiter auseinander. »Öffne dich für mich. Zeig mir meine Belohnung.«

»Sterling«, flüsterte sie scheu.

»Auch deine Belohnung kommt gleich«, versprach er, während er ihr unbarmherzig die Knie spreizte. Er war zornig. Zornig über ihr Beharren, sich in Gefahr zu bringen. Zornig, dass Caleb darauf beharrte, dass es keine andere Lösung gäbe. Zornig auf die Existenz einer verfluchten Krankheit namens Krebs. Sein Blick strich über ihre hübschen rosa Schamlippen. »Wunderschön.« Er ließ die Hände an ihren Oberschenkeln hinaufgleiten. »Wie feucht bist du, Becca?«

»Kaum zu glauben, dass ich das tue«, sagte sie mit bebender Stimme. »Wir befinden uns hier auf einem Labortisch.«

»Und ich stehe im Begriff, auf genau diesem Tisch alle möglichen unartigen Dinge mit dir anzustellen.« Seine Finger streichelten ihr Innerstes. Die Berührung ließ sie nach Luft schnappen. »Oh ja. Feucht.« Er nahm ihre Hand und führte sie mit seiner. Sie versuchte zurückzuweichen. Er beugte sich vor und küsste sie, ein kurzes, hungriges Schmecken ihrer Zunge, dann sagte er: »Gib dich ganz dem Augenblick hin, Becca. Gib dich ganz mir hin.«

»Ja«, sagte sie, und ihr Mund streckte sich dem seinen entgegen. Er schenkte ihr diese vorübergehende Zuflucht, nach der sie sich sehnte. Dann ließ er seine Lippen über ihren schweben und führte erneut ihre Hand, ließ ihre vereinten Finger über ihre glitschige, nasse Hitze gleiten. Sie atmete schwer. Und, verdammt, das tat er auch. Er bewegte ihrer beider Hände. Liebkoste, erkundete und tauchte in sie ein, bis sie ihm die Hüften entgegenpresste. Sie war feucht, so feucht, aber noch nicht feucht genug. Sterling drückte sie auf den Tisch zurück.

Er griff nach ihren Beinen und hob sie über seine Schultern.

»Sterling, was …«

Sein Mund schloss sich über ihrem Kitzler und setzte allen Fragen, allen Einwänden ein Ende. Er leckte und schmeckte, liebkoste sie mit Zunge und Fingern, und ihre leisen kleinen Stöhnlaute trieben ihn in den Wahnsinn, bis sie plötzlich erstarrte und von einem bebenden Orgasmus zerrissen wurde. Er führte sie bis ganz nach oben zum Höhepunkt und nahm sie wieder mit sich hinab, und während er das tat, öffnete er seine Hose, konnte den Augenblick kaum erwarten, da er endlich in ihr sein würde.

Mit hungrigen Küssen bahnte er sich einen Pfad ihren Körper hinauf und zog sie hoch, sodass sie in eine Sitzposition kam. »Ich habe es noch nie so sehr gebraucht, in einer Frau zu sein, wie jetzt.«

»Ja«, stöhnte sie, schob sich bis an die Tischkante vor und hieß Sterling willkommen.

Er führte seinen Schwanz in sie ein, wollte schön langsam machen, aber ihre feuchte Hitze überwältigte ihn. Sie kletterte praktisch auf ihn, schlang Arme und Beine um ihn, während er in sie eindrang. Er hob sie leicht vom Tisch hoch und stieß in sie hinein, immer tiefer, immer fester, während sie sich ihm ihrerseits entgegenreckte. Ihre Leiber pressten sich fest gegeneinander. Ihre hungrigen Lippen verschmolzen zu intimen, heißen Küssen.

Ein jäher Orgasmus erschütterte sie, ihre Muskeln umklammerten sein Glied und melkten Sterlings Erlösung heraus. Pressten sie direkt aus dem Innersten seines Schwanzes und ließen heiße Lust durch seinen ganzen Körper schießen. Er vergrub den Kopf an ihrem Hals, und die Gewalt, mit der er seinen Samen in sie ergoss, ließ ihn aufstöhnen.

Für einen schier unendlichen Augenblick klammerten sie sich aneinander. Zärtliche Gefühle ersetzten die Wonne der Lust und erfüllten seine Brust, als er seine Stirn an ihre legte.

Sie grub ihre Finger in seine Wange. »Ich muss versuchen, Dorian zu fangen.«

»Nicht gerade das Lob nach dem Sex, das ein Mann gern von einer Frau hört«, neckte er sie. Er lehnte sich zurück, um sie anzusehen, und stieß auf die harte Entschlossenheit in ihren Zügen. Und er sah noch mehr, etwas, das er nicht sehen wollte, aber auch nicht ignorieren konnte. Sie brauchte eine Aufgabe, einen Grund weiterzukämpfen, und sie brauchte sein Verständnis dafür. »Dann werden wir es eben zusammen tun«, erwiderte er. »Aber erwarte nicht von mir, dass ich dich auch all die verrückten Dinge tun lasse, die ich dort draußen mache.«

Sie lächelte. »Ich verspreche, nur dann verrückte Dinge zu tun, wenn wir zusammen sind.«

»Füge diesem Versprechen noch die zwei Wörter ›im Bett‹ hinzu, und wir kommen ins Geschäft.«

»Ich habe gedacht, so was macht man nur bei den guten Wünschen, die auf chinesischen Glückskeksen zu finden sind.«

»Jetzt weißt du es besser«, sagte er und küsste sie.

Zehn Tage später saß Becca am frühen Abend im Cityscape-Besprechungszimmer, umringt von Caleb, Michael, Damion und Sterling. Für sie war es wie ein Wunder, dass sie dank ihres Trainings mit Sterling und Caleb jetzt hier mit ihnen zusammen sein und ihre Fähigkeiten kontrollieren konnte. Und glücklicherweise hatte die erhöhte *Ice*-Dosis dazu geführt, dass sie sich wieder wie sie selbst fühlte, von ein wenig Übelkeit einmal abgesehen, die Kelly zufolge von ihrer unvollständigen Verbindung mit Sterling herrührte. Und es war eine gute Sache, dass sie hier sein konnte, denn die vier Männer in einem kleinen Raum auf einem Haufen zu haben bedeutete, dass die Luft zum Schneiden dick vor Testosteron war: vor allem angesichts der Tatsache, dass sie allesamt gereizt waren und jeder eigensinnig auf seiner Position beharrte, nachdem mittlerweile drei weitere Clanner den Tod gefunden hatten. Alle drei Leichen waren von der Army eingesammelt und weggeschafft worden, bevor die Renegades an sie hatten herankommen können.

Sterling hatte alles getan, was in seiner Kraft stand, damit sie sich auf ihre wissenschaftliche Arbeit im Labor sowie auf die Zeit mit ihm im Bett konzentrierte, und er war nicht erfreut, dass er sie noch immer nicht davon zu überzeugen vermochte, sich aus dem direkten physischen Kampf mit den Zodius herauszuhalten. Aber sie trainierte weiter und fühlte sich von Tag zu Tag sicherer darin, ihre Fähigkeiten in der Konfrontation einzusetzen. Sie kannte ihre Aufgabe – es ging darum, Dorian aufzuhalten –, und genau deshalb war sie zu dieser Sitzung eingeladen worden.

»Wir müssen dem Vertrieb ein Ende setzen«, sagte Michael, und seine zusammengebissenen Kiefer verrieten stählerne Entschlossenheit. »Und scheiß drauf, erst Iceman zu finden. Scheiß auf Zurückhaltung und Heimlichtuerei. Am besten senden wir noch heute ein paar Dutzend Renegades aus. Schleusen sie in die Clubs, Hotels und Ressorts ein. Und lassen Adam wissen, dass wir es ernst meinen.«

Caleb tat die Idee mit einer knappen Handbewegung ab. »Damit treiben wir ihn nur aus der Stadt und in eine andere hinein. Oder in gleich zwei oder drei. Wo wir nicht über die Möglichkeiten und Menschen verfügen wie hier. Das Risiko ist zu hoch.«

»Ich kann Marcus noch stärker bearbeiten«, erbot sich Sterling. »Er ist ein geldgieriger Bastard. Ich kann ihm noch einen ordentlichen Batzen drauflegen. Ihm sagen, dass mein Klient verzweifelt einen großen Vorrat an *Ice* braucht und bereit ist, die Knete rüberwachsen zu lassen.«

»Er hat wahrscheinlich das gleiche Problem wie wir«, befand Caleb finster. »Iceman durchleuchtet seine Konsumenten so gut, dass wir seine Dealer nicht finden können.«

»Wir haben immer noch Madame«, rief ihm Sterling ins Gedächtnis.

Damion klopfte gereizt auf den Tisch. »Hat sie nicht gesagt, sie wolle zurückrufen, wenn noch ein paar Leute gestorben sind? Nun, es sind noch ein paar gestorben. Wo zum Henker ist sie?«

»Sie hat sich nur über uns lustig gemacht«, sagte Michael. »Ich bezweifle, dass sie jemals die Absicht hatte, uns zu helfen. Iceman hat ein Spielchen mit uns gespielt oder wollte uns eine Falle stellen und hat versucht, näher an unsere Organisation heranzukommen, und Caleb hat sein Vorhaben im Ansatz vereitelt.«

Becca räusperte sich und schob eine widerspenstige Haarsträhne aus der Stirn. »Es gibt wirklich nur eine Lösung«, sagte sie. »Die, über die ihr jetzt nicht sprecht, weil ich hier bin, obwohl wir alle wissen, dass es genau der Grund ist, warum ich überhaupt hier bin. Wir müssen uns Dorian vorknöpfen.«

»Becca ...«, begann Sterling.

Diskret nahm sie die Hand vom Tisch und legte sie ihm aufs Bein. »Ich bin bereit«, erklärte sie, suchte seinen Blick und fixierte ihn, damit er endlich akzeptierte, was er nicht ändern konnte. Seine Sorge rührte sie, aber sie war wütend auf sich selbst, weil sie zu egoistisch war, um aus seinem Schlafzimmer auszuziehen, zu egoistisch, um auf Abstand zu ihm zu gehen, obwohl sie doch wusste, dass es letztendlich besser für ihn wäre. »Ich habe mit Caleb gearbeitet. Er hat mir eine Menge über Selbstkontrolle beigebracht.«

»Deine Selbstkontrolle schwankt aber zwischen den drei *Ice*-Dosen, die du pro Tag einnimmst, um gegen den Krebs anzukämpfen.«

»Und aus denen vier oder fünf werden könnten. Oder die mich töten könnten.« Entschlossen drückte sie den Rücken durch, nicht gewillt nachzugeben. »Wir müssen es tun. Wir müssen uns Dorian vornehmen.« Sie ließ den Blick zu Caleb weiterwandern. Sterling sollte wissen, dass sie fest entschlossen war, ober er nun mitmachte oder nicht. »Wie sieht der Plan aus?«

Sie bemerkte, wie Caleb Sterling ins Auge fasste – die beiden führten ein stummes Gespräch, das nur sie verstanden, dann folgte ein Nicken. »Wir bringen dich aus Neonopolis raus und lassen durchsickern, wo du bist. Du wirst dabei ständig überwacht. Dorian wird dich holen kommen, und darauf werden wir warten.«

»Wir wissen nicht, wozu er imstande ist«, wandte Sterling ein. »Wir haben keine Ahnung, ob Kugeln, selbst die Green Hornets, ihn stoppen können. Wir wissen, dass Betäubungsmittel nicht wirken.«

»Ein Nikotinpfeil«, warf Becca ein. »Kelly arbeitet daran. Wir haben die Sache im Labor getestet.«

»Nikotin?« Ein überraschtes Murmeln machte am Tisch die Runde.

Damion fragte: »Wie in Zigaretten?«

»Genau«, bestätigte sie. »Die gleiche Substanz, nur in unterschiedlicher Zusammensetzung. Nikotin entzieht dem Körper Vitamin C, und wie wir alle wissen, leiden die GTECHs ohnehin unter Vitamin-C-Mangel. Jag ihnen Nikotin durch die Adern, und die Folge sind geschwächte Muskeln und verlangsamt arbeitende Organe, was sich nur dadurch beheben lässt, dass man das fehlende Vitamin C wieder ersetzt.«

Verblüfftes Schweigen machte sich rings um den Tisch breit. »Ich würde mich ja gern darüber freuen«, sagte Michael. »Aber ehrlich gesagt, gehören Schwächen nicht gerade zu den Dingen, die ich genieße. Und seine Schwäche ist auch die unsere.«

»Ja, nun«, erwiderte Becca vorsichtig. »Wir wissen nicht, ob auch Dorian diese Schwäche teilt. Er ist nicht wie ihr anderen, sonst hätten wir es schließlich auch überhaupt nie mit *Ice* zu tun bekommen. Es ist ein Risiko. Wir können nicht versprechen, dass es funktioniert.«

»Eine brillante Sache«, sagte Caleb anerkennend.

»Und Kellys Idee«, setzte Becca hinzu. »Ich habe nur meine Überlegungen hinsichtlich der verschiedenen Lebensformen ins Spiel gebracht. Kelly hat das eigentliche Wunder gewirkt. Sie arbeitet mit einem der Ingenieure in Sunrise zusammen, um den Pfeil und die entsprechende Waffe zur Verabreichung des Nikotins herzustellen, was anscheinend keine allzu schwierige Aufgabe ist. Sie dürften bald damit fertig sein.« Sie verschränkte die Finger auf dem Schreibtisch. »Unglücklicherweise lässt sich eine Immunisierungsmethode nicht genauso schnell entwickeln. Wir werden es hinbekommen, aber nicht schnell genug, um unser Problem zu lösen. Nicht, wenn die Zahl der Opfer immer weiter steigt. Aber wir wissen inzwischen, dass es die Kombination der Wirkung des *Ice* auf die Körperorgane mit der des gleichzeitig eingenommenen Wirkungsverstärkers ist, das zu den Todesfällen geführt hat. Wenn wir das *Ice* aus der Welt schaffen, haben auch die Todesfälle ein Ende – immer vorausgesetzt, dass der eine Autopsiebericht, über den wir verfügen, fehlerfrei ist. Wir haben das Datenmaterial der Army noch immer nicht.«

»Riker antwortet noch immer nicht auf meine Anrufe«, bekräftigte Sterling.

»Tja«, sagte Caleb und gab ein frustriertes Grunzen von sich. »Mir geht es nicht anders. Auch bei meinen Anrufen geht nie jemand ran. Anscheinend will die Regierung diese Berichte nicht rausrücken.«

Maßlos verblüfft schüttelte Becca den Kopf. »Ich verstehe das nicht. Wie glauben sie denn, dass wir unter diesen Bedingungen unsere Arbeit machen sollen?«

»Sie arbeiten mit uns zusammen, wenn sie Angst haben, dass Adam ihnen die Hölle heiß macht«, erklärte Michael. »Letztendlich wollen sie uns entweder tot oder unter ihrer Kontrolle, genau wie die Zodius. Um die Wahrheit zu sagen, forschen sie wahrscheinlich nach Wegen, um mit Hilfe von *Ice* das Supersoldatenprogramm neu aufzulegen, durch das ihnen die GTECH-Revolte einen Strich gemacht hat.«

»Wir tauschen Information gegen Information«, betonte Caleb. »Und genau das werden wir auch jetzt tun, wenn sie auf unsere Anrufe nicht reagieren. Wir wissen von Dorian. Sie nicht.«

Sterlings Handy piepte, als er eine SMS bekam, und Michael knurrte: »Warum kriegst du diese Anrufe immer mitten in einer Sitzung?«

»Es ist eine SMS, du finsterer Miesepeter«, sagte Sterling und überflog die Nachricht. »Marcus will sich mit mir treffen. Er sagt, er hat einen Kontaktmann, über den er mir einen großen *Ice*-Vorrat für meinen fiktiven Käufer verschaffen kann.« Er stand auf. »Ich muss mich beeilen. Ich soll in fünfzehn Minuten am Treffpunkt sein.«

Becca erhob sich ebenfalls. »Ich komme mit dir. Und sag nicht Nein, sonst werde ich einfach …« Was würde sie tun? Sie sah Michael an – den großen, einschüchternden Michael. »Sonst werde ich mich von Michael hinbringen lassen.«

Michael hob die Hände, als wären sie Stoppschilder, und überraschte Becca, indem er lachte – hätte sie es nicht mit eigenen Ohren gehört, so hätte sie bezweifelt, dass er überhaupt jemals lachte. »Becca würde ich nicht mal mit der Kneifzange anfassen«, stellte er klar. »Stell dich niemals zwischen einen GTECH und seine Frau, und da spreche ich aus Erfahrung. Sterling, nimm sie mit. Das dürfte viel schmerzloser sein, als dich deshalb mit ihr in die Haare zu kriegen.«

Becca sah Michael mit zusammengezogenen Augenbrauen an und legte die Stirn in Falten. Er wusste es. Er wusste, dass sie und Sterling Lebensbänder waren. Es war, als wollte ihr das Herz in der Brust explodieren. Sterling nahm ihre Hand. »Komm jetzt, Frau. Bevor du mich dazu zwingst, Michael eine reinhauen zu müssen.«

Michael lachte doch tatsächlich noch einmal. »Als hättest du auch nur die kleinste Chance gegen mich.«

»An deiner Stelle würde ich darauf nicht wetten«, rief Sterling über die Schulter zurück. Und ungeachtet der Tatsache, dass sie bald zum Köder für das möglicherweise gefährlichste lebende Wesen auf Erden werden würde, lachte Becca ebenfalls. Sie hoffte nur, dass es nicht ihr letztes Lachen sein würde.

28

»Oh mein Gott«, murmelte Becca. »Sag mir, dass wir nicht Michaels Wagen genommen haben.«

Sterling lenkte den Mustang auf den Parkplatz von *McDonald's*, wo er sich mit Marcus treffen wollte. »Nicht einfach nur sein Auto«, stellte er richtig. »Sein Ein und Alles.«

»Er wird mächtig sauer sein«, bemerkte sie.

»Gut«, gab Sterling zurück. »Er hat es verdient, sauer zu sein.«

»Brich keinen Streit mit ihm vom Zaun, nur weil du auf mich wütend bist«, sagte sie tadelnd.

Sein Handy klingelte. »Ich bin nicht wütend auf dich«, meinte er und riss das Telefon aus dem Gürtel. Er war wütend auf die ganze Welt, weil sie ihm Becca nehmen wollte, und das schon bald. Er konnte es in den Knochen spüren.

Er fuhr in eine unauffällige Parklücke an der Rückfront des Fastfood-Restaurants und hielt vergeblich nach Marcus Ausschau, bevor er auf sein Handy sah. Mit einem leisen Knurren nahm er den Anruf entgegen. Zu sagen, dass seine Stimmung mies war, wäre eine Untertreibung gewesen.

»Zehn beschissene Tage lang haben Sie meine Anrufe ignoriert, Riker«, sagte er mit schneidender Stimme.

Riker ließ sich von Sterlings Laune nicht beeindrucken und antwortete: »Die Liebe wächst mit der Entfernung.«

»Die Feigheit auch«, blaffte Sterling zurück. »Wir haben herausgefunden, dass die Toten einen Drogencocktail im Blut hatten. Und das haben wir nicht gerade Ihrer Hilfe zu verdanken.«

»Ich sammle die Leichen ein«, erwiderte Riker trocken. »Ich untersuche sie nicht. Und ich entscheide auch nicht, wer was wissen darf.«

Sterling gab einen angewiderten Laut von sich. »Bullshit. Sie leiten das *Ice*-Abwehrsystem der Army. Sie wussten über Eclipse Bescheid, und Sie wussten auch, wie nötig ich dieses Wissen brauchte. Ihr Typen wollt unsere Hilfe, und trotzdem lasst ihr uns im Dunkeln tappen.«

»Ihr Typen?«, fragte Riker ungläubig. »Sie meinen die *US-Army?*«

»Ich meine die korrupten Scheißkerle über Ihnen, die sich als US-Army ausgeben«, korrigierte Sterling, erwog kurz, den Motor abzuwürgen, und beschloss dann, ihn laufen zu lassen – für den Fall, dass Becca schnell fliehen musste. »Während die Army damit beschäftigt ist zu planen, was immer diese Typen im Schilde führen – zweifellos etwas, das den Renegades nicht gefallen wird –, macht Adam Boden gut, und unschuldige Leben werden in Gefahr gebracht.«

Ein silberner Porsche bog in die Zufahrt des Restaurants ein. Eine Nobelkarosse – kein Zweifel: Marcus. Zeit, das Gespräch zu beenden. »Das *Ice* wird nicht aus Adams DNA hergestellt«, teilte Sterling Riker noch rasch mit. »Wenn Sie mehr wissen wollen, dann sorgen Sie dafür, dass irgendjemand Kellys Anrufe beantwortet und dass sie bekommt, was sie will. Mir ist es egal, ob es der Klebezettel auf Ihrem verdammten Leichenkühlschrank oder sonst was ist.« Er legte auf und sah Becca in die Augen. »Bleib hier drinnen.«

Sie streckte die Hand nach der Tür aus. Er hielt ihren Arm fest. »Ich habe gesagt, bleib hier drinnen.«

»Wenn mich hier keiner sieht, dann bin ich ganz umsonst hergekommen«, wandte sie ein und warf ihm funkelnd einen trotzigen Blick zu.

Er packte und küsste sie, nahm einen langen und ausgiebigen Zug von dem, was immer mehr zu seiner eigenen Sucht wurde. Er wollte sie nicht hier haben, wo sie ihr Leben riskierte. Denn er hatte keinen Plan, wie er es vielleicht retten konnte.

»Das hier ist kein Bungee-Sprung, Becca«, erklärte er heiser. »Wir haben diese neuen Nikotinwaffen noch nicht. Wir haben noch nicht einmal Verstärkung im Rücken. Marcus entgeht nichts. Er wird mitbekommen, dass du hier bist. Das ist alles, was wir wollen.« Er ließ sie los. »Verriegel die Türen, und beim ersten Anzeichen von Ärger machst du, dass du hier wegkommst.«

Sie nickte. »Okay. Hör auf, dich so … wütend aufzuführen.«

»Verdammt, es ist mir zuwider, was du da vorhast, Becca, und es macht mir höllisch zu schaffen, dass mir kein uneigennütziger Grund einfällt, um dich aufzuhalten. Also bin ich wütend, wann immer ich es will.« Er wartete nicht auf eine Antwort. Er stieß die Tür auf und schritt gemächlich auf die andere Seite des Mustangs hinüber, versuchte, das Unbehagen, das seinen Bauch zusammenkrampfte, mit einer lässigen Fassade zu überdecken.

Marcus lehnte an der Fahrerseite des schnittigen silbernen Porsches, die Arme verschränkt, eine Sonnenbrille von Oakley über den Augen. Sein eleganter Anzug aus Italien, Frankreich oder weiß der Teufel woher stand in deutlichem Kontrast zu Sterlings Jeans und T-Shirt.

»Eine tolle Art, unauffällig zu sein, Marcus«, sagte Sterling gedehnt und ließ seinen Blick über den Porsche wandern. »Oder vielleicht habe ich dich am Telefon ja falsch verstanden, und du hast gesagt: ›Sei möglichst auffällig‹.« Er schnaubte. »Allerdings wäre ich jede Wette eingegangen, dass du ein Lamborghini-Typ bist … *wenn* ich um Geld wetten und Glücksspiele machen würde, was nicht der Fall ist.«

»Wenn du ein Spieler wärest, Sterling«, erwiderte Marcus langsam, »würden wir uns jetzt nicht unterhalten. Wir würden uns überhaupt nicht unterhalten. Ich spiele nicht. Ich entwerfe Strategien, um zu gewinnen, und dann gewinne ich. Und nur damit das klar ist: Ich habe eine ganze Reihe von Autos. Und, ja, einer von ihnen ist ein Lamborghini.«

Sterling hätte viel darum gegeben, durch diese verdammte Sonnenbrille sehen zu können, und er fragte sich, was Marcus hinter den Gläsern versteckte. »Und nur, damit das klar ist: Das hast du nur um deines viel zu aufgeblähten Egos willen gesagt.« Dann fragte er mit ungeduldiger Stimme: »Warum sind wir hier, Marcus?«

»Ich weiß, wo du das *Ice* herbekommen kannst, das du willst.«

Sterling runzelte die Stirn. »Ich höre.«

»Wie es scheint, sind meine Casinos durch einen von Adams Dealern unterwandert worden«, berichtete er. »Ich habe die fragliche Frau identifiziert. Und ich möchte die Sache folgendermaßen angehen: Du machst mit ihr das Geschäft, wie du es vorgehabt hast. Mein Anteil bleibt wie gehabt, und ich setze dir weitere fünfzig Riesen auf die Rechnung.«

Sterling lehnte sich an den Mustang, hauptsächlich deshalb, weil es Michael in Rage bringen würde – und er war heute wirklich in der Stimmung, die ganze Welt in Rage zu bringen. »Wenn das deine Art ist, mir zu sagen, dass es dir leidtut, die ganze Zeit ein Arschloch gewesen zu sein«, sagte Sterling, »dann gefällt mir, wie du dich entschuldigst.«

Marcus warf Sterling einen USB-Stick zu. »Bilder und alle relevanten Details. Sie heißt Sabrina, eine Cocktail-Kellnerin in unserem *Belladonna*-Casino, die, wie mir mehrere meiner Angestellten versichern, in diesem *Ice*-Ring ganz oben steht. Will sagen, sie ist nicht nur eine kleine Dealerin. Mach dein Ding mit ihr, verdammt, *mach's* mit ihr, ist mir völlig egal. Dann sieh zu, dass du sie mir vom Hals schaffst. Ich brauche diese Art Ärger nicht, sie versaut mir nur das Geschäft. Freitagabend hat sie wieder Dienst – drei Tage zu spät, meiner Meinung nach. Sie wohnt im Hotel. Sie sollte irgendwo in der Nähe sein.«

Sterling wurde misstrauisch. Das roch nach Ärger. Eine Frau, weit oben an der Spitze der Vertriebskette – klang ganz nach seiner Anruferin, dieser Madame. Ein Zufall? Nur wenige Dinge waren Zufall. Wie etwa das mit Becca und ihm, dachte er und schob den Gedanken beiseite. »Warum nimmst du nicht jemand von deinen Sicherheitsleuten dafür?«

»Je weniger die ganze Sache mit mir und meinem Personal zu tun hat, desto besser für mein Geschäft.« Sein Blick wanderte zu dem Mustang und zu Becca auf dem Beifahrersitz. »Ist das deine neue Assistentin?«

Sterling kniff kaum wahrnehmbar die Augen zusammen. »Wer hat dir erzählt, dass ich eine neue Assistentin hätte?«

»Ich tue einfach nur das meinige, um Eddies Arztrechnungen für seine arme kranke Mutter zu bezahlen.« Er lachte. »Es gibt nichts, was du weißt, das ich nicht weiß.« Er öffnete die Autotür und schlüpfte hinein. Seine Arroganz war offenbar so groß, dass er davon ausging, dass Sterling seine Forderungen einfach annehmen würde.

Sterling steckte den USB-Stick ein und sah zu, wie Marcus davonfuhr. Da war noch etwas anderes, das ihm zu schaffen machte. *Es gibt nichts, was du weißt, das ich nicht weiß.* Diese Aussage beunruhigte ihn und das nicht wegen Eddie. Eddie wollte seine Mutter um jeden Preis retten. Allerdings würde Sterling nun ein paar ganz spezielle Worte mit ihm wechseln. Nein, es ging um Marcus. Marcus war in allem korrekt und exakt, selbst in seiner Sprache. Vielleicht begann er jetzt unvorsichtig zu werden, aber das war wenig wahrscheinlich. Marcus schützte sich durch Vorsichtsmaßnahmen, die so undurchdringlich waren wie die Verteidigungsanlagen von Sunrise City.

Sterling schüttelte den Kopf. Es ging weniger darum, was der Mann gesagt hatte. Da war noch etwas anderes. Warum weckte die Gelegenheit, einer von Icemans Topdealerinnen derart nahe zu kommen, solches Unbehagen in ihm? Scheiße, verdammt. Irgendetwas stimmte da nicht. So viel war ihm bewusst.

Dann verzog er das Gesicht. Klar. Brillante Beobachtung. Natürlich stimmte da etwas nicht. Er stieß auf Ärger, wo er hinschaute. Adam versuchte, die Weltherrschaft zu übernehmen, und er selbst stand im Begriff zu erleben, dass ihm seine eigene Welt unter den Füßen weggerissen wurde, weil er sich in eine Frau verliebt hatte, der es bestimmt war, ihm das Herz aus dem Leib zu reißen.

Sabrina fläzte sich am Fußende ihres Betts auf dem Bauch, die Füße in die Luft gestreckt, und starrte Iceman an. Er saß auf seinem Stuhl gefesselt da und funkelte sie mit Verachtung in den Augen an. In ihnen lag das Versprechen, dass er sie dafür bezahlen lassen würde.

»Du hättest mich nicht als selbstverständlich hinnehmen sollen«, sagte sie. »Genau das hat dazu geführt, dass du jetzt an diesen Stuhl gebunden bist.« Sie stieß einen angewiderten Laut aus. »Und, gütiger Himmel, es ging alles so einfach. Ich kann gar nicht glauben, dass ich dich für mächtig und sexy gehalten habe.« Sie musterte ihn bösartig. »Jetzt schau dich nur an. Du bist schwach und jämmerlich. Leicht zu überlisten. Warst nichts als heiße Luft.«

Sie erwartete keine Antwort. Nicht mit dem Knebel in seinem Mund. Schweigend mochte sie ihn ohnehin lieber. Sie hatte sich so viel von seinen Versprechungen angehört, dass es für ein ganzes Leben reichte.

Die Türklinke klapperte, und Sabrina richtete sich erwartungsvoll auf. Das hauchdünne rote Seidenkleid, das sie trug, hatte sie eigens für Tad ausgesucht. Zuerst hatte sie ihn gehasst. Aber das hatte sich geändert, so wie sich die Sache mit ihrer Sehnsucht nach Iceman geändert hatte. Sie wollte ihn. Wollte, was er ihr geben konnte: die Möglichkeit, sein Lebensband zu werden und in einem neuen Weltreich zu leben – in Zodius City. An einem Ort, wo man ihre Bemühungen zu schätzen wusste, statt sie zu bestrafen, wie es bei den Renegades der Fall gewesen wäre.

Die Tür wurde geöffnet, und ihr Herz setzte einen Schlag aus, als sie vor sich Iceman auftauchen sah, der doch fest an den Stuhl gebunden war. Er schlug die Tür hinter sich zu, und binnen eines Wimpernschlags hatte er sich in Tad verwandelt. Ein Glücksschauer durchfuhr sie. Der perfekte Traummann. Er konnte jeder sein, den sie haben wollte. Eine verdammt heiße Sache.

»Wie ist es gelaufen?«, fragte sie mit gespannter Erwartung. »Hat Sterling dir die Geschichte abgenommen? Hat er geglaubt, dass du Marcus bist?«

»Er hat es nicht nur geglaubt«, antwortete Tad. »Er hat eben in diesem Moment Rebecca Burns bei sich.«

Tad ging zum Nachttisch, öffnete eine Schublade, nahm eine Ampulle *Ice* heraus und leerte sie. »Sie war so nah, und ich konnte sie nicht anrühren, ohne befürchten zu müssen, ohnmächtig zu werden. Kein Wunder, dass Adam sie tot sehen will. Sie ist eine Bedrohung.«

»Nehmen alle GTECHs *Ice*?«

»Sie wissen nichts von den besonderen Fähigkeiten, die es ihnen verleihen kann«, gab er zurück. »Also, warum sollten sie?«

Sie legte den Kopf schief. »Und du willst auch nicht, dass sie es wissen, nicht wahr? Dir gefällt es, etwas zu sein, das sie nicht sind.«

Er setzte sich und gab ihr keine Antwort, sondern nur ihre eigene Ampulle *Ice*, zusammen mit einer Dosis Eclipse. Die sie gern nehmen wollte, aber … sie warf ihm einen zweifelnden Blick zu. »Ich dachte, du hättest gesagt, Eclipse würde mich töten.«

»Es nicht zu nehmen, könnte dich ebenfalls töten«, gab er zu bedenken. »Das Lebensband wird dich von deinem Verlangen nach Drogen befreien. Bis dahin musst du stark bleiben.«

Sie wusste nicht, wie man ein Lebensband knüpfte, aber sie wollte unbedingt ein Mitglied der Elite von Adams Welt werden, und genau das hatte ihr Tad versprochen. Aufregung machte sich in ihr breit. »Und wann wird es so weit sein?«

»Wenn ich ihm von Eclipse erzähle«, antwortete Tad und half ihr, die Ampulle an ihren Mund zu führen. »Wenn die Zeit dafür gekommen ist.« Er hob die Ampulle über ihren Lippen an und drückte den Eclipse-Stern gegen ihre Hand.

Wonne strömte in einem wahren Regenbogen aus Farben über sie hinweg, eine süße Wonne, die einem Orgasmus verdammt nahe kam. Sie kletterte auf seinen Schoß, musste ihrer Lust ein Ventil bieten. Während sie ihm die Hände um den Hals legte, schaute sie zu Iceman hinüber. Sie wollte, dass er zusah.

Aber bei alledem hatte sie ihre Fragen nicht vergessen. »Wann ist denn die Zeit dafür gekommen?«

Tad strich ihr grob über die Brüste, wie um ihre Größe zu prüfen. »Adam straft gnadenlos, wenn er nicht alles, was er will, bekommt, und zwar, wann er es will. Und er belohnt es großzügig, wenn alles nach seinen Wünschen geht. Wir werden ihm von deiner Bereitschaft erzählen, ein Lebensband einzugehen, wenn wir ihm die Neuigkeit überbringen, dass die *Ice*-Todesfälle ein Ende gefunden haben. Genau wie Rebecca Burns' Leben.«

Sie biss sich auf die Unterlippe und lächelte, schmiegte sich gegen seine Lenden. »Ich kann dich auch jetzt belohnen.«

Das Zimmertelefon läutete, gleichzeitig auch ihr Handy. Sie verdrehte die Augen. »Es ist J. C. Er ruft andauernd an. Er sagt, er brauche Iceman.«

Tad schob sie von sich. »Sag ihm, er soll heraufkommen«, befahl er. »Vielleicht brauchen wir Madame gar nicht. Sterling ist zusammen mit Rebecca Burns hier in der Stadt. Wir werden ihn von diesen beiden Clannern aus dem Lagerhaus, die sich Sterling neulich nachts vorgeknöpft hat, zu uns locken lassen.«

Gottverdammt, es gefiel ihr wirklich, Madame zu spielen. Sie griff nach dem Telefon. »Er ist hier«, sagte sie zu J. C. und gab ihm gar keine Zeit, selbst das Wort zu ergreifen. »Komm in mein Zimmer. Er will mit dir sprechen.« Sie legte auf.

Tad lächelte. Er ging zu seinem Gefangenen hinüber und fasste ihn ins Auge. In Icemans Blick trat ein verächtlicher Ausdruck. »Ich an deiner Stelle würde mich nicht so ansehen – es sei denn, du willst deine Eier in der Kehle haben.« Er trat gegen den Stuhl, sodass er umfiel, und stieß den Fuß in Icemans Brust. »Andererseits, was spielt es auch für eine Rolle? Ich habe entschieden, wie meine Belohnung dafür aussehen soll, dass ich Adam einen Gefallen tue: dein Leben. Luxuskarossen. Deine Frau in meinem Bett. Jede Menge Geld und Macht. Ich will du sein. Ich bin der neue Iceman.« Tad lächelte. »Was bedeutet, dass der alte sterben muss. Ich knips dir das Licht aus, Marcus.« Tad zermalmte seine Brust mit dem Fuß.

29

Fünfzehn Minuten, nachdem sie den Parkplatz des *McDonald's* verlassen hatten, waren sie in der schummrigen Gaststätte in texanischem Stil nicht weit entfernt vom Strip, wo sie sich mit Eddie treffen wollten. Becca schlüpfte in eine ganz in Holz gehaltene Sitzecke, und Sterling folgte ihr auf die Sitzbank. Ihr marineblaues Chiffonkleid war über die Schenkel hochgerutscht, und nun wärmte sein Bein ihre nackte Haut. Eine vollbusige Blondine in den Zwanzigern, die ganz dem Klischeebild vom hinreißenden Revue-Girl mit Kurven an den richtigen Stellen entsprach, kam in knappen Shorts und einem rückenfreien Oberteil auf sie zugetänzelt. »Was kann ich euch bringen?«

Becca wurde auf der Stelle bewusst, dass das genau der Typ Frau war, den sie eigentlich an Sterlings Seite erwarten würde, und sie nahm an, dass er genauso von ihr hingerissen sein würde wie der Mann in der Sitznische hinter ihr, der gierig den Hintern begaffte.

Stattdessen wanderte Sterlings Hand an Beccas Bein, und er wandte ihr den Blick zu. »Cola?«

»Ja«, antwortete sie und lächelte über die kleine Geste der Vertrautheit, die ihr in diesem Moment wirklich groß erschien. »Cola wäre klasse.«

Er blickte zum Revue-Girl hinüber. »Cola. Pommes frites und Salsa. Und Tequila. Eine ganze Flasche vom besten, den ihr habt.«

Die Kellnerin zog die Brauen hoch. »Kommt sofort.«

Becca drehte sich mit dem Rücken zur Wand und fasste ihn ins Auge. »Alkohol hat keine Wirkung auf dich, und selbst wenn es so wäre, magst du ihn doch nicht.«

»Ich verspüre den Drang zu versuchen, beide Hindernisse zu überwinden.«

»Und was soll dir das bringen?«

»Nicht das Geringste«, antwortete er. »Aber warum es nicht einfach um seiner selbst willen versuchen?«

»Warum habe ich das Gefühl, mitten in einer Folge von *Seinfeld* gelandet zu sein?«, fragte sie.

»Lieber *Seinfeld* als *Dexter*«, erwiderte er. »Obwohl ich glaube, dass unsere Realität ein wenig mehr die von *Dexter* oder *Twilight Zone* ist als die von *Seinfeld.*« Er stützte den Ellbogen auf die Rücklehne der Bank. Durch den Lautsprecher drang »Friends in Low Places« von Garth Brooks und ersetzte die traurige Melodie, die zuvor erklungen war. »Wenn Eddie hierherkommt, haben wir zwei Möglichkeiten: Entweder ich zerre ihn auf die Toilette und drohe ihm, seinen Schädel einzuschlagen, bis er zugibt, dass er Informationen an Marcus verkauft hat. Oder Möglichkeit zwei: Du lässt deine magischen Fähigkeiten spielen und verschaffst dir Zutritt zu seinem Kopf.«

»Dann lasse ich lieber meine magischen Fähigkeiten spielen«, sagte sie. Sie wusste, dass er Eddie nicht den Schädel einschlagen wollte. Er mochte den Kerl. Dennoch fügte sie hastig hinzu: »Aber ich kann nichts versprechen.«

Die Kellnerin stellte die Tequila-Flasche und zwei Gläser auf den Tisch. Sterling öffnete die Flasche und füllte ein Glas, und Becca schenkte sich ihr eigenes Glas ein.

Sterling riss es ihr weg. »Was machst du da?«

»Wenn du trinkst«, erklärte sie trotzig und reckte den Kopf nach oben, »tu ich es auch.«

Er funkelte sie an und stellte das Glas ab. »Wir sind Lebensbänder«, platzte er heraus.

»Was?«, keuchte sie.

»Es treibt mich schon die ganze Zeit völlig in den Wahnsinn. Kein Lebensband bedeutet, dass ich dein Leben nicht retten kann.«

»Sterling …«

»Du musst mich ausreden lassen«, sagte er, und sein Blick war ein tosendes Chaos der Qual. »Bitte.«

Sie nickte, die Stimme blieb ihr weg und verhinderte eine Antwort.

Er holte Luft und fuhr fort: »Ich bin halb wahnsinnig geworden beim Versuch zu verstehen, wie ich mir so sicher sein konnte, dass wir ein Lebensband schmieden würden und es trotzdem nicht geklappt hat. Ich meine, wir … wir … darauf hätte ich Geld gesetzt. Aber auf der Fahrt hierher habe ich mich vor ein paar Minuten den Tatsachen gestellt. Ich habe das Serum nicht auf die gleiche Weise eingenommen wie die anderen GTECHs. Ich kann meine Augenfarbe nicht verändern.«

Erstaunen durchfuhr sie. »Du kannst sie nicht …«

»Es ist wahr. Ich trage spezielle Kontaktlinsen, um das Schwarz zu verbergen. Und ich kann auch nicht so weit windwalken wie die anderen. Mist.« Er fuhr sich mit der Hand durchs Haar. »Wir sind Lebensbänder. Ich weiß es. Nur kann ich einfach den Prozess nicht abschließen.« Jetzt strich er sich über den Nacken. »Also habe ich gedacht … ich trinke einfach ein paar Flaschen Tequila und versuche, betrunken zu werden. Aber es ist nicht Tequila, was ich brauche. Ich brauche mehr Serum. Und der Einzige, der mehr hat, ist Adam.«

Becca brach es schier das Herz. Sie legte ihm die Hand auf den Arm. Sie hatte von alledem ja keine Ahnung gehabt. Wie hatte sie etwas so Wichtiges übersehen können, obwohl sie mental in Verbindung getreten waren?

»Du glaubst, wir können kein Lebensband eingehen, weil du irgendwie nicht GTECH genug bist?« Etwa so ähnlich, wie er gedacht hatte, er trage die Schuld am Alkoholismus seiner Großmutter.

»Ja«, hauchte er. »So muss es sein.« Und dann sagte er das Unerwartete, und sie begriff, dass sie sich nach nichts mehr gesehnt hatte, als diese Worte zu hören: »Ich liebe dich, Becca.«

»Was ich … du …?«

»Ich liebe dich«, wiederholte er mit heiserer Stimme. »Ich habe versucht, dich nicht zu lieben, weil ich Angst davor hatte, dich zu verlieren, aber du weißt, dass ich es tue. Und so, wie es mir jetzt rausgerutscht ist, wollte ich es dir auch wirklich nicht sagen – hier, in einer Bar bei einer Flasche Tequila. Verdammt noch mal, ich war mir nicht sicher, ob ich es dir überhaupt sagen wollte, aber jetzt ist es geschehen. Jetzt weißt du Bescheid.«

Ihr verschlug es den Atem. Er liebte sie. Sterling liebte sie. Das änderte alles. Es machte die Knüpfung eines Lebensbands zu einer freien Entscheidung statt zu einer Verpflichtung. Sie öffnete den Mund, um es ihm zu sagen, aber eine kalte Wirklichkeit griff nach ihr. Wenn sie es ihm sagte, wenn sie ihren Bindungsprozess abschlossen und Dorian sie dann tötete, würde er Sterling ebenfalls töten. Sie musste ihn von sich stoßen, um ihn zu schützen.

Ihre Kehle schnürte sich zu, aber irgendwie zwang sie die Wörter heraus. »Wir kennen uns doch noch gar nicht so lange.«

Seine Miene verdüsterte sich, heftig bewegt, und tiefe Kränkung brannte in seinen Augen. Er ließ sie los, wollte sich von ihr abwenden.

Sie konnte seine Qual nicht ertragen und packte seinen Arm.

»Warte. Ich … es ist nur so … ich will keine Liebe aus Mitleid. Das sind nur Schuldgefühle. Nichts Echtes.«

Seine Hände glitten über ihr Gesicht. »Ich habe in meinem Leben eine ganze Müllhalde von Schuldgefühlen mit mir herumgeschleppt, und das, was ich jetzt fühle, ist etwas völlig anderes. *Ich liebe dich*.«

Sie fühlte, wie diese Worte bis in ihre Seele drangen, und sah ihre Wahrheit in seinen Augen. Er liebte sie. »Ich liebe dich auch«, flüsterte sie.

Ein leises Lächeln legte sich auf seine Lippen. »Ja?«

Sie nickte, und sein Lächeln milderte das Brennen in ihren Augen. »Ja.«

»Wir holen uns das Serum«, versicherte er. »Wart's nur ab. Noch haben wir die Chance.«

Sie erinnerte sich an das, was er über seine Großmutter gesagt hatte, und führte sich vor Augen, dass er sich die Schuld an ihrer Trunksucht gab. Jetzt gab er sich auch noch die Schuld daran, sie nicht retten zu können – obwohl er es doch könnte. Wie konnte sie ihm da noch die Wahrheit verheimlichen? »Sterling, da ist etwas …«

»Du hast angerufen, Meister Sterling.« Eddie schob sich zu ihnen in die Nische. »Oh Mann. Ich schätze, ich weiß, was ihr zwei in eurer Freizeit tut. Oder überhaupt ständig.« Er griff nach einer Pommes und kaute. »Hi Becca.«

»Hi«, antwortete sie. Sie konnte sich nicht einmal daran erinnern, dass die Kellnerin ihnen das Essen gebracht hatte.

Eddie musterte die Tequila-Flasche. »So durstig?«, fragte er Sterling.

»Ich hab Zahnschmerzen«, antwortete Sterling. »Bestimmt rühren sie daher, dass ich ziemlich mit den Zähnen geknirscht habe, als ich herausfand, dass du Marcus Informationen verkauft hast.«

Eddie biss in eine weitere Pommes und erstarrte; sein Gesicht wurde totenbleich, und er ließ die halb gegessene Pommes fallen. »Ein einziges Mal«, rechtfertigte er sich. »Und ich hab gedacht, wenn er schon dumm genug ist, für das Wissen, dass du eine neue Assistentin hast, zu bezahlen – du hast ja nicht so getan, als wolltest du es verbergen –, kann ich das Geld auch nehmen. Ich habe es gebraucht, Mann.«

Sterling beugte sich näher zu ihm heran, die Hände flach auf den Tisch gelegt. »Woher weiß ich, dass es alles ist, was du ihm erzählt hast?« Seine Stimme war leise, mit einem tödlichen Unterton. »Woher weiß ich, dass du ihm nicht von allen Gesprächen erzählt hast, die ich je mit dir geführt habe?«

»Weil ich das nicht getan habe.«

Sterling schaute Becca an. »Du oder ich?«

»Ich brauche eine körperliche Verbindung«, sagte sie.

Sterling warf Eddie einen Blick zu. »Wenn du noch einmal einen Scheck von mir bekommen willst, dann schiebst du jetzt die Hand über den Tisch und erlaubst Becca, dich zu berühren.«

Eddie fiel der Kiefer herab. »Was?«

Sterling verzog das Gesicht, beugte sich vor und zog Eddies Hand zu Becca herüber. »Es tut nicht weh.«

Becca legte ihre Hand über die Hand von Eddie und schloss die Augen. Bilder strömten durch ihr Bewusstsein. Seine Mutter im Bett, er an ihrer Seite. Marcus. Geld. Eddies aufrichtige Wertschätzung für Sterling. Sie ließ seine Hand wieder los.

»Er sagt die Wahrheit.« Sie lächelte. »Und er mag dich auch.«

»Manchmal, Sterling«, begann Eddie, »glaube ich, du hast echt einfach einen Riesenknall.«

»Manchmal, Eddie, ist das auch so. Also pass lieber auf, bevor ich diesen Knall an dir auslasse. Oder aufhöre, dich zu bezahlen. Komm mir nicht noch mal mit krummen Touren, sonst werde ich verdammt ärgerlich.«

Eddie nickte unbehaglich.

Sterling lehnte sich ein wenig in seinem Sitz zurück und legte den Arm hinter Becca. »Was geht im Moment so ab in Eddiehausen? Erzähl mir was.« Sofort war die Anspannung verflogen.

Während der nächsten halben Stunde informierte Eddie sie über alles, was die Polizei in seinem Revier über *Ice* wusste, einschließlich der Fundorte und Adressen der jüngsten Opfer.

»Wenn du diesen Tequila nicht trinken willst, werde ich ihn vielleicht für mich beanspruchen müssen«, meinte Eddie. »Ich gönne mir zur Zeit nicht gerade viel Unterhaltung. Ein Drink vor einem Footballspiel wäre da genau das Richtige.« Sein Handy summte, und er griff danach.

»Tu dir keinen Zwang an«, sagte Sterling.

Stirnrunzelnd las Eddie die eben erhaltene SMS und richtete den Blick auf Sterling. »Diese beiden verschollenen Clanner, die du seit der Sache im *Nebula* gesucht hast, wurden eben auf dem Weg zur Wohnung des Typen mit dem Irokesenschnitt gesichtet. Willst du mit mir da hinfahren?«

Sterling saß reglos, seine Miene undeutbar. »Geh du«, antwortete er, schob sich aus der Sitzecke und warf Geld auf den Tisch, während er gleichzeitig Becca von ihrem Sitz zog. Er sah Eddie an. »Ich kenne die Adresse. Wir treffen uns in zehn Minuten dort.«

Sterling war bereits im Aufbruch und zerrte Becca hinter sich her. Es war klar, dass irgendetwas nicht stimmte.

Sobald sie zur Tür hinaus waren, fragte sie: »Was zum Henker ist da los?«

»Ich habe ein sehr mulmiges Gefühl bei dieser Sache«, sagte er und blieb bei ihrem Wagen stehen. »Wir treffen Marcus, und er sieht dich, und dann löst das in mir gleich dieses Gefühl von bevorstehendem Ärger und dicker Luft aus, das ich damit abzutun versucht habe, dass ich eben diesen verrückten, unkontrollierbaren Beschützerinstinkt verspüre. Dann tauchen plötzlich die beiden Clanner auf, nach denen ich überall gesucht habe, gerade während du hier bei mir bist. Das riecht nach einer Falle. Sie sind hinter dir her, was bedeutet, dass Dorian vielleicht persönlich in Erscheinung tritt.«

Bevor sie seine Absichten durchschauen konnte, hatte er sie schon gepackt. Plötzlich wurde alles dunkel, dann drang grelles Licht in ihre Augen. Sie befanden sich draußen vor dem Neon. Windwalking direkt von einem öffentlichen Parkplatz aus – Sterling traute sich was.

Er betätigte die Fernbedienung und öffnete die Tür. »Geh rein und hol Caleb oder Michael. Nicht Damion. Sag ihnen, ich sei in der Wohnung von Irokesenschnitt. Sie kennen die Adresse. Und sag ihnen, sie sollen Verstärkung mitbringen. Ich kann Eddies Sicherheit nicht durch Warten aufs Spiel setzen.« Er verschwand im Wind. Und weg war er. Sie hatte keine Möglichkeit gehabt, auch nur ein einziges Wort herauszubekommen.

Panik griff nach ihr. Sterling, der sich Dorian in den Weg stellte, war genau das, was sie zu vermeiden versucht hatte. »Caleb!«, brüllte sie und rannte los. Die Aufzugtür wurde geöffnet, sie hetzte vorwärts und krachte beinahe in Damion hinein.

»Immer mit der Ruhe«, sagte er. »Weshalb die Aufregung?«

»Ich muss mit Caleb sprechen«, antwortete sie drängend. »Ich brauche ihn auf der Stelle.«

»Er ist in Sunrise City«, erwiderte Damion. »Ist vor einer Stunde aufgebrochen. Was ist passiert? Erzählen Sie's mir, Becca.«

Gott, verdammt. Das konnte doch nicht wahr sein! »Was ist mit Michael?«

»Der ist bei Caleb«, berichtete Damion. »Ich bin alles, was Sie haben, Becca, also spucken Sie's bitte aus. Wo ist Sterling?«

Auch wenn Sterling es nicht tat – sie vertraute Damion, und so platzte es aus ihr heraus. In einem kaum zusammenhängenden Redeschwall erzählte Becca die ganze Geschichte.

Noch bevor sie zum Ende gekommen war, hatte Damion bereits auf einen Knopf an der Garagenwand gedrückt und einen blinkenden Lichtalarm ausgelöst. Ein weiterer Knopfdruck, und ein Feld an der Wand glitt auf. Dahinter wurden Waffen sichtbar.

»Gehen Sie rein und rufen Sie Caleb an«, wies er sie an, während er ein Pistolenhalfter um die Schulter schnallte. »Sagen Sie ihm, ich sei mit einem Trupp losgezogen, um Sterling Verstärkung zu bringen.«

»Er vertraut Ihnen immer noch nicht, Damion«, wandte sie ein. »Dessen müssen Sie sich bewusst sein.«

»Ja, nun …«, begann er. »Angesicht der Tatsache, dass ich alles bin, was er hat, wird er mit seinem beschissenen Problemchen wohl endlich fertigwerden müssen.«

Der Aufzug öffnete sich, und drei Soldaten, denen Becca noch nie zuvor begegnet war, tauchten auf, alle in Straßenkleidung und schwer bewaffnet mit Pistolen und Messern, die sie sich an den Leib geschnallt hatten.

Auch Damion hatte sich inzwischen voll bewaffnet, und nun bedeutete er den Männern, sich in Marsch zu setzen. Becca wartete ihren Aufbruch nicht ab. Sie war schon im Aufzug, drückte auf den Knopf und wünschte, die verdammte Tür würde sich noch schneller schließen. Und getrieben von dem inbrünstigen Wunsch, dass Sterling wohlbehalten zurückkommen würde, redete sie sich ein, dass es bestimmt keine Falle sei. Obwohl sie tief in ihrem Inneren wusste, dass es doch eine war.

30

Gerade ging die Sonne unter. Ausgerüstet mit Waffen aus dem Kofferraum des Mustang, materialisierte sich Sterling in der Gasse hinter der Wohnung des Typen mit dem Irokesenschnitt. Sie zweigte hinter dem *Tropicana* von der Maryland Street ab – in einer Gegend, wo Schmutz und Gitter vor den Fenstern als schmückende Einrichtungsgegenstände galten. Einige Meter entfernt stand ein unscheinbarer schwarzer Wagen – ein polizeiliches Überwachungsfahrzeug, daran bestand für Sterling nicht der geringste Zweifel. Leer.

»Verdammt«, murmelte er. Er wollte nicht, dass Eddie und seine Männer hineingingen, bis … er warf einen Blick auf den Müllcontainer einige Schritte entfernt, hielt den Atem an und bewegte sich vorsichtig ein Stück näher heran. Dann fluchte er erneut. Das einzig Gute an dem Mann mit der Kugel zwischen den Augen im Innern des Containers war die Tatsache, dass es sich nicht um Eddie handelte.

Sterling spähte die Gasse hinab, sah ein paar Fußgänger in der Nähe vorbeigehen und ließ daraufhin seine Waffen widerstrebend unter der legeren Freizeitjacke im Armylook verstaut, die er sich übergeworfen hatte. Bei der Vorstellung, dass Eddie vielleicht mit einer Kugel des gleichen Kalibers im Hirn in einer anderen dunklen Ecke lag, krampfte sich sein Magen zusammen. Er hätte ihn nicht allein hierherkommen lassen sollen.

Er verschwand im Wind und tauchte dort wieder auf, wo die Gasse in die Straße einmündete. Er unterzog die Frontseite des Hauses einer raschen Musterung und versuchte, Eddie zu finden. Dann klappte er sein Handy auf und begann zu wählen, während er noch die Reihen von Autos inspizierte, die unter einem sich schnell verdunkelnden Himmel die schlecht beleuchtete Straße säumten. Eddies ähnlich unscheinbarer Buick stand in der Nähe der Straßenecke. Leer. Sterling wählte Eddies Nummer und begab sich wieder auf die Rückseite des Gebäudes. Er war nun bereit, es zu betreten.

Eddie antwortete beim ersten Klingeln. Sterlings Erleichterung machte sich in einer barschen Frage Luft. »Wo zum Teufel steckst du?«

»Es ist lange her, Sterling.«

Beim Klang von Tads Stimme blieb Sterling wie angewurzelt stehen. »Wo ist Eddie?«

»Eddie und ich warten oben auf dich«, sagte Tad. »Ich, er, die beiden Clanner, die du ja bereits kennst, und eine sehr nette Dame hier aus dem Haus, die mir erzählt hat, dass sich in ihrer Wohnung ihre zwei kleinen Zwillingstöchter befinden. Wir sitzen hier und warten darauf, dass du mir Rebecca Burns bringst. Ich weiß, dass sie in der Stadt ist. Du hast fünfzehn Minuten Zeit, um sie herzubringen, bevor der erste meiner Gäste stirbt.«

»Was willst du mit ihr machen, wenn du sie in die Finger bekommst, Tad?«, fragte Sterling. »Abgesehen davon, dass du flach auf den Boden kippen wirst, wie es dir dummem Tollpatsch nur recht geschieht?«

»Ich werde sie kaltmachen, lange bevor sie mir nahe genug kommt, um mir etwas anhaben zu können«, entgegnete Tad trocken. »Wer ist also der dumme Tollpatsch? Was immer du damit meinst. *Los, geh sie holen.*« Seine Stimme wurde weicher, nahm einen spöttischen Ton an. »Aber ich will mich umgänglich zeigen. Zuerst werde ich den töten, von dem Eddie mir erzählt hat, dass du ihn ›Irokesenschnitt‹ nennst. Ihn magst du am wenigsten. Aber danach werde ich die Frau umbringen müssen.« Er legte auf.

Sterling hatte einen Moment Zeit zum Nachdenken, mehr nicht. Tad erwartete von ihm, dass er verhandelte. Wenn er Caleb gewesen wäre, hätte er das getan, aber er war nicht Caleb. Er war Sterling. Und was ihm an magischen GTECH-Fähigkeiten fehlte, machte er durch Tatbereitschaft wett. Nicht länger um Unauffälligkeit bemüht, zog Sterling zwei Glocks heraus, überprüfte seine Munition und zählte die Feuerleitern, als sich plötzlich Damion vor ihm materialisierte.

»Becca hat mir erzählt, was hier los ist«, sagte er. »Ich habe Männer an allen Ecken des Gebäudes positioniert.«

Damions Gegenwart ließ Sterling das Gesicht verziehen, auch wenn er keineswegs die Absicht hatte, Verstärkung abzulehnen. »Drinnen sind Tad und vier Geiseln. Ein toter Bulle in der Mülltonne.«

»Irgendeine Vorstellung, worauf das Ganze hinauslaufen soll?«

»Tad beabsichtigt, in ungefähr acht Minuten eine der Geiseln zu erschießen, wenn ich ihm nicht Becca ausliefere.«

Damion fluchte. »Hast du irgendeine Ahnung, ob Tad allein ist?«

»Nicht die geringste«, antwortete Sterling. »Er ist ein Angeber, aber er ist auch schnell damit bei der Hand, andere die Kugel kassieren zu lassen, die eigentlich ihm gebührt.«

Damion schlug auf das Mikro in seinem Ohr. »Melde dich.« Er hörte zu, dann sah er Sterling an. »Nichts. Kein Anzeichen von Ärger.«

»Ich werde von hinten reingehen und Tad ausschalten«, sagte Sterling. »Du kommst durch die Vordertür und schnappst dir die Geiseln. Die Frau zuerst.«

Damion zog seine Waffen und lächelte. »Immer die Frauen

zuerst.« Er sagte es mit einem doppeldeutigen Unterton. »Alles klar zwischen uns, Mann?«

»Überraschenderweise ja«, erwiderte Sterling. Die Zusammenarbeit mit Damion, nun ja … sie lief einfach gut. »An diesem Punkt sagst du normalerweise, dass ich warten und die Dinge noch mal durchdenken soll.«

»Und du sagst, dass ich dich am Arsch lecken kann, und wir ziehen die Sache trotzdem durch«, gab Damion zurück. »Und da nun mal die Uhr tickt … ich vertraue dir diesmal einfach.«

Sterling entging die Bedeutung von Damions Worten nicht, und seine eigene Entschlossenheit war unerschütterlich. Das hier war sein Gebiet, seine Sache, wo er mit seinen Instinkten viel häufiger richtig lag als falsch. Und was er tat, war seine Spezialität – er handelte. Ohne zu zaudern oder zu zweifeln.

Sterling schaute auf seine Armbanduhr. Damion tat es ihm nach. »Noch drei Minuten.«

Sie nickten sich zu, dann verschwanden beide im Wind.

Sterling tauchte in einer verdammt gefährlichen Position auf dem Betonsims neben der Metalltreppe auf. Aber Lautlosigkeit hatte eben ihren Preis.

Er tastete vorsichtig um sich, bis er festen Halt hatte, und schaute durch den Vorhang hinein. Irokesenschnitt und sein Kumpel in geduckter Haltung an der Wand, die Hände vor dem Bauch gefesselt. Gut, abgehakt. Weinende Frau, ebenfalls mit gefesselten Händen, die sich in eine Ecke presste, als wollte sie mit der Wand verschmelzen. Auch abgehakt.

Doch wo zum Teufel war Eddie? Verdammt. Gut möglich, dass auch er irgendwo in einem Müllcontainer lag. Und Tad hatte sein Telefon. Er hätte verlangen sollen, mit ihm zu sprechen.

Vorsichtig drückte sich Sterling wieder gegen die Wand zurück und blickte auf seine Armbanduhr. Noch dreißig Sekunden, und er hatte Tad nicht im Sichtfeld.

Genau in dem Moment flogen Green Hornets durch die Luft, eine Kugel krachte schmerzhaft in seinen Arm, eine andere zischte verdammt nah an seinem Kopf vorbei.

»So viel zum Thema Verstärkung, um mir den Rücken freizuhalten«, murmelte er und sprang auf die Feuerleiter, und das nicht eben lautlos. Wenn der Schütze Tad nicht schon verraten hatte, dass er da war, so hatte Sterling es eben selbst getan. Kugeln knallten in die Stahltreppe.

Dann hörte er Schreie aus dem Haus und unmittelbar danach das Brüllen eines Mannes, der von einem nahen Gebäude stürzte. Seine Verstärkung. Spät, aber auch hier konnte er sein Häkchen setzen.

In der Wohnung wurde die Tür aufgerissen. Sterling wirbelte herum, und da stand Eddie in der Tür – nicht Damion. Sterling schlug gegen das Fenster. Die Waffe in der Hand, kam Eddie herbeigestürmt, um ihn hereinzulassen.

»Wo ist Tad?«, fragte Sterling, während Eddie zu der Frau hinüberlief, um ihre Fesseln loszubinden und ihr dann zuzubrüllen, dass sie verschwinden solle. »Schnell, hauen Sie ab!«

»Du meinst das muskelbepackte Arschloch, das uns mit vorgehaltener Waffe festgehalten hat? Der kämpft auf der Treppe mit einem anderen Mann.« Er warf einen Blick auf die Frau. »Gehen Sie in Ihre Wohnung und schließen Sie die Tür ab.«

Mehr brauchte Sterling nicht zu hören. Schon war er durch die Tür und rannte durch den schmalen Flur, bis die Treppe in Sicht kam. Damion war fast oben angelangt, schleppte sich das Geländer hinauf und blutete wie ein abgestochenes Schwein aus der Seite und dem rechten Bein. Doch klammerte er sich immer noch an seine Waffen.

»Wo ist Tad?«, fragte Sterling.

Von unten kam Cäsar die Treppe hinaufgerannt, um Damion zu helfen.

»Irgendwo in deiner Richtung«, stöhnte Damion. »Er hat mich an der Treppe abgefangen und ist in Richtung der Wohnung verschwunden.«

Sterling wandte sich ab, die Waffen schussbereit, während er vorsichtig durch die Wohnungstür ging. Das Fenster stand offen. Keine Spur von Eddie. Die beiden Clanner waren immer noch gefesselt und hatten jetzt Kugeln im Kopf. Die Frau war verschwunden.

Seine Waffen in Händen, eilte Sterling zum Fenster. Nichts zu sehen. Dann drehte er sich wieder um und richtete seinen Blick auf den Schrank. Er riss ihn auf. Zu seinem Erschrecken entdeckte er Eddie, auf dem Boden in sich zusammengesunken in einer Blutlache, die Hände gefesselt – was bedeutete, dass jener Eddie, der ihn durch dieses Fenster eingelassen hatte …

»Mistkerl.«

Sterling kniete sich neben Eddie und tastete nach einem Puls. Er war schwach, aber Sterling fand einen. Unmöglich konnte sich Eddie mit gefesselten Händen in diesem Schrank befinden und so viel Blut verloren haben, wenn er nur Minuten zuvor noch mitten im Raum gestanden hatte. Da stimmte der Zeitrahmen nicht. Was zum Teufel ging hier vor?

Während Eddie operiert wurde, saß Sterling im Krankenhaus, inmitten des Gestanks von Blut und Tod, und durchlitt jede Minute. Wenn genau das auch Becca in diesem deutschen Therapiezentrum jede Sekunde umgeben hatte, fragte er sich, wie sie überhaupt so lange hatte überleben können. Er fragte sich, wie er wohl damit umgehen würde, wenn der Arzt durch diese stählerne Doppeltür am Ende des Flurs schreiten und ihm mitteilen würde, dass Eddie tot war – und er würde wissen, dass es daran lag, dass er es vermasselt hatte, indem er ihn allein in diese Wohnung hatte gehen lassen. Wie würde er damit fertigwerden, wenn Becca zusammenbrach und das *Ice* sie nicht mehr zurückbringen könnte?

Drei Stunden lang quälte er sich, bis Caleb eintraf und auf dem Stuhl neben ihm Platz nahm.

»Irgendwelche Neuigkeiten?«

»Nein«, antwortete Sterling und strich sich mit der Hand über das, was in Kürze die Stoppeln eines vollen Tagesbarts sein würden. »Damion?«

»Schläft, um sich auszukurieren«, berichtete Caleb. »Seine Wunden waren nicht ernst. Er wird in ein paar Stunden wieder auf dem Damm sein. Becca macht sich Sorgen. Sie sagt, sie habe dich auf deinem Handy angerufen, und du würdest nicht rangehen.«

»Ich kann im Moment nicht mit ihr reden«, erwiderte er, ging zur gegenüberliegenden Wand und lehnte sich dagegen. »Ich wusste, dass die ganze Geschichte heute Abend eine Falle war, und trotzdem habe ich Eddie dort hineingehen lassen.«

»Er ist ein Bulle, Sterling«, sagte Caleb. »Er ist dafür ausgebildet worden, seine Aufgabe zu erledigen und seine Sache gut zu machen. Er hat seine eigene Entscheidung getroffen.«

»Er kann nicht die richtige Entscheidung treffen, wenn er nicht weiß, womit er es zu tun hat«, wandte Sterling ein. »Ich habe ihn nicht gewarnt. Ich habe geglaubt, ich könnte Becca in Sicherheit bringen und rechtzeitig zu ihm zurückkehren. Aber was ich vor allem im Kopf hatte, war mein Bedürfnis, Becca zu retten.«

»Becca bedeutet dir mehr als irgendjemand sonst«, unterstrich Caleb. »Sie ist eine Waffe, die auf keinen Fall in die falschen Hände gelangen darf. Ich an deiner Stelle hätte genauso gehandelt.«

»Aber nicht aus denselben Gründen wie ich«, entgegnete Sterling. »Die Vorstellung, dass Becca etwas zustoßen könnte, war mir unerträglich. Sie hat meine Urteilskraft getrübt. Und jetzt ist Eddie in diesem Operationssaal und klammert sich an sein nacktes Leben, mit seiner kranken Mutter daheim, um die sich sonst niemand kümmert.«

»Eddie könnte immer noch in diesem Schrank liegen und inzwischen tot sein, wenn du nicht rechtzeitig gehandelt hättest«, gab Caleb zu bedenken. »Ich hätte versucht zu verhandeln. Und das wäre falsch gewesen.«

Sterling wandte den Blick ab und sah den engen Flur hinunter, dann drehte er sich wieder zu Caleb um.

Er lachte bitter, und es klang selbst für seine eigenen Ohren erstickt. »Ich wollte Beccas Lebensband sein. Ich wollte sie retten. Heute Abend ist mir klar geworden, dass ich nicht Michael bin. Ich kann nicht in den Kampf ziehen und mir Sorgen machen, dass mein Lebensband stirbt, falls ich sterbe. Wenn ich zögere, innehalte und nachdenke, statt zu handeln, sterben Menschen. Sie wird sterben.« Er atmete tief ein. »Das GTECH-Serum …«

»Sterling«, fiel ihm Caleb ins Wort. »Wir müssen über Becca reden, aber jetzt ist weder die Zeit noch der Ort dafür.«

Ein Arzt im OP-Kittel kam durch die Doppeltür; seinen Mundschutz hatte er heruntergezogen, sodass er ihm lose am Hals baumelte. Sterling und Caleb standen auf und eilten ihm entgegen. Das Gleiche taten mehrere Männer der Polizeibehörde von Las Vegas. Eine Familie hatte Eddie nicht.

»Er ist stabil, liegt jedoch im Koma«, berichtete der Arzt. »Wir müssen einfach abwarten. Die nächsten vierundzwanzig Stunden sind die kritische Phase.« Es wurden noch ein paar Fragen gestellt, und sie erfuhren, dass keine Besuche gestattet waren.

Caleb legte Sterling die Hand auf die Schulter. »Geh zu Becca«, riet er ihm. »Der Rest kann bis morgen warten.«

Sterling wandte sich zu Caleb um. »Was ich mich, während ich hier saß, wieder und wieder gefragt habe – wie ist Eddie so schnell in den Schrank gekommen? Weißt du, Caleb, ich war vielleicht ganze sechzig Sekunden auf dem Flur. Es ist einfach unmöglich.«

»Was willst du damit sagen?«

»Ich denke die ganze Zeit über das nach, was Becca über die Erinnerungen von Damion und mir zu ihrer Entführung gesagt hat. Sie meinte, es sei alles anders gewesen, als es den Anschein hat. Ich habe damals geglaubt, ich hätte Damion gesehen, als ich Becca übergeben habe.«

»Geglaubt?« Überrascht runzelte Caleb die Stirn.

Sterling strich sich mit der Hand übers Kinn. »Ich weiß nicht, Caleb. Jetzt in dieser Wohnung habe ich Eddie gesehen und sogar mit ihm gesprochen, und doch war er im Schrank. Er kann nicht an zwei Orten gleichzeitig gewesen sein. Ich habe mich gefragt, ob man mich in Beccas Haus unter Drogen gesetzt hat. Vielleicht war etwas in dem Rauch. Aber diesmal, diesmal war ich völlig klar im Kopf. Hier geht irgendetwas ganz Besonderes vor.«

»Vielleicht kann Eddie uns ein paar Hinweise geben.«

»Falls er wieder aufwacht«, befand Sterling finster. Er griff in seine Tasche und zog den USB-Stick hervor. »Marcus hat mir Fotos und persönliche Informationen zu einer *Ice*-Dealerin gegeben, die für mich verdammt nach Madame klingt.« Er verzog das Gesicht. »Wir wandeln hier auf sehr unsicherem Boden. Er hat uns wahrscheinlich heute an Tad verraten. Ich war mit ihm zusammen. Er hat Becca gesehen. Und plötzlich hatte ich Tad im Nacken.«

»Womöglich wurde auch Marcus verfolgt«, überlegte Caleb. »Schließlich hat er Informationen über Adams Dealer weitergegeben.«

»Ich weiß nicht«, erwiderte Sterling skeptisch. »Ich hatte heute ein eigentümlich mulmiges Gefühl gegenüber Marcus. Die ganze Sache stinkt zum Himmel – das mit Marcus eingeschlossen.«

Caleb nahm den Stick. »Ich werde diese Frau aufspüren und Marcus zusätzlich überwachen lassen. Du hast eine schlimme Nacht gehabt. Geh zu deiner Frau und sieh zu, dass du eine Mütze Schlaf bekommst.«

Aber Sterling konnte nicht zu Becca gehen. Noch nicht. Nicht ohne zuvor noch einen schweren Gang absolviert zu haben. Er musste Eddies Mutter aufsuchen.

Obwohl es drei Uhr morgens war, saß Becca mit dem Laptop vor sich auf dem Bett, voll bekleidet mit Jeans und T-Shirt, und versuchte, sich auf die Untersuchungsergebnisse zu konzentrieren, die sie und Kelly per E-Mail austauschten. Aber das war unmöglich – kein Wunder, wenn man bedachte, dass sie fix und fertig war, darauf wartete, von Sterling zu hören, den Tränen nahe, weil er nicht auf ihre Anrufe antwortete. Außerdem ließ die Notwendigkeit, sich weggesperrt wie eine Gefangene vor Dorian zu verstecken, sie schier durchdrehen.

Immerhin hatte Caleb sie auf dem Laufenden gehalten, auch wenn das nichts dagegen ausrichten konnte, dass ihre Unsicherheit über das »Warum« von Sterlings Schweigen ihr den Magen zusammenkrampfte.

Sie hätte ihm von dem Bindungssymbol erzählen sollen. Und sie hätte es am Abend in dieser Gaststätte auch getan, wäre in diesem Moment nicht Eddie aufgetaucht.

Aber Michael wusste von dem Band, ebenso Caleb und Kelly. Irgendjemand könnte es Sterling gesagt haben, könnte ihr die Möglichkeit genommen haben, ihm auf ihre Art verständlich zu machen, warum sie ihr Band verborgen gehalten hatte.

Sie war kurz davor, das Warten zum Teufel zu wünschen und sich heimlich auf den Weg zum Krankenhaus zu machen, als sich knarrend die Vordertür öffnete. Schnell stellte Becca ihren Laptop beiseite und ging Richtung Tür. Sie brannte darauf, Sterling zu sehen, ihn zu berühren und zu wissen, dass es ihm gut ging.

Bevor sie es auch nur halb durch den Raum geschafft hatte, erschien er im Eingang zum Schlafzimmer. Er war übel zugerichtet, wirkte erschöpft und stützte sich mit den Händen am Türrahmen ab. Blut überzog das verblasste Blau seines rechten Hosenbeins, und sein schwarzes T-Shirt war von einem dunklen Fleck verklebt, von dem sie vermutete, dass es ebenfalls Blut war. *Eddies Blut*, kam es ihr in den Sinn.

»Eddie ist …« Seine Stimme verlor sich.

»… auf der Intensivstation«, beendete sie den Satz für ihn und eilte auf ihn zu. »Ich weiß.« Sie schlang die Arme um ihn und wollte ihn nie mehr loslassen. Ihre Wange an sein Herz gepresst, freute sie sich über das stete Pulsen unter ihrem Ohr.

Einen Moment lang berührte er sie nicht, bewegte sich nicht, und Angst durchbohrte ihr Herz. Er hatte ihre Anrufe nicht entgegengenommen. Er berührte sie nicht.

Dann entspannte er sich plötzlich, lehnte sich an sie und zog sie enger an sich. Im nächsten Moment begrub er sein Gesicht in ihrem Haar. Sie hatte immer noch die Möglichkeit, ihm alles zu erzählen, alles zu erklären, bevor ihr Schweigen eine Mauer entstehen ließ, die sie nicht würde durchdringen können.

»Ich habe seine Mutter besucht«, berichtete er heiser.

Sie reckte den Kopf, legte die Hand auf seine Brust. »War es sehr schlimm?«

»Hätte ihre Pflegerin sie nicht ruhiggestellt, wäre sie jetzt wahrscheinlich als Patientin im Krankenhaus, genau wie ihr Sohn.«

»Es war gut, dass du heute Nacht da hingegangen bist. Wenn Eddie aufwacht – und das wird er, Sterling –, wird er zu schätzen wissen, was du getan hast.«

»Dass ich beinahe seinen Tod verschuldet hätte?«, fragte er voller beißender Selbstvorwürfe.

»Du hast ihm das Leben gerettet«, gab sie zurück und stellte sich auf die Zehenspitzen, um ihn zu küssen. »Und erzähl mir jetzt nicht, dass du es *nicht* getan hast. Caleb hat mir bereits gesagt, was passiert ist.« Sie griff nach seiner Hand. »Du brauchst eine heiße Dusche und Ruhe.«

Er folgte ihr, und in seinem schweren, müden Blick spiegelte sich eine Erschöpfung, von der sie wusste, dass sie über das Körperliche hinausging. Sie drehte die Brause auf, damit das Wasser heiß wurde, und half ihm, sich auszuziehen. Sie wollte wieder hinausgehen, aber er zog sie an sich.

»Ich brauche dich, Becca. Komm zu mir.« Zärtlich strich er ihr übers Gesicht und ließ seine Finger durch eine Strähne ihres Haars gleiten. »Bitte.«

Er brauchte sie. Diese Worte erfüllten sie tief und innig, auf eine Weise, über die er restlos Bescheid wissen sollte. »Ich brauche dich ebenfalls«, flüsterte sie, aber ein Anflug von Unbehagen durchzuckte sie, als sie sich der Wahrheit hinter diesen Worten bewusst wurde. Sie brauchte ihn ganz buchstäblich, um weiterleben zu können. Wie konnte sie dafür sorgen, dass er wusste, dass ihr ihre Verbindung viel mehr bedeutete als nur das?

Schnell zog sie sich aus. Sie brannte darauf, alle Mauern und Hindernisse zwischen ihnen zu beseitigen, und begann mit der Kleidung. Sie stiegen unter das strömende Wasser, verschmolzen mit diesen heißen Strömen, verschmolzen miteinander.

»Becca«, raunte er, und ihr Name auf seiner Zunge sprach

tausend unausgesprochene Worte. *Schmerz. Sehnsucht. Verlangen. Schuldgefühle.*

Sie musste ihm von dem Symbol in ihrem Nacken erzählen. »Sterling …«

Er küsste sie, ein langer, betäubender Kuss, der ihr den Atem raubte und bis in ihre Seele drang. Ein Kuss, der zu ihrem Atem *wurde* … der zu seinem Atem wurde. Er verschlang sie mit diesem Kuss und dem nächsten … und wieder dem nächsten, bis er mehr verschlang als ihren Mund. Er verschlang ihren Körper, berührte sie, leckte sie, knabberte an ihrem Hals, ihrer Schulter. Dann drückte er sie gegen die Duschwand und hob sie hoch, eine Hand um ihren Hintern gelegt, während er sich mit der anderen an der Wand neben ihrem Kopf abstützte.

All die innere Aufgewühltheit, die sie in seinen Augen gesehen hatte, spürte sie jetzt in ihm. Sein Blick traf den ihren und hielt sie fest, als er sich in sie hineinpresste, sie ausfüllte, sie dehnte.

Plötzlich war da etwas ungestüm Wildes, das sie verband; wild auf eine Weise, wie sie Becca noch nie in ihrem Leben erfahren hatte. Sie wölbte die Hüften und wollte mehr, stemmte sich ihm entgegen, während er in sie stieß. Doch noch immer war es nicht genug. Da war keine Hemmung, kein Nachdenken. Da war nur Verlangen. Verlangen, um dessen Erfüllung sie laut gebettelt hätte.

»Sterling, ich brauche …«

Sein Mund bedeckte ihren, seine Zunge saugte an ihrer, leckte und schmeckte. »Ich weiß«, murmelte er. »Ich brauche es auch.« Er wuchtete sie herum, weg von der Wand. »Halt dich fest.«

Becca griff nach der Duschstange und spannte die Beine noch enger um seine Hüften, drückte seinen Schwanz fester, tiefer in sich hinein. Er beugte sich vor, leckte das Wasser von ihren Brustwarzen, saugte an ihnen, dann stieß er heftig in sie hinein.

Becca schrie ihre pure Lust heraus, genoss den Druck seines Mundes auf ihrem Nippel, kleine Wonnepfeile schossen durch sie hindurch. Sie rief seinen Namen, vergaß alles außer ihm, wie er an ihrem Nippel saugte und in sie hineinstieß, bis es schier unerträglich wurde; doch zugleich konnte sie auch nicht genug von ihm bekommen. Sie explodierte in einer heftigen, bunten Woge der Wonne, explodierte mit krampfhaften Zuckungen, die seinen Schwanz packten und ihn noch tiefer in sie hineinzogen. Er stöhnte, leise und kehlig, und dann presste er sie hart und fest gegen seine Hüften.

Gleichzeitig brachen sie ineinander zusammen; er hielt sie, und sie ließ die Stange los, um die Arme um seinen Hals zu schlingen. »Geht es nur mir so«, fragte er schließlich, »oder ist das Wasser scheißkalt?«

»Es ist recht kalt, ja«, bestätigte sie, und ein Schauer jagte ihr über den Rücken. »Okay, es ist wirklich scheißkalt.«

Er trug sie aus der Dusche und setzte sie ab, dann griff er sich ein paar Handtücher aus dem Schrank. Becca stellte sich vor den Spiegel, um sich abzutrocknen. Plötzlich war Sterling hinter ihr, strich ihr Haar zur Seite und starrte auf ihren Nacken. Ihr Herzschlag beschleunigte sich, und das Handtuch fiel zu Boden, als sie nach der Ablage griff, um ihren plötzlich weichen Knien mehr Halt zu geben. Das hatte sie nun wirklich etwas anders geplant.

»Sterling«, flüsterte sie. Ihr Blick wanderte zum Spiegel, um ihm in die Augen zu schauen, und in der Sekunde, als sich ihre Blicke dort begegneten, wusste sie, dass es ein Fehler gewesen war. Er konnte die Schuldgefühle in ihren Augen sehen.

»Du hast es gewusst«, klagte er sie an. »Du hast es gewusst, und du hast es mir nicht gesagt.«

Sie spürte das Gefühl von Verrat in seiner Stimme mitschwingen und wirbelte zu ihm herum. »Ich kann alles erklären.«

»Es ist alles anders, als es den Anschein hat«, wiederholte er ihre Worte. Ein Zufall, der ganz und gar nicht Schicksal war – es war alles geplant gewesen. »Was für ein Spiel spielst du, Becca?«

31

Was hier offenbar wurde, brannte sich ihm tief in die Seele. Zorn stieg in ihm auf, und Sterling versuchte nicht, ihn zu vertreiben, denn er machte die in ihm wütende Qual erträglicher. Becca hatte ihn getäuscht, hatte zugelassen, dass er sich wegen ihres bevorstehenden Todes quälte. »Was führst du im Schilde, Becca?«

Sie machte einen Schritt auf ihn zu, und er ließ es geschehen, packte sie und zog sie hart und ungestüm an sich. Und verdammt, wie diese weichen, sinnlichen Kurven seinen Schwanz sofort wieder vor Verlangen dick anschwellen ließen. Der Teufel sollte sie holen! Aber, gut, wenn sie ihn aufs Kreuz legte, warum sollte er sie dann nicht auch aufs Kreuz legen und durchvögeln?

»Arbeitest du für Adam?«, fragte er schroff, den Mund dicht an ihrem, voller Gier, die Bitternis der Lüge auf ihren Lippen zu schmecken, sie einfach hinzunehmen, anzunehmen, und dann zu versuchen, über Becca hinwegzukommen. »Hat er herausgefunden, dass wir Lebensbänder sind? Oder, ja, *du* hast es herausgefunden. Jetzt ergibt alles einen Sinn. Deshalb hast du auch keine Angst vorm Windwalking gehabt. Warum machst du nicht einfach den Blutaustausch mit mir, Becca? Warum mich nicht reinlegen? Oder hat sich die Gelegenheit einfach noch nicht ergeben, sodass du mich weiter manipulieren musst?«

»Was?«, keuchte sie. »Sterling, nein. Wie kannst du so etwas denken?«

»Warum wohl sonst sollte eine Frau, die am *Sterben* ist, dem

Mann, der ihr Leben retten könnte, so etwas nicht sagen – damit er sie auch wirklich rettet? Warum? Es ergibt keinen Sinn.«

»Ich hätte Gelegenheit gehabt«, flüsterte sie heiser. »Im Labor, als ich geblutet habe. Ich hätte dich reinlegen können. Aber ich habe alles getan, um dir aus dem Weg zu gehen.«

»Lüg nicht«, knurrte er leise und presste den Mund an ihr Ohr. »Wir wissen beide, dass sich der Blutaustausch nicht so leicht vollziehen lässt. Hör auf, mit mir zu spielen.« Er ließ sie los und fixierte sie mit einem verächtlichen Blick. »Ich mag das nicht.«

»Und ich mag dich im Moment nicht besonders«, entgegnete sie mit zitternden Lippen, den Kopf trotzig zurückgelegt. »Woher sollte ich das denn wissen?«

Dann zerschmolz ihre Tapferkeit plötzlich zu Tränen, wie sie ein Sterbender vergießt, Tränen, begriff er, wie sie sie sich niemals erlaubt hatte, seit er sie kennengelernt hatte.

»Das hier ist eine andere Sache, als mir eine deiner Nieren zu spenden, während du die andere behältst und deine Gesundheit dadurch statistisch nicht beeinträchtigt ist. Diese Sache ist für immer, Sterling. Wie konnte ich denn erwarten, dass du mir so viel gibst, obwohl du mich doch noch kaum gekannt hast? Wo du vielleicht noch merken könntest, dass du mich in Wirklichkeit gar nicht magst? Dass bei alledem vielleicht nur Mitleid und Schuldgefühle im Spiel waren und keine echte Liebe?«

Jetzt war es an ihm zu zerschmelzen, in ihr, um sie herum. »Becca«, flüsterte er und strich ihr mit dem Daumen die Feuchtigkeit von den Wangen. »Schatz, es tut mir leid.« Er legte seine Stirn an ihre. »Es tut mir so leid. Heute Nacht … Eddie … du – mein Unvermögen, wenigstens einen von euch zu retten … es hat mich völlig fertiggemacht.«

»Ich wollte es dir ja sagen«, murmelte sie. »Ich musste nur wissen …« Ihr stockte der Atem. »Ich musste wissen …«

»Dass ich dich liebe und ohne dich nicht leben kann?«

Sie hatte ihre Hand auf seine Brust gelegt. »Ja«, flüsterte sie.

»Gut, das tue ich«, erwiderte er. »Und ich kann nicht ohne dich leben. Und ich bin mir nicht sicher, ob das für uns beide etwas Gutes oder etwas Schlechtes ist.«

Sie schluckte, und ihr kleiner, zarter Adamsapfel hüpfte dabei. »Also … ich hatte ganz recht damit, mir Sorgen zu machen. Du willst es nicht.«

Er vergrub sein Gesicht in ihren Nacken, atmete ihren blumigen, fraulichen Duft ein. »Mein Gott, ja, doch, ich will es. Ich weiß nur nicht, wie es gehen soll, Becca.«

»Das verstehe ich nicht, Sterling.« Ihre Hände waren in seinem Haar, zwangen ihn, sie anzusehen. Sie schaute ihm suchend in die Augen, Beklommenheit im Blick. »Du verwirrst mich.«

Er sah sie an und wusste um die tiefe Verzweiflung, die in seinem Blick lag. Aber er konnte sie nicht vertreiben. Er konnte diese Qual nicht durchdringen und hinter sich lassen. »Ich gehe Risiken ein, Becca. Ich bleibe nicht stehen. Ich denke nicht nach. Ich handele einfach. Und auf diese Weise rette ich Leben. Aber es ist immer *mein Leben* gewesen, das ich aufs Spiel gesetzt habe, nicht das eines anderen.«

»Du meinst meins«, sagte sie und verkrallte ihre Hand in seiner Brust. »Wir müssen es nicht tun.«

»Natürlich tun wir es«, erwiderte er mit rauer Stimme und küsste sie. Sie versuchte, Einwände zu erheben, und er küsste sie abermals. »Wir tun es.«

Er hob sie hoch, trug sie zum Bett und spreizte dabei ihre Beine, um die Intimität zwischen ihnen zu besiegeln. Ihr dunkles Haar wallte über das elfenbeinfarbene Kissen. Gott … sie war schön. Und sie war sein.

Sein Gewicht auf die Ellbogen gestützt, erklärte er: »Wir leben zusammen, und wir sterben zusammen. Und wir werden zusammen Leben retten.« Er griff zur Nachttischschublade, riss sie auf und ließ ein Taschenmesser aufspringen. »Von diesem Moment an.«

»Nein!«, protestierte sie und schloss ihre Hand um das Messer. »Nicht jetzt.«

»Becca, Liebling«, flehte er. »Vergiss, was ich gesagt habe. Ich hatte einfach Angst.« Das Gewicht dieses Eingeständnisses ließ Sterling tief durchatmen, und er richtete den Blick zur Decke, bis er die Fassung wiedergewonnen hatte. Dann sah er ihr fest in die Augen und ließ sie die Wahrheit in seinem Blick sehen. »Ich habe seit Jahren keine Angst mehr gehabt. Aber ich war auch seit Jahren nicht mehr so lebendig wie jetzt. Ich will es, Becca. Mit dem Rest werde ich schon fertig.«

»Du hast noch Zeit, um darüber nachzudenken«, wandte sie ein. »Wir können nichts tun, bis wir Dorian gefangen genommen haben.«

»Was hat Dorian damit zu tun?«

»Einer von uns muss überleben, um den Kampf fortzusetzen.«

»Nein, nein«, beharrte er. »Zusammen leben und zusammen sterben. Das ist nicht verhandelbar. Und sobald du dich mit mir verbunden hast, bist du ohnehin stärker und sicherer.«

»Und wenn das Lebensband mich irgendwie verwandelt? Wenn Dorian dann erkennen kann, dass ich anders bin, und ich dann kein Lockmittel mehr für ihn bin? Oder wenn ich dadurch meine besondere Fähigkeit verliere? Oder sich mein Bewusstsein auf irgendeine Art verändert? Wir dürfen all die Leben nicht riskieren, die wir unweigerlich verlieren werden, wenn wir ihn nicht fangen. Auf keinen Fall.«

Wie ein Schraubstock schloss es sich um Sterlings Brust. Er

wollte nicht, dass sie recht hatte. Aber sie hatte recht. Millionen Leben waren in Gefahr, solange das *Ice* weiterproduziert wurde. Die freie Welt hing an einem seidenen Faden, der jederzeit von Adam durchgeschnitten werden konnte. Alles schien um ihn herum zusammenzubrechen, als er begriff … er konnte Becca immer noch verlieren. Noch nie in seinem Leben war er so durcheinander gewesen, so bewegt.

Er flüsterte ihren Namen und drückte ihre Beine auseinander, drängte sich tief in sie hinein, wurde auf die einzige Art, die ihm möglich war, ein Teil von ihr. Lebensband hin, Lebensband her, sie war sein. Sie war in seiner Seele, in seinem Herzen. Wenn sie starb, wäre er vernichtet. Dann *wollte* er mit ihr sterben.

Becca erwachte aus einem warmen, dunklen Tunnel des Schlafs. Richtigen Schlafs. Der erste Schlaf, den sie sich seit Tagen wirklich gegönnt hatte – sie lag auf dem Bauch und war nackt. Ein träges Lächeln glitt über ihre Lippen, als sie an die vielen Dinge zurückdachte, die sie mit Sterling getrieben hatte. Es gab alle möglichen Gründe, besorgt und aufgeregt zu sein. Aber in diesen wenigen Sekunden gestattete sie sich, etwas zu sein, das sie seit Monaten nicht mehr gewesen war. Glücklich und verliebt. Wenn sie wirklich sterben musste, würde sie es als zufriedene, befriedigte Frau tun.

Sie stütze sich mit den Händen auf und begriff, dass der Herr und Meister dieser Befriedigung verschwunden war. Aus dem Wohnzimmer klang gedämpft, aber deutlich vernehmbar, das Geräusch von Männerstimmen, was sie die Stirn runzeln ließ. Schnell fand sie eine ausgeblichene Jeans aus weichem Stoff und ein T-Shirt. In ihrer drängenden Neugier, zu erfahren, was da im Gange war, verzichtete sie auf Schuhe. Nach einem kurzen Blick auf ihre Füße und ihre bleichen Zehennägel fragte sie sich, wie ein heißes Bad und roter Nagellack für sie je mehr hatten sein können als eine bloße pubertäre Ausschweifung.

Sie öffnete die Tür gerade in dem Moment, als Sterling sagte: »Ich habe Becca dir gegeben.«

»Du hast Becca Tad übergeben«, setzte Damion dagegen.

»Das hatten wir alles schon«, warf Michael ein. »Was haben wir davon, wenn wir ständig erneut darauf herumreiten? Ihr habt beide etwas anderes gesehen.«

»Tad war nicht Tad«, betonte Sterling. »Und Eddie war nicht Eddie.«

»Wer zum Teufel könnte Eddie denn sonst sein als eben der verdammte Eddie?«, fragte Michael barsch.

Plötzlich kam Becca Sterlings Erinnerung wieder ins Gedächtnis, wie er sie an Damion ausgehändigt hatte. Jetzt verstand sie. Er hatte sie Damion übergeben, und dann … war Damion einfach zu Tad geworden. Sie öffnete die Tür ganz, trat in den Raum und blieb hinter dem Sofa stehen. Michael lehnte ihr gegenüber an der Wand. Caleb saß in dem schwarzen Ledersessel zu ihrer Rechten, Damion in dem zu ihrer Linken. Er schien von seinen Verletzungen vollauf geheilt zu sein. Sterling stand allein zwischen ihnen in der Mitte.

Sie grub die Finger in das Sofakissen, bereitete sich innerlich auf die Reaktion vor, die der offenkundige Irrsinn ihrer Worte gewiss herbeiführen würde, und sagte: »Was, wenn Eddie Tad *war*? Was, wenn er die Gestalt von jedem annehmen kann, zu dem er werden will?«

»Tut mir leid«, erwiderte Damion. »Aber das ist nicht die Lösung. Kann sie nicht sein. Ich habe gesehen, wie Sterling dich Tad ausgehändigt hat. Wir können nicht zwei verschiedene Leute gleichzeitig gesehen haben. Sterling war im Delirium, hatte mehrere Green Hornets im Leib und stand möglicherweise auch unter Drogen. Vielleicht haben die Zodius eine Art Halluzinogen eingesetzt.«

Sterling wirbelte zu ihm herum. »Was, wenn er sich verwandelt hat, während ich Becca übergeben habe?«

Damions Lippen wurden schmal. »Das Timing müsste perfekt gewesen sein, und er müsste sich ganz genau in dem Moment verwandelt haben, als ich um die Ecke kam, aber ich nehme mal an, in der Welt, in der wir leben, ist alles möglich.« Er zog die Brauen zusammen und sah Sterling fest in die Augen. »Also glaubst du mir jetzt endlich? Du denkst nicht mehr, dass ich Becca an Tad ausgeliefert habe?«

»Ich glaube dir«, bestätigte Sterling.

Damion warf ihm einen verblüfften Blick zu und nickte.

»Ihr vertraut einander wieder«, sagte Caleb. »Fein. Und ob es nun ein Gestaltwandler oder ein Halluzinogen war, wir müssen handeln, als sei nichts so, wie es scheint, und auf der Hut sein. Legen wir das also zu dem Stapel mit unseren größten Problemen, von denen das allergrößte die Frage ist, wie wir an Dorian herankommen sollen.«

Sterling sah Becca mit einem Blick voller Verzweiflung an. »Becca«, begann er ernst, und seine Stimme klang gezwungen. »Becca ist immer noch die Antwort. Sie wollen sie haben. Wir müssen eine Möglichkeit finden, sie ihnen zu geben, ohne sie aber Tad zu geben. Wir müssen sicherstellen, dass Adam glaubt, er müsse sie selbst holen kommen. Wir müssen seine Soldaten aufstöbern, und Becca muss dabei sein, wenn sie umkippen. Wir töten sie. Adam hasst es, Männer zu verlieren, weil es ihn dazu zwingt, das wenige Serum, das er noch hat, einzusetzen, um seine Armee funktionsfähig zu halten.«

»Gehen wir noch einen Schritt weiter«, sagte Michael. »Wir nehmen Tad aufs Korn. Lassen ihn von der Bildfläche verschwinden.« Er hob die Stimme. »Ich sage, Tad muss sterben.

Wenn Becca diejenige sein kann, die das bewerkstelligt – umso besser.«

In ihrem hautengen türkisfarbenen Kleid, das einen reizvollen Kontrast zu ihrem roten Haar bildete und ihre Kurven an den richtigen Stellen zur Geltung brachte, fühlte sich Sabrina ganz als Madame, während sie den Aufzug des *Magnolia* verließ und den Weg zum Büro der Geschäftsführung einschlug, wo Tad – der sich für Marcus ausgab – auf sie wartete.

Sie hatten ihren alten Plan wieder aufgenommen – sie würde eine entscheidende Rolle dabei spielen, Rebecca Burns in den sicheren Tod zu führen, indem sie die Madame gab, die um ihr Leben bangte, weil sie mit Iceman ein doppeltes Spiel trieb. Auf diese Weise würde sie sich einen Weg in die Kreise der Renegades bahnen und Rebecca Burns nahe genug kommen, um sie töten zu können. Die Sache war perfekt. Sabrina hätte nicht glücklicher darüber sein können, dass Tads Plan vom vergangenen Abend gescheitert war. Jetzt würde sie zeigen, was sie alles draufhatte und wie wertvoll sie sein konnte; würde dafür sorgen, dass sie Tads Lebensband wurde, und ihr Hoheitsgebiet in Zodius City abstecken. Dort würde man sie wie eine Prinzessin behandeln – wie er es versprochen hatte. Sie war es müde, sich für alles und jeden abzurackern, Geld und Männern hinterherzujagen, mit Mühe und Not ihre Rechnungen abzustottern. Sie hatte gedacht, Iceman wäre ihre Fahrkarte, um aus dieser Hölle herauszukommen. Er hatte allen möglichen Müll über die Beherrschung der Welt verzapft, und dann war er böse auf die Nase gefallen. Sie wollte dort sein, wo die Fäden der echten Macht zusammenliefen.

Weichen Plüschteppich unter ihren Absätzen, klopfte Sabrina an die Tür. Als sie sich öffnete, stolzierte sie in das Büro aus kostbarem Mahagoni und mit geschmackvoll an den Wänden arrangierten teuren Kunstwerken. Doch das sinnliche Lächeln auf ihren roten Lippen verschwand: Marcus saß auf seinem Bürostuhl, geknebelt und gefesselt. Lebendig.

Sie wirbelte zu Tad herum, und trotz ihres Schrecks entging ihr nicht, wie scharf und attraktiv er aussah. Ganz in Leder ausstaffiert, wirkte er wie eine bösartige Kampfmaschine. Er war nicht schön, nicht einmal ansatzweise. Aber er wirkte tödlich – roh und rau.

»Ich habe gedacht, du hättest ihn getötet«, sagte sie.

»Ich habe ihm etwas *Ice* in die Kehle gekippt und ihn dadurch gerettet«, erwiderte Tad. »Er ist ein Geschenk für Adam. Adams Feinde werden vor der ganzen Stadt an die Wölfe verfüttert – bei lebendigem Leib aufgefressen. Sorgt für eine interessante Abendunterhaltung.«

Selbst Sabrina, die doch wusste, was für ein kaltherziges Biest sie sein konnte, verspürte bei dieser Vorstellung Übelkeit in sich aufwallen. Marcus – ehedem ihr mächtiger, unverzichtbarer Iceman – machte hinter ihr wilde, tierähnliche Geräusche. Er war verzweifelt, und sie konnte es ihm nachfühlen. Wer wollte schon als Hundefutter enden.

Tad begab sich zum Schreibtisch und lehnte sich an die Tischkante, den Rücken Marcus zugewandt, der sinn- und nutzlos gegen seine Fesseln ankämpfte.

Tänzelnd schritt sie auf Tad zu. »Also, wie sieht unser Plan aus?«

»Wir werden Adam geben, was er will: seinen Verräter, gefesselt und geknebelt; die Antwort auf die Frage, warum die Leute gestorben sind; Massenvertrieb von *Ice*; die Kontrolle über dieses Casino und die mit ihm verbundenen Häuser.«

Sie schmiegte sich an ihn, und er zog sie roh zwischen seine Beine. »Ich habe genau das getan, wovon die Renegades glaubten, dass ich es nicht tun würde.« Er griff in ihr Haar, zog ihren

Mund an seinen und rieb die Zunge an ihrer. Seine Lust kennzeichnete sie mit seinem Zeichen, so wie sie bald auch seinen Feind kennzeichnen würde. Und sie würde ihren großen Auftritt haben, wenn die Show losging.

32

»Mischen!«, rief der Croupier.

Sterling entspannte sich. »Danke, lieber Gott, die Qual hat ein Ende, wenn auch nur für ein paar Minuten«, brummte er und hielt überall im Casino Ausschau nach einem Anzeichen von Sabrina Walker, der rothaarigen Cocktail-Kellnerin, von der Marcus behauptet hatte, sie sei *Ice*-Dealerin.

»Schon irgendeine Spur von ihr?«, fragte Becca neben ihm und presste ihr Bein an seines.

Er war sich jeder ihrer Bewegungen bewusst, jeder ihrer Berührungen, selbst des Augenblicks, wenn sie eine Dosis von diesem verfluchten *Ice* einnehmen musste, das sie am Leben erhielt. Es brach ihm das Herz, sie mit all diesen Drogen vollzustopfen und dann in diesem Casino aller Welt vorzuführen, um dadurch Tad zu einem Mordversuch einzuladen. Für Sterling war es, als wollte er mit dem Sensenmann seinen Spott treiben – so einen Mist machte man nicht, wenn man nicht den Gestank in der Nase haben wollte, der sich aufdrängt, sobald man die Radieschen von unten sieht.

Sterling wollte, dass die ganze Sache endlich ein Ende hatte. Er wollte sie in Sicherheit wissen. Und er hatte klargestellt, dass sie ohne ihn nicht einmal auf die Toilette gehen würde. Es kümmerte ihn einen feuchten Dreck, ob sie sich in die Hosen machen und diese hübschen schwarzen Jeans besudeln musste, die ihren Hintern so perfekt umschloss.

»Noch nicht«, antwortete er. »Aber auf ihrem Dienstplan steht: Freitag, fünf Uhr. Und jetzt haben wir Freitag, fünf Uhr.«

»Marcus hat auch gesagt, dass sie im Hotel wohnt, aber du hast deine Leute nach ihr Ausschau halten lassen, und sie hat sich bis jetzt noch nicht blicken lassen«, rief ihm Becca ins Gedächtnis.

»Sie wird kommen«, beteuerte Sterling. »Denn ob Marcus nun für Tad arbeitet, von Tad verfolgt wird oder sich Tad als Marcus ausgibt – diese Frau ist unsere Verbindung zu ihm. Wir finden sie. Oder er findet uns.«

»Wir sitzen hier an einem Blackjack-Tisch«, gab sie zu bedenken. »Und die einzige Person, die uns hier nicht finden kann, ist die Kellnerin mit den Freigetränken. Überall sind Kameras.«

»Sind Sie dabei?«, fragte der Croupier.

»Klar doch«, antwortete Becca und schob einen Chip für sie beide über den Tisch.

»Bingo!«, murmelte Sterling. »Fünf Uhr kommt in unsere Richtung.«

»Die richtige Bezeichnung für dieses Spiel lautet Black Jack«, neckte Becca, schaute möglichst unauffällig in Richtung der Frau und beobachtete, wie sie die Bestellung eines Mannes aufnahm. »Oh ja. Du hast recht. Sie ist deine Anruferin, diese Madame. Sie hat dieses Flair einer Königin, das andere Frauen so verabscheuen.«

»Karte?«, fragte der Croupier.

Becca warf einen Blick auf den Tisch und stupste Sterling an. »Du hast dreizehn. Der Croupier hat zwölf. Er sollte sich überkaufen. Jedenfalls laut Regelbuch. Du solltest keine Karte mehr nehmen.«

Er warf ihr einen ungläubigen Blick zu. »Woher weißt du das alles?«

»Ein Haufen Typen bei der NASA haben andauernd gespielt.« Sie lächelte. »Okay. Und ich habe auch gespielt.« Sie deutete auf den Tisch. »Nimm keine Karte mehr.«

»Na schön«, erwiderte er und sah den Croupier an. »Keine Karte.«

Der Croupier wirkte leicht verärgert, und Becca fuhr sich mit der Zunge über die Unterlippe. Ihre Augen funkelten amüsiert. »Jetzt mach das Beste aus deinem Blatt.«

Sterling küsste sie, weil ihre Lippen so glänzten und so verführerisch waren, saugte tief ihren süßen Duft in sich ein, den er ein Leben lang einatmen wollte. Dann fuhr er mit seiner Hand durch die Luft.

Der Croupier drehte Sterlings Karten um und stapelte neues Geld auf Sterlings Feld.

»Du gewinnst weiter«, stellte Becca fest.

Sterling schob das Geld zum Croupier zurück. »Trinkgeld.« Dann sah er Becca an. »Das ist der Grund, warum ich nicht spiele.«

»Weil du gern gewinnst?«

»Weil ich mein Glück nicht an einem verfluchten Pokertisch aufbrauchen will, sondern dort, wo ich es wirklich nötig habe«, antwortete er und deutete auf Ursache und Ziel ihres Casinobesuchs.

»Sabrina« oder »Madame« fixierte ihn mit zusammengekniffenen Augen und wirkte unruhig und ängstlich. Gespielt unruhig und ängstlich. Sterling war kein Idiot, und sie war keine gute Schauspielerin. In ihrem tief ausgeschnittenen Cocktailkleid, das ihre Brüste kaum verdeckte, kam sie auf sie zugetänzelt. Sie war hübsch, auf Schlampenart – der »Wir-begegnen-uns-eh-nie-wieder«-Typ, bei dem man am nächsten Morgen auf Nimmerwiedersehen aus dem Bett schlüpft. Der Typ Frau, den er bevorzugt hatte, bevor Becca in sein Leben getreten war. Der Typ Frau, der dafür stand, wie seicht und leer sein Leben gewesen war.

»Und auf geht's«, flüsterte Becca.

»Sind Sie dabei?«, fragte der Croupier erneut.

Sterling fasste ihn scharf ins Auge. »Nein, bin ich nicht, und ich gebe Ihnen ein verdammtes Trinkgeld dafür, wenn Sie endlich aufhören, mich das zu fragen.«

Sabrina erschien neben ihrem Tisch und hielt nicht allzu diskret direkt auf Sterling zu, wobei sie Becca gar nicht zu beachten schien, die nun ihrerseits Sterling einen gereizten Blick zuwarf. »Ich weiß nicht, wie Sie dahintergekommen sind, wer ich bin, aber Sie sollten sich besser bemühen, unauffällig zu bleiben und die Sache glatt über die Bühne gehen zu lassen – oder Sie bringen mich direkt ins Grab. Die Geschäftsbedingungen bleiben unverändert. Also, wenn Ihr Boss nicht bereit ist, meine Bedingungen zu erfüllen, hat sich die ganze Angelegenheit zusammen mit Ihrer Getränkebestellung erledigt.«

Sie *war* also Madame, und sie hatte keine Ahnung davon, dass Marcus ihn im Rahmen einer speziellen Abmachung zu ihr geschickt hatte. Oder zumindest wollte sie ihn das glauben machen. »Er ist dazu bereit«, bekräftigte Sterling.

Sie legte den Kopf schräg und taxierte ihn, als würde sie die Verlässlichkeit seiner Antwort abwägen. »Alles klar. Ich habe um neun Pause.« Sie warf einen Blick auf Becca und schaute dann wieder Sterling an. »*Crystal's Dress Shop* im Forum. Dort gibt es keine Kameras. Umkleidekabine Nummer zwei. Und Ihre Frau kommt reinmarschiert. Nicht Sie. Und wenn sie nicht aushandeln kann, was ich will, verschwinde ich.«

Damit ging sie zum nächsten Tisch weiter und ließ Sterling in der absoluten Gewissheit zurück, es hier mit einer weiteren Falle zu tun zu haben – mit Becca als Opfer.

Sein und Beccas Blick trafen sich, und trotz all der Mühe, die sie sich heute gegeben hatte, einen unbeschwerten Plauderton anzuschlagen, sah er die ängstliche Beklommenheit in ihrem Blick. Doch er spürte auch, wie sich um ihre Angst herum Wellen nervöser Energie ballten, machtvoll von ihr ausstrahlten und auf ihn übergriffen.

Es spielte keine Rolle, dass sie hierhergekommen waren, um die Gefahr zu suchen, und auch nicht, dass sie sie jetzt gefunden hatten. Er wollte keine Gefahr, nicht wenn Becca zugegen war. Wie schaffte es Michael nur, sich auf den Kampf zu konzentrieren, ohne sich vor Angst um Cassandra in die Hosen zu machen? Sterling war nicht gut darin. Nie zuvor hatte er sich um Leben oder Sterben geschert. Er hatte im Augenblick gelebt, sich auf seine Instinkte verlassen und ein Risiko nach dem anderen auf sich genommen. Er sagte sich, dass er an das größere Ganze denken sollte, dem er diente, statt an die eine Frau, die ihm ans Herz gewachsen war. Doch hier saß er nun, hatte zugleich dem größeren Ganzen gerecht zu werden und ihre Sicherheit zu gewährleisen, und er konnte nur noch daran denken, dass da eine Tür war und er nichts lieber wollte, als sich Becca über die Schulter zu werfen und mit ihr davonzulaufen.

Beccas Fassade der ruhigen Gelassenheit, die sie Sterling zuliebe den ganzen Tag über krampfhaft aufrechterhalten hatte, begann zu bröckeln und hatte sich schnell in Nichts aufgelöst.

»Ich konnte nicht in ihren Kopf sehen«, sagte sie und versuchte, nicht in Panik zu geraten. Sie hatten das Forum fast erreicht, nachdem sie, um den Schein zu wahren, noch einige weitere Runden am Blackjack-Tisch sitzen geblieben waren.

Sterling zog sie hinter eine Reihe Spielautomaten, die Hände auf ihren Schultern. »Du bist nervös. Wird schon klappen.«

»Was ist, wenn *sie* Tad ist?«

Es schüttelte ihn sichtlich. »Oh, da hast du mir aber eine

wirklich sehr, sehr unangenehme Vorstellung in den Kopf gesetzt. Nein, sie ist nicht Tad. Das verspreche ich dir. Er mag sich verwandeln können, aber ich bezweifle, dass er einen so übertriebenen Gang hat.«

Sie legte die Stirn in Falten. »Du fandest ihren Gang übertrieben?«

Er lächelte und strich ihr übers Haar. »Wie der eines Callgirls, Liebling.«

»Oh. Ja. Kann ich nachvollziehen.« Ein weiterer schrecklicher Gedanke stieg in ihr auf. »Was ist, wenn mein Schild nicht funktioniert?«

»Versuch es doch mal.«

»Caleb meinte, das solle ich nicht tun. Er sagte, ich würde dadurch Dorian darauf aufmerksam machen, dass ich weiß, wie man ihn einsetzt, und ihm außerdem Zeit geben, meinen Schild auszukundschaften und ihn vielleicht zu umgehen. Ich hätte diese Frau gern berührt und versucht, auf diese Weise ihre Gedanken zu lesen, aber das war mir dann doch zu offensichtlich.«

»Erstens«, erwiderte Sterling, »habe ich keinerlei Grund zu der Annahme, dass Dorian heute hier aufkreuzen wird. Der wird sich erst blicken lassen, sobald Adam versucht, dich auf konventionellere Weise aus dem Weg zu räumen – mit gutem, altmodischem Mord. Aber wenn er das tut, haben wir die Waffen, die du und Kelly entwickelt haben.«

»Von denen wir nicht wissen, ob sie funktionieren werden«, rief sie ihm ins Gedächtnis. »Und Dorian ist schon einmal auf mich losgegangen. Du kannst unmöglich wissen, ob er nicht doch heute hier auftauchen wird, ja nicht einmal, wie nah er mir sein muss, um mein Bewusstsein wieder anzugreifen.«

»Du hast einen Schild«, gab Sterling zu bedenken. »Caleb ist im Hotel, für den Fall, dass du zusätzlichen Schutz benötigst.

Und Adam wird seine wichtigste Waffe und die Quelle des *Ice* nicht ohne einen verdammt guten Grund riskieren.«

»Ja, gut, diese Waffe ist wirklich sehr mächtig«, räumte sie ein. »Ich bin mir nicht sicher, ob es für Dorian überhaupt ein Risiko gibt, das er in Erwägung zu ziehen hat. Er ist so stark.«

»Liebling«, sagte Sterling leise. »Bitte. Du machst dich nur verrückt. Probier einfach mal schnell aus, ob dein Schild funktioniert, und leg ihn dann wieder ab – aber behalte ihn lange genug, um dir die Sicherheit zu geben, dass er da ist.«

Becca zwang sich, ihren Atem zu beruhigen, und tat wie geheißen. Sie richtete ihren Schild auf, fühlte das Wohlbehagen zu wissen, dass er da war, löste sich dann widerstrebend aus der Sicherheit, die er ihr gab, und legte ihn ab.

»Und?«, fragte Sterling.

Sie nickte.

Er verzog die Lippen zu einem leisen Lächeln. »Gut.«

»Ich hätte sie doch berühren sollen«, meinte sie. »Dann würde ich jetzt wissen, ob sie die Wahrheit gesagt hat. Vielleicht braucht sie wirklich unsere Hilfe.«

»Und ich glaube, ich fange an, Black Jack richtig zu mögen«, erwiderte er. »Die potenzielle Versuchung verwandelt sich nur allzu leicht in Sucht. Mit anderen Worten: Gefahr und potenzielle Gefahr sind Jacke wie Hose.«

»Sie hat uns gewarnt. Sie hat uns Zeit gegeben, uns vorzubereiten. Warum sollte sie das tun, wenn sie plant, uns anzugreifen?«

»Jedenfalls nicht, weil sie auf ihre Pause wartet«, antwortete Sterling. »Rede dir bloß nicht ein, dass sie nichts Schlimmes vorhat – das verleitet dich nur zur Unachtsamkeit.«

Becca schlang die Arme um ihre Brust. »Das werde ich nicht tun. Ich weiß schon.« Aber er hatte recht. Es war genau das, was sie zu tun versuchte.

»Wahrscheinlicher ist, dass sie erst einmal denjenigen anrufen musste, für den sie arbeitet, wer auch immer das sein mag – Marcus, Iceman, Tad. Und dann musste sie die Vorbereitungen für das treffen, was auch immer in dieser Umkleidekabine stattfinden wird«, gab Sterling zu bedenken.

33

Dreißig Sekunden. Exakt so lange wartete Sterling, nachdem Becca in den Laden gegangen war, bis er ihr folgte – durchgeplante, abgezählte Sekunden, die die längsten seines Lebens waren. Er brauchte zehn weitere, um den Eingang und ein paar Reihen von Kleidern zu passieren, seine versteckte Waffe zu ziehen und den Vorhang zu Kabine Nummer zwei aufzureißen.

Sabrina lümmelte mit überkreuzten Beinen in einem roten Samtsessel. Steif und verkrampft saß Becca in einem weiteren Sessel neben ihr; Gott sei Dank unversehrt.

Jetzt, wo er wieder atmen konnte, ließ er den Blick zur Decke wandern, über die Wände, den großen, an einer Wand angebrachten Spiegel, um dann wieder an Sabrina hängen zu bleiben.

»Eine schöne Ménage-à-trois mit einer großen Kanone? So etwas habe ich schon immer genossen«, schnurrte Sabrina. Mit ihrem rot lackierten Fingernagel deutete sie in den Raum hinter Sterling. »Aber ziehen Sie den Vorhang zu, bevor wir anfangen.«

Er hielt die Waffe auf Sabrina gerichtet. »Becca, mach du das«, sagte er.

Sie stand auf und schloss den Vorhang, um sich dann dicht an Sterlings Seite zu halten, als wollte sie sich an ihn klammern, falls er sich zum Gehen entschied.

Sabrina seufzte. »Ihr beide leidet offensichtlich an irgendeiner Art von Paranoia, also will ich gleich zur Sache kommen und euch gehen lassen, damit ihr woanders durchdrehen könnt.

Ich habe Ihrer Freundin eine Karte gegeben, auf der die Namen von fünf meiner Dealer stehen. Ein Zeichen meines guten Willens.«

Sterling warf Becca einen Seitenblick zu, und sie hielt eine Karteikarte hoch.

Sabrina fuhr fort: »Ich kann Ihnen Iceman liefern, sein Lagerhaus, seine Dealer und seine Süchtigen. Sie geben mir, worum ich gebeten habe – Schutz ohne alle bösen Folgen für mich. Sagen Sie Ihrem Boss, er hat vierundzwanzig Stunden Zeit, um sich zu entscheiden.«

Sie stand auf, und Sterling trat zur Seite, um ihr Platz zu machen. Sie blieb stehen, allzu nah vor ihm, und fügte hinzu: »Kommen Sie nicht hierher zurück. Ich werde Sie anrufen. Wenn Sie durch Ihr Verhalten meinen Tod verursachen – wer soll Ihnen dann all die interessanten Geheimnisse liefern?«

Sie schlüpfte durch den Vorhang und verschwand. Sterlings Instinkte schrien Alarm. Was immer sich hier abgespielt hatte, es gehörte ebenfalls in die Kategorie »Anders, als es den Anschein hat«. Er hatte ein ungutes Gefühl – die Art von ungutem Gefühl, die Albträume wie Märchenidyllen erscheinen ließ. Er griff nach Beccas Arm. Sie begaben sich in Richtung des nächsten Ausgangs – in der Absicht, von dort mit dem Wind zu verschwinden.

Außer Becca hatte niemand aus dem Lager der Renegades Dorian je gesehen, und so hatte der Junge unbemerkt an den Scharen von Renegades und Casino-Angestellten vorbeigehen und sich direkt ins Büro der Geschäftsleitung des Hotels begeben können, wo Tad auf ihn wartete.

Tad sah zu, wie Dorian, die Augen im Kopf zurückgerollt, in einen Zustand der Versenkung eintrat. Er wartete auf die Neuigkeit von Rebecca Burns Tod. Die Wand hinten links zeigte Kameraaufnahmen der Umkleidekabine, und Tad wurde langsam richtig nervös.

Sabrina hatte den Raum verlassen, und jetzt gingen auch Sterling und diese Frau, die Burns. Tad hätte es vorgezogen, das Miststück aus einiger Entfernung zu erschießen, aber nach den *Ice*-Todesfällen konnte jede weitere Gewaltanwendung im Hotel unerwünschte Aufmerksamkeit seitens des Militärs auf sich ziehen.

Abrupt rollten Dorians Augen wieder in ihre richtige Stellung. »Aus dieser Entfernung kann ich ihr Bewusstsein nicht ohne eine nachverfolgbare Emotionsspur erreichen«, sagte er. Er richtete das Wort sowohl an Tad als auch Adam, der via Freisprechfunktion zuhörte.

»Sie bewegt sich Richtung Tür«, berichtete Tad an Adam. »Sag nur ein Wort, und ich werde meinen Männern befehlen, sie zu erschießen.«

»Ich gehe zu ihr«, erklärte Dorian, bereits auf dem Weg zur Tür.

Verflucht noch mal! Wenn diesem Jungen irgendetwas zustieß, würde Tad nicht nur seine Fähigkeiten verlieren – Adam würde ihn umbringen. »Dorian! Nein!« Es war zu spät. Dorian war zur Tür hinaus, und er war viel zu stark, als dass Tad ihn hätte aufhalten können.

»Richte deinen Schild auf«, befahl Sterling, während er mit Becca auf den rückwärtigen Teil des Casinos und die Tür zueilte, die er und Caleb als Rückzugsbereich vereinbart hatten. Dort wartete Verstärkung.

»Ich habe gedacht …«

»Keine Widerrede«, unterbrach er sie barsch. Jede ungeschützte Sekunde bedeutete ein Risiko für sie.

»Du glaubst, Dorian ist hier«, sagte sie ängstlich.

»Ich weiß nicht, was ich glaube«, antwortete er. »Einmal davon abgesehen, dass meine Instinkte Alarm schreien, und wenn sie schreien, höre ich zu.«

»Nein«, beschloss sie. »Ich richte meinen Schild nicht auf.«

Im Schutz einer Menschenmenge blieb Sterling wie angewurzelt stehen und funkelte sie erzürnt an. »Was meinst du damit?«

»Ich will, dass das Ganze ein Ende hat, Sterling«, erklärte sie. »Ich will, dass es vorbei ist. Wir gehen jetzt durch diese Tür, ohne dass mein Schild aufgerichtet ist, und wir bringen uns auch nicht per Windwalking in Sicherheit. Wir müssen der Sache ein Ende machen. Niemand ist sicher, solange Dorian frei ist. Wir können nur hoffen, dass deine Instinkte deshalb Alarm schreien, weil sich uns jetzt eine Gelegenheit bietet, ihn zu fangen.«

Sterling stand wie versteinert da, und der Lärm der Spielautomaten und der lauten Rufe ringsum verschmolz zu einem wirbelnden schwarzen Höllenschlund. Nein – er würde sie packen und sie mit dem Wind in Sicherheit bringen, sobald sie das Gebäude verlassen hatten.

Sie drückte ihm eine Hand auf die Brust, als spürte sie seine Entscheidung. »Wir versuchen, ein Monster aufzuhalten, bevor es die Welt in seine Fänge bekommen kann. Jetzt ist für dich der Moment gekommen, dass du lernst, nicht nur an deinen Beschützerinstinkt zu denken. Wenn du unter den jetzigen Umständen nicht unvoreingenommen handeln kannst, dann hattest du recht damit, an dir und an uns zu zweifeln, denn dann du wirst es nie können.«

Große Klarheit überkam Sterling. Sie irrte sich. Er würde für jeden dasselbe tun. Okay, für Becca mit noch ein klein wenig mehr Hingabe, das ließ sich nicht leugnen. Aber er rettete Leben. Er ging Risiken ein, damit anderen nichts zustieß. Er griff nach ihrer Hand. Sie würden von hier verschwinden. Sie schrie auf, während er sie vorwärtsriss und sich einen Weg durch die Menge bahnte. Sobald sie aus dem Bereich der Eingangskameras heraus wären, würden sie mit dem Wind reiten.

»Warte!«, forderte Becca, als Sterling die Tür aufstieß – nur um erleben zu müssen, wie sie plötzlich in die Knie ging.

»Becca!«, brüllte er und bückte sich, um sie hochzuheben, doch in seinem Kopf explodierte ein stechender Schmerz. »Oh Gott.« An irgendeinem fernen Ort konnte er Becca wimmern, konnte Menschen schreien hören. Irgendwie schaffte er es, sich in eine sitzende Position zu zwingen, und, gütiger Gott, überall lagen leblose Körper herum.

Becca hatte sich eingerollt wie ein Baby im Mutterleib, und plötzlich stand ein kleiner Junge über ihm. Sofort fand sich Sterling in dem hypnotisierend tödlichen Blick des Jungen gefangen – die Augen glänzten statt schwarz eher wie helles Silber.

»Sterling!«, ertönte Damions Ruf von hinten.

Der Junge hob die Hand, und Glas zersplitterte – eine wilde Detonation, die mitten in den Schmerz in seinem Kopf fuhr und ihn würgen ließ. Aber irgendwie gelang es ihm, sich über Becca zu werfen. Schreie durchdrangen die Luft, dann völlige Stille. Eine bleischwere Gewalt, die sich wie eine Decke über ihn legte, ersetzte das splitternde Glas. Verfluchte Scheiße. Becca hatte recht. Dieser Junge war ein Albtraum. Die Einzigen, die ihnen vielleicht helfen konnten, waren diejenigen, die sich im Innern des Casinos befanden. Und nicht einmal das wusste er; es konnte auch hier noch eine unüberwindbare Mauer geben.

Sterling beugte sich vor und griff nach der Nikotinwaffe in seinem Gürtel. Kugeln wären jetzt erheblich beruhigender gewesen – allein schon die Stärke, die es ihm verlieh, die Knarre zu heben, hätte ihn viel sicherer gemacht. Das Kreischen in seinem Kopf zog alle Kraft aus ihm heraus, raubte ihm die Energie.

»Genug, Dorian«, ertönte Calebs Stimme.

»Onkel?«

Onkel, das hieß: Caleb. Selbst in seinem gegenwärtigen Zustand, fast wahnsinnig vor Schmerz, hörte Sterling in Dorians Stimme die wunderliche Faszination, die Caleb auf ihn ausübte – unter dem Bösen steckte noch immer das Kind, für das der Onkel eine Art Idol war.

»Hast du dich jetzt entschieden, dich uns anzuschließen?«, fragte Dorian. »Vater wird sich freuen, dich zu sehen.«

»Hör auf, der Frau wehzutun«, befahl Caleb. »Und wir werden zusammen zu deinem Vater gehen.«

Sterling konnte spüren, wie Becca unter ihm zitterte und schluchzte. Und er wusste, wenn Caleb ihr irgendwie helfen könnte, dann würde er das jetzt auch tun. Er musste bereits all seine mentale Energie aufgebraucht haben, um überhaupt hierherzukommen.

Aber Sterling sah seine Chance – trotz des unverminderten Kreischens in seinem Kopf. Er sagte sich, dass er jetzt feuern musste, und er zwang seine Hand, sich zu regen. *Schieß, solange Dorian beschäftigt ist.* Er musste die Waffe abfeuern.

»Ich enttäusche Vater nur ungern«, fuhr Dorian fort.

»Wenn du mich zu deinem Vater bringst«, meinte Caleb, »verspreche ich dir, dass er dir alles andere verzeihen wird.«

Sterling zielte mit der Waffe und feuerte, wieder und wieder, aber im selben Moment sprach Dorian weiter: »Das glaube ich nicht.« Er hob die Hand, und jene Sperrmauer, die das Glas ersetzt hatte, stürzte auf sie herab und zermalmte Sterling und Becca mit der Wucht eines Sattelschleppers.

Und dann war die Mauer plötzlich wie weggeblasen – als hätte Dorian oder vielleicht Caleb sie irgendwie zerstört. Sterling rang nach Luft und griff nach Becca, drehte sie um und fand keinen Puls. Er brüllte vor Entsetzen. Verzweifelt begann er mit Wiederbelebungsmaßnahmen – zum zweiten Mal, seit er sie kennengelernt hatte.

Am Rande seines Gesichtsfelds nahm er wahr, dass Dorian flach auf dem Boden lag; der Beweis dafür, dass die Nikotinmunition bei ihm mehr als nur funktioniert hatte: Sie hatte auch die von Dorian aufgerichtete Mauer zum Einsturz gebracht. Damion packte Dorian und verschwand mit ihm im Wind, während Caleb und Adam in direkter Konfrontation voreinander hintraten. Michael bezog neben Caleb Position. Dann war Marcus an Adams Seite, um sich im nächsten Moment in Tad zu verwandeln.

Sterling wandte sich ab und konzentrierte sich nur auf Becca, suchte weiter erfolglos nach einem Puls. »Nein!« Das Wort stieg brüllend aus seinen Lungen, erfüllt von Schmerz und der Unmöglichkeit, sie zu verlieren. Er hätte sie niemals ohne ein vollständiges Lebensband hierherkommen lassen dürfen; ohne das Band, das sie geschützt hätte, sie stärker und sicherer gemacht hätte, das es ihr ermöglicht hätte, von Grund auf zu gesunden, weit über das hinausgehend, was das *Ice* ihr je zu geben vermochte.

Verzweiflung stieg in ihm auf, und er griff nach einer Glasscherbe, schlitzte zuerst seine Hand auf, dann ihre – presste sie zusammen, wollte Becca durch die Vervollständigung ihres Bands zum Leben zwingen. Er setzte sich rittlings über sie, hielt sie an sich gedrückt und flehte sie an zu leben. »Komm schon, Liebling. Komm schon.«

Und dann, endlich, hustete und blinzelte sie. Er hatte keine Ahnung, warum, aber sie weinte, als sie sich aufrichtete und die Arme um ihn schlang.

»Sag mir, dass mit dir alles in Ordnung ist«, flüsterte er. »Bitte. Sag mir, dass es dir gut geht.«

»Ja«, antwortete sie. »Mir geht's gut. Haben wir Dorian erwischt? Hat es funktioniert?«

»Damion hat ihn«, erwiderte Sterling, wieder einmal erstaunt, wie mutig sie war. »Ich hoffe, das bedeutet, dass es vorüber ist.«

Sie befeuchtete sich die Lippen. »Hast du … haben wir …?«

»… unser Lebensband vervollständigt? Darauf kannst du Gift nehmen, und jetzt kommst du nie mehr von mir los.«

Ein leises Lächeln erschien auf ihren Lippen. »Und du kommst auch nie mehr von mir los.«

Er küsste sie, nahm sie auf die Arme, dann drehte er sich um und sah Caleb und Michael zurückkommen. Sirenen heulten auf, grell und schneidend, Dutzende von ihnen.

Überall um ihn herum richteten sich Menschen auf, erwachten aus ihrer Bewusstlosigkeit, Gott sei Dank alle am Leben. Sterling konnte die Schlagzeilen von morgen vor sich sehen: »Terroristenbombe in Casino gezündet.« Oder: »Wütender Glücksspieler dreht durch.« So oder so, es würde einen ziemlichen Schlamassel geben, um den sie sich kümmern mussten.

»Es ist vorüber«, verkündete Caleb. »Adam ist kein solcher Idiot, sich den Zorn der Army oder der Renegades zuzuziehen, wenn er keinen sicheren Erfolg erwartet. Ihm geht es um das große Ganze, den Beherrsche-die-Welt-Scheiß.«

»Aber merkt euch, was ich sage«, ergriff Michael das Wort. »Er wird Dorian holen kommen, und das eher früher als später. Für den Moment jedoch ist ihre *Ice*-Produktion offiziell zum Erliegen gekommen.«

Caleb sah Becca an. »Du warst sehr mutig.«

»Ja, das warst du«, murmelte Sterling und schaute mit mehr

als nur Liebe im Blick auf sie herunter – er spürte Stolz und Bewunderung.

Sie lächelte zu ihm empor. »Da siehst du mal, was passiert, wenn du einmal darauf hörst, was ich dir zu sagen habe.«

Er lachte, wohl wissend, dass sie noch reichlich Zeit haben würden, darüber zu streiten, wer von ihnen das Sagen hatte. Im Moment wollte er sie einfach zu Kelly bringen und dafür sorgen, dass sie sicher war. Und dann wollte er mit ihr ins Bett gehen und sie dort für eine Ewigkeit an seiner Seite haben – oder eben so lange, wie sie ihn haben wollte.

Adam kehrte zu den Zodius zurück, wobei er sich der Tatsache sehr bewusst war, dass sein Sohn nicht an seiner Seite war. Doch ihn verband eine mentale Verknüpfung mit Dorian, und durch ihn würde er Caleb dazu bewegen können, sich ihm anzuschließen. Die Welt hatte ihre eigenen Wege, das Schicksal Gestalt werden zu lassen, und der heutige Tag bildete da keine Ausnahme. Kein Zweifel: Das Schicksal nahm bereits seinen Lauf.

Er hatte Tad im Casino zurückgelassen. Um Verzeihung hatte er gebettelt und sich gekringelt wie ein jämmerliches Insekt, während er verzweifelt nach Möglichkeiten gesucht hatte, ohne *Ice* seine falsche Identität als Marcus aufrechtzuerhalten.

Adam war nicht so kurzsichtig, Marcus zu töten, bevor es an der Zeit war; allerdings hatte er nicht vor, Tad in die Einzelheiten einzuweihen. Sollte er Marcus foltern? Natürlich. Ihn töten? Die Zukunft würde es zeigen. Zuerst musste Adam seine etwaige Nützlichkeit durchdenken. Marcus' Einfluss auf jene unter die Lupe nehmen, die Adam kontrollieren wollte.

Er fand Ava, seine Frau, in den Frauenquartieren, wo sie sich in der Mitte des Raums auf einem Samtsessel fläzte. Pralinen und Obst prangten auf den langen Tischen, und in jeder

Ecke standen Rosen. Menschliche Frauen, ihre Anhängerinnen, umringten sie, begierig darauf, zukünftige Mütter ihres neuen »perfekten« Stammbaums zu werden. Avas Fähigkeit, sie mit ihrer Geisteskraft zu manipulieren, damit sie dann seine Männer mit ihren Körpern verführten, war erregend. Allerdings erregte Adam ohnehin absolut alles an seinem so sinnlichen Lebensband.

Gemächlich schlenderte er zu dem Polstersessel hinüber, und die Frauen um ihn herum rissen sich förmlich darum, ihm alle etwaigen Wünsche von den Augen abzulesen. Ihr König war eingetroffen. Er setzte sich und zog Ava an sich. »Dorian hat das Lager der Renegades infiltriert.«

Bangigkeit machte sich auf ihrem hübschen herzförmigen Gesicht bemerkbar. »Bist du dir auch sicher, dass Caleb eher versuchen wird, ihn zu resozialisieren, als ihn zu töten?«

»Dorian ist ein Kind«, erwiderte Adam. »Natürlich wird Caleb es mit einer Resozialisierung versuchen. Und er wird auch glauben, damit Erfolg gehabt zu haben.« Er küsste sie. »Alles ist gut, meine Liebste. Und mit der Zeit wird es nur noch besser werden.«

Sabrina warf sich die Reisetasche über die Schulter und eilte die Treppe ihrer Wohnung hinunter. Sie konnte Tad nicht finden, und angesichts des Durcheinanders im Hotel war sie sich ziemlich sicher, dass sein Plan katastrophal schiefgegangen war. Was bedeutete, dass Adam ihn und jeden, der sich in seiner Nähe befand, töten würde. Sie musste verschwinden. Schnell.

Sie verließ das Gebäude durch den Hinterausgang. Der Parkplatz war dunkel. Ein feiner Nieselregen setzte ein. Mit nervös flatternden Nerven und einem mulmigen Gefühl im Magen rannte sie zu ihrem Wagen, so gut es ihre über den Asphalt klappernden Absätze zuließen, und riss die Tür auf. In diesem Moment strahlten Scheinwerfer vor ihr auf. Sie erstarrte und spürte, wie sich ihr die Brust zusammenzog – spürte den sicheren Tod.

Ganz plötzlich war da ein Auto, eine glänzend schwarze Limousine. Das Rückfenster glitt herunter. Ein distinguiert wirkender Herr saß im Fond, graue Strähnen im Haar, seine Gesichtszüge waren in der tintenschwarzen Dunkelheit nur schemenhaft zu erkennen.

»Hallo Sabrina«, grüßte er sie.

»Wer sind Sie?«, fragte sie und befeuchtete sich nervös die Lippen.

»Ein Freund, der Ihnen helfen will«, gab er zurück.

»Mir wobei helfen?«

»Nicht länger von Männern abhängig zu sein, die große Versprechungen machen, die einzulösen sie dann aber nicht in der Lage sind.«

Sie schnaubte spöttisch. »Und *Sie* können das, ja?«

»Ich bin derjenige, der die richtigen Leute mit den richtigen Lösungen zusammenbringt, selbst wenn sie selbst es für einen Zufall halten. Doch es ist niemals ein Zufall. Ich habe Sie beobachtet, Sabrina.« Schimmerndes Mondlicht beschien seine zuckenden Mundwinkel. »Ich kann Sie zu der ersten Frau machen, die ins GTECH-Programm aufgenommen wird – zur ›Madame‹ vieler weiterer Frauen, die so werden wollen wie Sie.«

»Wie das?«, fragte sie. Kein Weglaufen und kein Versteckspiel mehr, kein vergebliches Wollen und Wünschen.

»Sie brauchen nur mit mir zu kommen«, erklärte er, öffnete ihr die Tür und verschwand wieder im Innern des Wagens.

Sie ließ den Blick über ihren klapprigen Toyota schweifen und dachte an das schmale Bündel Bargeld in ihrer Handtasche, das sie vielleicht für ein Jahr über die Runden bringen würde. Dann stieg sie in die Limousine und zog die Tür hinter sich zu. Der fremde Mann trug eine armeegrüne Galauniform, und sie wusste genug, um zu erkennen, dass er einen hohen Rang bekleidete. Sie fasste eine Medaille auf seiner Uniformjacke ins Auge und las den Namen.

Dann lächelte sie, sexy und gewinnend. Mit Männern von der Army hatte sie kein Problem. Sie hatte überhaupt kein Problem mit jenen Menschen, die ihr endlich Macht zu geben versprachen, ein für alle Mal. »Ich gehöre ganz Ihnen, Herr Hauptmann.«

»General, Sabrina. General Powell.«

Zwei Tage nach Abschluss ihres Bindungsprozesses saßen Becca und Sterling kurz vor Sonnenuntergang auf der Veranda von Beccas Haus in der Nähe von Houston und sahen zu, wie Damion vom Umzugswagen zur Veranda lief und sich einen letzten Karton schnappte. »Das war's jetzt wohl. Wir sind dann mal weg.« Er lächelte Becca an. »Wir sehen uns in der City.«

Er meinte Sunrise City, das Hauptquartier der Renegades und ihr neues Zuhause. Becca lächelte zurück und lehnte sich fester an Sterling. »Bis bald.«

Als der Umzugswagen davongefahren war, drehte sich Sterling zu ihr um, schlang seine Arme um sie und küsste sie. Becca strich ihm mit der Hand über die Wange. »Ich habe darüber nachgedacht, dass du ein wenig menschlicher bist als die anderen GTECHs.«

Er erstarrte und legte die Stirn in Falten.

Sie erwiderte sein Stirnrunzeln. »Zieh kein solches Gesicht. Begreifst du denn nicht? Es ist genauso, wie wir es uns gedacht haben. Es *gibt* keine Zufälle. Du musstest so sein, wie du warst, damit du mein Anker sein und mir helfen konntest, meine Fähigkeiten unter Kontrolle zu bringen.« Ihre Stimme wurde weicher. Sie liebte diesen Mann über alles. »Du hast mich erst zu einem vollständigen Wesen gemacht, Sterling, wirklich. Es ist ein absolut unglaubliches Gefühl.«

Schwarze Augen, die für jeden anderen jedoch blaugrün waren, starrten sie an. Seit sie ihr Lebensband endgültig gemacht hatten, brauchte er keine Kontaktlinsen mehr, um ihre Farbe zu tarnen, und er war im Windwalking auch keinerlei Einschränkungen mehr unterworfen.

»Da ist noch etwas, das ich dich fragen muss«, sagte er leise.

Das Lächeln auf ihren Lippen erstarrte, als sie seine plötzliche Anspannung bemerkte. »Was denn? Was stimmt denn nicht?«

Um sie herum frischte der Wind auf, und auf einmal standen sie auf dem Balkon eines Hotelhochhauses, das Geländer direkt vor ihr, während sich Sterling von hinten dicht an sie schmiegte. Meilenweit um sie herum sah sie die Stadtlichter von Las Vegas in all ihrer spektakulären Pracht glitzern.

»Es ist wunderschön«, sagte sie und lehnte sich an ihn. »Wo sind wir? Was ist das für ein Gebäude?«

»Das *View Hotel* und Casino«, antwortete er, leise, zu leise. »Die Flitterwochen-Suite.«

»Was?« Sie drehte sich in seinen Armen zu ihm um, dann ließ er sich vor ihr auf die Knie nieder. Ihr Herz donnerte in ihrer Brust, und in ihren Augen glänzte es feucht. »Was machst du da?«

Er zog eine kleine samtbeschlagene Schachtel hervor. »Du hast es dir nicht direkt aussuchen können, als wir unseren Bindungsprozess vollzogen haben, aber jetzt *kannst* du wählen, ob du dein Leben an meiner Seite leben willst. Also, Becca, ich würde dich sehr gern vor den Traualtar führen und dich zu meiner Frau machen. Ich gehe mit dir auch überall sonst auf der Welt hin, wann immer du willst. Ich bin allerdings ungeduldig. Ich will, dass du die Meine wirst – noch heute Abend. Ich will wissen, dass du mich erwählt hast, gerade so, wie ich dich erwähle.« Er klappte das Schächtelchen auf und präsentierte einen eleganten weißen Diamanten, der es mit allen Lichtern um sie herum aufnehmen konnte.

Becca beugte sich zu ihm hinab. »Ich erwähle dich. Ja, heute Abend. Ich liebe dich so sehr, Sterling, dass es manchmal wehtut.« Erleichterung und Glück erhellten sein Gesicht, und sie merkte erst jetzt, wie nervös er gewesen war. Wie hätte er überhaupt daran zweifeln können, dass sie Ja sagen würde?

Er steckte ihr den Ring an den Finger. »Gefällt er dir? Wenn er dir nämlich nicht gefällt, dann …«

Sie küsste ihn. »Ich liebe den Ring und dich.«

Einige lange Minuten später waren sie im Zimmer, zogen einander aus und fielen zusammen aufs Bett; Sterling über ihr, groß und stark und in jeder Hinsicht perfekt. »Ich habe gedacht, wir wollten zum Altar gehen?«, neckte sie ihn.

Er glitt in sie hinein, dehnte sie auf wunderbare Weise und erfüllte sie auf eine Art, wie sie es niemals für möglich gehalten hätte. »Ich habe für uns einen Termin um Mitternacht vereinbart.« Er führte ihre Finger an die Lippen und küsste den Diamanten, der unter Beweis stellte, dass sie nun die Seine war. »Ich fand, dass wir erst ein wenig Zeit bräuchten, um unsere Verlobung zu feiern.« Seine Lippen berührten sanft die ihren. »Und wenn wir zurückkommen, feiern wir die Hochzeit.« Dann machte er sich daran, ihr zu zeigen, wie gut er verstand, welch sündhafte Stadt Las Vegas war.

Epilog

Einen Monat nach Dorians Gefangennahme befand sich Becca inmitten der einzigartigen unterirdischen Welt von Sunrise City, die unter anderem auch Restaurants, Unterhaltungsschuppen, Wohnquartiere sowie militärische und wissenschaftliche Einrichtungen umfasste. Aber der Raum, der sie immer wieder aufs Neue anzog, war die kleine Überwachungskammer an der Außenseite des Spionspiegels, von wo aus man einen Blick in Dorians Zimmer werfen konnte.

Becca stand vor der durchsichtigen Seite des Spiegels und beobachtete Dorian bei der Lektüre eines Jugendbuchs. Er wirkte so normal und so einsam. Hinter ihr dampfte eine Kanne Kaffee in der winzigen Küche, und neben ihrem Laptop lag auf dem Tisch eine Zeitung, in der Spekulationen über den »terroristischen« Angriff in einem beliebten Casino von Las Vegas angestellt wurden.

Hinter ihr öffnete sich die Tür. Becca drehte sich um und lächelte, als sie Sterling eintreten sah.

»Hungrig?«, fragte er. In den Händen hielt er eine Schachtel, die seine Lieblings-Donuts enthielt.

In den Wochen, seit sie ihren Bindungsprozess abgeschlossen hatten, hatte sie mit Kelly daran gearbeitet, ein Immunisierungsverfahren gegen *Ice* zu perfektionieren. Das entsprechende Präparat sollte dann über das Trinkwassernetz in alle Haushalte geleitet werden. Während Kelly und Becca das Projekt leiteten, unterstützte die Army nun immerhin ein Begegnungszentrum, das es sich zur Aufgabe gemacht hatte,

Ice-Abhängigen bei ihrem schmerzhaften und leidvollen, aber keineswegs tödlichen Entzugsprozess zu helfen. Das wirklich Aufregende daran war für Becca, dass einige der Ärzte in Sunrise auf Grundlage von Beccas eigenen medizinischen Unterlagen an speziellen Krebsuntersuchungen zu arbeiten begonnen hatten.

Becca sah Sterling kopfschüttelnd an, während er die Donuts auf den Tisch stellte. »Du bist süchtig.«

Er trat neben sie und zog sie dicht an sich. »Ich bin süchtig nach dir.«

»Sagt der Mann, der gerade mal seit ein paar Wochen ein Lebensband eingegangen ist«, neckte sie ihn.

Er strich ihr das Haar aus den Augen, und sein Gesichtsausdruck wurde weicher. »Ein paar Wochen, aus denen ich ein sehr langes Leben zu machen beabsichtige.«

Sie stellte sich auf die Zehenspitzen und küsste ihn. »Ich liebe dich«, sagte sie.

»Ich liebe dich auch«, antwortete er. »Aber wenn du das mit einer eindeutig glücklichen statt traurigen Ausstrahlung sagen könntest, würde das für mein männliches Ego Wunder wirken.«

Sie legte ihm die Hand auf die Brust. Seine warme Stärke strömte auf sie über und rief ihr ins Gedächtnis, wie froh sie war, jemanden derart Besonderes gefunden zu haben. Nicht jede Frau hatte solches Glück. Sie wandte sich wieder zum Spiegel um und warf einen Blick auf den kleinen Jungen dahinter. »Er ist ein Produkt der Gier«, meinte sie. »Ein Opfer.«

Sterling stellte sich neben sie. »Und das höre ich von der Frau, die seinen Namen praktisch in ›Das Böse‹ geändert hat, als wir ihn einzufangen versucht haben?«

Sie legte ihre Hand auf das Glas. »Damals habe ich ihn nie so gesehen wie jetzt. Als einen Jungen. Vielleicht kann Caleb einen Wandel in ihm bewirken. Das Gute in ihm zum Vorschein kommen lassen statt des Bösen.«

Sterling drehte sie um und legte seine Arme um sie. »Darauf würde ich definitiv keine Wette eingehen. Aber …«, seine Augen funkelten schelmisch, »… ein paar unserer Jungs veranstalten Freitagabend eine Kartenrunde.«

Erstaunt riss sie die Augen auf. »*Du* willst Karten spielen?«

»Nein«, antwortete er. »Aber ich hätte meine Freude daran, dich spielen und gewinnen zu sehen. Das werden sie bestimmt nicht erwarten. Oh ja! Das sollte ein Spaß werden. Was sagst du dazu?«

»Und wenn ich nicht gewinne?«

Ein leises Lächeln glitt über seinen erotischen Mund. »Ich werde immer auf dich setzen.«

Danksagung

Vielen Dank an die hilfreiche und einfach wunderbare Mannschaft von Sourcebooks. Danke an Deb für ihr Lektorat, das dem Buch den letzten Schliff gegeben hat. Danke an Susie, Cat und Danielle für die unbezahlbare Unterstützung. Und an Janice fürs Korrekturlesen bis spät in die Nacht. Und schließlich ein Ruf an die anderen Dangerous Women und alle unsere gefährlichen Leser: Ich liebe euch!

Kendra Leigh Castle

Erben des Blutes

Dunkler Fluch

Roman

368 Seiten, kartoniert mit Klappe
€ 9,99 [D]
ISBN 978-3-8025-8652-1

Das Blut bestimmt ihr Schicksal

Der Jahrhunderte alte Vampirclan der Ptolemy wurde einst mit einem finsteren Fluch belegt. Königin Arsinöe beauftragt den Vampir und Gestaltwandler Tynan MacGillivray, eine Seherin ausfindig zu machen, die dem Clan endlich Frieden bringen soll. Als der attraktive Außenseiter auf Lily Quinn trifft, ist er sich sicher, die Richtige gefunden zu haben. Da versuchen die Feinde der Ptolemy, Lily zu töten, und es wird klar, dass die junge Frau weit mehr Macht besitzt, als angenommen.

Band 2: Verborgene Träume
384 Seiten, kartoniert mit Klappe
€ 9,99 [D]
ISBN 978-3-8025-8653-8

Suzanne Brockmann

Mindhunter

Tödliche Gabe

Roman

Ein dunkles Schicksal …

Der ehemalige Navy SEAL Shane Laughlin lässt sich von einem geheimnisvollen Institut, wo Menschen mit besonderen mentalen Fähigkeiten ausgebildet werden, als Testsubjekt engagieren. Am Institut begegnet Shane der hübschen Michelle Mackenzie wieder, die ihm nach einem One-Night-Stand nicht mehr aus dem Kopf will. Doch Michelle besitzt eine ebenso faszinierende wie gefährliche Gabe.

»Rasante Action und emotionale Durchschlagskraft. Eine fantastische neue Serie!«
Romantic Times

Band 1 der Serie
640 Seiten, kartoniert mit Klappe
€ 9,99 [D]
ISBN 978-3-8025-8904-1

---

www.egmont-lyx.de

LYX
EGMONT

Kim Lenox

Shadow Guard

Wenn die Nacht beginnt

Roman

Unsterbliche Krieger – unbezähmbare Leidenschaft

London, 19. Jh. – Nach einem Unfall hat Elena Whitney ihr Gedächtnis verloren. Als ihr mysteriöser Gönner – der düstere und faszinierende Lord Black – in die Stadt zurückkehrt, hofft sie, von ihm Antworten zu erhalten. Doch Black gehört in Wahrheit zu einem geheimen Orden unsterblicher Krieger. Er hat den Auftrag, dem grausamen Serienmörder Jack The Ripper das Handwerk zu legen. Dadurch gerät auch Elena ins Visier des Mörders ...

352 Seiten, kartoniert mit Klappe
€ 9,99 [D]
ISBN 978-3-8025-8633-0

Band 2: So still die Nacht
336 Seiten, kartoniert mit Klappe
€ 9,99 [D]
ISBN 978-3-8025-8634-7

www.egmont-lyx.de

LYX
EGMONT